Ruth Frances Long • Die Chroniken der Fae

Aus Papier und Asche

Foto: © privat

DIE AUTORIN

Ruth Frances Long ist schon ihr ganzes Leben lang Fan von Fantasy und Liebesromanen. Sie studierte am College Englische Literatur, Religionsgeschichte und keltische Kultur und arbeitet jetzt in einer Bibliothek, die auf seltene und außergewöhnliche Bücher spezialisiert ist. Die Bücher sprechen leider nicht so oft mit ihr. Für ihre fantastische Serie »Die Chroniken der Fae« gewann sie den Science Fiction Association Award für Jugendbücher beim Eurocon in St. Petersburg.

Ruth Frances Long

Die Chroniken der Fae

Aus Papier und Asche

Aus dem Englischen
von Karen Gerwig

Kinder- und Jugendbuchverlag
in der Verlagsgruppe Random House

MIX
Papier aus verantwortungsvollen Quellen
FSC® C014496

Verlagsgruppe Random House FSC® N001967
Das für dieses Buch verwendete
FSC®-zertifizierte Papier *Pamo House*
liefert Arctic Paper Mochenwangen GmbH.

1. Auflage
Erstmals als cbt Taschenbuch November 2015

Die Originalausgabe erschien 2014 unter dem Titel
»A Crack in Everything: Welcome to the other side«
bei The O'Brien Press, Dublin

Lektorat: Catherine Beck
Übersetzung: Karen Gerwig
Umschlaggestaltung und -illustration: © Isabelle Hirtz,
Inkcraft
MG · Herstellung: kw
Satz: Buch-Werkstatt GmbH, Bad Aibling
Druck: GGP Media GmbH, Pößneck
ISBN: 978-3-570-31033-5
Printed in Germany

www.cbt-buecher.de

Für Pat, Diarmuid und Emily

So viele Menschen haben geholfen, dieses Buch zu erschaffen – diese verrückte Geschichte, die nirgends hineinzupassen schien. Ich kann niemals allen danken, aber wenn du daran beteiligt warst: danke! Ein paar Leuten muss ich aber speziell danken:
Dem Künstler oder der Künstlerin des Engel-Graffitos in der South William Street, denn das war die Initialzündung zu dieser Geschichte. Meiner wundervollen, wohlmeinenden Shiny-Shiny-Critique-Gruppe für all das »... oooh, shiny!«. Meiner Agentin Sallyanne Sweeney für ihren Glauben an mich. Der liebreizenden Celine Kiernan für eine besondere Anregung. Allen bei The O'Brien Press und meiner Lektorin Helen, weil sie die Welt und ihre Bewohner verstanden haben, wie es nur wenige konnten.
Und vor allem meinen geduldigen Freunden und meiner Familie. Vor allem Pat, Diarmuid und Emily. Mögen wir ein Leben lang Ausflüge zum Wunschstein machen und Brí unsere (höchst respektvollen) Grüße überbringen.

1
SEITENWEGE

Izzy hatte gerade den Schalter am Toaster heruntergedrückt, als er mit einem lauten Knall explodierte. Funken sprühten wie bei einem Feuerwerk und stinkender schwarzer Rauch erfüllte die Küche.

Dad fluchte laut – Wörter, die er wirklich nicht vor ihr hätte aussprechen sollen – und sprang vom Küchentisch auf.

»Geh von dem Scheißding weg!«, befahl er und riss den Stecker aus der Steckdose. »Ist dir etwas passiert, Izzy?«

Sie schüttelte den Kopf, während sie versuchte, den beißenden Qualm nicht einzuatmen. »Alles in Ordnung, Dad. Mir geht es gut.« Er sah lustig aus, wie er da mit dem schwingenden Kabel in der Hand stand wie mit einem Pendel und finster den Toaster anstarrte, als hege er schon sein Leben lang einen Groll gegen ihn.

Es war nicht das erste Mal. Sie kannte das schon. Also drückte sie den Knopf der Dunstabzugshaube und öffnete die Fenster, während Dad misstrauisch den Toaster anstupste und darauf wartete, dass er erneut angriff.

Tödliches Schweigen legte sich über die Küche, bis

Mum mit der Zeitung raschelte. »Der Technik-Fluch ist eindeutig erblich, was?«

Izzy grinste. An der Stimme ihrer Mutter konnte sie hören, dass diese ein Lachen unterdrückte. Sie konnte nicht anders. Es *war* lustig.

Dad schnaubte beleidigt. »Deine Tochter ist übrigens unverletzt, da du ja so besorgt bist.«

»Oh, gut! Das ist eine Erleichterung, wie immer. Welches Gerät wird euer beider Zorn als Nächstes zum Opfer fallen?«

Sie faltete die Zeitung zusammen, goss sich die letzte Tasse Kaffee ein und zwinkerte Izzy zu, die am Küchentresen lehnte und ein Kichern unterdrückte. Dad nahm den Toaster, ging an ihr vorbei zur Hintertür und warf ihn auf die Terrasse. Der Toaster schepperte auf die Steine und er knallte die Tür zu.

»So, weg damit. Ein Glück, dass wir ihn los sind. Benutz besser den Grill, Izzy.«

»Den lässt du nicht da draußen!«, protestierte Mum. »Das ist ein Garten, keine Müllkippe!«

»Der Toaster ist tot, Liebling. Lass ihn in Frieden ruhen. Ich bringe ihn später zum Wertstoffhof.« Er stellte die Kanne unter die Kaffeemaschine und drückte auf den roten Knopf. Sie gurgelte fröhlich los.

»Vorsicht!«, sagte Mum.

Von allen Maschinen im Haus, dachte Izzy, konnten sie es sich auf keinen Fall leisten, diese hier zu verlieren. Keiner ihrer Eltern wäre noch in der Lage zu funktionieren. Sie ging zum Kühlschrank und holte sich stattdessen einen Joghurt. Viel sicherer. Sie und Dad standen im Umgang mit elektrischen Geräten auf irgendeine unheimliche Art auf Kriegsfuß. Meistens zerstörten sie sie.

»Ich mache sie nicht kaputt!«, gab Dad zurück. »Die Kaffeemaschine habe ich noch nie kaputt gemacht! Die Kaffeemaschine *liebt* mich!«

Gott, sie waren so peinlich.

»Halte dich einfach von meinem Laptop fern, David!«, warnte ihn Mum. »Ich glaube, ich könnte nicht noch ein *So-etwas-habe-ich-noch-nie erlebt*-Gespräch an der Hotline ertragen.«

Daraufhin zog Dad eine theatralische Grimasse.

Izzy verdrehte die Augen zum Himmel, denn im nächsten Moment knutschten sie, obwohl das für alle über einundzwanzig eigentlich streng verboten sein sollte.

Aber wenigstens waren sie glücklich und ignorierten einander nicht kühl oder ließen sich scheiden wie die Eltern der Hälfte ihrer Mitschüler. Sie waren glücklich und sie freute sich für die beiden.

Auch wenn sie todpeinlich waren.

»Ich zieh mich mal besser an«, sagte Dad. »Izzy, soll ich dich mitnehmen? Ich fahre zum Tempel des Mammon.«

Sie verzog das Gesicht. Das riesige Einkaufszentrum in Dundrum nannte sich selbst nicht »Shopping Centre«, sondern »Town Centre«. Und Dad sagte nicht einmal das. Er hatte seine eigene Meinung zu Einkaufszentren. Eine Meinung mit Großbuchstaben, Zitaten, Unterstreichungen und Kursiven. Was wahrscheinlich der Grund war, warum er in letzter Zeit kaum genug Aufträge hatte, um über die Runden zu kommen. Man sollte meinen, während einer Rezession wäre ein Architekt ein bisschen vorsichtig, wessen Gebäude er kritisierte. Aber so war Dad nun mal.

Das Problem war: Sie gab ihm recht. Sie war die einzige Teenagerin, die sie kannte, die das Einkaufzentrum hasste.

»Nein, danke. Ich dachte mir, ich mache mich später auf den Weg in die Stadt. Dylans Band hat heute Nachmittag einen Gig.«

Die *Stadt* war nichts von Menschen Gemachtes oder Geplantes. Die Stadt war das Zentrum von Dublin, einem ungeschriebenen Gesetz nach ein Gebiet, das sich selbst geschaffen hatte, organisch und sorglos gewachsen war – ein schmuddeliges, an den Nähten ausgefranstes Paradies, geteilt durch einen Fluss. Mit schmalen Gassen, die aus der Besiedlung durch die Wikinger übrig geblieben waren, und den herrschaftlichen Prachtstraßen der *Wide Street Commission*.

Izzy liebte Dublin, liebte es, einfach herumzulungern, Sträßchen entlang oder über die Plätze mit den Eisengeländern zu schlendern, Straßenmusikern zu lauschen, Straßenkunst anzuschauen und Schaufensterbummel zu machen. In der Stadt konnte man einfach abhängen, manchmal um Freunde zu treffen, manchmal allein. Der Sommer war dafür der Himmel.

Sie hätte das Stadtzentrum inzwischen eigentlich wie ihre Westentasche kennen sollen, und doch fand sie immer wieder etwas Neues. Das machte seine Magie aus – die Stadt war ein Labyrinth, ein Mischmasch aus öffentlichen und geheimen Plätzen aus zahllosen Epochen, im Laufe von tausend Jahren zusammengequetscht, immer neu, immer alt.

»Oh, wo spielen sie?«, fragte Mum eifrig. Zu eifrig.

Izzy hatte sich immer noch nicht vom letzten Mal erholt, als ihre Eltern bei einem von Dylans Gigs aufgetaucht waren. Marianne liebte es, das immer wieder durchzukauen. Izzy kannte Dylan schon so lange, dass ihre Eltern ihn anscheinend weniger als Izzys Freund, sondern vielmehr wie ein eigenes Kind betrachteten.

»Nur so ein Promo-Ding. Nichts Großes. Da seid ihr sowieso bei der Arbeit. Es ist am Nachmittag«, sprudelte sie hastig hervor und ergriff die Gelegenheit zur Flucht, bevor sie nach noch mehr Einzelheiten fragen konnten … zum Beispiel wann genau und wo.

* * *

Die DART ratterte die Schienen entlang, grün und hässlich. Der Zug war die Lebensader für alle, die in den Außenbezirken der Stadt wohnten, ein Weg, aus den vorstädtischen Küstengebieten herauszukommen und die Krümmung der Bucht entlang direkt ins Herz der Stadt zu fahren. Izzy schaute aus dem Fenster, statt Musik zu hören oder mit ihrem Handy zu spielen wie ihre Mitreisenden. Das heimtückische Sandwatt des Sandymount-Strands, von James Joyce so geliebt, erstreckte sich hinter der Mauer, und das Meer rauschte dagegen, mit weißen

Schaumkronen in den Wellen, die sich an den überspülten Sandbänken brachen. Wind kam auf, aber der Himmel war immer noch klar und blau. So schön war der Sommer nicht immer. Normalerweise war er für seinen Regen berühmt, aber nicht in diesem Jahr. Dieses Jahr war er golden und schön, wie eine Kindheitserinnerung an vergangene Sommer. Er veränderte die ganze Gegend.

Izzy drängte sich an der Pearse Station aus der Bahn und mischte sich unter die Massen, die das Gefälle zur Straße hinabströmten. Sie wanderte am Rand des Trinity College entlang, wich Touristen aus, die sich um ihre Busse ballten, und Bettlern, die Papp-Kaffeebecher hielten.

»Bisschen Kleingeld, Kumpel?«, murmelte jemand auf Höhe ihrer Knie, und sie sah gelbe Zähne in einem schmutzigen Gesicht aufblitzen. Ein stechender Blick traf sie und stoppte sie abrupt. Ihr stockte der Atem, aber sie konnte sich nicht rühren. Es war, als hielte sie jemand mit eisernem Griff im Nacken fest. »Bisschen Kleingeld, Schätzchen?«, fragte er wieder, jetzt mit noch breiterem Grinsen.

Jemand drängte sich zwischen sie, unterbrach die Verbindung, und Izzy konnte sich wieder bewegen. Mit eckigen Bewegungen eilte sie weiter, überquerte die Straße und versuchte, nicht auszusehen, als liefe sie davon. Es gab nichts, vor dem sie davonlaufen musste. Nur ein alter Kerl, der Geld wollte. Aber das Herz hämmerte ihr von innen gegen die Rippen.

Es beruhigte sich erst, als sie die Grafton Street erreichte, wo sie vor der Bank zwischen den Einkäufern und

Sprachstudenten stehen blieb, die einem ziemlich mürrischen Straßenmusikanten zuschauten, der Gitarre spielte wie ein spanischer Meister. Und sie stand dazwischen und hatte Panik. Wirklich dumm. Sie ließ doch sonst auch nicht zu, dass ihre Fantasie mit ihr durchging. Dad sagte ihr immer, dass die Dinge waren, wie sie waren. Niemand musste sich etwas Schlimmeres vorstellen. Es war nur ein alter Bettler gewesen, und ihre hyperaktive Vorstellungskraft.

Izzy wartete, bis ihr Atem wieder ruhiger ging und der Lärm und die Gespräche, das Gelächter und die Rufe sie umspülten. Die Straße war überall voller Farben und Geräusche, wie greifbare Energie. Sie schlenderte an den Schaufenstern der Geschäfte vorbei, ohne hineinzugehen. Es war kein Tag zum Shoppen, selbst wenn sie Geld übrig gehabt hätte. Dies war einfach nur ein Tag für sie selbst. Wenn man älter wurde, waren die Schulferien nicht mehr wie früher. Sie arbeitete jede Stunde, die sie aufbringen konnte, im Café am Ende ihrer Straße, während die meisten ihrer Freunde damit zufrieden waren, den Sommer einfach zu verschwenden. Na ja, vielleicht war das nicht ganz fair. Teilzeit- und Ferienjobs waren heutzutage nicht leicht zu bekommen.

Trotzdem hätte sich Marianne, Dylans Schwester und Izzys Klassenkameradin und Arbeitskollegin, nicht wie eine Primadonna aufführen müssen.

Sie schaute gerade ins Fenster des Kamerageschäfts und lechzte nach einer SLR, die sie sich niemals auch nur im Traum würde leisten können, als sie in der Spiegelung der Scheibe plötzlich wieder den Bettler sah. Er saß auf der anderen Straßenseite in einem Hauseingang, umgeben von Pappkartonstücken und einer eklig aussehenden Decke. Derselbe Typ. Da war sie sicher. Vor Schreck wurde sie ganz starr.

Er rührte sich nicht, reglos wie eine dieser lebenden Statuen in der Fußgängerzone, und starrte sie nur mit Augen an, die das Licht auf eine seltsam metallische Art einfingen. Er war allerdings nicht golden oder silbern angemalt. Falls er überhaupt eine Farbe hatte, war es »Schmutz«.

Es war wirklich derselbe, den sie vorhin auf der Nassau Street gesehen hatte. Er grinste auf dieselbe Art und hielt ihren Blick fest, als wollte er sie hypnotisieren und hier fixieren. Wie eine Kobra mit ihrer Beute.

Der Lastwagen der Straßenreinigung rumpelte vorbei und brach den Zauber. Izzy schüttelte sich und drehte sich abrupt um, jetzt, da sie sich plötzlich wieder bewegen konnte. Er war fort. Als wäre er nie da gewesen. Keine Spur mehr von ihm. Nur ein leerer Hauseingang, eine zusammengeknüllte Decke und ein paar zerrissene Pappkartons. Da war überhaupt niemand.

Izzy schüttelte den Kopf. Offenbar hatte sie es sich eingebildet, irgendeine Lichtspiegelung im Fenster. Da war nichts.

Aber am Ende der Straße meinte sie, ihn wieder zu sehen, wie er bei dem ausladenden grauen Bogen des Tors zum St. Stephen's Green herumlungerte. Izzy wandte sich ab, verzog das Gesicht und wünschte, es wäre ein Polizist in der Nähe. Das Gruseln begleitete sie.

Als das Telefon in ihrer Tasche klingelte, zuckte sie erschrocken zusammen. Während sie es herausfischte, zitterten ihre Hände so sehr, dass sie es beinahe fallen gelassen hätte. Sie warf einen Blick über die Schulter. Wieder war er verschwunden und eine laute Gruppe Touristen stand stattdessen da und verglich bunt gemusterte Stadtkarten.

»Lass mich raten.« Dylans Stimme klang tief vor Belustigung. »Du machst Sightseeing.«

Ja, sie sah etwas. Aber nichts Gutes.

Sie schaute sich um, halb in der Erwartung, dass der Bettler wieder da sein würde, halb mit der Befürchtung, ihn irgendwo zu entdecken.

Ihre Stimme zitterte. »Wie kann ich hier Sightseeing machen? Ich kenne doch schon alles.«

Dylan bemerkte ihren Tonfall nicht. Er lachte. »Ja, klar! Du kannst überall Sightseeing machen, Izzy. Vor allem hier. Ich kenne dich. Okay, dann läufst du in der Stadt herum, schaust dir die Gebäude an und tust so, als würdest du einen Einkaufsbummel machen?«

Erwischt.

Oder wenigstens hatte sie das getan, bevor sie sich möglicherweise einen Stalker angelacht hatte.

»Bist du in der Stadt?«, fragte sie, wobei sie seine Frage absichtlich nicht beantwortete. Das belustigte ihn noch mehr. Sie konnte es in seiner Stimme hören.

»Bin gerade angekommen. Also kommst du?«

»Jetzt?« Sie konnte nicht gleichzeitig reden und auf die Uhr schauen. Sie versuchte, das Telefon zwischen Schulter und Kinn einzuklemmen und ihr Handgelenk so zu drehen, dass sie die Uhr sehen konnte. Nach zwei. Mist, wie war das passiert?

Maris Stimme erklang im Hintergrund, sie sagte etwas davon, dass Izzy immer zu spät käme – was eine Lüge war, wenn sie die Arbeit meinte –, dann lachte sie. Izzy kannte dieses Lachen. Es war das kokette *Findest du nicht auch, dass ich umwerfend bin?*-Lachen, das sie für die Jungs reservierte, die sie aus irgendwelchen Gründen gut fand. Wie den Bassisten aus Dylans Band.

»Bald«, sagte Dylan. »Du kommst doch, oder?« Er unterbrach sich, bevor sie antworten konnte, sagte etwas zu den anderen, das sie nicht recht verstehen konnte, dann war er wieder da. »Ich muss los. Der Soundcheck fängt an. Hör zu, das dauert nicht mal den ganzen Nachmittag. Wir holen uns was zu essen und gehen vielleicht später in einen Club?«

Izzy runzelte die Stirn. Als könnte sie sich das leisten. Allerdings hätte sie es nur zu gern getan. Es war so lange her, seit sie mit Dylan weg gewesen war. Mit den Jungs von der Band kamen sie überall hinein und darauf zählte Mari vermutlich. Dylan war zwei Jahre älter als seine Schwester und Izzy, war mit der Schule fertig und fing gerade an zu studieren. Mit ihm abzuhängen – peinlicher musikfanatischer Nerd-Bruder oder nicht –, eröffnete Mari eine ganze Welt an Möglichkeiten.

»Ich muss nach Hause«, murmelte sie, obwohl sie sich wünschte, sie könnte unbekümmert »Ja« sagen und nicht an die Konsequenzen denken. »Ich muss morgen früh arbeiten und habe es meinen Eltern versprochen. Aber jetzt komme ich vorbei. Bin gleich da.«

Es war nicht weit bis zur Exchequer Street. Sie hatte noch massenhaft Zeit. Sie musste nur seitlich am Einkaufszentrum vorbei, dann am Theater und die South William Street entlang. Höchstens zehn Minuten.

Sie war schon halb dort, als das Handy wieder klingelte.

Sie versuchte gleichzeitig, das Telefon aus der Tasche zu fischen und den Pulks von Nachmittagseinkäufern auszuweichen, die sie wahrscheinlich bloß in den Boden gestampft hätten und weitergegangen wären, wenn sie angehalten hätte. Stolpernd taumelte sie drei Anzugträgern in der Mittagspause und ein paar Touristen aus dem Weg, die sich eindeutig verirrt hatten und mit bunten Karten hantierten, die wie Segel flatterten. Dann sprang sie die Stufen zu einem Designgeschäft hinauf.

»Wo bleibst du denn?«, blaffte Marianne, ohne auch nur Hallo oder irgendetwas in der Art zu sagen.

»Ich bin unterwegs.«

»Ich stehe hier ganz allein rum. Die anderen fummeln alle an der Tonanlage herum und machen tierischen Lärm. Beeil dich!«

Wieder lief ihr wie von Spinnenfingern ein kalter Schauder über den Rücken, als sie erneut das Gefühl beschlich, beobachtet zu werden. Sie schaute sich um, sah aber niemanden. Keine Spur von dem gruseligen Typen. Wo war er jetzt?

»Ich bin in ein oder zwei Minuten da.« Natürlich würde Mari es aushalten, einmal fünf Minuten allein und nicht im Mittelpunkt der Aufmerksamkeit zu sein. Vielleicht aber auch nicht. Das war Mari, wie sie leibte und lebte.

»Na los, Izzy! Ich kenne sonst niemanden. Beeil dich! Oh, sie fangen an.«

Die Verbindung brach ab und Izzy verdrehte die Augen.

Ich habe Dylan versprochen, dass ich komme.

Marianne war selbst in ihren besten Momenten eine Zicke, jedenfalls ein bisschen. Sie könne nicht anders, sagte sie immer. So sei sie einfach. Eine praktische Ausrede, aber andererseits konnte sich Izzy auch nicht an eine Zeit erinnern, in der sie Mari und Dylan nicht gekannt hatte oder in der Mari nicht der Mittelpunkt der allgemeinen Aufmerksamkeit gewesen wäre. Obwohl sie in dieselbe Klasse gingen, hatten sie nur miteinander zu tun, weil sie sich schon immer kannten. Abgesehen davon hatten sie einfach nicht viel gemeinsam. Mari war in letzter Zeit verrückt nach Jungs, und Izzy verstand nie, was an den Jungs, denen Mari hinterherrannte, so toll sein sollte. Um ehrlich zu sein, stand Izzy Dylan weit näher als Mari. Und Schwester oder nicht – oft genug tat sogar Dylan so, als würde er Mari nicht kennen. Meistens verstand Izzy das auch nur zu gut. Mari wollte in der Schule auch nichts von ihr wissen. Mari war … na ja, eben Mari.

Izzy steckte das Handy wieder in die Tasche und blickte auf, um eine Lücke in dem Meer von Leuten zu finden, in die sie schlüpfen konnte. Ihr Blick fiel auf das Graffito an der Wand in dem Gässchen.

Es war direkt neben ihr, auf einer Seite von einem Geländer abgeschnitten und auf der anderen von einer Mülltonne. Ungefähr drei Meter hoch und schlicht in Schwarz und Weiß gezeichnet. Ein weiblicher Engel. Die Gestalt kauerte da, die Hände nervös vor sich verschränkt, auf den Zehenspitzen balancierend, die Flügel hinter sich ausgebreitet, als würde sie jeden Moment abheben. Sie schaute über die Schulter direkt Izzy an und ihre Augen bohrten sich in ihre Seele.

Als Izzy genauer hinsah, war das Gesicht verschmiert, verschwommene Wimperntusche wie am Morgen danach, halb auf den Kissen und halb auf den Wangen. Sie sah aus, als hätte sie geweint. Schlimmer noch – sie sah verängstigt aus.

Gefesselt von dem Bild ging Izzy darauf zu und wich dabei den anderen Fußgängern aus, bis sie in die Gasse schlüpfen konnte. Sie zwängte sich an der Mülltonne vorbei, versuchte, weder einzuatmen noch sich vorzustellen, was sie womöglich an ihre Kleidung brachte. Sogar ihre Eltern würden möglicherweise Fragen stellen, denn sie hatte die Jacke erst seit zwei Wochen.

Als sie näher an die Wand herantrat, streifte ihr Stiefel irgendetwas – einen Aschehaufen, als hätte jemand einen Stapel Zeitungen direkt hier verbrannt. Izzy beugte sich vor und berührte den Engel. Ein Schauder lief ihre Finger hinauf und den Arm entlang. Die Engelsfigur schaute herab wie Mona Lisa. Sie machte diese Sache mit den Augen, und ihr Blick folgte Izzy, egal wo sie stand.

Eine warnende Unruhe schlängelte sich an ihrer Wirbelsäule hinab, und Izzy machte erschrocken einen Schritt rückwärts und krachte gegen die Mülltonne, sodass die auf ihren Rädern auf den Bürgersteig rollte.

Irgendjemand schrie sie an, fluchte und beförderte die Tonne mit einem Fußtritt zurück in die Gasse, bevor er weiterging. Sie wühlte ihr Handy aus der Tasche und schaltete die Kamera ein. Das Handy machte dieses übertrieben laute und falsche Blendengeräusch, als sie ein Foto machte.

Etwas Hartes knallte gegen ihren Rücken, stieß sie nach vorn, brachte sie aus dem Gleichgewicht. Sie krachte mit rudernden Armen mit dem Gesicht voran gegen die Wand, und das schwarz-weiße Graffito verschwamm ihr vor den Augen. Dasselbe Etwas schnappte ihr das Telefon direkt aus der Hand. Ein stechender Schmerz fuhr ihr den Arm herab, wie Drähte unter der Haut. Ohne nachzudenken, rappelte sie sich auf und rannte hinter der watschelnden Gestalt her, die sich durch die Gasse entfernte.

Der gruslige Kerl.

Sie durfte das Handy nicht verlieren. Das ging einfach nicht. Das dumme Ding war zu teuer gewesen.

Er drehte sich zu ihr um; sein schmutzverschmiertes Gesicht wirkte wie zerknülltes Zeitungspapier. Derselbe Typ, den sie vorhin gesehen hatte, der alte Bettler, der sie verfolgt und auf eine Gelegenheit wie diese gewartet hatte.

Abrupt blieb er stehen und drehte sich zur Seite, ohne sie aus den Augen zu lassen. Und er grinste wieder. Ein schreckliches, gelbzahniges Grinsen, viel zu breit für sein Gesicht.

Sein Anblick flackerte wie ein alter Film, eine Wochenschauaufnahme aus einer längst vergangenen Ära. Dann verschwand er. Als er vom Kopf her zu verblassen begann, blinzelte Izzy mit offenem Mund.

Er verschwand direkt vor ihren Augen.

Ausgeschlossen!

Izzy stürzte auf ihn zu, griff dahin, wo er gestanden hatte, und ihre Finger schlossen sich um den zerschlissenen Saum eines schmutzigen Wollmantels, kurz bevor sich der Schimmer der Unsichtbarkeit auch seiner bemächtigte. Sie spürte, wie sie nach vorn gerissen wurde, ihre Füße lösten sich vom Boden und sie taumelte hinter ihm in die Gasse.

2

JINX

Ein Schwall heiße Luft traf Izzys ganzen Körper; er kam aus dem Nichts, als wäre sie gerade unter dem Gebläse einer Ladentür hindurchgegangen. Doch diese Luft stank nach verbranntem Papier und Asche und nahm ihr den Atem. Ihr Blick flackerte, die Farben um sie herum kehrten sich um und hämmerten ihr verzerrte Bilder ins Gehirn wie eine Migräne.

Sie knallte auf Kopfsteinpflaster. Die Gasse, die nach nichts als einer Sackgasse ausgesehen hatte, öffnete sich vor ihr, nur streckenweise beleuchtet von flackerndem Licht, die Wände und Steine glitschig von einer Substanz, die ihnen einen regenbogenfarbigen Schimmer verlieh. Die Gasse verschob sich, kam und ging, und alles war falsch …

Die Tasche rutschte ihr von der Schulter, die Hälfte ihrer Sachen schlitterte über den Gassenboden. Der alte Mann sprach eine lyrische Sprache, die sie nicht verstand, und versuchte, ihr seinen Mantel zu entreißen. Aus seinem Tonfall und Blick schloss sie, dass er fluchte.

Wut gab Izzy ihre Stimme zurück und zwang sie, wieder zu handeln.

»Gib es mir zurück!«, schrie sie.

Er zielte einen Fußtritt in ihr Gesicht, traf aber nicht. Ganz plötzlich wurde er zurückgerissen, als hätte ihn etwas aus der Dunkelheit im Genick gepackt und geschüttelt. Es war dunkel hier; die Schatten waren so schwarz, wie sie an einem Sommernachmittag gar nicht sein dürften. Izzys Blick verschwamm und ein schrilles Winseln schnitt wie ein Messer durch ihren Kopf. Gleichzeitig hörte sie jemanden sprechen.

»Was bei allen sieben Höllen soll das, Mistle? Hast du sie mitgebracht?«

»Ich wollte nichts Böses, Jinx! Sie kam hinter mir rein!«

Ein leises Knurren grollte durch die Luft. Es jagte einen Schauder über Izzys Haut und ihr Magen machte einen Satz. Sie ließ den Mantel los und drückte sich auf die Knie hoch. Ihr Gehirn torkelte und schlingerte übelkeiterregend in ihrem Schädel herum, wenn sie sich bewegte.

Gehirnerschütterung? Das konnte sein. Sie war hart genug gegen die Wand geknallt.

Ganz zu schweigen davon, dass sie ihn verschwinden sehen hatte. Das musste eine Gehirnerschütterung sein. Ihr Magen zog sich zusammen und ein süßlicher Geschmack füllte ihren Mund. Sie würde sich übergeben.

Lieber Gott, das ging nicht. Galle brannte in ihrer Kehle, doch sie zwang sie wieder hinunter und rappelte sich hoch.

»Verschwinde, du Dummkopf!«, sagte die Stimme namens Jinx.

War er hinter ihr? Wie war er hinter sie gekommen? Nannte er sie einen *Dummkopf*? Nein, er sprach mit dem alten Mann. »Geh nicht hier auf Beutezug! Ich habe dich oft genug gewarnt! Du …«

»Mein Handy«, sagte Izzy, bevor es zu spät war. »Er hat mein Handy gestohlen!«

Kurz herrschte Schweigen. Sie versuchte, sich auf Jinx zu konzentrieren, doch er stand im Schatten – und hier in der engen Gasse, von deren Existenz sie bisher nichts gewusst hatte, waren die Schatten wirklich sehr dunkel. Sie hatten sich um ihn gelegt, verbargen ihn vor Blicken. »Gib es zurück!«

»Aber es gehört mir! Ich hab getan, was ich musste. Es ist hübsch. Es gehört mir!«

»Gib es zurück!« Jinx' Stimme war drohend, wie das Grollen eines Tigers am Rande eines Albtraums. Sogar Izzy machte einen Schritt rückwärts.

Mit einem unartikulierten Gebrüll, das das kriecherische Verhalten von eben Lügen strafte, warf Mistle das Handy nach ihr. Es krachte auf das Kopfsteinpflaster und zersprang in unzählige Teile.

Mistle schenkte ihr keinen weiteren Blick. Er lief einfach davon, rannte durch die Schatten und die gewundene Gasse entlang, bis sie ihn nicht mehr sehen konnte. Seine Schritte verhallten. In der Ferne plärrte eine Autohupe.

Dann wurde es still.

Bis auf ein sanftes Heben und Senken, da jemand atmete.

»Du solltest auch nicht hier sein«, sagte die Stimme namens Jinx. Eine merkwürdig melodische Stimme und so tief, dass sie in ihr nachhallte. Aber nicht freundlich. Man konnte sie auf keinen Fall als freundlich bezeichnen.

In Izzy erwachte das Temperament. Kein »Geht es dir gut?«, kein »Hat er dir etwas getan?«. Mit finsterem Blick suchte sie ihn in den Schatten. Ihre Sicht wurde wieder normal. Sie konnte wieder sehen – beinahe. Angestrengt blinzelnd versuchte sie, sich auf ihn zu konzentrieren.

»Mir geht es prima, danke!«, blaffte sie. »Es ist nichts passiert.«

Lügnerin. Sie hatte überall Schmerzen. Ganz zu schweigen von ihrem beschädigten Stolz. Was hatte sie sich nur dabei gedacht? Jeder wusste, dass man Diebe nicht in Gassen verfolgte. Instinkt war eine Sache, aber was, wenn er ein Messer gehabt hätte? Was, wenn er Freunde gehabt hätte?

Ein vager Umriss, der Jinx sein musste, ragte über ihr auf. Groß, breit. *Und beängstigend,* sagten ihr ihre Instinkte, ein bisschen zu spät vielleicht. Das hier war so was von nicht der richtige Ort.

Sie kniete sich hin und versuchte, ihre Sachen einzusammeln. Ihr Notizbuch war von irgendetwas Matschigem überzogen. Sie versuchte, es wegzuwischen, aber es klebte hartnäckig daran. Abkratzen brachte auch nichts, genauso wenig wie das zerknüllte Taschentuch, das sie fand.

Ihr Schluchzen kam völlig überraschend. Dicke Tropfen fielen aus ihren Augen und platschten zwischen den

Müll. Ihre Sachen purzelten ihr aus den zitternden Händen, als sie versuchte, sie in ihre Tasche zu stopfen.

»Hier«, sagte Jinx ruhig und überraschend nett.

Als sie aufblickte, sah sie zwei aneinandergelegte Hände mit langen Fingern. Maskuline Hände, aber elegant, wie von einem Künstler. Sie hielten die zerbrochenen Reste ihres Handys. »Es ist wohl nicht mehr brauchbar.«

Der entschuldigende Ton brachte sie dazu, aufmerksam aufzublicken, und das Erste, was sie sah, waren seine Augen. Scharf wie Rasierklingen, konnte man sagen, und von derselben Farbe. Hell strahlender Stahl, der die Dunkelheit durchschnitt. Und nicht ganz … normal …

Er neigte den Kopf zur Seite und musterte sie genauso aufmerksam wie sie ihn. Sie blinzelte, und die Welt schien sich abrupt um sie herum zusammenzuziehen. Die Illusion verschob sich, wie der Schimmer eines Hitzeflimmerns im Hochsommer, und plötzlich waren seine Augen grau und nicht mehr wie Stahl. Sein blasses Gesicht wurde von langen schwarzen Haaren umrahmt, seidig und glänzend. Es juckte sie in den Fingern, ihm übers Gesicht zu streichen.

Seine Augen standen leicht schräg, katzenhaft, und verschmierter Guyliner verlieh ihrem Grau diese seltsam metallische Anmutung. Nein, kein Eyeliner. Schatten um seine Augen, geworfen von dichten schwarzen Wimpern. Tattoos bedeckten seine rechte Halsseite, küssten die Unterseite seines Kiefers und verschwanden unter dem engen schwarzen T-Shirt, das er trug. Sie erschienen wieder, zogen sich an seinen Armen nach unten, und sie fragte sich, wohin sie noch weitergingen. Der Gedanke daran, was wohl unter seinen Klamotten war, ließ sie fürchterlich erröten. Ein Nasenstecker blinzelte sie an, ein Silberring umschloss eine seiner hohen und eleganten Augenbrauen, und eine Reihe von Ohrringen zog sich seitlich an einem spitzen Ohr nach oben.

Das ist kein Mensch, der ist nicht echt, dachte sie noch einmal, wie eines dieser verrückten Aliendinger in den Filmen, die sich Dylan immer anschaute, oder etwas von Mangas Inspiriertes, wie eine stilisierte Zeichnung, und das Bild verschob sich, wurde wieder normal.

Der Schock gaukelte ihr Dinge vor. Das war alles. Oder die Gehirnerschütterung, die sie wahrscheinlich hatte.

Oder vielleicht einfach der möglicherweise tödliche Anfall von Dummheit, der sie urplötzlich zu überwältigen schien.

Immer noch gepierct, immer noch tätowiert, immer noch unerträglich gut aussehend, aber weniger … Alien? Sie schüttelte den Kopf; sie musste ihn unbedingt wieder klarbekommen. Tief Luft holen half nicht.

Sie schloss die Augen, versuchte es noch einmal und fand ihr Herz wieder, das in ihrer Brust hämmerte. Sie atmete, spürte, wie es sich beruhigte, und schaute ihn wieder an. Normal. Alles war normal. Oder so normal, wie es eben sein konnte, wenn man mit einem tätowierten Fremden in einer nach Pisse stinkenden Gasse kniete.

Trotzdem nahm sie die Einzelteile ihres Handys nicht. Falls sie sich durch den Schock Dinge einbildete, war das schlimm genug, aber sie kniete immer noch vor einem

Typen, von dem ihre Mutter einen Schlaganfall bekommen hätte.

»Nimm es!«, sagte er. In seiner Stimme lag ein singender Klang, von dem sie wusste, dass sie ihn hätte erkennen müssen. Es war ein alter Akzent, den sie aber nicht verorten konnte. Und dennoch ... von weit weg kam er auch nicht. Sie *musste* ihn kennen. »Vielleicht kannst du es reparieren lassen?«

Reparieren. Ja, klar. Hatte er sich das Ding mal angeschaut? Sie versuchte, mit den Schultern zu zucken. »Es ist nur ein Handy. Ich ... ich kann mir ein neues kaufen.« Es sah nicht gerade aus, als wäre genug davon übrig, damit sich eine Reparatur lohnte. »Nicht mehr brauchbar«, war eine Untertreibung. Dank der Wirkung, die sie und ihr Dad auf elektronische Geräte hatten, hatte sie schon genug gesehen, um zu erkennen, wenn etwas komplett hinüber war. Trotzdem hielt sie ihm ihre Tasche hin und er ließ die Stücke hineinfallen.

Jinx erhob sich und ragte wieder hoch über ihr auf. Breitschultrig, schmalhüftig, perfekt proportioniert.

»Ich bin Izzy«, sagte sie und bereute es sofort.

Er schenkte ihr einen verwirrten Blick und starrte sie lange an, als könnte er in ihr Inneres schauen. »Jinx«, sagte er schließlich. »Ist alles in Ordnung?«

Da wurde Izzy bewusst, dass sie immer noch zu seinen Füßen auf dem Boden kauerte. Irgendetwas zuckte in ihr und sie sprang so schnell auf, dass ein Teil von ihr überrascht war, dass man keine Sehne reißen hörte. Alles in ihrem Kopf verschwamm, und das merkwürdige

Glühen, das sie gespürt hatte, als sie den Engel berührte, wallte in ihr auf.

»Ja, mir ... mir geht es gut ...«

Die Welt verschwamm ebenfalls. Ihre Haut dehnte sich zu eng über ihren Knochen und ihre Brust steckte in einer Schraubzwinge. Sie spürte, wie ihr der Boden entgegenkam, dann hielt eine Hand sie am Arm fest. Stark, aber behutsam. Besorgt, aber zurückhaltend.

»Langsam. Du bist zu schnell aufgestanden.«

Izzy konnte ihn nur wie eine Idiotin anstarren. Jedes Wort, das sie hätte sagen wollen, erstarb in ihrer Kehle. Normalerweise fiel ihr immer innerhalb von einer Sekunde etwas ein, leicht und nonchalant, manchmal sogar lustig. Aber jetzt nicht. Jinx ließ sie los; seine Hand blieb in der Nähe ihres Arms, um sie wieder auffangen zu können, wenn es nötig sein sollte. Aber er bewegte sich, als wollte er sie nicht länger als unbedingt nötig berühren.

O mein Gott, reiß dich zusammen!, versuchte ihr Gehirn dem Rest von ihr zu befehlen. *Steh nicht nur da wie eine Schwachsinnige, die den heißen Typen angafft! Tu was, sag was – irgendwas!*

»Ja, ich ... danke. Ich ...« *Sehr gut, Izzy! Wirklich gut!* Doch das Gefühl der Unruhe ging nicht vorbei. Sie schaute sich um, erwartete halb, den grusligen alten Mistle wieder herumschleichen zu sehen.

»Vielleicht solltest du dich setzen«, sagte er mit einer Vorsicht, die sein Macho-Image Lügen strafte. Wahrscheinlich hatte er Angst, sie könnte vor seinen Füßen zusammenbrechen. *Oder sich auf ihn erbrechen,* dachte sie, als sich ihr Magen unheilvoll drehte.

»Ich weiß nicht, ob der Kaffee hier so gut ist, aber die Bestuhlung sieht nicht so super aus.« Sie versuchte zu lachen, aber es kam falsch und verzerrt heraus. Sie konnte sehen, wie sein Blick hart wurde.

Gott, glaubte er, sie flirtete mit ihm? Ein Geräusch wie echtes Gelächter trieb durch ihren Hinterkopf und machte sich über sie lustig.

Flirtete sie etwa?

»Soll ich jemanden für dich anrufen?«, fragte Jinx. »Deine Eltern oder eine Freundin?«

Meine Eltern? Na, vielen Dank! »Nein. Ehrlich. Ich bin mit Freunden verabredet.«

Er runzelte die Stirn, verkniff sich eine Bemerkung und nickte dann. »Ich begleite dich hin.«

Bevor sie wusste, wie ihr geschah, legte er auf höchst altmodische Art die Hand um ihren Arm und geleitete sie aus der Gasse, wobei er sie nur losließ, um sie an der Mülltonne vorbeizulassen.

Wieder ging dieser merkwürdige Schimmer in der Luft über sie hinweg, und als sie hindurchgegangen waren, war das Sonnenlicht heller. Ihre Haut saugte die Wärme mit unerwarteter Erleichterung auf.

Draußen auf der Straße schien sich die Menge von selbst vor Jinx zu teilen. Oder vielleicht mieden ihn auch alle nur. Im Sonnenlicht sah er nicht mehr halb so grimmig aus. Sie war dumm gewesen; Panik und ihre Fantasie hatten ihr wilde Bilder von ihm vorgegaukelt. Die langen

Haare, Piercings und Tattoos machten ihn aber trotzdem nicht gerade zu einem Konformisten.

Sie warf einen Blick auf seinen Arm, während er sie die South William Street hinunterführte, wobei seine Füße zwischen dem schmalen Gehweg und der Straße wechselten und er auf dem Bordstein oder daneben ging, wie es gerade nötig war, völlig im Einklang mit diesem Ort und der Welt. Seine Tattoos waren nicht schwarz, wie sie gedacht hatte, sondern in einem tiefen Indigoblau. Windungen und Spiralen bedeckten seine Haut in einer Art Tribal-Muster, gemischt mit keltischen Knoten. Es war kompliziert und schön und hob sich stark von seiner glatten Porzellanhaut und den straffen Muskeln darunter ab.

»Wo hast du die machen lassen?«, fragte sie.

Er runzelte die Stirn, dann folgte er ihrem Blick und schnaubte kurz und abwertend, als wäre da nichts Bewunderungswürdiges. »Die hab ich schon lange. Es gibt heutzutage nur noch wenige, die so was richtig hinbekommen.« Er klang fast erleichtert.

Izzy stolperte über einen hochstehenden Pflasterstein, und er musste sie wieder auffangen, bevor sie fiel. Seine Berührung jagte ihr einen Schauer über den ganzen Körper und ließ den warmen Funken wieder aufsteigen, was auch immer es war, das sie da überfallen hatte. Aber es war nicht angenehm. Am liebsten hätte sie sich losgerissen und sich die Haut gerieben, wo er sie berührt hatte, bis sie wund war. Verärgert über sich selbst und seine Schweigsamer-Held-Attitüde schüttelte sie ihn ab.

»Mir geht es gut, ehrlich! Du musst nicht mit mir kommen.«

Jinx blieb mitten auf dem Weg stehen und starrte auf sie herab. Die anderen Fußgänger flossen um sie herum wie Wasser um einen Felsen, ihre Gespräche klangen gedämpft und entfernt. Selbst das Summen des Verkehrs klang schwächer, während sie ihn anschaute. Sie hörte nur ihren Atem, ein und aus, und das Hämmern ihres Herzens.

»Wo wolltest du hin?«, fragte er; sein Geduldsfaden wurde langsam dünner. Er hob die Hand in den Nacken und massierte sich die verspannten Muskeln.

»Das Musikgeschäft in der Exchequer Street. Denzion spielen um ...« Sie schaute auf die Uhr. »Oder wenigstens *haben* sie um zwei gespielt.«

Jinx lachte wieder dieses abfällige Schnauben, das Izzy die Nackenhaare aufstellte. »*Denzion*, ja? Na ja, vielleicht hattest du ja doch Glück, dass du darum herumgekommen bist.«

Sie hätte zu gern Maris Gesicht gesehen, wenn sie das gehört hätte. In letzter Zeit war Dylans Band ihr einziges Gesprächsthema. Natürlich nicht wegen ihres Bruders. Sie stand auf den Bassisten und war so wild entschlossen, etwas mit ihm anzufangen, dass sie alle zu jedem Gig und öffentlichen Auftritt der Band mitschleppte. Nicht dass es Izzy gestört hätte.

»Kein Fan, was?« Sie fühlte sich ein bisschen schuldig. Aber Dylan würde es verstehen, oder? Nun, vielleicht auch nicht. Wahrscheinlich nicht. Dafür waren Jungs zu stolz. Aber abgesehen von ihm war die Band wirklich ziemlich schrecklich. Vor allem der Idiot am Bass. Wie war noch mal sein Name? Meine Güte, Marianne nannte ihn doch oft genug.

»Nicht besonders«, sagte Jinx, doch seine Stimme wurde weicher, und man konnte echten Humor heraushören. »Aber der Gitarrist kann spielen«, sagte er nach kurzem Schweigen.

Izzys Atem beruhigte sich wieder. Dylan, er meinte Dylan. Das linderte ihre Schuldgefühle ein bisschen.

»Das stimmt. Aber die anderen ...« Sie zuckte mit den Schultern.

»Wenigstens scheinst du ein bisschen Geschmack zu haben, wenn es schon am gesunden Menschenverstand fehlt. Was hattest du überhaupt in der Gasse zu suchen?«

Als würde sie sich nicht schon genug für ihren Leichtsinn schämen! Sie hätte es besser wissen müssen, auch bei Tageslicht und mitten in einer Stadt. Aber als sie den Engel gesehen hatte, hatte sie nicht nachgedacht. Stattdessen hatte sie Bilder von Kunstprojekten in der Schule vor Augen gehabt und dass sie ihn irgendwie verwenden könnte. Sie hatte nur ein Foto machen wollen. Materialsammlung und so. Es war so ein dummer Grund, wenn sie jetzt darüber nachdachte.

»Ich wollte den Engel sehen«, flüsterte sie zutiefst beschämt.

»Einen Engel?« Sein Gesicht wurde ernst. »Also von Engeln sollten sich kleine Mädchen auch fernhalten.«

»Kleine ...?«

Aber Jinx lächelte, ein breites Lächeln, und zu ihrer noch größeren Verlegenheit und Empörung wurde ihr klar, dass er sie neckte.

»Oh …« Sie hätte am liebsten mit dem Fuß aufgestampft und wäre davongestürmt, aber das hätte ihn nur bestätigt, oder? Dass sie nur ein kleines Mädchen war, das sich selbst Probleme einhandelte? »Sehr lustig!«, knurrte sie. »Was ist das überhaupt für ein Engel?«

Jinx schüchterte sie mit einem finsteren Blick ein.

Die Leute können dich nur einschüchtern, wenn du es zulässt, Isabel.

Das sagte Mum immer. Auch wenn ihr die Businessanzüge, die Mehrfachabschlüsse und der MBA vermutlich dabei halfen. Egal. Izzy blieb standhaft.

»Also?«, fragte sie noch mal und stemmte die Hände in die Hüften, dass ihre Ellbogen links und rechts abstanden. Er würde nicht antworten.

»Bist du nicht schon spät dran?«

Sie konnte es mit etwas anderem versuchen. »*Was* ist Mistle?«

Beim Klang des Namens des Landstreichers verzog sich Jinx' Oberlippe höhnisch. »*Das* ist jemand, den du auf *keinen* Fall wiedersehen willst. Er ist bestenfalls ein unbedeutender Dieb. Halte dich fern, Izzy! Mistle und seinesgleichen sind Abschaum.«

»Und was ist mit deinesgleichen?«

Jinx schnaubte und ging weiter die enge Straße entlang. Izzy eilte ihm nach, sie hatte Mühe, mit seinen langen Beinen Schritt zu halten. Für einen verdammten Goth war er ganz schön schnell. Und sie hatte gedacht, hier gäbe es nur Emo-Möchtegern-Vampire.

Er blieb an der Kreuzung der Exchequer Street stehen; die schwarz gestrichene Fassade des Musikladens lag auf der gegenüberliegenden Straßenseite. Die Stadt drehte sich um sie beide, Autos, Fußgänger, Fahrräder, all diese Leben wirbelten vorbei.

»Also, hier sind wir. Viel Spaß.«

Ein leicht misstönender Lärm aus Schlagzeug und Gitarren dröhnte aus der Tür und Izzy verzog das Gesicht. Jinx' Glucksen brachte sie dazu, zu ihm aufzublicken.

»Bist du ein Experte oder so was?«

Zu ihrer Überraschung flackerte ein Lächeln über seine Lippen. »So was«, erwiderte er. »Pass auf dich auf. Ich gehe besser mal.«

Sie nickte und presste die Lippen zusammen. »Danke«, flüsterte sie, und seine Augen wurden groß vor Überraschung.

Fast genauso schnell wurde Jinx' Gesichtsausdruck wieder hart. »Gern geschehen«, knurrte er. »Also los. Sie machen sich bestimmt schon Sorgen um dich.«

So weit kam es noch.

Sie wartete noch einen Augenblick, schaute in sein schön geschnittenes Gesicht hinauf. Er sah ihr tief in die Augen, unverwandt, und eine Sekunde lang fragte sie sich, ob er sich vorbeugen und sie küssen würde. Es war nicht weit. Wenn sie sich auf die Zehenspitzen stellte, war sie in Reichweite. Er musste nur seinen langen Hals beugen und den Kopf senken.

Seine Lippen teilten sich, und bevor sie wusste, was sie tat, ließ sie zu, dass sich ihre Augenlider flatternd schlossen, und reckte ihm das Gesicht entgegen.

Aber er küsste sie nicht. Stattdessen seufzte er fast unhörbar. »Ich muss gehen.«

Schock und Scham durchfluteten sie wie Eiswasser. Sie wandte sich ab, ging über die Straße auf die Tür zu, den Kopf gesenkt, und versuchte, das brennende Schamgefühl zu dämpfen.

Jinx' Stimme driftete über den Straßenlärm hinweg: »Auf Wiedersehen, Izzy!«

Sie drehte sich um, als sie auf den Bürgersteig trat, und erhaschte einen letzten Blick auf ihn. Er stand reglos da und starrte sie an. Nur noch einen Augenblick lang, dann wandte er sich ab. Das Sonnenlicht flackerte hinter ihm auf, blendete sie, und dann war er fort.

3

ALTES BLUT

Jinx ließ Izzy widerstrebend gehen. Sie überquerte die Straße, ein kleines, schmächtiges Ding mit schulterlangen roten Haaren, die im Sonnenlicht zu leuchtend wirkten, um ganz natürlich zu sein, und flitzte zwischen dem Verkehr und anderen Menschen hindurch. Als sie auf der anderen Seite war und einen Blick über die Schulter warf, hatte er den Glamour schon um sich gezogen, indem er sich seitlich zur Sonne drehte, um für menschliche Augen unsichtbar zu sein.

Das Mädchen blieb im Eingang des Musikgeschäfts stehen und schaute zu ihm zurück, fast als könnte sie – na ja, ihn nicht sehen, aber vielleicht immer noch spüren? Konnte das sein? Vielleicht ein Hauch altes Blut? Es hatte ausgesehen, als könnte sie durch seinen Glamour blicken, nur für einen Augenblick oder zwei. Aber das war in der heutigen Zeit nicht mehr möglich, wo sich Fae und Menschen kaum noch begegneten, ganz zu schweigen davon, sich zu mischen. Das alte Blut war größtenteils ausgestorben.

Seine Instinkte regten sich, das tief sitzende, alte Wissen von Jäger und Gejagtem, intuitiv und ursprünglich.

Er stand still wie eine Statue; die Menschenmenge des späten Nachmittags floss um ihn herum. Licht brach durch eine weit entfernte Wolkenlücke und fiel auf sie. Es machte sie glühend – besonders. Er wurde das Gefühl nicht los, dass sie außergewöhnlich war. Und das brachte ihn mehr aus der Fassung, als er sagen konnte. Mistle hatte sie schließlich auch schon bemerkt, und es brauchte etwas ganz Besonderes, damit er aus der Flasche kroch, in der er sich gerade ertränkte.

Nicht einmal Jinx' Glamour hatte so bei ihr gewirkt, wie er sollte. Sterbliche Mädchen erröteten und wurden nervös, flehten um seine Aufmerksamkeit, sobald er sie einmal berührt hatte. Ein Fae konnte das Blut eines Menschen immer zum Kochen bringen. Es war der Lauf der Dinge.

Aber sie hatte dagegen angekämpft. Sie hatte so sehr gekämpft. Allem Anschein nach hatte es sie kaum beeinflusst … na ja, bis zum Ende zumindest.

Warum hatte er diesen Augenblick nicht ausgenutzt? Er atmete langsam aus, zwang seinen Körper, sich zu entspannen. Sie hatte wie etwas anderes ausgesehen, etwas, das größer war als sie selbst. Altes Blut, alte Seele, alt und mächtig. Doch sie war es nicht. Sie war nur ein Mädchen.

Jinx wartete, bis sie seufzte und sich abwandte. Sie verschwand im Inneren. Die Sonne glitt hinter die Wolken und seine Welt wirkte wieder dunkler und kälter.

Zufall, sagte er sich. Nichts weiter.

Aber das war eine menschliche Entschuldigung. Das Problem war, dass es so etwas in der Welt der Übergänge, die alle Fae bewohnten, selten gab.

Verwirrt ging er nach Hause zurück, bahnte sich geschickt einen Weg durch die Fußgängermassen, die ihn nicht sehen konnten. Ein kleiner Trick, einfach gemacht, der das Leben aber sehr erleichterte. Er musste ihre Aufmerksamkeit nur auf etwas anders lenken – egal was –, während er gleichzeitig in ihnen Abscheu davor weckte, ihm zu nahe zu kommen. Gerade genug, damit sie ihm nicht im Weg waren.

Von der Gasse aus war es ein kleiner Schritt in das Sídhe-Gebiet, in dem sein Zuhause lag, ein Teil eines größeren Netzwerks aus Sídhe-Wegen, aus denen Dubh Linn bestand. Die Fae-Stadt lag von der Menschenwelt leicht nach links versetzt, überlagerte sie, lauerte in den Schatten und an vergessenen Orten, an den Kreuzungspunkten, wo die beiden zusammentrafen, und all den Orten, die sich sein Volk über die Jahrhunderte angeeignet hatte. Sie war schmuddelig und prächtig, voll von Dingen, die niemals waren, den unruhigen Träumen einer alkoholdurchtränkten Nacht. Dass der Glanz an manchen Stellen schon ziemlich abgerieben war, überraschte nicht. Dubh Linn war nichts für Unvorsichtige.

Er war plötzlich froh, dass er ihr den Weg nach draußen gezeigt hatte.

Der Club war fast leer. Jetzt, da alle Lichter brannten, hatte er seine Rätselhaftigkeit verloren und sah nur noch schäbig aus. Nicht zu vergleichen mit den Höhlen der alten Zeiten, sagten die Älteren gern, seine Matriarchin Holly am geringschätzigsten. Jinx wusste es nicht und wollte es eigentlich auch gar nicht wissen. Das Leben in einem Loch im Boden, meilenweit vom Arsch der Welt entfernt, reizte ihn nicht. Er hatte schon immer in der Stadt gewohnt, so wie die meisten Fae, die er kannte. Die Zeiten hatten sich geändert – noch ein Lieblingszitat unter seinen Ältesten, aber was das anging, war er froh darüber.

Auf das Geräusch einer sich öffnenden Tür hin drehte er sich um. Dort standen die Magpies, Seite an Seite, und versperrten jeden Fluchtweg. Sie sahen gleich aus, wie immer in makelloses Schwarz-Weiß gekleidet, den scharfen Blick auf ihn und nur auf ihn gerichtet.

»Ach, da ist er ja«, sagte Mags und strich sich die glänzenden schwarzen Haare aus der Stirn.

»Schwierig zu finden, unser Jinx«, stimmte Pie zu.

»Was wollt ihr?«, fragte er mit einer nervösen Bewegung, die er nicht verbergen konnte. »Silver ist nicht hier. Der Club hat noch nicht geöffnet.« Und falls Silver sie erwischte, wie sie sich ohne Erlaubnis in ihrem Revier herumtrieben, würde sie ihnen das Fell über die Ohren ziehen. Sie war für diese Höhle verantwortlich.

Mags legte den Kopf schief und lächelte sein herzloses Lächeln. »Oh, wir sind nicht auf der Suche nach Gesellschaft. Noch nicht jedenfalls. Der Rat trifft sich im Casino zu einem *Parley*. Deine Anwesenheit wird verlangt.«

Er erstarrte und musterte sie eindringlich. Das konnte keine Lüge sein. Nicht mal die Magpies würden so etwas riskieren. Der Rat arbeitete auf einer Basis des gegenseitigen Misstrauens und des Abscheus – Feinde unter einem sehr brüchigen Waffenstillstand –, die es irgendwie schaffte, das Gleichgewicht zwischen all den verschiedenen Sippen zu erhalten. Das Wort des Rats war Gesetz – oder einem tatsächlichen Gesetz zumindest so nahe, wie es sein Volk befolgen würde. Wenn sich also der Rat versammelte und speziell seine Anwesenheit verlangte … das konnte nicht gut sein. Die Magpies dienten nur einem Mitglied des Rats, dem Amadán, und Jinx war ihm nicht zur Treue verpflichtet, wofür er ewig dankbar war. Aber ein Ruf des Rats … Was wollten sie? Was wollte *Holly*? Die Matriarchin seiner Sippe war nicht von der geduldigen Sorte. Sie würde außer sich sein, wenn er sie vor den anderen Mitgliedern beschämte. Vor allem, wenn Brí da war. Es war kein Geheimnis, dass die beiden einander hassten. Und es war kein Geheimnis, dass Jinx in Brís Höhle geboren und danach Holly übergeben worden war. Brí hatte ihn genauso unverrückbar gekennzeichnet, wie Holly das getan hatte, und hatte ihm statt Tattoos und Piercings eine *Geis* auferlegt, um sein Schicksal zu besiegeln. Die Matriarchinnen hinterließen immer ihr Zeichen.

Er hatte keine Wahl, er musste hin. Wenn er Holly öffentlich bloßstellte, konnte er sich auch gleich für den Rest seines kurzen und armseligen Lebens verstecken.

»Tja, dann wollen wir sie mal nicht warten lassen, oder?«, fragte er, als machte es ihm nicht das Geringste aus.

Mags lachte, als sich Jinx an ihm vorbeidrängte und ihn dabei an der Schulter anrempelte, weil keiner von beiden ausweichen wollte.

»Braver Hund«, murmelte Pie höhnisch, als sie ihm aus der Höhle folgten.

Jinx spürte, wie sich ihm die Nackenhaare aufstellten.

* * *

Die Sídhe-Wege wanden sich zwischen der Menschen- und der Fae-Welt, zu keiner gehörig und beiden innewohnend, mal innerhalb, mal außerhalb von Zeit und Raum, sich hier Minuten borgend, um sie wann auch immer zurückzuzahlen. Es machte das Reisen schneller, konnte aber auch die Zeit durcheinanderbringen, sodass eine Stunde wie ein Tag erschien oder eine Woche nicht länger als eine Stunde. Reisende mussten wissen, was sie taten, und selbst dann, dachte Jinx, als sie aus einem schimmernden Hitzeflimmern in das Abend- statt ins Nachmittagslicht traten, selbst dann konnte man sich zu leicht irren.

Pie fluchte und schaute auf die Uhr, deren Zeiger herumwirbelten, um die Realität einzuholen. »Na los, wir sind spät dran!«

Jinx beschleunigte sein Tempo nicht, als sie über den Rasen auf das kleine neoklassizistische Haus aus dem achtzehnten Jahrhundert zugingen, das schnell vom Rat der Aes Sídhe übernommen worden war, damit es in einem neutralen Teil des Sídhe-Gebiets lag. Gestohlen, würden manche sagen, oder geborgt. Aus einer Welt herausgerissen und in eine andere entführt, aber nicht fort. Nicht im eigentlichen Sinne. Es transzendierte hierhin und dorthin, balancierte auf der Kante zwischen beiden Welten. Die Aes Sídhe liebten schöne und trügerische Dinge und es passte auf diese Beschreibung. Das Casino war nur jeweils ungefähr fünfzehn Meter lang und breit und sah von außen aus wie ein einziger Raum, enthielt aber sechzehn Zimmer auf drei Stockwerken und Myriaden von Sinnestäuschungen. Man konnte den Namen mit »Kleines Haus« übersetzen, obwohl »Freudenhaus« der Sache eigentlich näher kam. Es war nie zum Spielen benutzt worden. Na ja, zumindest nicht um Geld.

Die drei passierten ungesehen das Rinnsal von unvorsichtigen Touristen, die die Stufen zur Rezeption hinuntergingen – und die sie kaum bemerkten, ganz zu schweigen von etwas Seltsamem um sie herum. Dann stiegen sie auf der Nordseite die Stufen zu der riesigen verwitterten Eichentür hinauf. Innerhalb der Vertäfelung lag die tatsächliche Tür von normalerer Größe und sie öffnete sich auf ihre Berührung hin. In der Haupthalle überquerten sie den reich verzierten Boden und Pie öffnete die mittlere von drei polierten Mahagonitüren. Die Luft schimmerte. Jinx folgte Pie, Mags übernahm die Nachhut, und sie traten durch ein Portal, das in die Substanz des Gebäudes eingebaut war. Doch da dieser Ort vollständig aus Illusionen gebaut war, führte die Tür irgendwo anders hin. Die Welt verschob sich fast unmerklich, erschauerte wie ein Hund mit einem Floh auf dem Rücken, und das Casino veränderte sich mit ihr, immer noch prächtig und kunstvoll verziert, doch jetzt ewig neu, aus reinem Gold statt vergoldet und überwältigend in seiner Schönheit. Dieses Casino, auf der Fae-Seite der Welten, glitzerte und beherbergte einen Bankettsaal, weit größer, als es in dem Gebäude außerhalb von Dubh Linn möglich war.

Doch im Inneren war alles möglich.

Lichter schwebten unter der verspiegelten Decke, umkreisten einander, beleuchteten den Saal und den Tisch, der seine Mitte dominierte und dessen Oberfläche mit Einlegearbeiten aus seltenen Hölzern in komplizierten, filigranen Mustern verziert war, die das Auge Lügen straften. Die drei Gestalten, die um den Tisch saßen, nahmen die Pracht ihrer Umgebung nicht wahr. Neben jeder von ihnen stand ein leerer Stuhl, der die Grenzen und Distanz zwischen ihnen markierte. Der ausladendste Stuhl von allen, am Kopf des Tisches, war ebenfalls unbesetzt.

Die Magpies fielen hinter Jinx zurück, als er den Raum betrat. Silver lächelte von ihrem Platz an der seidenbespannten Wand herüber, ihre Haare schillerten in dem bewegten Licht, der Blick ihrer blassgrauen Augen schoss wachsam zu Holly. Ihre Matriarchin geruhte noch nicht, Jinx zu bemerken. Sie fütterte den Fae, der zu ihren Füßen saß, mit duftenden Fleischstücken. Sie neckte ihn, ließ das Essen über ihm baumeln, bevor sie ihm erlaubte, es mit dem Mund zu nehmen.

Er war ebenfalls einer der Aes Sídhe, aus dem Hochadel der Fae, doch das verschonte ihn nicht. Rote Striemen von ihrer Gerte zogen sich über seinen Rücken, und er bebte in einer Mischung aus Demütigung und Verzweiflung, während sie ihn fütterte. Seine Hände blieben fest auf das polierte Parkett gepresst. Es war schwer, Mitleid mit ihm zu haben. Die meisten der Aes Sídhe, die Jinx in der Vergangenheit je einen Hauch Aufmerksamkeit geschenkt hatten, hatten ihn verspottet und lächerlich gemacht. Doch es wurde nicht besser davon, einen von ihnen nun so gebrochen zu sehen. Es erinnerte ihn nur daran, was Holly ihm im Lauf der Jahre angetan hatte. Sie liebte es, ihre Macht über ihre Untertanen zu demonstrieren, vor allem bei denen, die sie verärgerten. Sie führte ihre Macht wie ein Skalpell. Oder wie einen Knüppel, wenn es ihr passte.

Er fragte sich, was der arme Tor angestellt hatte. Er wollte es nicht wissen.

Jinx hatte Mühe, kein finsteres Gesicht zu ziehen, während er ihr zuschaute und darauf wartete, dass sie ihn bemerkte. Sie war seine Matriarchin: Bis sie das tat, existierte er für niemand anderen im Raum. Er nutzte die Zeit, um die anderen Mitglieder des Rats zu studieren, die heute anwesend waren. Nur drei Mitglieder waren gekommen, die drei, die einander mehr hassten als der Rest. Dennoch kamen sie und trafen sich. Hauptsächlich um zu zeigen, dass sie einander nicht fürchteten – obwohl sie es taten. Jinx hatte den Verdacht, dass das für sie auch nicht mehr Sinn ergab als für ihn.

Brís wildes rotes Haar stand im Kontrast zu Hollys glattem blonden Bob. Sie raschelte mit Papieren und schaute überall hin, nur nicht auf Jinx. Brí war so schön und schrecklich wie alle anderen Aes Sídhe, aber normalerweise sehr zurückgezogen.

Einen Moment lang sah sie so vertraut aus, dass etwas in ihm schmerzte und er nur zu ihr gehen und ihr dienen wollte. Er war geboren, um ihre Kreatur zu sein, das lag ihm im Blut. Sein Vater war zwischen ihr und der Familie zerrissen gestorben, die er niemals hätte haben sollen. Und selbst als Jinx von Brí als Bezahlung für die verlorene Ehre an Holly übergeben worden war, hatte sie ihn im selben Moment verflucht und ihm eine Geis auferlegt, die ihn bei allem, was er tat, auf Messers Schneide gehen ließ – eine Geis, die ihn in einem Wimpernschlag versklaven oder töten konnte. Eine *Verpflichtung*. Das war der höfliche Ausdruck dafür. Wenn die Sídhe sich dazu herabließen, höflich zu sein.

Ihr Hund. Für immer. Auch wenn er das jetzt eigentlich nicht mehr war. Der Drang war zu stark. Es lag einem im Blut. Das passierte jedem Rudeltier, jedem Hundeartigen. Und obwohl er Hollys Eigentum war, obwohl ihre Zauber und Siegel ihn fester an seine Aes-Sídhe-Form banden, würde der Hund nicht komplett zum Schweigen zu bringen sein. Er wollte heraus. Immer.

Die einzige andere Person am Tisch war Amadán selbst, dem Anschein nach ein alter Mann, aber in Wahrheit nicht so verletzlich. Er regierte allein, ohne eine Matriarchin, und seine Anhänger – wie die Magpies – musste man fürchten.

Von Donn war natürlich nichts zu sehen, aber er kam überhaupt nicht mehr. Jinx konnte sich nicht erinnern, wann er einmal teilgenommen hatte. Allerdings hielten sie ihm seinen Platz frei – sie würden es nicht wagen, es nicht zu tun. Donn war der Mächtigste von ihnen, so sagte es die Überlieferung, der Älteste und Undurchsichtigste, der Bewohner der Dunkelheit. Jinx hatte ihn nie zu Gesicht bekommen. Er kannte nicht viele, die ihn je gesehen hatten.

Íde, die Matriarchin der Berge, war seit Jahren nicht gekommen. Nicht, seit ihr Geliebter Wild direkt hier am Tisch von unbekannter Hand vergiftet gestorben war. Sie hatten Wild nicht ersetzt, weil Íde es nicht erlaubte.

Und die Seanchaí, die Geschichtenerzählerin, wie sie manchmal genannt wurde, war nicht mehr Teil des Rats. Sie verließ ihr Herrenhaus nie und war zufrieden damit, dort zu sitzen und sich mit der Zukunft und der Vergangenheit aufzuhalten statt mit dem Jetzt. Ihr Platz am Kopf des Tisches würde nie wieder benutzt werden.

Also bestand der Rest des Rats aus der Hälfte des Rats. Sie regierten alle Fae in Dubh Linn, jede Art, von den höchsten bis zu den niedersten, und erhielten einen brüchigen Frieden aufrecht. Manchmal mit harter Hand, andere Male spürte man sie überhaupt nicht.

Es war keine Freundschaft, nicht mal eine Zweckfreundschaft. Diese Versammlung war so ungefähr das Einzige, was sie alle vom offenen Krieg abhielt, und auch wenn sie ihrem Zweck schon länger diente, als er denken konnte, machte es die Atmosphäre trotzdem nicht angenehmer. Niemand konnte einen Groll hegen wie ein Angehöriger der Aes Sídhe, des Adels der Fae. Heiß oder kalt – sie befanden sich immer noch im Krieg, und das bedeutete, dass List, Spionage und eine Vielfalt von bunten Mordversuchen zu erwarten waren. Natürlich. Wilds Tod hatte das gezeigt. So waren die Aes Sídhe seit Anbeginn der Zeiten.

Gleichzeitig hieß das aber nicht, dass sie sich nicht treffen und kaltblütig zivilisiert sein konnten. Nun ja, beinahe zivilisiert. Scharfe Worte und gegenseitiges Übertreffen waren einfach ebenfalls Waffen in diesem tödlichsten aller Spiele.

»Ach«, sagte Holly endlich. »Es wurde auch Zeit, dass du kommst.«

Jinx neigte respektvoll den Kopf. »Es ist wunderbar, dich zu sehen, Großmutter.« Er klang sogar, als meinte er es ernst.

Doch Holly ließ sich nicht täuschen. Sie funkelte ihn an. »Wahrscheinlich gar keine schlechte Idee, diese Beziehung zu erwähnen, Jinx.«

»Andererseits«, unterbrach sie Brí, deren klare, lebhafte Stimme im Raum widerhallte, »vielleicht auch doch. Wenn man bedenkt, dass er das Kind einer Verräterin ist.«

»Das Produkt einer Verräterin und eines Mörders«, sagte Amadán mit einem Glucksen. »Eine sehr ungewöhnliche Ahnentafel für einen Bastard.«

Ach ja, seine Mutter die Verräterin und sein Vater der Mörder. Es lief immer wieder auf sie hinaus. Jinx kämpfte darum, den aufsteigenden Ärger zu unterdrücken. Er hatte seine Eltern nicht einmal gekannt, lebte aber täglich mit ihrem Erbe und den Intrigen eben des Rats, vor dem er jetzt stand.

»Nur solange er nie vor meiner Tür steht.« Brí schenkte sich noch ein Glas Wein ein. »Dann kommt das Blut heraus. Auf mehr als eine Art.«

Sie alle kannten sich mit Blut aus – und mit dem Vergießen desselben allemal.

Holly knurrte etwas wie einen Fluch, stand auf und trat ihren knienden Sklaven aus dem Weg. Der landete hart, sein Gesicht traf hörbar auf dem Parkett auf, dann lag er still und versuchte, sein Schluchzen zu unterdrücken.

Sie ignorierten ihn. Diese Freundlichkeit kam doch ein wenig unerwartet. Anscheinend war es außer Holly hier niemandem wichtig, ihn zu erniedrigen.

Sie stolzierte auf Jinx zu, und er schaffte es beinahe, nicht zu zucken, als sie vor ihm stehen blieb und ihn so fest ins Gesicht schlug, dass sein Kopf zur Seite gerissen wurde und die Haut brannte.

Jinx hob den Kopf, hielt den Blick aber sorgfältig abgewandt. Ehrerbietig. Unterwürfig.

»Ich habe eine Aufgabe für dich«, sagte sie.

»Wie du befiehlst, Großmutter.«

Sie hob erneut die Hand, bog die Finger, wie um Krallen auszufahren. »Sei vorsichtig, Junge, oder das hier könnte schnell sehr lästig werden. Blutsverwandtschaft oder nicht, ich schulde dir nichts. Meine Quellen berichten mir, dass heute ein Engel gefallen ist, ganz in der Nähe von Silvers Höhle. Vielleicht sogar direkt vor ihrer Tür. Wir wollen den Funken, der zurückgeblieben ist, Jinx. Er wird die Machtsteine ein Jahrzehnt oder länger stärken. Besorge ihn mir, so schnell du kannst.«

Ein Funke? Tja, danach hungerten sie alle. Der Duft der Macht, der Geschmack des Göttlichen … das machte jeden der Aes Sídhe gierig wie die Wölfe. Die Macht, die man aus einem davon ziehen konnte, was man damit anstellen konnte, die Magie, die Wissende und Skrupellose damit ausüben konnten … Aber das hing nicht von ihm ab. Er besaß keinen Machtstein oder so was, um den Funken hineinzulegen. Er wüsste überhaupt nicht, was er mit einem Funken anfangen sollte.

Aber sie schon. Jede Höhle enthielt einen Machtstein und sie waren von zentraler Bedeutung für die Macht der Aes Sídhe. Sogar Silver besaß einen, auch wenn er nicht so mächtig war wie der ihrer Mutter. Holly hätte das nie erlaubt. Sie mussten genährt werden. Das war das Problem. Träume, Schrecken, die Millionen Gefühle, die man Menschen abringen konnte, waren die üblichste Energie, die hineingegossen wurde – aber das Licht eines Engels war das Mächtigste von allen.

»Kein Problem.« Er versuchte nicht mal, die Erleichterung in seiner Stimme zu verbergen. Und er hatte gedacht, sie wollte etwas Schwieriges. Wenn er nichts weiter tun musste, als die traurigen Überreste eines gefallenen Engels aufzulesen und …

Das Mädchen hatte einen Engel erwähnt. Jinx stockte der Atem. Izzy hatte geglüht. Das hatte er gedacht, als er sie verließ. Sie hatte *geglüht*, und das hatte ihn in den Bann gezogen, aber was, wenn das nicht alles war? Er hatte nicht genauer hingeschaut. Hatte er einen Funken in ihr übersehen? Sie hatte eigentlich normal gewirkt, abgesehen von diesem leidigen Glühen. Das hätte ein Engel nicht ausgelöst, Funke oder nicht.

Aber sie hatte es gesagt … *»Ich wollte den Engel sehen.«*

Hollys Blick wurde finster vor Misstrauen. »Was ist los, Jinx?«

Er musste sich etwas ausdenken, und zwar schnell. Dann musste er das Mädchen finden. »Nichts, Großmutter. Ich mache mich sofort daran.«

»Tu das.«

Sie beugte sich vor, und einen Moment lang dachte er, sie wollte ihn auf die Wange küssen. Sein ganzer Körper versteifte sich vor Schreck, doch Hollys Lippen streiften seine Haut kaum. Stattdessen flüsterte sie ihm ins Ohr: »Und lass diese rothaarige Zicke und den alten Mistkerl nicht vor dir dort sein, verstanden? Niemanden sonst, klar? Bring ihn mir, und nur mir! Ich habe nicht vor, solche Macht mit ihnen zu teilen.«

Engel waren ihr Ding. Er hatte sie schon früher in Aktion gesehen, wie sie ein solches Wesen folterte, ihm seinen Funken entriss und nichts als ein geisterhaftes Zeichen an der Wand ihrer Höhle zurückblieb. Sie hatte nicht nur einen, sondern Hunderte vernichtet.

Holly schaute ihm böse in die Augen, eine Erinnerung an all die Dinge, die sie in der Vergangenheit über andere gebracht hatte, die sie ihn erdulden lassen hatte. Die silbernen Piercings fühlten sich kalt auf seiner Haut an und die Tätowierungen wanden sich enger um ihn.

»Wie du befiehlst.«

Amadán hustete laut und räusperte sich Schleim röchelnd. »Du solltest noch an etwas anderes denken, Junge. In Dublin gibt es einen Grigori. Sie mögen es nicht, wenn wir uns in ihre Sachen einmischen ... weißt du, was ich meine?«

»Er ist nur ein Mensch.« Holly warf ihm für diese Unterbrechung einen bösen Blick zu. »Und auch er kann nicht überall hin. Wir werden nehmen, was wir wollen, und er wird nur wieder eine ohnmächtige Warnung senden.«

»Diesmal nicht«, erwiderte Amadán. »Du warst in letzter Zeit gierig. Das bemerken sie. Er wird es bemerken. Du willst doch einen Grigori nicht wütend machen?«

»Er wird sich nicht einmischen«, sagte Brí. »Und falls doch, werde ich mich um ihn kümmern.«

Der Alte Mann lachte. Der Laut ließ Jinx schaudern, als wäre er plötzlich unsauber. »Na ja, du musst es wissen. Du hattest oft genug mit ihm zu tun. Oder ist das inzwischen lange vorbei?«

Brí trank ihren Wein in einem Zug aus. »Vielleicht sollte ich mal mit dir zu tun haben, Amadán.«

»Nein danke, meine Liebe. Ich habe Ansprüche.«

Ihr Gesichtsausdruck, der ohnehin schon wirkte, als hätte sie in eine Zitrone gebissen, verstärkte sich noch. »Ich sage nur, dass er im Moment andere Sorgen hat. Das Leben kann schwierig sein für einen Familienvater. Vor allem, wenn die Zeiten hart sind und das Geld knapp ist. Wie ich schon sagte, wenn es nötig ist, kümmere ich mich um ihn.«

Holly setzte ihr strahlendstes falsches Barrakuda-Lächeln auf. »Dann haben wir das ja geklärt. Also ab mit dir!«

Jinx verneigte sich und entfernte sich rückwärts, die ganze Haltung sorgsam ehrerbietig. Als er die Tür erreichte und an den grinsenden Magpies vorbeischlüpfte, gestattete er es sich wieder zu atmen und wandte sich zur Flucht.

Schritte klapperten auf dem glänzenden Parkettboden, etwas, das in dem menschlichen Gebäude niemals erlaubt gewesen wäre, wo das Parkett abgedeckt war, um es vor Schäden zu schützen. Doch es war nicht jene Welt, und keiner in diesem Raum würde ein Wort dagegen sagen. Nicht, wenn sie überleben wollten.

»Jinx?«

Silver holte ihn ein, schob den Arm unter seinen, lächelte und lehnte sich an ihn. Ihr Duft, Holunderblüte und Weißdorn, hüllte ihn ein. Für einen Menschen wäre er berauschend gewesen, und selbst Jinx, nach Sídhe-Maßstäben jung, hatte Mühe, ihn abzuschütteln. Silver war sehr viel älter als er, trotz ihres Erscheinungsbilds, und so viel mächtiger; das Paradebeispiel für alles, was ein Aes Sídhe sein sollte, eine Prinzessin unter ihnen. Eine der mächtigsten aller Sídhe, abgesehen von den Matriarchinnen und dem Rat. Warum sie sich ihre kleinkarierten Regeln gefallen ließ und sich ihnen unterwarf, wusste er nicht. Loyalität war keine natürliche Fae-Eigenschaft. Doch sie war auch eine der wenigen, die je nett zu ihm gewesen waren, die Einzige, die ihn in ihre Höhle mitnahm und ihn in ihr Leben ließ. Sie verhätschelte ihn, schützte ihn, den Außenseiter, der er in seiner eigenen Welt war. Sie war alles, was er nicht war. Er schuldete ihr mehr, als er je zurückzahlen könnte.

»Geht es dir gut?«

»Ja. Ich … Ich sollte gehen.«

»Dann lauf los«, neckte sie ihn, doch als er nicht lachte, zögerte sie und musterte ihn eindringlich. »Was hat sie gesagt, das dich so aus der Fassung gebracht hat?«

»Sie ist einfach Holly.« Das hätte Erklärung genug für sie sein müssen, aber Silver schaute ihn weiterhin abwartend an. »Es ist nicht wichtig.«

»Na, dann komm heute Abend nicht zu spät. Da kommt eine Menge Volk aus Cork. Gruppenreise oder so. Wird ein Spaß, denke ich.«

Jinx verzog das Gesicht. Fae von außerhalb auf der Suche nach Spaß waren notorisch außer Rand und Band, und Silvers Definition von Spaß hatte normalerweise mit ein paar gebrochenen Knochen bei den Umstehenden zu tun. Der Club konnte gut hinter sich aufräumen und Fae aller Arten ertrugen sehr viel mehr als jeder Sterbliche. Dennoch konnte es … brutal werden. Und chaotisch.

»Von mir aus. Ich werde da sein. Ein Gig ist ein Gig.«

Er strebte wieder auf die Tür zu, doch Silvers Stimme rief ihn, jetzt nicht mehr so keck, nicht mehr neckend. Sie klang beinahe besorgt.

»Jinx?«

Er warf einen Blick über die Schulter. »Ja?«

»Sei vorsichtig.«

* * *

Er brauchte nicht lange bis in die Gasse, wo er Izzy kennengelernt hatte. Wo er sie davon abgehalten hatte, sich noch weiter nach Dubh Linn zu verirren. Wo er sie gerettet hatte, obwohl sie es nicht gemerkt hatte.

Sie gerettet. Das war ein Witz. Was für einen Ritter in schimmernder Rüstung würde er abgeben? Vor allem, weil ihn die Rüstung höchstwahrscheinlich umbringen würde. Von Menschen gemachtes Metall brannte. Es gab kein anderes Wort dafür. Nicht wie Flammen. Wie Säure. Sogar das, was er täglich trug. Er hatte sich nie an den Kontakt damit gewöhnt, aber es hielt ihn in der gewünschten Form und seine Gedanken auf seine Aufgaben und Verpflichtungen konzentriert. Es diente seinem Zweck. Genau wie er.

Als Erstes fiel ihm auf, wie still es war. Wie ein Tunnel, einer der sehr alten Teile der Altstadt, die sich zwischen den Welten bewegten, der wirklichen und der unwirklichen. Pflastersteine und hohe Bordsteine, jeder sorgfältig behauen und vom Alter abgenutzt, eine gewisse Eleganz, die der modernen menschlichen Welt abging und selbst in Dubh Linn rapide verfiel. In seiner Welt. Eine Welt der Geheimnisse und Schatten, von Mysterien, die niemand ergründen konnte und die auch eigentlich niemand kennen wollen würde, selbst wenn er könnte. Für einen kurzen Moment hatte sie die Schwelle überschritten, die man am besten in Ruhe ließ, und er hatte ihr einen Gefallen getan, sie wieder hinauszuführen. Und das alles für ein Handy. Mistles Verlangen danach war für Jinx durchaus verständlich. Alles, was glänzte und funkelte, alles, was schlau und geschickt war, zog sie an. Doch warum hatte Izzy versucht, es wiederzubekommen, wenn sie doch einfach in ein Geschäft gehen und sich ein brandneues, sogar noch glänzenderes kaufen konnte? Menschen waren seltsame Wesen, und Izzy war noch seltsamer. Aber sein Leben wäre jetzt leichter, wenn er sie nicht nach draußen begleitet hätte, wenn er sie bei sich behalten hätte. Sie hatte einen Engel erwähnt und er hatte in dem Moment nicht darauf geachtet. Doch selbst wenn sie ihn nicht fallen sehen hatte, musste sie fast sofort danach dort gewesen sein. Während das Bild noch zwischen den Welten glühte.

Jetzt war nichts Besonderes mehr zu sehen. Dreck und Asche, stinkender Müll, Schlieren von so etwas wie alter Farbe an der Wand.

Der Geist von Izzys Gegenwart lag noch in der Luft. Er spielte damit, ließ ihn durch sich hindurchströmen, untersuchte ihn. Kein Geruch, nicht so richtig. Eher ein *Gefühl*, ein Kräuseln in der Wirklichkeit, entstanden, weil sie hindurchgegangen war. Doch wenn er die Augen schloss und es versuchte, hätte er ihr folgen können wie ein Bluthund.

Und noch etwas. Ein Knistern und Blitzen, ein Zischen von Ozon in der Luft, wachsende Erwartung stellte ihm die Härchen an den Armen auf.

Verdammt, er kannte dieses Gefühl, er fürchtete es. Alle Fae taten das. Er würde nie rechtzeitig verschwinden können und ein Glamour würde nicht funktionieren. Abgesehen davon, wenn er davonlief …

Laufe niemals davon, hatte man ihm von Kindheit an beigebracht. *Wenn du davonläufst, können sie nicht anders, als dich zu jagen.*

Niemand wollte dieser Fuchs sein.

Jinx wich zurück, suchte die dunkelste Ecke, um die Schatten um sich zu ziehen, einen Platz, um sich vor dem aufziehenden Sturm zu verstecken.

Wind wehte durch die Gasse, nicht von einem der Enden her, sondern aus ihrer Mitte. Zeitungsfetzen und Chipstüten flogen in die Luft, wirbelten herum wie verrückt gewordene Schmetterlinge.

Zwei Männer standen im Auge dieses ortsgebundenen Wirbelsturms.

Nein, keine Menschen. Man würde sie nur auf den ersten Blick fälschlicherweise für Menschen halten.

Der Nähere trat dichter an die Wand heran, drückte eine blasse, schmale Hand an die Steine und schloss die Augen. Einen Moment lang war alles still. Dann schüttelte er den Kopf. Seine Haare glänzten wie Gold.

Der Zweite, beinahe ein Spiegelbild seines Bruders, bis auf seine dunklere Färbung, schaute Jinx mit blassen, matten Augen an. Sie hatten ihn gesehen. Natürlich hatten sie ihn gesehen.

»Wo ist der Funke?« Seine Stimme grollte durch Luft und Erde und erschütterte alles dazwischen.

»Er ist weg.« Jinx wusste nicht recht, wo er seine Stimme gefunden hatte. Sie klang jämmerlich im Vergleich zu der anderen, und das ärgerte ihn. Er ballte die Fäuste an den Seiten, bis die Fingernägel in die Handflächen schnitten. Er hatte hier nichts zu befürchten. Er hatte nichts falsch gemacht. Außer dass er war, was er war. Und hier zu sein, als sie ankamen. »Er war schon weg, als ich herkam.« Er sagte das entschiedener, als er wollte.

Die erste Gestalt hatte kein Wort gesagt oder den Mund geöffnet, und dafür war Jinx dankbar. Es war nicht gut, manche Stimmen zu hören. Doch der Zweite stand sehr still, als hörte er ihm zu. Dann sprach er weiter, und seine Stimme wand sich um Jinx und zog sich zu wie die Windungen einer Python.

»Wenn du weißt, wo er ist, musst du es uns sagen, Faeling. Die Zeit ist knapp.«

Jinx funkelte sie an. *Du musst*. Bei denen war immer alles ein *Muss*. Er trat gegen eine Dose, und der Erste folgte ihr mit Blicken, wie eine Katze eine Fliege verfolgte.

»Jetzt?« Er zwang sein Gesicht zu einem Lächeln, das nie über seine Oberlippe hinauskam. »Gerade jetzt habe ich keine Ahnung, wo er ist. Kann ich gehen?«

Der Zweite spie einen Fluch in einer Sprache aus, die Jinx nicht im Entferntesten verstand. Es klang wie von Wut verunreinigte Musik. Aber er kannte ihren Namen. Einst, so erzählten die Ältesten, hatte sein Volk sie ebenfalls gesprochen.

»Wir sind hier fertig. Aber ich warne dich, wir werden den Funken finden. Wir werden ihn nach Hause bringen. Er kam mit einem unserer Geschwister und gehört an den Heiligen Hof. Das Wort hat ihn gesprochen. Wenn wir dich noch einmal sehen, Faeling, wird es schlimmer für dich ausgehen. Viel schlimmer.«

In einem weiteren Wirbel aus Wind und Trümmern waren sie fort, und Jinx stand wieder allein in der Gasse. Er biss die Zähne zusammen und entspannte sich langsam. Aber nur langsam. Er war zu aufgedreht.

Izzy hatte den Funken, den göttlichen Funken, der in einem Nach-Bildnis zurückbleiben konnte, wenn einer dieser scheinheiligen Schwachköpfe in Ungnade fiel. Und sie waren geschickt worden, um ihn zu holen. Nichts würde sie aufhalten und nichts würde ihnen im Weg stehen. Sie hatten immer recht. Das war das Problem. Auch wenn sie nicht recht hatten.

Sie würden sie töten. Und sie würden noch Schlimmeres tun, als sie zu töten, sie würden sie auch verdammen. Und das hatte wirklich etwas zu sagen.

Engel waren alle gleich.

4
KLEINE LÜGEN

Es war nach sieben, als Izzy nach Hause kam. Abgesehen von dem Piepsen der Alarmanlage, die nach ihrem Deaktivierungscode verlangte, war es ruhig im Haus. Im Flur streifte sie die Schuhe von den Füßen, ließ die Tasche und den Mantel unter der Treppe fallen und tappte in die Küche. Keine Spur von irgendwem.

Das war in letzter Zeit natürlich nicht unüblich. Seit die Banker den Keltischen Tiger abgeschossen hatten, verbrachten ihre Eltern jede gottgegebene Stunde bei der Arbeit und kämpften darum, ihr Architekturbüro am Laufen zu halten.

Wenigstens war das Haus sicher, denn es gehörte ihrer Großmutter, und nicht einmal ihre Eltern waren schwachsinnig genug, Gran in ihre Finanzprobleme hineinzuziehen. Izzys Großmutter mochte die Stadt nicht, sagte sie, und lebte lieber in den Bergen in der Nähe von Glendalough, mitten im absoluten Nirgendwo, wie Izzy fand. Aber das hieß nicht, dass Gran nicht etliche Grundstücke besitzen konnte – der ultimative abwesende Hausbesitzer, vor allem, da sie im Moment auf einer ihrer vielen Weltreisen war.

Izzy öffnete den Kühlschrank und blinzelte in das grelle Licht. Sie schnappte sich die Milch und eine Packung Schinken, bevor sie mit dem Fuß die Tür hinter sich schloss.

Nichts geht über Schinkensandwiches und ein Glas eiskalte Milch zum Abendessen, sagte sie sich. Die gespielte Tapferkeit überzeugte ihren Magen nicht.

Sie schaltete den Fernseher im Wohnzimmer an, fand eine romantische Komödie und rollte sich auf dem Sofa zusammen. Der Knoten, der sich in ihr zusammengezogen hatte, begann sich langsam zu lösen. Ihr Arm brannte, ihr Nacken auch. Mist, vielleicht hatte sie sich bei dem Spinner in der Gasse etwas eingefangen. Oder vielleicht – das war wahrscheinlicher, sagte ihr Verstand – stand sie unter Schock. Das Fernsehbild verschwamm, Bilder verschmolzen und bildeten sich neu, bis der Knoten in ihrem Magen mit Macht zurückkehrte.

Izzy schüttelte den Kopf, versuchte aufzustehen, aber ihre Beine waren zu Wackelpudding geworden.

»Verdammt«, sagte sie zu sich selbst. »Zeit für's Bett.« Wie sie dorthin gelangen sollte, war eine andere Frage.

Nur dass es gar nicht so spät war. Draußen war es noch nicht einmal dunkel. Nicht ganz jedenfalls. Die Schatten in den Garten streckten sich wie Finger nach der Verandatür aus. Izzy hievte sich auf die Beine und schwankte ein bisschen. Sie stützte sich mit dem Arm auf dem Sofa ab und starrte nach draußen.

Die Schatten wurden dunkler, als würde jemand am Kontrastregler herumschrauben. Während sie hinschaute, krochen sie vorwärts, streiften die Scheiben. Doch sie kamen nicht durch. Sie überquerten den Lichtkegel, der auf die Terrasse fiel, wagten sich aber nicht ins Haus. Sie blieben stehen, was unmöglich war, und krochen am Glas hinauf.

Ein harter, schwerer Rhythmus erfüllte ihre Ohren, an- und abschwellend wie Wellen auf Kies. Izzy beobachtete, wie sich die Schatten drehten und wanden, nach einer Lücke suchten, einem Spalt, irgendeinem Weg herein. Tentakel aus Dunkelheit tasteten an der Ritze zwischen den Türen entlang und klopften an die Fensterscheiben.

Der Türgriff klapperte, gerüttelt von unsichtbaren Händen.

»Wehr dich!«, sagte ein Flüstern in ihrem Hinterkopf. *»Du musst dich wehren.«*

Izzy stürzte kopfüber in eine ausgewachsene Panik.

»Aufhören!«, schrie sie, und ihre Stimme brach lauter aus ihr hervor, als sie hätte sein sollen, und erschütterte sogar die Luft. »Hört sofort auf!«

Im selben Augenblick wurde es im Garten still und alles war plötzlich wieder normal. Ein Sommerabend. Zu still. Zu ruhig.

Izzy floh aus dem Raum und die Treppe hinauf. Sie knallte ihre Zimmertür zu und klemmte den Stuhl unter die Klinke. Ihre Brust hob und senkte sich, während sie mit geballten Fäusten stehen blieb, wartend, horchend.

Nichts bewegte sich im Haus. Kein Glas splitterte, nichts fiel um, gar nichts. Aber sie hatte den Alarm nicht wieder eingeschaltet. Falls ihr etwas ins Haus gefolgt war, würde sie es nicht hören.

Eine Welle der Übelkeit traf sie, und sie taumelte in ihr Badezimmer, als ihr Magen auch schon alles von sich gab, was darin war. Fröstelnd vor kaltem Schweiß und mit brennender Kehle setzte sie sich auf die eiskalten Fliesen neben dem Korb mit dem Vorrat an Klopapierrollen.

Tränen rannen Izzy über die Wangen, salzig auf ihren Lippen. Sie war zu heiß, verdammt noch mal viel zu heiß. Und stand vermutlich unter Schock.

O Gott, ein *Schock*! War das ihre Antwort auf alles? Aber sie hatte gehört, das konnte passieren, viel später einsetzen, dann erbrach man sich und zitterte. Und sah Dinge.

Sie hätte den Angriff anzeigen können, aber vielleicht war es gerade gut, dass sie es nicht getan hatte, jetzt, da sie halluzinierte.

Denn das musste es sein. Oder? Schatten bewegten sich nicht so. Und sie versuchten ganz bestimmt nicht, in Häuser einzubrechen.

Das Zittern ging vorbei, und zurück blieb nur ein brennendes Gefühl, ähnlich wie das Jucken in ihrem Nacken, ganz oben an der Wirbelsäule. Sie versuchte, es mit einer schwachen Hand wegzureiben, doch das verstärkte das Gefühl nur.

Die Beine als Hebel benutzend, rutschte Izzy an der Wand hoch. Die Marmorfliesen fühlten sich in ihrem brennenden Nacken herrlich kühl an. Sie hielt sich die Haare hoch und versuchte, die schmerzhafteste Stelle im

Spiegel zu sehen. Als sie das nicht schaffte, erinnerte sie sich an den kleinen Schminkspiegel, den Gran ihr geschenkt hatte.

Er war aus schwerem Silber, ein Relikt aus einer anderen Zeit, und sie nahm ihn kaum je in die Hand. Zuerst musste sie sich durch ein Gewirr von Kleinkram und ein paar Parfümschachteln auf ihrem Schminktisch wühlen, die sie nicht angerührt hatte, seit sie sie zu Weihnachten bekommen hatte.

Mit dem Rücken zum Spiegel ihres Schminktisches drehte sie sich mit dem Handspiegel hierhin und dorthin, bis sie die Oberkante ihres Kragens sehen konnte.

Und die dunkelblauen Male, die darüber hinausschauten, in ihre Haut geätzt.

Vor Schreck hätte sie beinahe den Handspiegel fallen lassen. Sie zog ihr Shirt aus, steckte die Haare mit einer Spange hoch und schaute noch mal hin.

Filigran wie keltische Knoten, wie ein kompliziertes Muster aus alten, verborgenen Zeiten verwoben sich die Linien umeinander. Sie konnte nicht sagen, ob es viele waren oder nur eine, die sich ewig um sich selbst wickelte. Insgesamt bildeten sie einen Kreis, durch den ein Kreuz verlief, der obere Teil eines keltischen Kreuzes, aber mit jedem Blick veränderten sich die Muster darin, drehten und verknoteten sich und wurden immer komplizierter. Die Kette ihrer Silberkette hob sich wie ein Strahl Mondlicht von dem Indigo der neuen Tätowierung ab.

Auf ihrer Haut. *In* ihrer Haut.

Sie war gezeichnet.

O Gott, Mum würde ausflippen. Ganz zu schweigen davon, dass Izzy nicht wusste, woher es kam, wie sie es bekommen hatte oder wann. Das machte alles nur schlimmer.

Der Spiegel entglitt ihren tauben Fingern und schlug dumpf auf dem Teppich auf.

Jinx. Er würde es wissen. Die Muster auf seiner Haut hatten dieselbe Farbe gehabt, die gleichen Details. Er musste es wissen.

Izzy hatte schon einen schwarzen Rollkragenpulli angezogen und war halb die Treppe hinunter, als ihr die Schatten im Garten wieder einfielen. Was, wenn sie auch im Vorgarten waren und auf sie warteten? Was, wenn …

Die Haustür öffnete sich mit einem Knall und Izzy erstickte einen Schrei.

Mum trat ein. Nur Mum.

Auf den ersten Blick war sie schlank und elegant wie immer, perfekt gepflegt, die goldblonden Haare in einem Knoten zusammengenommen, vollendet professionell. Man musste schon genauer hinschauen, um die Schatten unter ihren Augen und die hängenden Schultern zu bemerken.

»Schätzchen?« Mum schnappte nach Luft. »Du siehst aus, als hättest du einen Geist gesehen!«

Der Drang, ihr zu erzählen, was sie gesehen hatte, hatte Izzy fest im Griff. Doch sie konnte nicht. Wenn sie ihr das eine sagte, musste sie ihr alles erzählen. Und Mum sah so müde aus.

Izzy zwang sich zu einem Lächeln. »Du hast mich erschreckt, mehr nicht. Ist alles gut bei dir?«

»Ich habe versucht, dich anzurufen, um dir zu sagen, dass ich spät nach Hause komme, aber es war nur die Mailbox dran.«

Mist, das Handy. »Es … es tut mir leid, Mum. Ich habe das Handy fallen lassen und es ist kaputt.«

Ein Aufflackern ging über das Gesicht ihrer Mutter, darin etwas mehr als Enttäuschung. Izzy kannte den Blick, er war ihr in letzter Zeit nur allzu vertraut geworden – noch mehr Stress, noch eine Ausgabe, noch eine Sorge mehr, die keiner von ihnen gebrauchen konnte.

Doch Mum schluckte das Gefühl, verbarg es unter einer Fassade der Beherrschung. Das ließ Izzys Schuldgefühle nur noch heißer brennen.

»Ich gebe dir ein bisschen Geld, damit du dir morgen ein neues kaufen kannst, okay?« Mum streifte die Schuhe von den Füßen und schob sie neben die von Izzy unter die Treppe. Ihre Tasche ließ sie daneben fallen.

»Wo ist Dad?«

»Er ist noch im Büro und geht mit dem Anwalt den Vertrag durch. Hast du etwas gegessen?«

Izzy nickte, und dann sah ihre Mum die Jacke und die Tasche an Izzy.

»Wolltest du weggehen? Um diese Uhrzeit?«

»Ich wollte nur … kurz zu Clodagh rübergehen.«

Es war eine kleine Lüge und die waren okay, oder? Ihre Eltern erzählten beide selbst genug.

»Nicht heute, Isabel, und ganz sicher nicht so spät.«

»Aber es ist erst …« Sie sah auf die Uhr im Flur. Erst kurz nach neun. Aber der Tonfall ihrer Mutter sagte alles. Keine Diskussionen. Diskussionen würden zu Fragen führen, und Izzy war sich nicht sicher, ob sie viele davon beantworten konnte. Sie musste sichergehen, dass ihre Mum nichts von dem Tattoo erfuhr, oder was zum Geier es sonst war. Das wäre ein klägliches Gespräch.

»Okay. Dann gehe ich ins Bett.«

Mum starrte sie nur an. »Hast du etwas mit deinen Haaren gemacht?«

Sie konnte es nicht wissen. Sie konnte es unmöglich wissen. Izzy hob die Hand verlegen zum Kopf, wo die Spange ihre Haare immer noch als unordentlichen Knoten festhielt. Ihr Hinterkopf kribbelte.

»Nein.«

Mum gab einen Laut der Verwirrung von sich, nicht ganz Glaube, nicht ganz Unglaube. Als spürte sie eine Veränderung. Izzy gefiel das nicht. Überhaupt nicht.

»Vielleicht ist es das Top. Die Farbe steht dir. Du siehst anders aus … auf eine gute Art anders.« Mum lächelte und streckte die Arme aus.

Izzy stieg die letzten paar Stufen in eine warme Umarmung hinab.

»Schlaf gut, Maus. Es wird nicht ewig so sein. Versprochen.«

»Ich weiß.« Kleine Lügen? Vielleicht. Izzy schloss die Augen und versuchte, so zu tun, als hätte sie das nicht gedacht. »Isst du zu Abend?«

»Ich esse etwas, während ich auf deinen Dad warte. Nacht, Nacht!«

Izzy ging die Treppe wieder hinauf und wartete, beobachtete durch den Vorhangspalt die Schatten. Nichts rührte sich. Überhaupt nichts – bis ein Auto am Ende der Straße auftauchte und seine Scheinwerfer über die Straße schweiften. Sie beleuchteten eine Gestalt auf der anderen Seite. Sie trug einen langen schwarzen Mantel, und Izzy konnte nicht viel mehr erkennen, bevor sie in der Dunkelheit verschwand.

Sie blinzelte. Nichts mehr da. Hatte sie es sich eingebildet?

Ein kalter Schauder überlief sie, wie Ameisen unter der Haut. Keine Angst. Nicht diesmal. Es war mehr eine Warnung. Eine Vorahnung. Wie die Stimme, die ihr zugeflüstert hatte. Aber wovon, das wusste sie nicht. Sie schlich wieder nach draußen auf den Treppenabsatz, die Treppe hinab, mied sorgfältig die knarrende Bodendiele. Sie hörte das Aufsetzen einer Flasche auf einem Glasrand und das Gluckern, als ein Drink eingegossen wurde wie eine große Portion Medizin.

Izzy schlüpfte in ihre Schuhe. Ihr Atem ging stoßweise, während sie den Riegel zurückzog und die Tür aufzog. So etwas hatte sie noch nie getan. Gott, es war auch nie nötig gewesen. Noch nie war ihr etwas so dringend vorgekommen. Aber sie musste Jinx sehen. Sie musste herausfinden, was los war.

5

AUF DEN SÍDHE-WEGEN

Jinx checkte den Amp noch einmal und spielte ein paar Akkorde, lauschte aufmerksam den Klangschichten, die nur einer der Fae – oder vielleicht ein Sterblicher, der irgendwo tief in sich einen Tropfen Fae-Blut trug oder dessen Musikalität über das Irdische hinausging – hören konnte.

Der Ton war alles. Er legte die ganze Energie der Nacht fest. Silver hatte ihn das gelehrt, und sie hatte es vom Dagda selbst gelernt. Und niemand spielte wie der Dagda. Es war egal, dass Jinx nicht Harfe spielte. Die Gitarre war ihr modernes Gegenstück, und in seinen Händen sang sie mit einer Magie, die fast genauso mächtig war wie Dagdas goldene Harfe *Daurdabla*.

Heute Abend war der Ton genau und scharf – straff, irritierend. Er biss die Zähne zusammen und machte die nötigen Einstellungen. Er wusste, woher die verärgerte Unterströmung kam. Er hatte es geschafft, der Spur des Mädchens bis zur Haltestelle Westland Row zu folgen, aber dann hatte er sie verloren. Er konnte einfach nicht herausfinden, in welche Richtung sie gefahren oder wo sie ausgestiegen war. Sie hätte genauso gut mit einem Windstoß davonfliegen können. Eigentlich ironisch. Eigentlich sollte sein Volk das tun, nicht die Menschen. Sogar Unsterbliche – die Engel und Dämonen oben und unten – hinterließen eine Art Spur. Izzy hatte nichts hinterlassen.

Und dennoch wusste er irgendwie, dass sie da draußen war. Tief in seinem Inneren wusste er es, dort, wo ihn normalerweise nichts berührte, und er wünschte sich von ganzem Herzen, dass es nicht so wäre. Er hatte eine Aufgabe zu erfüllen und er würde sie finden. Es gefiel ihm nicht, aber er hatte keine andere Wahl, er musste es tun. Sie finden. Sie zu Holly bringen. Und dem Schicksal, das sie dort erwartete. Der Markt war kein guter Aufenthaltsort für die Menschheit. Es war für niemanden mit auch nur einem Funken Verstand ein guter Ort. Nur Brís Revier war noch gefährlicher. Als jemand, der beides hatte aushalten müssen, wollte Jinx sich von ihnen fernhalten. Und das machte ihn wütend.

Aggressionen hatten in seiner Musik nichts zu suchen. Die Auswirkungen, wenn sie an ein Publikum weitergegeben wurden, konnten den Raum in Schutt und Asche legen. Aber Sehnsucht konnte genauso gefährlich sein. Die Fae, vor allem die von den Sídhe-Stämmen, die sich an den Krieg erinnerten, wussten alles über Sehnsucht. Sogar diejenigen, die wie er nur die Geschichten über den Niedergang kannten, konnten den Geist der Seligkeit von damals spüren, konnten Überreste davon in den Augen der Älteren sehen, wie er ihnen die Freude aussaugte. Die Sehnsucht erinnerte sie an das, was sie verloren hatten, und das war tatsächlich gefährlich.

Vielleicht war das der Grund, warum die Fae, alle Fae, ihre Freuden so auskosteten. Nur das konnte die Erinnerungen vertreiben – Alkohol, Drogen, Sex, so viel Party wie möglich – und sei es nur für kurze Zeit.

»Tu dir das rein!«, sagte Sage. Der Drummer reichte ihm ein Bier. Eiskalt, so beschlagen, dass es tropfte. Besser als jeder Feentrank. Jinx schüttete es in sich hinein. Zu spät; er sah Silvers warnenden Blick. Sie wollte nicht, dass sie vor der Show tranken. Pech für sie. Er leerte die Flasche mit einem zufriedenen Knurren.

»Showtime.« Sie streckte die Hände aus, um seine Rechte und Sages Linke zu nehmen, und die anderen taten es ihnen nach, bis sie im Kreis standen.

Jinx hasste diesen Teil, aber es nützte nichts, ihr das zu sagen. Silver war altmodisch.

»Dagda leite unsere Musik.« Ihre Stimme war ein Murmeln, ein anschwellender Rhythmus, der ihn erschauern ließ und jeden Nerv stimulierte. Er hatte Krieger bei ihren Klageliedern weinen sehen, hatte gesehen, wie ihre Leidenschaft bei ihren Liebesliedern erwachte. Niemand machte Musik wie Silver. Ihre Stimme war eine Waffe, selbst wenn sie nur sprach.

»Ihr Vorfahren, leitet unsere Muse. Bringt das Feuer der Wahrheit in unsere Songs.«

Als sie ihr Gebet beendet hatte, entspannte sich Silver wieder, und Licht flutete durch sie. Es erfüllte sie alle. Jinx wusste nicht, wie sie ohne ihr Gebet überhaupt spielen konnten, jedenfalls nicht so, wie sie es taten. Können und Übung würden sie Musik machen lassen, aber es wäre nicht das, was es sein konnte. Es wäre nicht so, wie es jetzt werden würde. Aber das war egal. Sie konnte zwar nicht »Danke« sagen, doch ihre Geis verlangte, dass Dank vorgebracht wurde, und dies war ihre Art, das zu tun. Nichts anderes als menschlicher Aberglaube, nahm er an. Die alten Götter hatten sie verlassen, der Schöpfer war weit weg. Und alle Sídhe wurden von einer Geis gebunden, er selbst eingeschlossen, auch wenn seine sich noch nicht manifestiert hatte – *Keine Hand als deine eigene kann dich retten, oder sie wird dich binden.*

Wenn Brí eine Geis aussprach, bekam keiner die Chance zu fragen, was zum Henker sie bedeutete. Sie hatte Spaß daran, sie so undurchsichtig wie möglich zu machen. Man fand auf eigene Gefahr heraus, was sie hieß, und es war der eigene Untergang, wenn man es ignorierte.

Silver schwang den Hintern, der dünne Stoff ihres Kleids verbarg nur das Allernötigste, und im selben Moment gingen die Bühnenlichter an.

Jinx zog das Plektron aus seinem Zuhause zwischen den Saiten am Hals der Gitarre und begann zu spielen, ergab sich vollkommen seiner Musik, in der er endlich vergessen konnte, was er war.

* * *

Das Stadtzentrum quoll über von den üblichen samstäglichen Horden von Nachtschwärmern, von den feinen Restaurantgängern bis zu den Junggesellenabschieden. *Von Rezession keine Spur,* dachte Izzy bitter. Ihre Eltern schienen heute Abend die Einzigen zu sein, die davon betroffen waren. Oder vielleicht waren wilde Partys ein Weg zu vergessen, was alle wussten, sich vor dem Unvermeidlichen zu verstecken.

Abseits vom Hauptverkehr wirkte die South William Street bei Nacht schäbiger. Rückseiten von Restaurants und Keller-Sex-Shops dominierten hier, seit die anderen Läden geschlossen hatten.

Die Seitengasse war leer. Es roch jetzt nicht mehr nach Urin, sondern eher wie Batteriesäure oder so etwas. Izzy stand im Eingang wie in einem Maul und starrte auf die Stelle, an der der Engel hätte sein müssen. Alles, was von dem atemberaubenden Bild geblieben war, war verschmierte Farbe zwischen den Schatten, die sich an die Ränder der Nacht klammerten.

Er war weg.

Enttäuschung stülpte ihr den Magen um. Wie konnte er schon wieder weg sein? Und ohne ihr Handy hatte sie nicht einmal das Bild.

»Izzy? Bist du das?«

Ruckartig drehte sich Izzy um und sah Dylan. Er stand am Eingang zu der Gasse, Marianne und Clodagh standen hinter ihm, verwirrt von Izzys Anblick, die in einer schmierigen Gasse stand.

»Was um alles in der Welt tust du hier?«, fragte Dylan, machte einen Schritt auf sie zu und streckte den Arm aus. »Wir dachten, du musstest früher nach Hause!«

»Ich habe nur … nur …« Sie seufzte. Was nützte es? Wenn sie es ihnen erzählte, würden sie ihr niemals glauben, weder den Engel noch die Schatten. Sie würden es wahrscheinlich nicht mal für möglich halten, dass sie von zu Hause fortschlich, wie sie es gerade getan hatte. Schließlich hätte sie es selbst nicht geglaubt. Unbeholfen blieben sie stehen und Dylan ließ die Hände sinken. Sie lächelte ihn an, als hätte sie keine Sorgen. »Was habt ihr vor, Leute?«

Marianne runzelte die Stirn, das Misstrauen machte ihre perfekt geschminkten Augen ein bisschen zu schmal, aber sie stellte keine Fragen mehr. »Wir gehen clubben. Wir treffen uns mit der Band und Dylan bringt uns rein. Kommst du mit?«

Dylan verdrehte die Augen und grinste sie entschuldigend an. Ja, Izzy sah, wie sehr er sich auf den Abend mit seiner Schwester und ihrer Freundin freute. »Komm schon, Izzy, du kannst meine Rettung sein.«

Das Letzte, was Izzy wollte, war, in irgendeinen Nachtclub zu gehen und einen Abend lang vorzugeben, jemand anderes zu sein, aber sie hob lässig die Schultern. Sie war nicht dafür angezogen. Nicht wie Mari und Clo mit ihren glitzernden High-Heels und Röcken, die komplett von ihren kurzen Jacken verdeckt wurden.

Sie glitzerte nicht. Hatte sie noch nie. Wollte sie auch nicht. Sogar als kleines Mädchen hatten Rosa und Glitzer an ihr komplett lächerlich ausgesehen. Aber die Klamotten, die sie im Moment trug, fühlten sich an wie Lumpen. Selbst Dylan in seinem schwarzen T-Shirt, der Jacke und der Jeans sah aus wie aus dem Ei gepellt, während sie sich fühlte wie eine Stadtstreicherin.

»Jedenfalls«, sagte Mari, der jetzt der dünne Geduldsfaden riss, gedehnt. »Wir kommen nicht mehr rein, wenn wir noch später dort sind. Also kommt schon!«

»Hör auf zu nerven, Mari!«, sagte Dylan in dem warnenden Ton, den er immer bei ihr benutzte, wenn sie so war. »Das beeindruckt keinen.«

Marianne streckte ihm die Zunge heraus.

»Willst du jetzt mitkommen oder nicht? Ich kann dich genauso leicht in ein Taxi stecken und dich Mum erklären lassen, warum, während du sie überredest, die Fahrt zu bezahlen.«

Marianne hob in gespielter Unterwerfung die Hände. »Schon gut, schon gut, ich werde die Liebenswürdigkeit selbst sein.«

Dylan sah ganz und gar nicht überzeugt aus, schenkte ihr aber sein unbekümmertes Lächeln. »Kommst du mit, Izzy? Wenn du schon mal hier bist.«

Izzy schloss die Augen und berührte die Wand. Sie fühlte sich kalt und klebrig an. Das Mal in ihrem Nacken kribbelte und krümmte sich unter ihrer Haut, als würde es erkennen, woher es kam.

Und dann hörte sie es. Musik. Die unglaublichste Musik.

Sie riss die Augen auf und konnte sie immer noch hören. Sie drang von irgendwo aus dem Labyrinth der engen Straßen und noch engeren Gassen herüber.

»Hörst du das?«, flüsterte Izzy. Wenn es nicht echt war, wenn sie Dinge hörte oder sich einbildete, wollte sie es sofort wissen.

Dylan trat neben sie, ohne auf Mariannes erneute Beschwerden zu achten. Seine Augen wurden dunkel vor Verlangen, die Pupillen weiteten sich, und sein Gesichtsausdruck war die reine Sehnsucht. Die Musik streifte Izzys Sinne nur, aber wenn sie Dylan anschaute, sah sie, dass sie ihn verzehrte.

»Was ist das?« Seine Stimme klang anders, angestrengt, aber gleichzeitig tiefer, dunkler. Sein ganzer Körper spannte sich vor Erwartung, und Izzy verspürte den Wunsch, ihn zu berühren, und ein unerwartetes, verbotenes Verlangen. Ihn zu küssen.

Kalter Ekel verknotete ihr den Magen. Dylan? Gott, er war wie ein Bruder! Sie kannte ihn schon ihr ganzes Leben lang.

Clodagh räusperte sich, als hätte sie etwas Scharfes im Hals stecken.

Izzy sah über die Schulter und wurde von Clodaghs feindlichstem Blick durchbohrt. Sie kannte ihn, sie bemerkte ihn jedes Mal, wenn Dylan über Bücher oder Musik reden wollte und Clo keine Ahnung hatte, wovon er sprach.

»Hörst du das nicht?«, fragte sie.

»Was hören?«, fragte Marianne in störrischem Ton. Doch in ihren Augen flackerte dasselbe Licht wie in Dylans. Izzy runzelte verwirrt die Stirn. Sie musste es hören können. Warum also so tun, als ob nicht?

Sie erinnerte sich an Dylans Blick, als sie ihm vorhin von der Gasse, Mistle, Jinx und ihrem Handy erzählt hatte. Er hatte sie gedrängt, die Polizei zu rufen, aber was hätte sie denen sagen können, das nicht verrückt klang? Und das war gewesen, bevor zu Hause die wahren Verrücktheiten begonnen hatten. Sie konnte ihnen das jetzt nicht erzählen.

»Die Musik.« Wie ein verzauberter Mann begann Dylan die Gasse entlangzugehen. »Ich höre Musik, ihr nicht? Kommt! Sie ist unglaublich! Wir müssen sie finden!«

Izzys Füße kamen kaum hinterher, als sie sich kopfüber in die Gasse stürzte. Alle Angst fiel von ihr ab, während sie und Dylan die Musik verfolgten, die von den Steinwänden widerhallte. Mari und Clodagh folgten ihnen, aber Izzy hörte ihre Beschwerden kaum. Erleichterung durchströmte sie, wilde und verzweifelte Erleichterung. Dylan hörte es auch. Sie wurde nicht verrückt.

Und gleichzeitig hatte sie das Gefühl, sie waren es beide.

Die Musik. Das war alles, was zählte. Sie rief sie. Mehr noch, sie befahl ihnen, ihr zu folgen.

Verloren in einem Labyrinth aus engen Gassen bogen sie hierhin ab und dahin, ohne auf die Richtung zu achten. Gassen verbreiterten sich zu Straßen, zu Plätzen und Grünflächen. Der vernünftige Teil ihres Gehirns steuerte knapp auf die Panik zu. So eine Gegend gab es nirgendwo in der Stadt. Es sah eher aus, als wäre es ein Fiebertraum des Dickens'schen London als das heutige Dublin. Es gab keinen Müll, keine Pommestüten, keine Dosen und zerrissenen Flyer, aber alles wirkte zerschlissen und staubig. Unter ihren Füßen war überall Kopfsteinpflaster und hohe Bordsteine säumten die Ränder.

In den tiefen Rinnsteinen glitzerte eine Art stinkender, öliger Schleim, den sie nicht so genau untersuchen wollte. Die Türen, an denen sie vorbeikamen, waren geschlossen, gesichtslose Dinge, die nichts preisgaben. Kunstvolle Oberlichter mit buntem Glas schauten auf sie herab, entfalteten sich wie ein Pfauenschwanz. Es gab keine Geschäfte, kein Neon und kein Chrom und keine Spur von irgendetwas aus dem einundzwanzigsten Jahrhundert. Es war, wie in der Zeit zurückzureisen. Das bisschen Licht, das es gab, flackerte orangefarben und unstet.

Und doch war es auch wie das Dublin, das sie kannte, die schmalen, verborgenen Stellen von Dublin, die schäbigen und vergessenen Ecken, die in der modernen Stadt immer wieder auftauchten. Es war wie die Orte, die Dad ihr zeigte, versteckt unter der neuen Welt, eine ältere, voller Magie und Wunder, wo man Skulpturen finden konnte, Gärten oder Wandgemälde, Dächer mit Zinnen, gotische Kirchturmspitzen und Bronzekuppeln. Wo Steinmäuse um den Fuß einer Säule rannten und Steinaffen Klarinette spielten. Versteckte Plätze, mitten zwischen den Orten, die sie zu kennen glaubte.

Zugegebenermaßen hatte Dad sie nie in Gassen geführt, die so elend und trostlos waren wie diese hier. Er hätte sie nie hier heruntergeschleppt. Sie rannte an Gebäuden vorbei, die Echos der kunstvollen roten Fassade der George's Street trugen oder der grauen Front von St. Ann's, Andeutungen des Durcheinanders von Gebäuden auf dem Gelände des *Castle*, gestrichen in den falschen

Farben, flüchtige Blicke auf Buntglas, das funkelte wie Juwelen und Harry Clarkes Studenten zum Weinen gebracht hätte.

Es war schön und schrecklich, denn in dieser Schönheit lag die ständige Erinnerung, dass nichts davon hier sein sollte. Genauso wenig wie sie selbst.

Und dann war da ein Licht.

Izzy kam abrupt zum Stehen, als wäre sie gegen eine Glaswand geknallt. Dylan fluchte, streckte den Arm vor sie, um sie aufzuhalten, falls sie weitergehen wollte. Mari und Clodagh krachten von hinten in sie hinein.

»Wo zum Henker sind wir?« Marianne spähte an ihnen vorbei. »Es ist seltsam hier.« Sie hob einen Schuh und inspizierte die Sohle. »Bäh, Mann!«

Eine schmiedeeiserne viktorianische Gaslampe hing über einem offenen Tor, nur dass sie irgendwann elektrisch verkabelt worden war. Schlecht verkabelt. Die Glühbirne flackerte schwach braun und bot nur stotternd Beleuchtung. Die Tür dahinter war wie ein Loch in die Dunkelheit, oben auf dieselbe Weise gewölbt wie das gebogene Schild über ihnen. Vor langer Zeit hatte man einmal Regenbogen an der Kante entlang gemalt, doch die Farbe war verblasst und abgeblättert wie alte, trockene Haut. Dennoch konnte sie immer noch die Reste des Musters sehen, wie ein Nachbild an der Innenseite geschlossener Augenlider.

Die Inschrift war ebenfalls verblasst, aber den Kanten und den abgeblätterten Farbresten darum herum nach war er einmal aus Gold gewesen – *»The Hollow«*.

Eine Innentür ging auf und Musik ergoss sich lauter in die Nacht. Ihr Rhythmus war jetzt härter, eindringlicher, aber weniger zwingend. Als wüsste sie, dass sie jetzt hier waren, als müsste sie nicht mehr rufen. Es war eher eine Verlockung, vielleicht ein Flirten.

Izzy schluckte trocken. Sie würden der Musik folgen. Das war unausweichlich. Die Musik rief. Dylan spürte es auch. Sie wusste es. Er stand neben ihr, ihr bester Freund, und sie streckte die Hand aus, tastete, bis sich ihre Finger um seinen Kragen schlossen.

Eine große Gestalt tauchte aus der Dunkelheit im Inneren auf, schlank und hart; die Piercings in Gesicht und Ohren fingen das Licht ein. Izzy blieb der Mund offen stehen. Den Bruchteil einer Sekunde lang, bis sie blinzelte, sah er nicht … menschlich aus. Genau wie Jinx.

Aber das hatte sie sich doch eingebildet, oder nicht?

»Ach, um Himmels willen!« Marianne drängte sich an Izzy und Dylan vorbei. »Euretwegen sind wir jetzt hier.« Sie ging direkt auf die Tür zu, strahlte größte Selbstsicherheit aus. Und niemand konnte so gut wie Marianne aussehen, als gehöre er irgendwohin. »Hi!«

Der Türsteher musterte sie mit Augen, die gerade einen Hauch zu dunkel waren für alles, was Izzy je gesehen hatte.

»Mari …« Ihr Instinkt trommelte im Fundament von Izzys Gehirn. Etwas war gefährlich, etwas war anders. Ihr Nacken war eiskalt geworden. Sie wollte nur noch weg. »Mari, vielleicht sollten wir einfach gehen und …«

Um nicht ausgestochen zu werden – vor allem nicht

vor Dylan –, stöckelte Clodagh vorbei und gesellte sich mit ihrem strahlendsten und hohlsten Lächeln zu Mari an der Tür. Izzy warf Dylan einen Blick zu. Er hatte die Augen geschlossen und horchte auf die Musik, versteinert wie ein Prinz in einem Märchen, umgarnt von einem Zauber. Vielleicht war sie die Einzige, die sich nicht mehr gerufen fühlte. Sie fühlte sich gewarnt. Dieselbe Warnung, die sie vorhin zu Hause gespürt hatte. Das war keine gute Idee. Ganz und gar keine gute Idee.

»Wer spielt heute?«, fragte Dylan. Obwohl seine Stimme leise war, trug sie in der Nachtluft. Er klang, als wäre er völlig zugedröhnt, was unmöglich war. Dylan machte mit nichts dergleichen herum. Aber er klang so.

Der Türsteher lachte kurz auf. »Silver und ihre Band. Wie immer.« Er nickte zur Tür. »Geht rein, wenn ihr deshalb hier seid. So was wie eine Waffe dabei?«

»Nur mein Aussehen.« Maris Lachen war glockenhell, doch der Türsteher erwiderte es nicht.

Izzy wurde das Gefühl nicht los, dass er ihnen gleich etwas anbieten würde, damit sie nicht unbewaffnet hineingingen.

»Geh weg. Dieser Ort ist gefährlich.«

Der Schreck über das plötzliche Flüstern aus dem Nichts ließ sie vorwärtsstolpern, gegen ihren Willen, durch den Torbogen, und die Musik schlang sich wieder um sie.

Aber Dylan war schon hineingegangen. Dylan, Mari und Clodagh.

Sie konnte sie wohl kaum allein gehen lassen, nicht

wenn alles in ihr sicher war, dass dieser Weg Antworten brachte. Sie schob den schweren Samtvorhang zur Seite und trat in den wogenden Lärm des Nachtclubs.

6

IN SILVERS HÖHLE

Die Ausstattung lag irgendwo zwischen Barock und Goth, und die Musik erfüllte die Luft, treibend, packend, arbeitete sich in Izzys Körper, bis sie sich mit ihrem Herzen verband. Sie kam an tobenden Gruppen vorbei, die nichts ähnelten, was sie je gesehen hatte. Metall, Leder, Samt, Brokat – vom Luxuriösen bis zum Barbarischen kochte es um sie herum, gepaart mit Gelächter und dem aufgeregten Geplauder von feiernden Leuten. Sie konnte die Band nicht sehen, obwohl die Musik allumfassend war. Der Rhythmus hämmerte durch sie und durch jeden im Raum. Er übertönte Stimmen, echte und eingebildete, was im Moment eine segensreiche Erleichterung war. Räume gingen an den Seiten ab wie bei einem erneuten Irrgarten, kleine Kammern und riesige Säle. Sie folgte Maris selbstsicherem Marsch durch den seltsamen Club und fragte sich, über was für eine Gruppe von Fetischisten sie hier gestolpert waren. Das Mal in ihrem Nacken prickelte wieder. Nicht unangenehm. Es war nur da. Fast als wäre es auch besorgt … oder zumindest auf der Hut.

»Bar!« Mari zeigte wild nach links und mimte das Kippen eines Drinks.

Izzy nickte nur und schaute sich nach Dylan um. Sie entdeckte ihn hinter einem Haufen Frauen, die direkt aus einem Musikvideo gestiegen sein konnten, auf dem Weg in den nächsten Raum. Sie deutete auf ihn, schaute nach Clodagh und Mari, aber die waren schon weg.

Und plötzlich waren sie getrennt.

Du Genie!, schalt sie sich selbst. *Jetzt bist nicht nur du hier allein, sondern sie auch*. Lautlos fluchend folgte sie Dylan und hoffte, die Mädchen würden sie finden.

Der schlimmste Fehler aller Zeiten. Sie musste sich durch eine wogende Menge auf der anderen Seite des Durchgangs quetschen. Sie gaben vor zu tanzen, aber es war eher eine Art Orgie. Sie sah nur Körper, die sich wanden und aneinander rieben. Die Musik fegte über sie hinweg, und sie bewegten sich mit ihr – mit geschlossenen Augen, die Gesichter wie in Anbetung erhoben, hypnotisiert.

Es waren nur kreischende Gitarren und durchdringende Drums – die Art Musik, die einem ins kalte, stille Herz griff, ihm einen Elektroschock versetzte und einen hinaus auf die Tanzfläche zerrte, wo man zuckte und umherwirbelte wie ein Heide. Es war die Art Musik, in der sich Leute verloren, und Dylan war keine Ausnahme. Er stand inmitten der Tänzer, unangetastet und unantastbar, und schaute zur Bühne, wo eine Frau mit unglaublich langen weißblonden Haaren die Show dominierte. Ihre Stimme erhob sich über die Musik, hoch und herrlich, der Klang wie reine Magie.

Die Sängerin erreichte das Ende einer Strophe und ein Gitarrensolo setzte ein. Dem Instrument wurden Töne entrungen, wie sie es nie zuvor gehört hatte. Izzy kannte sich mit Musik aus, zumindest mit den kommerziellen Bands, und auch mit einer ordentlichen Menge alternativem Zeug. Nachwuchsbands, Underground, Garage, was auch immer. Nichts war damit vergleichbar. Nicht einmal die klassischen Rock-Sachen, nach denen ihr Dad verrückt war – Clapton, Gallagher, Hendrix ... Jesus, nur ein paar von ihnen. Die Gitarre sang so schön wie die Frau. Sie berührte ihr Herz und ließ es in einem neuen Rhythmus pulsieren.

Und dann sah sie ihn. Jinx. Das Spiel ging von ihm aus, seine langen, eleganten Hände entlockten der Gitarre diese satten Töne. Kein Wunder, dass ihr Gerede von Bands wie Denzion ihn nicht beeindruckt hatte. Er war ihnen weit voraus.

Izzy drängelte sich auf die Bühne zu, angezogen von der Musik, gelockt von dem Musiker, der sie erschuf. Sie hatte sich nie vorgestellt, dass Jinx solche Musik machen könnte.

Eine Hand auf ihrer Schulter hielt sie auf, und das Mal in ihrem Nacken fing so plötzlich und glühend an zu brennen, dass sie vor Schmerz aufschrie.

Zwei Gestalten ragten drohend über ihr auf, fast identische Spiegelbilder, zusammengeflickt aus Schwarz und Weiß. Mit wachsamen Augen schauten sie sie an und in ihrem Lächeln lag etwas Boshaftes. Sie trugen schneeweiße Shirts unter schwarzen Ledermänteln und ihre Haare waren genauso glatt und dunkel. Es sah aus, als würden sie ineinander übergehen.

»*Magpies*«, erklärte ihr Verstand, und sie konnte den irrationalen Gedanken nicht abschütteln. Oder die Furcht, die er auslöste. Die Angst vor ihnen überlagerte die Angst vor der Stimme in ihrem Kopf. Sie durfte sich nicht darauf konzentrieren. Stimmen zu hören, war wirklich ein schlechtes Zeichen. Auf sie zu hören, war noch schlimmer! Magpies waren Elstern und sie kannte ihre boshafte Art und kleinliche Grausamkeit. Die Vögel jagten auf dem Grundstück, auf dem sie wohnte, terrorisierten Katzen und Hunde und waren eine Plage für kleinere Vögel.

»Wir machen eine kleine Pause«, floss die unwiderstehliche Stimme der Sängerin durch den Raum, »sind aber gleich wieder bei euch. Geht nicht weg!« Sie klang entweder belustigt oder gelangweilt, vielleicht auch beides.

Über die Anlage setzte Musik ein, oder vielmehr eine blasse Imitation von Musik im Vergleich zu dem, was den Club vorher erfüllt hatte.

Die Gedanken trödelten durch das innere Labyrinth von Izzys Verstand, zwar da, aber kaum von Bedeutung … nicht, wenn sie vor diesen beiden stand.

»Vielleicht sollten wir selbst auch eine Pause machen, Süße.« Der Rechte beugte sich zu ihr vor und Izzy scheute vor ihm zurück.

Das Lächeln des Linken wurde dünn, verschwand aber noch nicht. »Ich glaube, sie mag dich nicht, Bruder. Vielleicht bin ich mehr ihr Typ.«

Sie versuchte, einen Schritt rückwärts zu machen, und stieß gegen etwas wie eine Ziegelwand. Nur dass es warm war. Es war ein Körper.

»Ich glaube, sie hat zu viel Geschmack für euch beide.« Jinx' Stimme strömte durch sie hindurch und um sie herum.

Sofort fühlte sie sich wieder sicher, unglaublich und vollkommen sicher. Obwohl alle Vernunft dagegensprach.

Das Mal in ihrem Nacken pochte, diesmal nicht schmerzhaft und auch nicht kalt. Warm und verrucht, wie eine Welle der Freude, die sich immer wiederholte, ein Flammenzüngeln tief in ihrem Unterleib.

Das Lächeln der Zwillinge verflüchtigte sich.

»Ach komm schon, Jinx! Junge! So geht das Spiel nicht!«

»Silvers Regeln.« Er berührte sie nicht, doch sie konnte ihn direkt hinter sich spüren, so klar, als wäre sein Körper an ihren gepresst. Seine Körperwärme schien sich auszustrecken und sie zu liebkosen. »Niemand macht mit jemandem herum, der sich nicht auf die Voraussetzungen einlassen will. Ihr wisst, wie es läuft. Brecht die Regeln und ihr kommt nie wieder hier herein. Vorausgesetzt, ihr schafft es überhaupt hinaus.«

Der Linke zuckte die Achseln und nickte dann zur Bar hinüber. Der Rechte warf Izzy noch einen letzten lüsternen Blick zu, dann streunten sie beide davon. Die Menge schien sich für sie zu teilen, als wollte ihnen niemand in die Quere kommen. Ach was, niemand wollte auch nur in ihrer Nähe sein.

»Magpies«, murmelte Jinx in einem Ton, als würde er Scheiße beschreiben.

Izzy drehte sich um und ein Lächeln breitete sich in ihrem Gesicht aus. Ein Lächeln, das einfror, als sie die Wildheit in seinem Blick sah.

»Wie bist du hier hereingekommen?«

»Ich … Ich habe einfach die Musik gehört.«

Seine Augen wurden zu silbernen Schlitzen, und bevor sie wusste, wie ihr geschah, hatte er sie schon am Arm gepackt und an den Rand der Tanzfläche gezogen. Der Alkoven war dunkel und abgeschieden. Plötzlich fühlte sie sich sehr ungeschützt.

»Die Musik *gehört*? Von wo aus?«

Sie schüttelte ihn ab. »Draußen auf der Straße, wo der Engel war. Ich war nicht die Einzige. Dylan hat es auch gehört. Mari und Clo folgten uns und haben uns am Türsteher vorbeigebracht, aber …«

Sein schönes Gesicht verzog sich verwirrt, als die Worte aus ihrem Mund purzelten. »Du kannst die Musik nicht von draußen gehört haben. Genauso wenig wie – wo sind deine Freunde überhaupt?«

Gute Frage. Dylan war direkt vor der Bühne gewesen. Die Mädchen waren noch nicht von der Bar zurückgekommen. Plötzlich bildete sich ein Eisblock in ihrem Magen, und Izzy schaute sich angestrengt um, versuchte, sie irgendwo in der wogenden Menge zu entdecken. Hatte dieser Club noch nie was von Feuerschutzregeln gehört? Hatten sie …

»Hey!« Jinx schnippte mit den Fingern vor ihrem Gesicht, und sie zuckte so zusammen, dass ihr Kopf gegen die Wand prallte. »Wie alt bist du?«

»Ich muss gehen.« Ihre Stimme klang gehetzt. »Ich muss sie finden.«

»Geh weg von ihm!«, flüsterte die Stimme. Sie schloss die Augen, versuchte, den verirrten Gedanken abzuschütteln. *»Er ist gefährlich.«*

»Du gehst nirgendwo hin.«

Izzy duckte sich unter seinem Arm durch und rannte durch den Raum, schlängelte sich zwischen Leibern hindurch und wich anderen aus, die auf sie zusteuerten. Sie wusste nicht einmal, wie sie das machte, bewegte sich aber mit dem angeborenen Geschick einer kleinen Person in einer großen Menge.

Und dann sah sie Dylan. Er lehnte lässig an einer Wand und redete mit der blonden Sängerin der Band. Die Pose schrie: »Hier läuft nichts«, aber sein Blick klebte an ihrem Gesicht und seine Aufmerksamkeit wankte keine Sekunde.

Izzy kam rutschend zum Stehen und starrte ihn an. Das Mal in ihrem Nacken war jetzt eiskalt; langsam erkannte sie das Gefühl als Warnung.

»Ja«, sagte Clodagh gespielt ungerührt mit unterdrückter Wut. »Das macht er schon seit zehn Minuten.« Sie gab Izzy eine Flasche mit einer grellfarbenen Flüssigkeit. Izzy nahm einen Mundvoll und spuckte aus. Das Zeug war sirupartig wie geschmolzene Süßigkeiten und mit Wodka gemischt. Sie hustete heftig und hätte fast die Flasche fallen lassen.

»Du meine Güte, wie stylish, Izzy.« Marianne grinste sie an, und Izzy spürte, wie ihr Gesicht heiß wurde. »Alles okay?«

»Wir sollten gehen«, keuchte sie, als sie endlich wieder sprechen konnte.

Marianne lachte. »Gehen? Sie haben keine Ausweise kontrolliert, die Getränke sind billig und hey ... da beobachtet dich ein heißer Typ.«

Izzy schauderte, ohne auch nur einen Blick zu riskieren. Sie wusste, dass er sie beobachtete, sie spürte es, und der Gedanke machte ihr Angst. Er würde ihr nicht helfen. Klar, er hatte sie beschützt, am Nachmittag und jetzt gerade, aber nicht aus Sorge um sie.

Sie war sich nicht einmal sicher, woher sie das wusste, aber sie wusste es – so sicher, wie sie ihren eigenen Namen kannte.

Jinx war gefährlich.

»Gefährlicher, als du weißt.«

Die Stimme kam aus dem Nichts, ein Flüstern, als ob jemand über ihre Schulter lehnte. Doch im selben Moment, als sie sich nach dieser neuen Bedrohung umdrehte, wusste sie, dass da niemand war. Sie hatte es gehört, klar und deutlich, und doch war da nichts. Sie hatte es sich nicht eingebildet. Und doch konnte es nicht echt sein.

Das Besorgniserregendste von allem war: Auch wenn die Stimme nicht real war, klang sie doch vernünftiger als alle anderen hier.

»Wolltet ihr nicht irgendwo hin? Ihr wart doch mit Dylans Band verabredet.« Es war ein letzter verzweifelter Appell, aber sowohl Mari als auch Clo hörten es kaum ... oder beschlossen, sie zu ignorieren.

Das war nichts Neues. Sie waren vielleicht in ihrem

Alter, aber dennoch nicht gerade das, was man Freundinnen nennen würde. Schließlich war sie nicht plötzlich eine von den Coolen. Sie hatte sie zum Club geführt, aber Mari hatte sie hereingebracht.

»Ich brauche frische Luft«, versuchte sie es schließlich. Okay, sie konnte sie nicht hier lassen. Sie würde einen klaren Kopf bekommen, herauszufinden versuchen, was verdammt noch mal hier vor sich ging, und dann … dann würde sie wieder hereinkommen und versuchen, die anderen zum Gehen zu überreden.

Das Problem war das Gefühl, dass ihr das nicht gelingen würde.

* * *

»Also, *du* bist neu«, sagte die Frau und schüttelte ihre weißblonden Haare über die Schultern nach hinten. Während Dylan sie anstarrte, drehte sie eine Pirouette. »Fertig? Oder soll ich mich noch mal für dich drehen? Ich bin übrigens Silver. Und du bist?«

»Dylan.« Zu seinem Entsetzen fühlte Dylan sein Gesicht heiß werden. »Es tut mir leid.«

Sie zog die Augenbrauen hoch. »Warum? Mir nicht.«

Die Musik veränderte sich, eine Mischung aus gregorianischem Choral, Akkorden und harten Rhythmen, und die Stimmung änderte sich mit ihr. Sexy, verführerisch, mysteriös. Aber es war nichts im Vergleich zu der Musik, die Silver gemacht hatte. Sie war nur sterblich, irdisch.

»Ich habe deine Musik gehört«, platzte er heraus. »Von der Straße aus. Also sind wir ihr gefolgt.«

Der Song aus den Lautsprechern erreichte eine Bridge. Die Tänzer wogten auf der Tanzfläche, bewegten sich aufeinander zu, bildeten Paare. Silver beugte sich zu ihm.

»Ach ja? Du bist meiner Musik gefolgt?«

»Izzy und ich, ja.« Izzy – er spürte eine kleine Panikspitze. Wo war sie? Wo waren die Mädchen? Er sollte sie im Auge behalten. Von dem Moment an, in dem er die Gasse betreten hatte, war ihm außer Silver und ihrer Musik nichts mehr einen Gedanken wert gewesen. Das sah ihm nicht ähnlich.

»Und wer ist Izzy?«

Dylan suchte die Menge ab, dann sah er sie, neben ihr Silvers Gitarristen. Die Körpersprache sagte alles. Er las die Beschützerhaltung, die Art, wie sie sich an ihn lehnte. Diese großen Augen, die nichts anderes im Raum bemerkten. Izzy war verknallt. Sie hatte nie jemanden so nah an sich herangelassen. Wenn Dylan versucht hätte, sich in ihrer Gegenwart so alphamäßig zu verhalten, hätte er ihr Knie in den Eiern gehabt.

»Ach«, seufzte Silver. »Das Mädchen bei Jinx.«

Nach dem Gig am Nachmittag hatte sie seinen Namen erwähnt. Dylan hatte ihn kaum gehört, er war zu besorgt über ihren Angriff gewesen, darüber, dass sie ihn nicht anzeigen wollte, aber er hätte es an der Art erkennen müssen, wie sie über ihn sprach. Plötzlich war alles klar: warum Izzy hier war, warum sie in der Stadt gewesen war, obwohl sie nie eine Rebellin gewesen war. Warum sie sich nicht mit ihnen treffen wollte. Sie hatte es sich nicht anders überlegt. Sie war wegen Jinx gekommen, dem Kerl, der sie am Nachmittag gerettet hatte. Plötzlich passte alles zusammen.

»Ja. War ja klar.« Das Aufwallen von Eifersucht überraschte ihn. Izzy war eine Freundin, das war alles. Aber sie war in Gefahr gewesen, und Jinx war zur Rettung geeilt, und Dylan hatte währenddessen einen miesen Nachmittags-Promo-Gig gespielt, in einem Musikgeschäft und mit einer Band, die es wahrscheinlich niemals zu irgendetwas bringen würde. Genial.

Marianne hatte gelacht und ihm gesagt, er habe seinen Heldenmoment verpasst. Nicht dass ihn das interessiert hätte. Es wäre zu abgefahren. Izzy war eine Freundin, eine gute Freundin und fast wie eine zweite kleine Schwester. Eine, der er vermutlich näherstand als seiner echten Schwester.

Silver schob ihre Hand in seine. Ihre Berührung war sehr kalt, aber zart verführerisch, wie die Berührung von frischen Schneeflocken um Mitternacht.

»Du bist also auch Musiker?« Sie stellte sich in seine Blickrichtung, sodass er Izzy und Jinx nicht mehr sehen konnte. Alle Gedanken an die beiden fielen von ihm ab. Sein Verstand tastete noch kurz nach ihnen und gab dann auf, als sich die Musik in Silvers Stimme um ihn legte. Sie lächelte, und alles, was er denken konnte, war, dass er dieses Lächeln jeden Tag sehen wollte. Jede Minute an jedem Tag.

»Gitarre«, sagte er zu ihr. Das Lächeln wurde breiter. Ihre Zähne waren erstaunlich weiß und ein bisschen zu scharf. »Ich meine, ich spiele Gitarre.« Er erzählte ihr nichts von Denzion. Die Band wirkte neben ihr armselig und erbärmlich.

»Und du hast meine Musik gehört«, sagte sie, verschränkte ihre Finger mit seinen und zog ihn hinter sich her durch den Raum auf einen VIP-Bereich zu, ohne auf die Menge zu achten. Tatsächlich wirkte es, als würde die Menge wegschmelzen, um ihr Platz zu machen. »Dann bist du von vornherein etwas Besonderes. Wie alt bist du, siebzehn, achtzehn?«

Er war empört, so wie es jeder wäre, dem so eine Frage gestellt wurde. »Achtzehn.«

»Gerade fertig mit der Schule? Weißt nicht recht, was du mit dir anfangen sollst? Siehst, wie sich alles direkt vor deiner Nase verändert?« Lachend und mit einem Schimmer von Lust in den Augen drehte sie sich zu ihm um. Das war eines der gefährlichsten Dinge, die er je gesehen hatte.

»So ähnlich«, gab er zu, denn sie schien in seinen Kopf geschaut und seine Gedanken gelesen zu haben. Seine Eltern sprachen nur von Prüfungsergebnissen, Collegebewerbungen und Kursen. »Sie wollen, dass ich Jura studiere. Ich meine, wie viele Gitarre spielende Anwälte kennst du?«

»Einen oder zwei«, antwortete sie mit einem Lächeln. »Aber ich verstehe, was du meinst. Komm und spiel für mich, Dylan. Lass mich dich hören. Vielleicht kann ich dir im Gegenzug etwas Besonderes anbieten. Einen kleinen Deal?«

»Einen … einen Deal?« Er stolperte, als er ihr folgte,

doch als sie zu ihm zurückschaute, vergaß er seine Verwirrung. Es war wie Magie. Wie endlich einmal zur rechten Zeit am rechten Ort zu sein. Als hätte er gerade einen Traum betreten.

»Ja. Ich bin eine Leanán Sídhe. Weißt du, was das heißt?«

Er schüttelte den Kopf. Er erkannte die Worte als irisch, hatte sie aber noch nie gehört.

Silver schüttelte sich ein bisschen, als wäre sie aufgeregt. »So unschuldig! Komm mit!«

Unschuldig? Na toll. Das dachte sie also? Bevor er eine Chance hatte zu protestieren, schob sie den schweren Samtvorhang zur Seite, und er wurde in ihre Höhle gezogen.

Der Raum dahinter war leer, luxuriös und wurde von einem weißen Baum dominiert. Wie eine Art Trauerweide aus Marmor, die Zweige hingen bis zum Boden. Doch er war nicht aus Marmor gehauen. Vitalität und Macht strahlten davon aus. Der Baum war schlank, wie Silver, voller Anmut und Schönheit, genau wie sie. Und sehr lebendig.

Hinter ihm fiel der Vorhang mit einem schweren Seufzen von Samt und er vergaß seine Ängste. Gedanken an die Zukunft, Jura und alles andere fielen von ihm ab.

Dylan starrte. Es konnte nicht echt sein, und doch wusste er, dass es das war. Die Kluft zwischen dem, was er sah, und dem Wissen, was er laut Realität sehen konnte, wurde immer breiter. *Sídhe*, hatte Silver gesagt. Wie *Feen*?

Bevor er widersprechen oder ihr vorwerfen konnte,

dass sie ihn verarschte, ergriff Silver wieder das Wort, und seine Proteste waren vergessen.

»Große Musiker werden nicht geboren«, sagte Silver. Sie setzte sich auf die Kante eines Diwans und zog ihn an sich. »Sie werden gemacht. Du kannst Tag und Nacht üben, so viel natürliches Talent haben, wie du willst, und unter dem glücklichsten Stern geboren sein, den man sich vorstellen kann, aber das macht dich nicht großartig. Das macht dich nicht zu einer Legende.«

Sie beugte sich vor, ihre Lippen teilten sich zu einem sinnlichen Lächeln. »Aber ich kann das.«

Dylan sank vor ihr auf die Knie und hob das Gesicht, damit er in ihre wundersamen Augen schauen konnte. Wenn er so gut war, wenn es einen Weg gab, dass er so gut werden konnte, dann würde er die Musik nicht aufgeben müssen, was seine Eltern für unvermeidlich hielten. »Wie?«

»Ich bin eine Leanán Sídhe, genau wie ich dir gesagt habe. Manche Leute würden mich ... eine Muse nennen. Und ich kann dir einen Handel anbieten.«

Er wusste, sie log nicht, sein klopfendes Herz sagte es ihm. Es wusste, dass er irgendwie in einen Traum gestolpert war. Ein Traum, in dem er endlich einmal selbst seinen Pfad im Leben wählen konnte. Auf dieselbe Art, wie er gewusst hatte, dass er der Musik folgen musste. Es machte ihm Angst. Aber er konnte auch nicht davon abrücken.

»Was für einen Handel?« Er beugte sich vor.

»Wirst du mir alles geben?«, fragte sie; ihre Augen waren

voller Lachen, voller Versprechen. »Selbst wenn ich dich um ein Stück deiner Seele bitte? Selbst wenn du weißt, dass ich dein Wesen trinken werde wie süßen Fliederwein?«

»Vielleicht. Aber was für ein Handel?« Er wusste nicht recht, warum er all diese dummen Fragen stellte, wenn er doch nichts weiter wollte, als sie zu küssen. Er hatte noch nie jemanden so gewollt. Er konnte sich an niemanden und nichts erinnern, was ihm im Leben je so wichtig gewesen war, bis auf seine Musik. Und doch stellte er Fragen.

Zum Glück störte es Silver nicht. Wenn überhaupt, schien es sie zu amüsieren. Sie tippte ihn mit einer zarten Fingerspitze auf die Nase. »Dreimal drei.« In ihren Augen glitzerte noch etwas anderes als Verspieltheit. Ihr Atem umspielte seine Lippen, so kalt wie ihre Berührung. »Drei Küsse, dreimal drei Jahre Ruhm, und zwar Megastar-Ruhm, Talent, Kreativität und Bewunderung, die großartigste Musik, die die Menschheit je gehört hat. Musik, die die Leute im Herzen anspricht. Musik, die Leben verändert. Musik, die die Welt verändert. Und dann – hörst du zu, Dylan? –, dann ist es vorbei. Dann gehörst du mir und nur mir. Falls du es überlebst.«

»Neun Jahre?«

»Ungefähr. Dann wärst du wie alt? Siebenundzwanzig?«

»Sprichst du vom ‚Club Siebenundzwanzig'?« Musiker, die so talentiert waren, dass sie dem Tod geweiht waren, ob durch Unglück, Selbstmord, Drogen oder die pure unverantwortliche Schnelligkeit, mit der sie ihr Leben lebten. Musikalische und moderne Legenden. Geflüsterte Geschichten, die niemand ganz glaubte. Eigentlich nicht. »Ich dachte, die wären ein Mythos.«

Silver lächelte ihr rätselhaftes Lächeln. »Ich auch, Dylan.« Sie bot ihm all seine Träume an, und was war die Kehrseite? Dass er den Rest seines Lebens mit jemandem wie ihr verbrachte?

»Und was bekommst du dafür?«

Sie seufzte, streckte den Körper wie eine Katze, strich mit den Fingern durch die Blätter des Baums, an der glatten Rinde entlang. »Leben.«

»Leben?«

»Alles braucht etwas, um das Leben zu erhalten. Ich habe meinen Baum, meinen *Machtstein*, das Herz dieser Höhle. Wenn ich das nicht hätte ...« Sie seufzte. »Tja, niemand kann ohne einen *Machtstein* eine Höhle halten.«

»Würdest du sterben? Wenn dem Baum etwas passieren würde?«

Sie beäugte ihn neugierig, musterte ihn. »Was für eine merkwürdige Frage ...« Sie klang auf einmal gar nicht mehr vergnügt. In ihrer Stimme schwang plötzlich ein gefährlicher Unterton mit.

Izzy hätte ihn zur Vernunft gerufen, das wusste er. Aber hier, unter einem Baum, der im Keller eines Nachtclubs wuchs, in einer anderen Welt, wo er vor der schönsten und talentiertesten Frau kniete, die er je kennengelernt hatte, war Vernunft eine Seltenheit. Er fühlte sich trunken von ihrer Gesellschaft, high, nur weil er bei ihr war.

Und abgesehen davon bekam Izzy ihre eigenen Traumerfüllungen in Form von Jinx. Derjenige, den sie hier gesucht hatte.

»Was passiert danach?«, fragte er, während er selbst auch nach dem Baum griff. »Mit mir, meine ich. Ich gehöre dir, aber was heißt das? Ich sehe hier nicht massenhaft alternde Musiker herumschleichen. Ich sehe nur diesen Baum.«

Silver fletschte die Zähne. Es mochte ein Lächeln sein, aber es sah eher aus wie ein wütendes Knurren. Nur einen Augenblick lang. In dem Moment, als er den gruslig aussehenden Baum erwähnte.

Dylans Gefühl seines eigenen Körpers zog sich zusammen, als wäre plötzlich seine Haut geschrumpft und kleiner als der Körper, den sie enthielt. Sie spannte sich zu fest über die Knochen und in seinem Kopf hämmerte jäh der Schmerz. Ein Urinstinkt durchschoss ihn. Er sollte nicht hier sein. Er sollte nicht einmal dieses Gespräch führen. Sie war gefährlicher, als er sich vorstellen konnte, und dieser Handel … dieser Deal war kein guter Deal. Alkohol, Drogen, Geschwindigkeit oder Verschollensein … irgendetwas brachte die Siebenundzwanziger immer auf dramatische Art um. Sie waren alle tot.

Er befreite sich von Silver und stand mühsam auf. »Es tut mir leid«, murmelte er, ohne genau zu wissen, ob die Worte wirklich aus ihm herauskamen. »Ich muss meine Freunde finden.«

Jeder andere hätte das als Beleidigung verstanden, da war er sicher. Aber von Silver schien es einfach abzugleiten. Sie lächelte und stand ebenfalls auf.

»Manchmal braucht es Zeit, um diese Dinge zu akzeptieren, selbst wenn man weiß, dass sie wahr sind, selbst wenn du weißt, dass du es willst. Nimm dir so viel Zeit, wie du brauchst, Dylan. Ich werde hier sein. Und du wirst mich finden können. Du bist etwas Besonderes, Dylan, etwas in deinem Blut, etwas in deiner Seele, deine Quintessenz. Die Musik in dir. Du hast meine Musik gehört und bist zu mir gekommen. Das ist der Weg, der für dich vorgesehen ist. Ich werde dich sehr genau im Auge behalten.«

7
MAGPIES

Verdammt, das Mädchen war schon wieder weg. Jinx unterdrückte ein Knurren und drängte sich durch die Menge. Erst als er fast an Izzys Seite war, bemerkte er, dass Silver fröhlich das einzige menschliche männliche Wesen im ganzen Club an der Angel hatte. Izzys Freundinnen schauten irritiert zu. Als sich Jinx näherte, verwandelte sich ihr kindisches Schmollen in Interesse.

Aber er hatte keine Zeit für sie. Seine ganze Aufmerksamkeit lag auf dem Mädchen, das er inzwischen zweimal gerettet hatte – Izzy, das Ziel seiner Jagd.

Beute.

Sie glühte immer noch. Kein sichtbares Licht, aber er spürte es bis in die Knochen. Für einen Moment fragte er sich, ob der Rest des Clubs und seine Gäste verschwommen waren oder ob sie sich für seine Augen nur schärfer abhob.

Das konnte passieren, hatte Holly ihm gesagt. Manchmal, wenn Cú Sidhe jagten, war die Beute schärfer sichtbar als alles andere darum herum.

Aber er war sich nicht sicher. Irgendetwas an ihr ging

über Beute und den Funken hinaus. Etwas ... etwas Bemerkenswertes, das er nicht benennen konnte.

Sie war heller und klarer als alles um sie herum. Es war, als würde sie von einem Sinn wahrgenommen, den er nicht kannte, etwas, das sogar über seine schärferen Fae-Sinne hinausging.

Ihre Schultern strafften sich, als fühlte sie, dass er sie beobachtete. Sie hob das Kinn, der elegante Bogen ihres Halses nahm ihn gefangen. Sie ballte die Fäuste an den Seiten. Also eine Kämpferin. Normalerweise hätte er das als Herausforderung gesehen, aber hier – jetzt – war es nur tragisch, sogar mitleiderregend. Sie konnte sich auf keinen Fall gegen ihn wehren. Auf keinen Fall würde sie sich gegen Holly wehren können, wenn er sie hinbrachte. Aber sie würde es versuchen. Natürlich würde sie es versuchen.

Und scheitern.

Das war die Tragödie.

Holly waren schon Engel zum Opfer gefallen. Ihre gebrochenen Bilder säumten die Wände ihres Markts. Die zersplitterten Bilder, die sie vor dem Ende von ihnen machte. Das Herz ihres Machtsteins war gefüllt mit Engelsfunken, was ihre Magie befeuerte und sie mächtiger als alle anderen Aes Sídhe machte, inklusive Brí und dem Amadán. Immer bereit, nach mehr Macht zu streben als jeder andere. So war Holly.

Izzy machte eine ruckartige Bewegung auf die Tür zu, bevor ihm überhaupt klar wurde, dass sie einfach gehen wollte. Dass sie die Mädchen allein ließ, die sich im Moment keinen Deut für sie interessierten. Und den Jungen, der sich im Moment wahrscheinlich nicht einmal bewusst war, dass sie existierte – nicht, solange er Silvers volle Aufmerksamkeit hatte.

Jinx marschierte ihr nach. Wenn sie nach draußen ging, machte sie es nur einfacher. Und wenn sie es ihm unbedingt einfach machen wollte, folgte er nur zu gern.

Die Nacht rief ihn, wie sie es immer tat. Der Mond über ihm – wenn auch weit entfernt und gestört durch den Smog der Stadt – brachte sein Blut in Wallung. Altes Blut, mit seinen eigenen Erinnerungen. Die schmalen Straßen von Dubh Linn erstreckten sich wie ein Labyrinth, Teil der Stadt der Menschen und doch nicht, ineinander verwoben, mit der alltäglichen Welt verdrillt.

Er kannte sie gut. Jeden Pflasterstein, jede Nische, jede Ecke und jedes Versteck.

Aber Izzy hatte keine Ahnung. Sie bog um die erste Ecke, merkte, dass es nicht der Weg zu der Gasse war, durch die sie gekommen war, erstarrte, erblickte um sich herum alte Ziegelwände, verblasste Posterfetzen und kunstvoll geschmiedete Eisengitter vor den Fenstern.

»Verlaufen?«, fragte er.

Beim Klang seiner Stimme zuckte sie zusammen und drehte sich um wie eine kampfbereite Katze. Das war nicht das Mädchen vom Nachmittag. Nicht ganz. Irgendetwas hatte sie verändert. Das Glühen flackerte unsicher.

Der Funke! Er hätte sich beinahe an die Stirn geschlagen. Der Funke durchdrang bereits ihr System. Natürlich würde er sie verändern. Er veränderte alles zum Guten und zum Schlechten.

»Ich habe dich gesucht. Ich will Antworten haben.«

Jinx verschränkte die Arme vor der Brust, und ihr Blick folgte dem Spiel seiner Muskeln, den Linien seiner Tätowierungen, die sich darum modellierten. Tiefblaue Augen, furchtsam, aber nicht hilflos. Sie sollte ihn nicht so faszinieren. Sollte ihn überhaupt nicht anziehen. Sie war Beute. Das war alles. Nur Beute. Er wartete, bis ihr Blick wieder zu seinem Gesicht zurückkehrte. »Antworten worauf?«

»In meinem Nacken ist ein Zeichen. Ein Tattoo. Wie deins. Wie ist es dort hingekommen?«

So einfach? Wirklich? Er lächelte, hörte ihr kaum zu, jetzt, wo sie bereit war, mit ihm zu gehen. Ein Zeichen in ihrem Nacken? Klar. Wie um alles in der Welt konnte sie ein Tattoo wie seines bekommen haben?

»Komm mit mir. Ich kenne jemanden, der es erklären kann.« Lügen flossen von seiner honigsüßen Zunge mühelos in eifrige Ohren. Normalerweise.

Misstrauen verhärtete ihr Gesicht. »Wer?«

Er lachte. Es war fast zu lächerlich. »Meine Großmutter.« Mit einem Schritt nach vorn streckte er die Hand nach ihr aus. »Hör zu, du solltest nicht hier sein. Weder du noch deine Freunde, aber darüber können wir hinwegsehen. Die Sídhe-Wege sind nicht für Menschen gemacht, aber ab und zu verirren sich trotzdem manche von euch hierher.«

»*Sídhe-Wege?*« Sie zwang sich zu atmen, eine bewusste Anstrengung, um ruhig zu bleiben. »Meinst du *Feen*? Die Tuatha dé Danann? Das sind Geschichten, die meine Oma immer erzählt.«

»Wir waren die Ersten auf dieser Insel, wenn du das meinst. Wir sind keine Menschen. Und diese Wege sind Teil unserer Welt. Sídhe-Wege. Sie sind nicht ungefährlich, aber wenn du willst, sorge ich dafür, dass deinen Freunden der Weg nach Hause gezeigt wird.«

Sie schaute auf seine Hand, als könnte sie beißen. »Aber mir nicht?« Eine Frage, aber mit tonloser Stimme gestellt. Sie wusste schon, was seine Antwort sein würde.

»Du willst Antworten.«

Sie presste die Lippen zusammen, während sie es durchdachte. »Also gut.«

Eine tapfere kleine Tragödienheldin.

Das Klappern von Stiefelabsätzen auf Stein brachte Jinx dazu, sich verärgert umzudrehen – wo die Magpie-Zwillinge standen.

»Na so ein Zufall«, sagte Mags. »Genau das Mädchen, das wir gesucht haben.«

Pie dagegen zog einfach ein sehr bedrohlich aussehendes Messer heraus und strich lächelnd mit der flachen Seite über seinen schwarzen Ärmel. Es glitzerte nicht, was Jinx verriet, dass es kaltes Eisen war, vermutlich mit einem natürlichen Griff, damit es ihm nicht sofort die Haut von der Hand brannte. Jinx wusste, dass Pie den Gerüchten nach eines besaß, aber er hatte nie viel auf Gerüchte gegeben.

Was jetzt irgendwie ein Jammer war.

»Also, was soll es werden, Hund?«, fragte Mags höhnisch. »Wirst du dich auf den Rücken legen oder Sitz machen und betteln? Oder einfach nur mit eingeklemmtem Schwanz davonlaufen?« Ohne Jinx weiter zu beachten, schaute Mags an ihm vorbei zu Izzy. »Komm her, Süße. Machen wir die Sache nicht kompliziert.«

»Hat euch noch nie jemand was über Wilderei beigebracht?« Jinx trat vorsichtig zur Seite, um sie in Sicherheit zu wiegen, wie er hoffte.

Izzy schnappte erschrocken nach Luft, aber das ignorierte er. Sie dachte, er würde sie verraten. Na ja, an dieses Gefühl würde sie sich sowieso gewöhnen müssen.

Das Gefühl der Scham ignorierend, ließ er sie vorrücken, sah Izzy furchtsam die Augen schließen und riss sich dann selbst aus der strikten Kontrolle los, die Hollys Banne und Zauber ständig auf seine Gestalt ausübten. Es tat weh. Ihre Zauber sorgten dafür, dass es jedes Mal schmerzte, aber er musste es tun. Er schlüpfte aus seiner Gestalt und den Fesseln, die ihn hielten.

* * *

Es gab ein sanftes Rauschen, einen Luftzug aus dem Nichts. Izzys Haare wehten ihr aus dem Gesicht und von den Schultern, und der Geruch von miteinander verschmolzenem Zimt und Zucker umgab sie. Nur einen Augenblick lang. Sie taumelte rückwärts, als sie ihn einatmete, einen hypnotisierenden Duft, berauschend. Ihre Augen öffneten sich.

Statt sie zu packen, fluchten die Zwillinge und wirbelten zu der Stelle herum, wo Jinx gestanden hatte. Einer stieß ein leises Kichern aus, einen gefährlichen Laut, der ihre Haut prickeln ließ.

Wo war Jinx?

An seiner Stelle stand ein Wesen von der Größe eines Wolfshunds, aber gertenschlank und schmal wie ein Windhund, mit blaugrünem, seidigem Fell, das unnatürliche gebogene und verschlungene indigofarbene Streifen hatte. Wie Jinx' Tattoos. Das ganze Wesen hätte aus Jinx' Tattoos gemacht sein können. Silberne Punkte blitzten in dem gedämpften Licht auf, kleine Ringe an den langen, spitzen Ohren, nach hinten kleiner werdend, als entsprängen sie seinem Kopf. Stecker glitzerten an seiner Schnauze entlang. Ebenfalls silberne Augen öffneten sich, schmale Schlitze, so dunkel in der Mitte. Während sie hinsah, streckte das Wesen seinen Körper wie flüssiges Metall. Krallen glitten aus den Pfoten, die so breit waren wie ein menschliches Gesicht.

So elegant wie seine Hände.

Während sie noch mit der Logik und Vernunft rang, brachte sich die Realität selbst wieder ins Spiel und erinnerte sie an ihre Lage. Ihr Herz hämmerte donnernd gegen die Rippen, bis sie schmerzten. Ihr schneller Atem klang sogar für sie selbst verängstigt und ihre Haut spannte. Ein metallischer Geschmack erfüllte ihren Mund, und alles um sie herum war der Geruch der Kreatur, ihr süßer, betörender Duft.

Die Zwillinge veränderten ihre Haltung, standen jetzt da wie etwas, das zum ersten Mal einer Bedrohung ausgesetzt ist. Das Wesen schlich um Izzy herum und stellte sich zwischen sie und die beiden. Ihr Blick wanderte an dem Tier entlang, von der zuckenden Schwanzspitze an dem geringelten Körper entlang über die Kraft in diesen gespannten Muskeln bis zu dem großen Kopf.

Das Wesen knurrte, es klang wie die Stimme eines Tigers.

Es konnte nicht sein. Es *konnte* nicht sein.

»Wird auch Zeit, dass du mal ein bisschen Form zeigst, Jinxy, mein Junge.« Mags zog die Oberlippe hoch, während er sprach. »Dachte, Holly hätte dafür gesorgt, dass es zu sehr wehtut, um dich einfach so zu verwandeln, also muss das hier wichtig sein. Du glaubst, du kannst es mit uns beiden aufnehmen? Böses Hündchen.«

Pie lachte, allerdings ohne jede Fröhlichkeit.

Ein weiteres lang gezogenes, leises Knurren kam von der Kreatur – von Jinx. Ein Knurren, das ihr einen ängstlichen Schauder durch den Körper schickte, obwohl sie wusste, dass sie nicht das Ziel der Aggression war. Die Botschaft war klar und kam der Unruhe in den Gesichtern der Zwillinge nach zu urteilen an.

»Wir wollen nur das Mädchen, Jinx«, sagte Pie. »Der Alte Mann hat uns persönlich geschickt. Du weißt, wie das läuft.«

Und dann bewegten sie sich so schnell, dass Izzy nur einen verschwommenen Fleck sah. Schwarzweiße Streifen rasten auf sie zu. Jinx sprang, um sie abzufangen.

»Lauf!«

Schon wieder diese Stimme, die nicht echt sein konnte, verdammt! Izzy stürmte die Gasse entlang, ohne auf den Weg zu achten, sie bewegte sich schneller, als sie ihrer Erinnerung nach je hatte laufen können. Das machte das Entsetzen, sagte man. Das Mal in ihrem Nacken war eiskalt, es warnte sie vor Gefahr. Vor ihr war es zu dunkel, und die engen Straßen schlängelten sich nach links und rechts. Schritte hallten hinter ihr und vor ihr. Sie warf sich um eine Ecke und landete in einer Sackgasse.

Mit einem erschrockenen Aufschrei drehte sie sich um und sah Pie, der mit seinem bösartigen Messer in der Hand auf sie zukam.

»Du bist schnell, das muss ich dir lassen. Aber man muss schon mehr als ein Sterblicher sein, um uns zu entkommen, auch wenn man ein Hündchen hat, das sich einmischt. Und jetzt halt still, ich muss arbeiten.«

»Bleib weg von mir!« Sie versuchte, sich an der Wand entlangzuschieben, in der Hoffnung, an ihm vorbeilaufen zu können, wenn sie auch nur die geringste Chance bekam. Ihr Fuß blieb an etwas hängen – Holz, aber es kratzte auf dem Kopfsteinpflaster wie Metall.

»Heb es auf!«, sagte die Stimme. *»Verteidige dich!«* Als müsste man ihr das wirklich sagen.

Sie packte es, es war tatsächlich eine Holzlatte, aber mit ein paar böse aussehenden rostigen Nägeln, die am Ende herausstanden. Sie schwang sie vor sich und hoffte, ihn abzuwehren.

Pie zuckte nicht mit der Wimper. »Pass auf, du hast etwas, das wir wollen. Während sich mein Bruder um das Hündchen kümmert, kommst du mit mir. Wir können es einfach machen oder ich kann es ziemlich schmerzhaft machen. Verstanden?«

Es war wieder alles wie in der Gasse, unter dem Blick des Graffiti-Engels. Der Augenblick, in dem ihr Leben aus den Fugen geraten war. Der Moment, als Schatten begonnen hatten zu flüstern und sich zu bewegen, der Moment, seit dem körperlose Stimmen versuchten, ihr zu sagen, was sie tun sollte, der Moment, als Jinx in ihr Leben getreten war.

»Was soll ich eurer Meinung nach denn bloß haben?« Ihre Stimme zitterte gegen ihren Willen, und sie hasste ihn dafür, wie sein Lächeln bei dem Klang breiter wurde und seine Zähne schimmerten.

»Du weißt es nicht einmal? Oh, das ist großartig. Aber komm jetzt her. Leg den Stock hin, kleines Mädchen.« Sie packte die Latte fester und starrte ihn wütend an. Jinx, wo war er? Was hatte Mags ihm angetan? Er hätte inzwischen hier sein können, oder? Sie musste suchend über Pies Schulter geschaut haben. »Jinx? Du glaubst, er kommt dich retten? Du bist ein Mensch. Er ist ein Cú Sídhe. Ein Hund, der von seiner Herrin auf eine Fährte gesetzt wurde. Statt dich zu retten, wird er dich zu ihr schleppen. Und du willst Holly nicht begegnen, glaube mir, kleines Mädchen.« Er wechselte das Messer von einer in die andere Hand. Es tanzte vor seinem Gesicht, hypnotisierend, beängstigend. »Holly ist *böse.*«

Bevor sie reagieren konnte, schlug ihr Pie das Holzstück aus der Hand. Es schepperte gegen die Wand, und sie schrie, taumelte rückwärts, die Hand vor sich ausgestreckt.

Feuer barst aus ihren Fingerspitzen. Nur kurz. Lang genug, dass er überrascht zurückscheute. Bevor sie es erfassen konnte, glauben, dass es passiert war, waren die winzigen Flammen wieder weg.

Ein blaugrüner Schatten platzte in ihr Blickfeld und überrannte Pie als knurrende, fluchende Kugel. Pie schrie etwas Unverständliches und Jinx jaulte auf.

So plötzlich, wie es begonnen hatte, war es auch wieder vorbei. Pie kam torkelnd auf die Beine und hielt sich die zerfetzten Überreste seines Arms. Mit einem hasserfüllten Blick auf Izzy rannte er die Gasse entlang, er hinterließ eine Blutspur, und sein langer schwarzer Mantel flatterte hinter ihm. Der Hund blieb vor ihr stehen, knurrte, seine Brust hob und senkte sich.

Cú Sídhe, hatte Pie ihn genannt. Wie man von einer Bestie sprach, von einem Monster. Sie wusste, was es bedeutete. Feenhund. Hund der Sídhe. Und mit gefletschten Zähnen und gesträubtem Fell sah er auch wirklich aus wie ein Monster. Und dann, mit einem Winseln, sank er zu Boden und nagte an seiner Schulter.

Izzy schaute wieder auf ihre Hand, immer noch zitternd, aber da waren jetzt keine Flammen mehr. Da war überhaupt nichts. Hatte sie es sich eingebildet? Doch was hatte der Magpie dann gesehen?

Der Hund drehte den Kopf, schaute sie mit großen, silbernen Augen traurig an und gab ein Wimmern von sich, das immer noch mehr ein Knurren war.

Izzys Herz machte einen Satz. Sie schob sich langsam vorwärts, aus Furcht, ihn zu erschrecken, und legte ihm vorsichtig die Hand an den Hals. Sein Puls hämmerte unter dem Fell. Sein Winseln wurde schwächer und der raue Laut seines Atems ersetzte es. Sie schloss die Augen, wartete darauf, dass er sie anfiel. Ein verletztes Tier griff normalerweise an. Das wusste sie, doch sie wich nicht zurück.

Nichts passierte.

Sie holte selbst zweimal zitternd Luft und wagte einen weiteren Blick. Er beobachtete sie immer noch über die Schulter und ihre Finger bogen sich und kraulten das Fell. Es fühlte sich fast wie Katzenfell an, ganz anders als jeder Hund, den sie kannte. Weich wie Seide, aber warm, lebendig, und unter der Haut spürte sie kraftvolle Muskeln.

Es *war* Jinx.

Izzy zog schnell die Hand weg. Die silbernen Augen verstanden viel zu viel. Sie schlossen sich in sichtbarem Schmerz, und er wimmerte wieder und regte sich.

Da sah sie das Messer – Pies Messer. Der elfenbeinfarbene Griff ragte aus einer Wunde in Jinx' Schulter, was bedeutete, dass die Klinge tief darin steckte.

Izzy zischte einen Fluch. Sie musste es herausbekommen. Es war ein böses Ding, und es würde ihn töten. Er beobachtete sie geduldig, ertrug den Schmerz.

Als sie die Hand langsam in Richtung des Messergriffs bewegte, begann er zu knurren.

»Mensch, Jinx, mir gefällt das auch nicht, aber wir

müssen das Ding aus dir herausholen, ganz egal, in welcher Gestalt du gerade bist!«

Er neigte den Kopf, leckte die Wunde, versuchte selbst, an das Messer heranzukommen. Aber er erreichte es nicht. Und selbst wenn er den Griff erwischt hätte, bezweifelte sie, dass er es hätte herausziehen können.

Wieder streckte sie die Hand aus und das Knurren wurde noch drohender.

»Böser Hund«, sagte sie. »Dummer Hund, um genau zu sein. Dummer, ungezogener, lächerlicher Hund, der in der Gosse sterben wird, wenn du mich dir nicht helfen lässt.«

Das Mal in ihrem Nacken brannte, als sie den Griff umfasste, und Jinx jaulte auf. Sie packte den Griff, ohne zu denken oder zu zögern, auch nicht, als er das Maul öffnete und auf ihren Arm losgehen wollte. Doch er scheute in der letzten Sekunde zurück, sein Kiefer schnappte vor ihr zu, statt ihren Arm zu zerfleischen.

Sie brauchte seine Hilfe, jede Information, die er ihr geben konnte, sie brauchte ihn unverletzt und wohlauf. Egal, was für ein mystisches Wesen er letztendlich war. Abgesehen davon war sie nicht der Typ, der einem Tier mit Schmerzen nicht half, oder? Nicht einmal einem so … so …

Izzy riss das Messer heraus, und das Wut- und Schmerzgebrüll wurde eine Stimme, eine Stimme, die vor Qual und Verzweiflung schrie.

Die Luft schimmerte, bewegte sich, und Jinx lag vor ihr auf den nassen, blutbespritzten Pflastersteinen. Izzy starrte ihn an, und ja, sie sah es, die Tattoos gingen wirklich ganz über seinen Körper. Sein Kopf sank unsanft auf die Pflastersteine und seine jetzt nur noch erstickten Laute erstarben.

»Alles in Ordnung? Jinx?« Sie schaffte es nicht, das Messer loszulassen. Es zitterte unkontrolliert.

Er mühte sich ab, um aufzustehen, sank aber wieder zu Boden. Er blutete immer noch, inzwischen zitterte sein ganzer Körper. Ein Schock vielleicht. Oder Trauer.

»Meine Kleider«, sagte er schließlich mit angestrengter, schwacher Stimme. Geschlagen, aber ohne Schmerzen.

»Ich weiß nicht. Was ist los mit dir?« Eine dumme Frage an einen Mann, der gerade fünfzehn Zentimeter Eisen im Körper gehabt hatte. Vorsichtig berührte sie seine Schulter, doch die Wunde war weg. Zurück blieb nur ein bisschen verschmiertes Blut. »Jinx?«

»Was willst du von mir?« Er drückte sich auf die Ellbogen hoch und schaute sie wütend an, wofür er den Kopf neigen musste. Seine dunklen Haare schlängelten sich über sein Gesicht und seine Augen waren fremder als je zuvor. Ein Cú Sídhe, tatsächlich. Die Verkörperung jeder Legende, jeden Albtraums. Der Feenhund, der Jäger, der Höllenhund.

Alte Geschichten, wie sie Gran immer erzählt hatte, Geschichten, wie sie Dad auch gern spann. Dinge, die sie zum Lachen gebracht hatten, oder zum Schaudern in der Dunkelheit. Dinge, an die sie nie geglaubt hatte. Nicht bis jetzt.

Es war schwierig, etwas nicht zu glauben, das man gerade mit eigenen Augen gesehen hatte. Es war hart, etwas nicht zu glauben, wenn es einen jagte und ein Messer schwang. Oder wenn es einen rettete.

Das ist nicht echt, versuchte ihr Gehirn ihr immer noch zuzurufen. *Nicht echt!*

Aber das war es. Ihr wurde sofort übel, wenn sie daran dachte.

»Ich … ich will nur nach Hause.«

Wenn sie nach Hause ging, würde alles wieder normal sein, oder? Zu Hause war sie sicher. Ihr Zuhause war irdisch und ruhig. Normal. Mum und Dad, der Fernseher, morgen früh eine ruhige Schicht im Café. Das wollte sie. Nicht das hier.

»Also gut.« Einfach so. »Aber könntest du vorher meine Kleider suchen? Ich glaube, so kann ich weder in deiner noch in meiner Welt herumlaufen.«

»Nein. Wahrscheinlich nicht.« Ihr Gesicht wurde heiß, und sie versuchte, überall hinzuschauen, nur nicht auf ihn. Der nackte, tätowierte Mann, der eben noch ein riesiges, übernatürliches Hunde-*Ding* gewesen war und sie vor einem Irren mit einem Messer gerettet hatte.

Sie schloss die Augen, verzog das Gesicht, als könnte sie es wahr machen, wenn sie sich nur genug darauf konzentrierte: Normalität, sie wollte Normalität.

Und die Welt hatte gerade nur noch einen weiteren Sprung tiefer in die Absurdität gemacht.

Denn er hatte nicht widersprochen. Er hatte nicht darauf bestanden, dass er sie zu seiner Großmutter bringen müsse, wie gefährlich auch immer das war, und er hatte nichts getan, um sie zu verletzen.

Trotz allem, was die Magpie-Zwillinge gesagt hatten.

Jinx hatte gerade eingewilligt, dass sie nach Hause ging, ohne Diskussion. Und das machte ihr am meisten Sorgen.

8

DUBH LINN VERLASSEN

Die Kleider lagen dort auf dem Boden verstreut, wo ihn die Magpie-Zwillinge in die Enge getrieben hatten. Zum Glück war niemand vorbeigekommen, also nahm Jinx sie und zog rasch seine Jeans an. Diese Würde hatte er immerhin wieder, Gott sei Dank. Izzy versuchte verzweifelt, ihm nicht auf den Oberkörper zu starren. Ihr Gesicht war dunkelrot angelaufen, die Augen zu groß.

Sie war wirklich einfach nur ein Mädchen. Das musste er sich immer wieder sagen. Nicht viel jünger als er, aber sie hatte in ihrem kurzen Leben noch nichts gesehen – wie zum Beispiel das Blut und den Verrat, den er schon gesehen hatte. Sie war nur ein Mädchen.

Die Eisenklinge hätte ihn töten müssen. Selbst wenn er sie hätte herausziehen können – was in seiner Hundegestalt unwahrscheinlich gewesen wäre, und das Eisen hätte ihn davon abgehalten, wieder seine Aes-Sídhe-Gestalt anzunehmen. Selbst dann hätten Spuren von seinem Gift zurückbleiben und ihn vernichten müssen.

Ein langsamer, quälender Tod. Genau die Art, an der sich die Magpies so gern ergötzten.

Doch Izzy hatte das Messer herausgezogen und alles

war mit ihm verschwunden. Vielleicht war sie eine Art Heilerin, mit einem Feendoktor in ihrer Ahnenreihe, oder eine weise Frau mit heilenden Händen. Irgendwie musste es zu erklären sein. Der Funke allein, so mächtig er war, hätte nicht genügt. Altes Blut vielleicht, nur ein Tropfen davon wäre genug, damit sie die Musik hören und ihr folgen könnte. Oder sie war einfach auf eine Art begabt, auf eine der Arten, die die Aufmerksamkeit der Fae auf sich zog. Das konnte in der modernen Welt immer noch passieren. Etwas in der Art, irgendetwas.

Denn er wollte nicht darüber nachdenken, was es sonst bedeuten könnte.

Sie hatte Eisen aus seinem Körper gezogen. Sie hatte ihm das armselige Leben gerettet.

Warum? Weil sie es wollte? Niemand tat so etwas ohne guten Grund.

Er glaubte nicht an Mitgefühl. Oder an Freundlichkeit.

Er zog die Stiefel an, zog so ruckartig und fest daran, dass Izzy das Gesicht verzog, weil sie seinen Ärger daran ablesen konnte. Sie war klug, intuitiv, eine Kämpferin. Sie hatte versucht, es mit Pie aufzunehmen, als er angekommen war.

»Wer ist der Alte Mann?«, fragte sie.

Jinx blickte auf. »Jemand, dem du nicht zu nahe kommen möchtest.«

»Ständig sagst du solche hilfreichen Dinge.«

Ach ja, Sarkasmus. Wenn sie wieder in diesem Ton mit ihm sprechen konnte, ging es ihr offenbar gut.

Er kämpfte sich in sein T-Shirt. »Es ist die Wahrheit.

Warum bist du hergekommen? Sídhe-Gebiet, vor allem Dubh Linn ist nicht ungefährlich für jemanden wie dich.«

Ganz besonders nicht für jemanden wie sie – mit einem göttlichen Funken. Ihre Heilfähigkeiten konnten angeboren sein, aber wenn es so war, verstärkte der Funke sie noch. Alles zusammen machte sie zu einer Zielscheibe. Und dieses andere Etwas. Ihre Solidität in seiner Welt. Dieses Glühen, das er schon beim ersten Mal an ihr gesehen hatte. Was war sie?

»Dubh Linn?«, fragte sie und ließ es Englisch klingen – *Dove-Linn* – womit sie die Magie der Worte im Weltlichen verwurzelte. »Was ist das?«

»Es ist hier«, antwortete er. »Du schaust darauf. Die Welt der Sídhe liegt neben eurer, wie ein Geisterbild, da und gleichzeitig doch nicht da, zwei Schichten, so eng beieinander, dass sie sich stellenweise berühren, wie Buchseiten. Wir leben auf der Horizontalen, im Gegensatz zu Himmel und Hölle in der Vertikalen. Einst waren unsere beiden Welten eins, als wir herkamen, vor den Menschen, aber die milesischen Schwindler teilten sie entzwei, als sie versprachen, mit meinem Volk zu teilen, und verbannten uns aus ihrer Welt in unsere. Teile deiner Welt driften hier herein, Teile unserer driften in eure. Eine kann nicht ohne die andere existieren. Menschen und Fae stehen auf derselben horizontalen Ebene, weshalb du von einer in die andere Welt reisen kannst. Von einer in die andere überzutreten, kann einen Moment dauern oder hundert Jahre. Dubh Linn ist ihr Herz, an Ort und Stelle festgehalten, der Anker zwischen Welten. Das Zentrum von allem.«

»Die Stadt«, flüsterte sie. »Du sprichst über die Stadt.« Da spürte sie es, die Orte, wo die beiden Welten ineinander eingerastet waren, wo ihre Berührung überlappte. Viele spürten es. Normalerweise hatten sie aber keine Ahnung, was das hieß.

»Warum bist du hier?«, fragte er wieder.

Zu seiner Überraschung drehte sie ihm den Rücken zu und hob die Haare auf den Kopf. Mit der anderen Hand zog sie den Kragen ihres Pullis herunter.

Das Mal stach hervor, schön und scharf abgegrenzt von der blassen Haut ihres schlanken Halses. Die Silberkette, die sie trug, und die kleinen Hügel ihrer oberen Wirbelsäule unterstrichen nur das alte, lebende Wunder, das sie darstellten.

»Woher hast du …?« Schon war er auf den Beinen, streckte die Hand aus und bremste sich gerade rechtzeitig, bevor er ihre Haut berührte. Seine Hand schwebte darüber in der Luft. Er hätte ihr im Handumdrehen das Genick brechen oder sie überwältigen und zu Holly schleppen können, oder einfach nur … nur mit den Fingern über diese kühle, weiche Haut streichen, bis sie seufzte. Mit ein klein wenig Glamour konnte sie ganz ihm gehören, bettelnd nach ihm verlangen. Sie wusste nicht mal, wie man sich gegen die Bosheiten der Fae wehrte. Nur eine Berührung von Haut auf Haut, und ein Mensch war gebannt. Ein Glamour war der Zauber der Wahl für Sídhe, wenn es um Menschen ging, eine Mischung aus Verkleidung und Verzauberung. Es war so einfach. Aber am Nachmittag hatte es nicht bei ihr funktioniert, oder?

»Es war plötzlich einfach da«, sprudelte es aus ihr heraus. »Als ich nach Hause kam. Und die Schatten haben sich bewegt wie etwas Lebendiges. Aber sie haben aufgehört. Als ich es ihnen befohlen habe, haben sie aufgehört. Und dann habe ich …«

Sie ließ die Hände sinken und drehte sich zu ihm um, so schnell, dass sie beinahe in seinen Armen geendet wäre.

Ein Schritt rückwärts war seine einzige Möglichkeit und das Schwierigste, das er je getan hatte. Sie war nicht für ihn. Konnte es nicht sein. Er musste sie zu Holly schaffen und das war alles. Er musste sie aus seinem Leben schaffen.

Sie hat Eisen aus deinem Körper gezogen!, schrie ihm seine Geis zu. Sie hatte ihm das Leben gerettet und nichts als Gegenleistung verlangt. Und doch war er ihr Feind. Der Mann, der sie seiner wahnsinnigen Matriarchin ausliefern würde. Holly würde ihr unaussprechliche Dinge antun, um ihr den Funken zu entreißen. Jeder aus dem Rat würde das tun, jeder Sídhe. Und Izzy wusste es nicht, verstand es nicht. Sie hatte keine Ahnung.

»Wie ist dein Name?«, fragte Jinx. »Dein *wahrer* Name?« Es musste einen Grund geben. Es *musste* einfach einen geben. Dass sie hier war, wie sie ihn faszinierte, dass sie den Funken bekommen hatte, obwohl sie nicht einmal wusste, was er war. Wenn er ihren wahren Namen gewinnen konnte, war das ein bisschen Macht. Und in der heutigen Zeit wusste niemand mehr, dass man einem der Fae seinen wahren Namen nicht verriet.

Dass sich ein Funke an einen Menschen band, war

selten, aber nicht gänzlich unbekannt. Doch noch üblicher war, dass etwas an ihnen war – altes Blut oder Fae-Blut oder eine Art Gabe. Allerdings konnte kein Funke dieses Mal schaffen, wenn seine Berührung auch vielleicht sein Erscheinen ausgelöst hatte. Auf diese Art mit dem Symbol von Himmel, Erde, Mensch und Fae markiert zu werden, mit dem Kreuz der vier Rassen und den Kreisen, die sie verbanden, sie mit etwas zu zeichnen, das alle Existenzebenen repräsentierte …

Der Funke in ihr machte sie zur Zielscheibe, aber das – das kennzeichnete sie als etwas Größeres.

»Wer bist du?«, fragte er wieder, eindringlicher diesmal. Er trat näher, versuchte, sie mit seiner körperlichen Präsenz einzuschüchtern, während seine Wut, seine Hilflosigkeit und sein Entsetzen, sein Gefühl, von ihr in die Falle gelockt zu werden, in seine Stimme übergingen.

Sie wurde blass, ihr Atem ging schneller. Aber sie wich nicht zurück.

»Isabel Gregory.«

Und da hatte er es. Gregory. *Grigori*. Sein Kopf sank herab, als hätte er einen Mühlstein um den Hals. War sie sich überhaupt dessen bewusst, dass er sich verneigte? Wusste sie, dass er keine Wahl hatte?

Sie trug das Zeichen eines Grigori, und auch den Namen. Er hatte keine Ahnung gehabt. Der Rat hatte sogar versucht, ihn zu warnen. Aber er hatte gedacht, der Grigori sei älter, ein Mann. Er dachte – na ja, was für eine Bedeutung hatte das jetzt noch? Was für eine Bedeutung hatte überhaupt noch etwas? Er war doch schon verloren.

»Und was soll ich jetzt für dich tun?« Was auch immer sie sagte, er musste gehorchen. Und Holly würde sich dafür an ihm rächen. Sie würde es genießen, sich Zeit dabei lassen. Es war egal. Seine Geis hatte ihn zum Sklaven einer anderen gemacht. Er konnte Izzy jetzt nicht mehr zu Holly bringen. Es sei denn, Izzy befahl es ihm; die Prophezeiung, die Brí mit seinem Namen auf ihn gelegt hatte, ließ ihm keine Wahl. Izzy hatte ihm das Leben gerettet.

Eisenbänder legten sich um seinen Geist, um seinen Willen.

So fühlte es sich also an, ein Halsband angelegt zu bekommen.

Und das von so einer sanften, rettenden Hand.

Sie seufzte wieder, Müdigkeit zeichnete ihr Gesicht, vertiefte die Schatten unter ihren Augen. Sie wusste es nicht einmal. »Ich bin gekommen, um Antworten zu finden. Aber ich will nach Hause, Jinx. Ich will nur nach Hause.«

Er nickte, und das war's.

Holly würde ihn dafür auf ewig strafen.

Doch was hatte er für eine Wahl? Die Geis zwang ihn. Sein Leben gehörte Isabel Gregory, und so sehr er es hassen mochte, er konnte nichts dagegen tun.

* * *

Schallendes Gelächter ließ Izzy aus der Haut fahren und gleichzeitig innerlich zusammenzucken.

»Du meine Güte, ich dachte, du wärst gegangen.« Marianne. Sie hätte nie gedacht, dass sie einmal so froh sein würde, Marianne zu sehen, auch wenn Mari selbst nicht begeistert war, sie zu sehen. »Ach, von mir aus, dann können wir uns ein Taxi teilen oder …«

Sie unterbrach sich und starrte an Izzy vorbei zu Jinx, der immer noch seine Kleider ordnete.

Dann wanderte ihr Blick wieder zu Izzy. Ihr Blick wurde wissen, neckend. »Ist nicht wahr!«, formten ihre Lippen lautlos.

Izzy wünschte sich, die Erde würde sich auftun und sie verschlucken. Sie spürte, wie ihr Gesicht aufflammte. Warum musste es Marianne sein? Und gleichzeitig hätte sie das andere Mädchen am liebsten stürmisch umarmt. So peinlich der Moment auch war.

»Was?«, fragte Clo, die aus dem Club gestolpert kam, immer noch eine Flasche übertrieben bunten Alkohol in der Hand. Dylan und die blonde Sängerin folgten ihr und standen zu dicht beieinander.

»Izzy?« Dylan wollte auf sie zugehen, doch die Sängerin bewegte sich auch, und er zögerte. »Izzy, was ist passiert?«

»Oh, Jinx.« In der Stimme der blonden Frau perlte unterschwellig ein Lachen. »Was hast du getan?«

Jinx blickte sie finster an und fuhr sich mit den langen Fingern durch die Haare.

»Hab nur die Magpies rausbegleitet. Das ist alles, Silver.«

Die stählerne Härte in ihrem Blick ließ Silvers Lächeln verblassen. »Alles in Ordnung?«

»Izzy? Hattest du'n Problem?« Clo lallte ein wenig

und schüttelte den Kopf, als versuchte sie, die leicht undeutliche Äußerung zu klären.

Oh, gut, zu allem ... zu alledem würde sie auch noch eine beschwipste Clodagh nach Hause begleiten müssen. Aber wenigstens überschritt das nicht die Grenzen der Normalität.

»Nein. Jinx ...«

- hat sich in ein riesiges Hundeding verwandelt und wurde trotzdem fast umgebracht –

So etwas konnte man normalen Leuten nicht erzählen. Und ihr Verstand stolperte einen Augenblick zu spät über diesen Gedanken, was sie mit Bestürzung erfüllte.

Gehörte sie nicht mehr zu den *normalen Leuten*?

Sie versuchte es noch mal, es durfte nicht wie eine große Sache klingen. Was konnte sie sagen? Sie hielt ihre Stimme lässig: »Jinx hat das geregelt.«

»Geh nach Hause.« Seine Stimme grollte durch sie hindurch. Sie konnte ihn spüren, wie er direkt hinter ihr stand, die Wärme seines Körpers, das Summen seiner Wut. »Das wolltest du doch. Sie werden mit dir gehen.«

Sie warf ihm einen Blick zu. Egal, was sie wollte, es gab auch Dinge, die sie brauchte. Und die wirkliche Welt, die *normale* Welt, würde sie ihr nicht geben. »Ich will immer noch Antworten.«

Zu ihrer Erleichterung nickte er. Etwas an seinem Gesichtsausdruck hatte sich verändert – er war nicht weicher, es war eher, als würde eine Welle des Kummers durch ihn gehen, die so stark war, dass er sich weder davor abschirmen konnte noch vermeiden, dass ihn sein

Ausdruck verriet. »Und du wirst sie bekommen. Ich werde dich finden.«

Die Logik riet ihr, ihm eine Telefonnummer oder ihre Adresse zu geben. Doch eine rationalere Form der Logik, verknüpft mit der Stimme ihrer Mutter, bestand darauf, dass nur ein Idiot einem fremden Mann Kontaktdaten geben würde. Sie zögerte zu lange.

»Pein-lich!«, flötete Mari, die jetzt an Dylan lehnte. »Also, gehst du nach Hause oder …« Sie konnte das Misstrauen in ihrem Blick nicht verbergen, den sie Silver zuwarf.

Silver hatte sich bereits von ihnen entfernt und Dylan hinter sich gelassen. Izzy sah mit Betroffenheit, dass sie die Hand an Jinx' breiter Schulter hinaufgleiten ließ. Es war eine zu intime Geste, um Trost zu bedeuten. Ihre eigene Reaktion überraschte sie. Was hatte das mit ihr zu tun? Warum interessierte es sie? Und doch tat es das. Sie schüttelte sich und ermahnte sich, dass sie ihm rein gar nichts schuldete. Sie hatte ihn gerettet. Jinx ließ den Kopf hängen und die Sorge in Silvers fein geschnittenen Gesichtszügen wurde noch ausgeprägter.

Ein plötzliches Aufwallen von Gefühlen brachte Dylan dazu, das Gesicht zu verziehen – es sah ziemlich nach Eifersucht aus. Und noch etwas anderem. Abscheu vor sich selbst? Widerstreitende Gefühle fanden sich in seinem Gesicht und Izzy konnte sie nicht alle lesen. Nur einen kurzen Moment. Was sie da sah, gefiel ihr nicht.

»Gehen wir!«, blaffte er und wandte sich so schnell ab, wie er konnte. »Komm, Izzy!« So hatte er in seinem ganzen Leben noch nicht mit ihr gesprochen. Doch ihre Überraschung wurde von einer anderen Sorge überschattet.

»Wie kommen wir hier heraus?«, fragte Izzy, die Fäuste an den Seiten geballt.

Jinx zeigte hinter ihr die Gasse entlang. »Einfach geradeaus. Weicht nicht vom Weg ab, auch nicht, wenn es so aussieht, als würde der Weg abbiegen. Geht geradeaus weiter.«

Sie nickte, aber Dylan war schon mit wütenden Schritten und gesenktem Kopf losgegangen.

»Dylan!«, rief Silver ihm nach, und er blieb abrupt stehen, als hätte ihn ihre Stimme gefangen genommen. »Mein Angebot gilt noch.«

Er gab ihr keine Antwort.

»Was für ein Angebot?«, wollte Marianne wissen, während sie ihm nacheilte.

Dylan marschierte einfach weiter. »Das ist nicht wichtig, Mari. Nur Musikzeug. So was wie ein Gig. Ich brauche sie sowieso nicht. Nicht mehr, als Izzy den Hulk da hinten braucht.«

Den Hulk. Ja, lustig. Mach ihn nicht wütend.

»Wohl eher Adonis.« Clo grinste Izzy an. »Und du schleichst auch noch mit ihm zu dunklen Machenschaften in eine Seitengasse.« Sie legte den Arm um Izzy, und bevor sie wusste, wie ihr geschah, stützte Izzy ihre Freundin. »Ich kann's gar nicht erwarten, es den anderen zu erzählen.«

Sie hätte verärgert sein müssen, aber irgendwie konnte

Izzy nicht an dem Gefühl festhalten. Die Erleichterung, wieder mit ihnen zusammen zu sein, spülte den Ärger weg. »So war das nicht.«

Ihr Protest traf auf taube Ohren. »Na klar!« Marianne kicherte, als sie zu ihr aufschlossen. »Sein Shirt ist einfach abgefallen. Sonst noch was?« Für ihr schmutziges Grinsen hätte sie eigentlich von der Polizei wegen Sittenwidrigkeit verhaftet werden müssen. »Du hast dir einen Superzeitpunkt ausgesucht, um dir einen Ruf aufzubauen, Izzy. Einfach super. Ich wünschte, mein Handy hätte hier Netz. Ehrlich. Scheiß Funkloch. Komm schon, Facebook ruft!«

Sie führten sie eilig weg, auf die reale Welt zu, auf ihr Dublin, weit weg von der Sídhe-Welt. Zurück in die Sicherheit, hoffte sie. Mit den dreien fühlte es sich sicher an, und sie bekam wieder Luft, konnte versuchen, alles zu vergessen, was sie gesehen hatte, den ganzen Wahnsinn. Wenn sie nicht Angst gehabt hätte, Clodagh fallen zu lassen oder vor Mari noch dümmer auszusehen, wäre sie gerannt. Sie wollte sich nicht umschauen, konnte aber nicht anders.

Jinx und Silver waren nirgends mehr zu sehen.

* * *

Das Taxi ließ sie ungefähr zehn Minuten von zu Hause entfernt raus. Auf keinen Fall würde Izzy direkt vors Haus fahren, trotz Dylans Argumenten. Seit wann hatte er so einen Beschützerinstinkt? Abgesehen davon lief das Taxameter fast über. Den ganzen Heimweg über war er kommunikativ gewesen wie ein Stein. Beleidigt oder in Gedanken versunken. Nachdem er sich vergewissert hatte, dass sie nicht verletzt war, hatte sie nichts mehr von ihm gehört.

Sie ging das letzte Stück ziemlich schnell, die Hände tief in die Taschen geschoben, in Gedanken bei Jinx und den Magpies. Bei den Dingen, die sie gesagt hatten. Bei Jinx' Verwandlung und all dem krassen Scheiß, der scheinbar an ihr klebte.

Und an Jinx' Entsetzen, als er ihren Namen gehört hatte.

Als sie in ihre Straße einbog, begann das Zeichen in ihrem Nacken wieder zu kribbeln. Wieder eine Warnung? Sie zögerte, blickte auf und sah das Polizeiauto vor ihrem Haus parken.

O Gott, nein. Etwas war passiert. Sie wusste es. Etwas Schlimmes war passiert.

Izzy lief los, rannte den Kiesweg hinauf und mühte sich ab, die Tür zu öffnen. Sie fiel beinahe hinein, und ihre Mutter kam aus dem Wohnzimmer gestürzt, blass, mit roten Augen, viel zu dünn und gezeichnet.

Und doch hätten die Arme, die sie jetzt umarmten, aus Eisen sein können.

»Wo um *alles* in der Welt warst du? O mein Gott, Izzy, ich dachte … ich dachte … ihr beide. Ich bin dich wecken gegangen, aber du warst nicht da, und ich dachte …« Sie holte zitternd Luft und ihr ganzer Körper bebte. »Ihr beide in einer Nacht. Wo um Himmels willen warst du?«

Ihre Stimme brach. Hilflos und verzweifelt – ihre Mutter, die immer so cool und gefasst war, hatte keine Worte mehr. Sie schluchzte und zog Izzy fest an sich und hielt sie fest, zitterte, als stünde sie mitten in einem Erdbeben.

Über Mums Schulter sah Izzy zwei Polizisten aufstehen, die Gesichter ganz ernst und voller versecktem Mitleid.

»Ich … ich war nur …« Verdammt, wen interessierte das jetzt? Mum würde ihr sowieso nicht glauben. »Was ist passiert, Mum? Was ist los?«

»Dein Dad, Schatz. Er hatte auf dem Heimweg einen Unfall. Jemand hat sein Auto angefahren. Er ist im Krankenhaus.«

Die eisige Flut des Entsetzens erfüllte sie wieder. Jetzt gab es nichts, wogegen sie kämpfen konnte. Nichts, wovor sie weglaufen oder wohin sie gehen konnte. Sie konnte nichts tun. Sie war nur ein Kind.

»Aber es geht ihm gut, oder?« Sie blickte von einem düsteren Gesicht ins andere. Und schließlich wieder zu ihrer Mum, in die schwarze Leere ihrer Augen. »Es geht ihm doch gut, oder? Mum?«

Ihre Mutter brach in Tränen und erstickte Schluchzer aus.

9
DER KNOTEN

Der plötzliche rohe Schmerz richtete Jinx auf seinem Platz auf, hob ihn fast auf die Beine; der Instinkt zu kämpfen, zu beschützen, trieb ihn hoch, obwohl er nicht wusste, was oder wo die Gefahr war. Der Club war jetzt fast leer, Musik aus der Konserve trieb die letzten Feierwütigen hinaus, und Silver hatte sich unter ihrem Baum zusammengerollt und schlief schon fast. Bei der Bewegung öffnete sie wie eine schläfrige Katze ein Auge.

»Was ist los?«

»Ich weiß nicht.« Frustriert ballte er die Hände zu Fäusten. Der Schmerz brodelte in seiner Magengrube. Nicht körperlich. Der Schöpfer wusste, er hielt körperliche Schmerzen aus. Er war dazu geschaffen, seine Physiologie nach Belieben komplett zu verändern. Könnte er keine Schmerzen ertragen, würde er jedes Mal sterben. Dieser Schmerz war emotional; die Fae verließen sich auf ihre Gefühle, so verstärkt, so alles verzehrend. Körperlicher Schmerz war nichts. Emotionaler Schmerz war eine unerträgliche Folter.

Silver richtete sich auf, die Füße ordentlich unter sich

gezogen. Sie streckte die Hände nach ihm aus, aber Jinx berührte sie nicht. Er wagte es nicht.

»Was ist mit dem Mädchen passiert, Jinx?«

Er war nicht in der Stimmung dafür, seine Scham bloßzulegen, zu zeigen, was für ein Dummkopf er war. »Was ist mit dem Jungen passiert?«

»Er ist kein Junge, Jinx. Du bist selbst nicht so viel älter. Er ist ein junger Mann und ein begabter Musiker. Ich könnte ihn groß machen. Abgesehen davon mag ich ihn. Da ist noch etwas, ein unvergleichliches Talent, ein Potenzial für so viel mehr. Er hat uns von der Straße jenseits des Tors aus gehört, ist der Musik gefolgt.«

»Das verstehe ich nicht. Er ist nur ein Mensch.«

»Nur ein Mensch!« Sie lachte. »Du verstehst es wirklich nicht. Potenzial ist alles. Er hat meine Musik gehört, ein Junge ohne Fae-Blut, kein bisschen magisch. Das hat schon seit vierzig Jahren keiner mehr getan. Er ist besonders. Wirklich besonders. Aber das ist nicht meine Sorge. Du und das Mädchen ... Was ist da draußen passiert?«

Sie schenkte ihm ihren strengen Blick. Sie würde nicht nachgeben. Sie würde weiterfragen, bis sie ihn gebrochen hatte. Das war ihre Natur, die Natur der meisten Frauen seiner Art. Sie gaben niemals nach – und dieser Gedanke erschütterte ihn bis ins Mark.

»Sie ist diejenige, die Holly haben will«, sagte Jinx. »Die den Engel gesehen hat und jetzt den Funken in sich trägt.«

Silver runzelte die Stirn, eine kleine, fast unsichtbare Linie verunzierte die perfekte Haut zwischen ihren Augenbrauen. »Und du hast sie gehen lassen? Aber Holly hat dir gesagt …«

»Ich weiß.« Er bellte die Worte beinahe, war kurz davor, die Fassung zu verlieren. Beschämt über den Ausbruch, gab er sich Mühe, sich wieder unter Kontrolle zu bekommen. »Die Zwillinge haben uns angegriffen. Sie sind auch hinter ihr her, im Auftrag des Amadán. Ich habe sie in die Flucht geschlagen. Ich meine, wir. Sie hat versucht – du meine Güte, sie hat versucht, sich mit einem Stück Holz und sonst nichts zu verteidigen. Ich kam gerade rechtzeitig hin, aber Pie hatte sein verdammtes Messer dabei und – und hat mich damit erwischt.«

Er ließ den Kopf hängen. Als er es sagte, den schrecklichen Worten eine Stimme verlieh, floss alle Wut aus ihm hinaus und ließ nur Trauer, Scham und Schmerz zurück, seinen Verlust und noch etwas anderes. Etwas, das er nicht benennen konnte.

»Sie hat es herausgezogen, Silver. Sie hat mich geheilt.«

Silver schluckte. Ihr Kehlkopf arbeitete zu schnell, als hätte sie Mühe, Worte und den Atem zu finden, um sie auszusprechen; ihr ganzer Körper spannte sich.

»Jinx, was sagst du da?«

»Sie hat Eisen aus meinem Körper gezogen. Sie hat mir das Leben gerettet.«

Silver kannte Jinx' Geis genauso gut wie er. Sie war als Zeugin und Freundin bei ihm gewesen, als Brí sie über ihm ausgesprochen hatte. Er war zu jung gewesen, um sich selbst zu vertreten, um irgendetwas davon zu verstehen, und sonst war niemand bereit gewesen. Doch Silver hatte seine Hand genommen, so klein in ihrer, und ihm gesagt, er solle tapfer sein. Dass sie bei ihm sei. Dass eine Geis bedeutete, dass er Aes Sídhe war, und das sei wichtig. Silver wusste vielleicht am besten, dass diese Worte ihn so fest banden wie jeder Eid; Worte, die sein Schicksal besiegelten. Sie hatte gehört, wie sie von Brí auf ihn gelegt wurden.

»Du hältst Silvers Hand zur Unterstützung?«, hatte Brí gefragt. *»Du armer Irrer. Ich werde dir jetzt deine Geis geben, und denk daran: Das bindet dich für immer. ›Keine Hand als deine eigene kann dich retten, oder sie wird dich binden.‹«*

»Aber …«, begann Silver jetzt und unterbrach sich, schloss den Mund, um unaussprechliche Worte zurückzuhalten.

Er gehörte Izzy, und zwar mit allem: Körper und – hätte er nur eine – Seele.

Silver fing sich einigermaßen. »Was ist mit Holly? All ihre Banne und Zauber über dir, all diese Sprüche …« Der Schmerz, ja, der Schmerz, den sie ihn hundertmal erdulden lassen hatte. Jedes Stück Silber, das sie ihm aufgezwungen hatte, brannte. Jede Tätowierung, die seine Gestalt mit einem Zauber umschloss, war eine Qual.

»Ich musste sie gehen lassen.«

»Und jetzt?«

»Ich kann Izzys Kummer spüren, ihren Schmerz. Ihr ist etwas Schreckliches geschehen.«

»Dann geh zu ihr.«

Er schüttelte den Kopf. »Damit ich die Fae-Welt direkt zu ihrer Tür führe? Silver … sie hat sich ›Gregory‹ genannt. Isabel Gregory.«

Silvers Gesicht wurde weiß und sie gab ein leises, erschrockenes Stöhnen von sich. Sie wusste es. Sie verstand, was es bedeutete. Grigori waren anders – Wächter, Hüter des Gleichgewichts, Waffen, Soldaten und Verwalter, gebunden an die horizontale Ebene, aber jenseits der kleinlichen Rivalitäten von Kreaturen wie den Aes Sídhe – und Izzy hatte nicht einmal eine Ahnung, was sie war. So wie sie sich benahm, konnte sie nichts wissen.

»Du musst sie finden und bewachen. Sie ist so jung. Vielleicht hat man es ihr noch nicht gesagt. Sie wird Schutz brauchen, Jinx. Was, wenn die Magpies sie trotzdem aufspüren oder wenn Holly jemand anderen schickt? Du weißt, das wird sie tun. Was, wenn sie als Nächstes Osprey beauftragt? Was, wenn Brí darin verwickelt wird? Wenn du an dieses Mädchen gebunden bist, an diese Grigori mit einem göttlichen Funken … Jinx, wenn ihr etwas passiert …« Ihre Stimme wurde zu einem rauen Flüstern. »Dann stirbst du vielleicht auch.«

»Wenn ich Glück habe. Es wird den Zorn aller tatsächlichen Grigori wecken, vielleicht sogar noch schlimmer. Wir müssen Holly aufhalten.«

»Ich rede mit Holly.«

Wenn Holly auf jemanden hörte, dann auf Silver. Viele Sídhe fanden, Silver könnte inzwischen an Hollys Stelle stehen. Ihre Macht war groß genug und sie war bei allen beliebt. Womöglich konnte sie sogar eine Art Übereinkunft aushandeln. Diplomatie war Silvers Stärke.

»Bist du sicher?«

»Ja. Wenn Izzy jetzt so leidet, dass du es spüren kannst, braucht sie dich. Geh zu ihr und bewache sie. Sorg dafür, dass sie sicher ist. Dafür wurden Cú Sídhe geschaffen.«

Er stand auf, aber das Übelkeit verursachende Gefühl blieb an ihm kleben wie ein ekelhafter Geruch. »Wir sind gemacht, um zu jagen, um zu töten.«

Silvers Lächeln war von Kummer gefärbt, als sie den Kopf schüttelte. »Nein. Das hat man aus euch gemacht. So hätte dich Holly gern. Aber du bist nicht zum Töten ausersehen. Die Cú Sídhe werden geboren, um zu beschützen, um Wächter zu sein. Und jetzt geh und fordere dieses Recht zurück!«

* * *

In der Nacht vor ihrem sechzehnten Geburtstag hatte Izzy von einem Fisch geträumt, der aus dem Wasser eines schnell fließenden Flusses sprang, gegen den Strom schwamm, entschlossen, wider alle Logik, die ihm die Welt um ihn herum diktierte, es stromaufwärts zu schaffen. Ein Lachs. Der Lachs des Wissens, der die neun Heiligen Haselnüsse gefressen hatte, die in Connlas Brunnen gefallen waren. Als sie klein war, hatte ihr Dad ihr diese Geschichte oft erzählt, deshalb erkannte sie sie sofort.

Am nächsten Morgen schenkte er ihr eine Halskette, einen silbernen Lachs in keltischen Knoten, und machte ein paar Witze darüber, dass er ihr bei Klassenarbeiten helfen werde. Ein Glücksbringer, der ihr bei ihren unlösbaren Aufgaben helfen werde, hatte er ihn mit einem Lächeln genannt.

Die Prüfungen erschienen ihr jetzt so weit weg. Sie gehörten zu einem normalen Leben, wo alles geordnet lief, ein Tag nach dem anderen. Wie in dem Leben, das sie einmal gehabt hatte.

Die kühle Effektivität des Krankenhauses bewegte sich wie eine Maschine um Izzy herum. Sie saß auf einem bequemen Stuhl und wartete. Die Zeit bewegte sich merkwürdig fort, ruckartig und unvermittelt, zog Minuten in die Länge wie Sirup oder ließ Stunden wie Wasser durch ihre Finger rinnen.

Es war später Vormittag. Das sagte ihr das Sonnenlicht. Mum hatte nicht noch einmal gefragt, wo sie gewesen war. Sie war zu abgelenkt. Die Cops hatten auch nicht gefragt, was eine Erleichterung war. Izzy schlief im Auto ein und wachte mit einem Geschmack im Mund auf, als wäre etwas darin gestorben.

Der Gedanke brachte sie zum Weinen, aber sie tat es still, aus Angst, dass auch ihre Mutter wieder anfangen könnte.

Das Krankenhaus war nicht weit von zu Hause entfernt, klein und kompakt, eher ein Krankenhaus im alten Stil als eines dieser modernen neuen, die wie ganze Städte waren. Ein Landkrankenhaus, verschluckt von den Rändern der sich immer weiter ausbreitenden Stadt.

Irgendwann brachte ihr eine Krankenschwester eine Tasse Tee. Izzy trank die Hälfte davon, aber der Rest wurde kalt, als sie nicht aufpasste.

Sie wartete bis neun, um von dem Telefon im Gang aus bei der Arbeit anzurufen, aber es ging niemand ran, also rief sie stattdessen Marianne an.

Dylan ging ans Telefon.

»Ich bin's.« Ihre Stimme zitterte wie ein Schilfrohr im Wind.

»Izzy? Alles in Ordnung? Gestern Nacht war es …«

»Vergiss gestern Nacht.« Ihre Stimme drohte, ganz zu versagen. Sie schaffte es gerade noch, sie unter Kontrolle zu bekommen. Trotzdem zitterte sie. »Dad hatte einen Unfall. Er … er ist im Krankenhaus.«

Einen Moment lang herrschte erschrockene Stille. »Mist, das tut mir leid. Izzy, ich … kann ich irgendetwas tun?« Er sagte das voller Mitgefühl, er war ihr Freund. Das ließ ihre Augen brennen, und ihr Hals wurde so eng, als steckte er in einer Schlinge.

»Ich habe eine Schicht im Café und dort niemanden erreicht. Kann Marianne vielleicht für mich einspringen?«

»Ich gehe sie holen. Warte kurz.« Doch er zögerte und blieb am Telefon. »Izzy, geht es *dir* gut?«

»Ich glaube schon. Ich … ich weiß nicht. Kannst du Mari fragen? Oder sie bitten, mich zu entschuldigen? Oder irgendwas?«

»Kein Problem. Mach dir keine Sorgen. Wir klären das. Ich hoffe … ich hoffe, es geht ihm gut. Grüß deine Mum …« Er brach mit der Unbeholfenheit jemandes ab, der keine Ahnung hatte, was er sagen sollte. »Izzy, ich …«

»Ich weiß. Ich melde mich später noch mal. Versprochen.« Ihre Stimme klang merkwürdig hoch und wie erstickt. Sie legte auf, bevor sie wieder zu weinen anfing.

Manchmal blieb Mum bei ihr, telefonierte mit ihrem Handy, manchmal ging sie draußen im Korridor auf und ab und sprach leise und eindringlich mit den Ärzten. Izzy wünschte, sie hätte ihr Handy. Sie wünschte, sie wäre gestern nicht ausgegangen – war es wirklich erst gestern gewesen? –, wünschte, sie hätte die Wunder und Schrecken nie gesehen, nur um danach das hier erleben zu müssen.

»Wie geht es dir?«

Eine Frau ging vor ihr in die Hocke. Spätnachmittagssonne fiel schräg durch die Jalousie. Wie konnte es plötzlich so spät sein? Die Zeit drehte sich um sie, es war unmöglich, ihr zu folgen. Das Gesicht der Frau war seltsam zart für jemanden, der so alt war. Nicht dass sie alt aussah, eigentlich nicht. Mums Alter vielleicht. Aber ihre Augen hatten das sanfte Blaugrau von Regenwolken, und sie sahen aus wie aus einer alten Zeit. Ihre Haut war glatt und faltenfrei, so blass wie feines Porzellan. Ihre Haare waren im starken Kontrast dazu von einem leuchtenden, unnatürlichen Rot.

»Ähm, okay. Glaube ich.«

»Deine Mum ist jetzt bei deinem Dad im Zimmer, Isabel. Du kannst kurz rein, wenn du möchtest.«

»Wie geht es ihm? Ist er okay?«

»Er schläft gerade.«

Die Art, wie sie es sagte, ließ Izzy die Stirn runzeln. »Er schläft? Ich bin nicht mehr fünf Jahre alt!«

Das war dumm, gedankenlos und bitter. Aber sie hatte

keine Lust mehr, von oben herab behandelt zu werden. Sie hatte gegen ein Monster gekämpft und einem anderen das Leben gerettet. An ihren Fingerspitzen hatte, wenn auch nur für eine oder zwei Sekunden, Feuer getanzt.

Und erst danach war ihre Welt zu diesem Albtraum geworden.

Die Frau schenkte ihr ein merkwürdiges, verständnisvolles Lächeln.

»Er liegt im Koma, Liebes. Auf diese Art gibt ihm sein Körper Zeit zu heilen. Verstehst du?«

Dankbarkeit spülte durch Izzy hindurch und nahm den Schmerz mit. »Ja. Ist er ... Wird er ...?« Ihre Stimme drohte zu versagen, als sie versuchte, es auszusprechen. Sie hörte nichts anderes als die Worte, die sie hervorsprudeln wollte – Worte, die bettelten, darum flehten, dass es ihm gut ginge, dass ein Wunder passieren möge, dass das nur ein Albtraum sein möge, wie es auch alles andere zu sein schien. Denn anders konnte es nicht sein. Diesmal musste es ein Albtraum sein.

»Das wird die Zeit zeigen. Willst du rein? Hier.« Die Frau gab ihr einen dünnen Plastikbecher halb voll Wasser. »Wie wär's, wenn du ihm etwas zu trinken bringst? Hilf ihm, damit es ihm besser geht. Sprich mit ihm. Biete ihm Wasser aus dem Becher an.«

Das Plastik knitterte unter Izzys zu festem Griff. Das kam ihr wie der eigenartigste Vorschlag aller Zeiten vor. Sie folgte der rothaarigen Frau den Korridor entlang in ein Einzelzimmer. Mum saß dort, friedlich schlafend, während auf dem Bett die Hülle eines Mannes lag.

Ihr Vater. Oder was von ihm übrig war.

Mum reagierte nicht, als Izzy eintrat. Ihr Kopf war zu einer Seite geneigt, die Augen geschlossen, und ihre Brust hob und senkte sich im selben ruhigen Rhythmus wie die Maschinen, die leise Dad überwachten. Vorsichtig, um sie nicht zu wecken, schlich Izzy vorwärts, sich dessen bewusst, dass die Krankenschwester ihr nicht hinein gefolgt war. Sie wartete an der Tür und beobachtete sie genau. Zu genau.

Izzys Hand zitterte, Wasser schwappte über den Becherrand. Sie holte zitternd Luft und zwang sich, ihn anzuschauen.

Wenn die Maschinen nicht gewesen wären, hätte Dad einfach ausgesehen, als würde er schlafen. Sie hatte das oft genug gesehen, an Sonntagnachmittagen wie diesem, ausgestreckt auf dem Sofa, wenn sie zusammen einen Film hatten schauen wollen. Wenn die Maschinen nicht gewesen wären ... Aber das war ein furchtbar großes »Wenn«. Sie hatte sein Gesicht noch nie so ausdruckslos gesehen. Er war ein Mann, der lächelte, der sogar im Schlaf lachte, der amüsiert die Augen verdrehte, wenn Mum schimpfte. Jetzt war er einfach ... so still.

Izzy stellte den Becher auf das Schränkchen neben ihm und nahm seine Hand. Er reagierte nicht. Seine Haut war kühl und weich. Seine Atmung veränderte sich nicht.

»Dad?«

Keine Reaktion. Kein Lächeln, kein Lachen. Kein Dad.

»Dad, ich ... ich habe einen Jungen kennengelernt.« Sie runzelte die Stirn, versuchte sich vorzustellen, wie man Jinx beschreiben konnte. Sie gab auf. »Ich glaube nicht, dass du das gutheißen würdest.« Darüber, wie formal das klang, musste sie selbst lächeln. »Aber ich glaube, du würdest ihn mögen.« Langsam den Kopf schüttelnd, legte sie seine Hand wieder auf die Decke, wo es bequem aussah. »Habe ich erwähnt, dass er sich in einen Hund verwandeln kann?« Sie hätte fast gekichert, doch dann, zu spät, erinnerte sie sich an die Krankenschwester.

Sie war immer noch da und schaute Izzy finster an; ihr Mund war ein schmaler Strich.

Gut, vielleicht hatte sie es nicht gehört. Das wäre schwer zu erklären gewesen.

Die Frau räusperte sich, und Izzy erinnerte sich an den Becher, das Wasser, das sie ihm bringen sollte.

»Möchtest du etwas trinken?« Izzys Stimme kam als heiseres Flüstern heraus, und sie spürte, wie die Luft um sie herum enger wurde. Es war, als hielte alles die Luft an. Sogar Mums Atmen hörte für diesen kurzen Moment auf. Die Welt stand am Rand von etwas. Von etwas Unglaublichem.

Izzy griff nach dem Becher, doch dabei huschte etwas am Rand ihres Sichtfelds vorbei. Ein Schatten, eine schwarze Rauchspirale, da und doch nicht da. Anders.

Das Mal loderte auf ihrer Haut wie Phosphor, das sich in sie hineinbrannte. Ein Alarmruf erfüllte ihren Kopf, betäubte sie. Bestürzt schrie Izzy auf und warf aus Versehen das Wasser um. Der Schatten sauste auf sie zu und verschwand unter dem Bett. Izzy taumelte rückwärts und zerquetschte den Plastikbecher mit einem lauten Knacken unter ihren Füßen.

Ein schreckliches Kreischen erfüllte den Raum, ein Schrei, der unmöglich menschlich sein konnte, und genauso wenig war er natürlich. In Izzys Kopf hämmerte es, es drückte auf ihre Trommelfelle, die Kehle wurde ihr eng. Sie wirbelte herum und sah die Krankenschwester, die sie verzweifelt anschrie.

Auf vier verschiedenen Monitoren ging der Alarm los. Izzy taumelte entsetzt rückwärts, als die Krankenschwester in den Raum gestürzt kam, so schnell, dass sie vor ihren Augen verschwamm. Sie bewegte sich, wie sich die Magpies bewegt hatten, schneller, als es das Auge erfassen konnte.

Andere folgten in Zeitlupe, wenn man es mit ihr verglich. Sie waren normal, natürlich, die Gesichter weiß vor Sorge, aber mit dem harten Ausdruck entschlossener Professionalität. Aber die Erste, die mit dem Becher Wasser, diejenige mit den viel zu roten Haaren, stürzte sich auf Izzy wie ein Monster.

»Was hast du getan, du dummes Kind? Jetzt ist es weg, verschwendet! Der Moment ist vorbei!«

»Es war nicht meine Schuld, ich sah …«

Was? Etwas, das nicht da war. Schon wieder. Sie würden sie wegsperren.

»Was ist hier los?« Das war Mums Stimme, Mum, die sich wie ein Racheengel zwischen den anderen Krankenschwestern erhob, die sie nicht einmal bemerkten. »Wagen Sie es ja nicht, so mit meiner Tochter zu sprechen! Wo ist der Facharzt? Wer ist Ihr Vorgesetzter?«

Izzys Magen machte einen Satz, sie streckte die Hand aus, um sich zu stützen, und landete damit in einer Pfütze Eiswasser, das sich auf der Oberfläche des Nachttischs gesammelt hatte, an der Seite heruntertropfte und sich zu ihren Füßen auf dem Linoleum verteilte. Sie versuchte, ein Handtuch vom Waschbecken zu schnappen, um es aufzuwischen, und stieß gegen das Bett, erschütterte ihren Vater, der zur Seite sank.

Nicht das. Nicht Dad! Sie versuchte, ihn zu packen, ihn aufzurichten, und da sah sie es. Während der Alarm plärrte und alle durcheinanderriefen, während sich Mum und die rothaarige Krankenschwester gegenseitig anschrien, als hegten sie eine alte Feindschaft, während die anderen versuchten, die Monitore umzustellen und die Lage zu beruhigen, sah Izzy den Rand eines Zeichens unten an Dads Nacken. Nur einen Augenblick lang, bis jemand anderes ihn auffing und Izzy wegschob, damit sie ihn anheben und wieder richtig auf die Kissen betten konnten. Sie sah es und wusste es.

Dad hatte ein Zeichen im Nacken, ganz unten, über der Wirbelsäule. Genau dort, wo auch ihres saß. Es hatte dieselbe Farbe, und obwohl sie es nur einen winzigen Augenblick lang gesehen hatte, wusste sie, dass das Innere mit komplizierten Knotenmustern ausgefüllt war. Und sie kannte seine Form.

Es war ein keltisches Kreuz, genau wie das, mit dem auch sie selbst gezeichnet war.

10
BOTSCHAFTEN

Das Café war fast leer, als Dylan dort ankam. Marianne wirkte nicht besonders gut gelaunt. Offensichtlich war das Trinkgeld heute schlecht. Als Dylan einen Americano bestellte, starrte sie ihn nur böse an.

»Irgendwas von ihr gehört?«, fragte er.

Daraufhin wurde Mariannes Gesichtsausdruck weicher. »Nein. Wir haben zusammengelegt und Blumen ins Krankenhaus geschickt.«

Dylan biss die Zähne zusammen und schloss verzweifelt die Augen. »Mir kommt es vor, als hätte der Abend gestern alles verändert. Von dem Moment an, als wir die Musik gehört haben …«

Sie knallte das Tablett ein wenig zu fest auf den Tresen. »*Ihr* habt diese Musik gehört.«

Er kniff die Augen zusammen. »Du hast sie doch auch gehört, oder nicht? Ich kenne dich zu gut, Mari. Du bist meine Schwester. Wenn ich sie gehört habe, dann hast du sie auch gehört. Warum lügst du?«

Sie schaute sich um, um sicherzugehen, dass niemand in Hörweite war. »Weil es verrückt ist, deshalb! Und ich will nicht verrückt sein, Dylan. Niemand will das außer dir. Und jetzt geh weg und sprich nicht mehr davon! Ich muss arbeiten.«

Ein Paar kam herein, um sich Milchkaffee zum Mitnehmen zu holen, und Dylan trug seinen Kaffee zu einem unbequem stylishen braunen Sofa am Fenster. Dort setzte er sich und beobachtete nervös seine Schwester, die unfreundlich hinter der Theke herumfuhrwerkte und sich weigerte, auch nur halbwegs in seine Richtung zu schauen. Sie hatte es auch gehört. Das wusste er. Und wenn es stimmte, was Silver gesagt hatte, dass Blut ihn zu etwas Besonderem machte, na ja … sie war schließlich seine Schwester. Niemand war ihm näher. Sie musste es auch gehört haben.

Aber sie wollte nicht verrückt sein. Das war typisch Mari, dass sie es nicht toll fand, etwas Besonderes oder cool zu sein … oder auch einfach nur dazuzugehören.

Er holte sein Handy heraus und schaute nach, ob er verpasste Anrufe oder Nachrichten hatte, doch das Display blieb stur und schweigsam. Izzy hatte nicht noch einmal angerufen.

Er wünschte, er hätte ihr kurzes Telefongespräch viel besser gehandhabt. Aber wie ging man mit so etwas gut um? Es war nicht möglich. Mit Verrücktheiten konnte er umgehen, aber mit der Wirklichkeit? Diese Art von Wirklichkeit war Mist.

Die kleine Klingel über der Tür klimperte fröhlich, und er blickte auf, als ein Mädchen in ledernen Bikerklamotten hereinkam, den Helm unterm Arm, die Haare zu einem langen Zopf gebunden, der sich über ihren Rücken schlängelte. Der Zopf war tiefschwarz und glänzend, seltsam in seiner Perfektion. Sie lehnte sich über den Tresen. Sie hätte hübsch sein können – hohe, schräg stehende Wangenknochen, ein schmales Kinn – aber mit ihren ausdruckslosen dunklen Augen und dem zu kleinen Mund und Nase war es eher das Gesicht einer Python.

»Ich suche jemanden«, sagte sie zu Marianne, die kein bisschen beeindruckt wirkte. »Isabel Gregory.«

Marianne setzte ein falsches Lächeln auf. »Sie ist leider heute nicht hier. Familienangelegenheiten. Kann ich helfen?«

Die Bikerin dehnte den Hals nach links und rechts, und Dylan zuckte innerlich zusammen, als die Knorpel knackten. »Das bezweifle ich. Wann kommt sie wieder?«

»Ich weiß es nicht genau.« Dylan konnte erkennen, dass seine Schwester versuchte, höflich zu sein – sogar Marianne war daran gelegen, ihren Teilzeitjob zu behalten –, aber es war eine haarscharfe Sache zwischen Freundlichkeit, Ungeduld und sofortiger Abneigung. »Kann ich ihr etwas ausrichten?«

Die Bikerin beugte sich vor und beäugte sie misstrauisch. »Ja. Ich könnte eine Botschaft hierlassen.«

Die unterschwellige Drohung in diesen Worten ließ Dylan das Blut in den Adern gefrieren. Er stellte die Kaffeetasse ab und wollte aufstehen. Das fühlte sich alles ganz falsch an. Es war wie am Vorabend im Club, wie die Musik zu hören, wie Silver kennenzulernen. Aber das war wundervoll gewesen. Es hatte Träume und Wünsche aufgewühlt, die er vorher nie recht zugelassen hatte. Jetzt war es anders. Diesmal war es … falsch.

»Mari?« Er machte einen Schritt auf sie zu. Mariannes Blick flackerte zu ihm, und sie lächelte. Nur eine Sekunde lang. Ein angestrengtes, ungeduldiges Lächeln, aber dennoch ein Lächeln.

Die Tür hinter ihm ging noch mal auf, die Klingel schepperte wild, und zwei kleine, aber unglaublich starke Hände packten ihn.

»Runter!«, schrie Silver. »Halt dir die Ohren zu!« Sie knallte ihm auf beiden Seiten die Hände an den Kopf und zog ihn zu Boden, als die Bikerin den Mund unwahrscheinlich weit öffnete. Ein Schrei entrang sich ihr, hoch und schwankend, wie Nägel, die über eine Tafel gezogen wurden. Dylan knallte hart auf den Boden, Silver landete auf ihm und hielt ihn unten.

Druck baute sich in seinem Kopf und in der Luft um ihn herum auf. Er konnte nicht atmen. Das Geräusch ging immer weiter, drehte sich höher und höher, ein ohrenbetäubender Schrei.

Krachend zersplitterten die Fensterscheiben, Glas regnete auf sie herab. Die Vitrine barst, genau wie die Glastür des Kühlschranks. Dosen mit kohlensäurehaltigen Getränken versprühten ihren Inhalt im ganzen Laden.

Und dann war alles still.

Die Bikerin ging wieder hinaus, ihre Stiefel knirschten auf den Trümmern. Die Alarmanlage jaulte, versuchte, loszugehen, ein schwaches und jämmerliches zerbrochenes Ding.

Dylan holte gierig Luft, als Silver ihn losließ und vorsichtig aufstand. Er rappelte sich ebenfalls auf.

»Was war denn das, Scheiße noch mal?«

»Eine Todesfee«, stöhnte sie, während sie ein Taschentuch herauszog und sich den Schweiß vom Gesicht wischte. »Jemand hat eine verdammte Todesfee geschickt. Holly wahrscheinlich – die meisten von ihnen arbeiten für sie.«

»Und was hattest du hier verloren?«

»Ich habe dich natürlich im Auge behalten.«

»Mich. Na klar.« Er schüttelte den Kopf. »Warum?«

»Ich habe es dir doch gestern Nacht gesagt: Du bist etwas Besonderes. Du hast meine Musik gehört und bist zu mir gekommen.«

Er hätte beinahe gelacht, so lächerlich war das. »Ich bin besonders. Hast du das gehört, Mari?«

Es kam keine Antwort. Das Adrenalin und die Erleichterung wichen Übelkeit erregender Furcht.

»Mari?«

Er stürzte in Richtung Theke.

Seine Schwester lag dahinter auf dem Boden, Glassplitter überall auf ihr. Blut rann ihr aus den Ohren und sie lag viel zu still. Ihre Augen starrten zur Decke.

* * *

Jinx wusste nicht, wo er Izzy finden sollte, aber sein Instinkt wusste es. Er konnte ihren Aufenthaltsort spüren, wie eine goldene Schnur, die sich zwischen ihnen spannte. Er musste nur vom Kurs abkommen, dann war sie da und zog ihn zurück auf ihre Spur. Er folgte dem Faden, vertraute auf die Magie, wie er es nie zuvor getan hatte. Dabei wollte er es gar nicht. Das Letzte, was er wollte, war ein Band wie dieses. Es hatte seinen Vater zerstört, ihn seine Familie, sein Leben, alles gekostet. Doch was hatte er für eine Wahl?

Abgesehen davon – wenn er der Spur folgte und sie fand, konnte ihn Holly vielleicht von diesen Fesseln befreien. Vielleicht. Es musste einen Versuch wert sein. So gewannen alle.

Na ja, alle außer Izzy.

Die Luft schimmerte über ihm wie statisch aufgeladen, als er aus seinem Dubh Linn heraustrat und in ihr Dublin hinein. Von einer Welt in die andere mit einem einzigen Schritt.

Er stand am Rand einer vierspurigen Straße, der Verkehr lärmte an ihm vorüber. Als ihn eine Wolke von Abgasen und Chemikalien fast auf die Knie zwangen, trat er einen Schritt zurück. Es war leicht zu vergessen und zu versäumen, sich vorzubereiten. Er gehörte nicht hierher in die Menschenwelt – ihre Welt. Keiner seiner Art gehört hierher. Das war die Abmachung, die vor Jahrtausenden getroffen worden war: die Welt in zwei Hälften zu spalten, eine Hälfte für seine Art und die andere für ihre. Wer hätte ahnen können, dass die menschlichen Zauberer damit jedes magische Wesen durch einen Trick in ein Schattenreich verbannen wollten? Sie waren gerissen. Viel gerissener, wenn man ehrlich war, auch wenn er die Propaganda gern glauben wollte, die sein Volk verbreitete. Die Fae waren schneller, stärker, viel schöner, verdammt schlau … und doch hatten sie verloren.

Ein Verstand wie Eisen. Unterschätze sie nie.

Sein Vater hatte das gesagt, oder zumindest war es Jinx so im Gedächtnis geblieben. Vielleicht die letzten Worte, die er zu seinem Sohn gesagt hatte. Es hatte keinen Abschied gegeben, nicht von seinem Vater … Jinx konnte sich nicht einmal an sein Gesicht erinnern. Nur an seine Worte. Die Worte waren in sein Herz graviert. Hineingebrannt. Mit Säure hineingeätzt.

Der goldene Draht, der ihn mit Izzy verband, brach direkt hindurch, übertönte die Worte und zwang ihn zum Umdrehen, sich von der Straße wegzudrehen, sodass er stattdessen vor der weiß getünchten Front eines kleinen Krankenhauses stand.

Wieder einmal ein Ort des modernen Menschen und des Todes – die beiden gingen Hand in Hand –, weit entfernt von Heilern und Feenärzten.

Schatten klammerten sich an den Eingang, Schatten, die brodelten und sich um die Ecken wanden. Während Jinx hinschaute, löste sich einer von den anderen und schlüpfte in das Gebäude.

Verdammt! Sie warteten schon auf sie. Sie waren vor ihm hier gewesen.

Schattenwesen waren in jeder Hinsicht nicht die Hellsten, aber wenn jemand verfolgt oder eingeschüchtert werden musste, gab es nichts Effektiveres. In den Korridoren der Hölle selbst gezüchtet, hatte er sagen gehört, und dann ausgesandt, um die Befehle eines Dämons zu befolgen.

Die Schattenwesen zitterten alarmiert, als er sich näherte, vielleicht auch als Warnung; sie erkannten seine Andersartigkeit. Sie wussten, er sah sie, und bereiteten sich auf den Angriff vor.

»Na, wer hat euch denn hergeschickt?«, fragte Jinx sie müßig. Er musste nicht fragen, warum. Sie wussten es alle.

Ein Mann in zerraufter OP-Kleidung trat durch die Tür und starrte Jinx wütend an. Seinen Augen fehlten das Weiß und die Iris, sie bestanden nur aus der Pupille. Schwarz wie Öl. Reine Schatten. Das Schattenwesen hatte sich in ihm festgesetzt, füllte ihn aus, er war kein Mensch mehr. Er war besessen.

Das Schattenwesen verzog die Oberlippe und erinnerte Jinx an die Engel in der Gasse, wo er Izzy das erste Mal getroffen hatte. Schatten waren keine Engel. Und auch wenn Dämonen sie schufen, waren sie keine Dämonen. Allerdings waren sie genauso zutiefst arrogant wie die beiden. Jinx seufzte. Er hatte genug davon, dass sich die anderen Ebenen in diese Angelegenheit mischten.

»Ich bin hier, um ihr zu helfen«, sagte Jinx. Das war ... nicht ganz eine Lüge.

Der Schatten lachte schnaubend und die anderen Schatten um ihn herum wiederholten es. Allerdings schafften sie es nicht, ihn perfekt nachzuahmen. Das Geräusch glitt schnell in ein Fauchen ab.

»Natürlich willst du das, Faeling. Wir ebenfalls. Und wir waren zuerst hier, geschickt von unserem Herrn, um den Funken zu bewachen.«

»Wie gute Hunde«, sagte eine andere Stimme, hell wie eine Glocke. Sie erklang hinter Jinx, und er drehte sich abrupt um, einen Fluch auf den Lippen. Ein Engel, und dann auch noch einer von den beiden aus der Gasse. Der Blondere, Blassere, derjenige, der auch dort schon viel gefährlicher gewirkt hatte.

»Tja, wenn sie Hunde sind und ich auch einer bin«, sagte Jinx so ruhig er konnte, »was bist dann du?«

Es geschah so schnell, dass er es nicht abwehren konnte. Wie konnte man etwas abwehren, das man nicht sehen konnte? Eine unsichtbare Macht hieb ihm in die Kniekehlen und warf ihn um. Sie nahm ihm die Luft und machte ihn augenblicklich hilflos.

Na super, Jinx! Mach beide Seiten sauer!

»Ich bin Haniel«, sagte der Engel, ohne die Melodie seiner Stimme durch Wut zu beflecken. »Ich suche meine gefallene Verwandte. Ich suche ihren verlorenen Funken. Das weißt du. Und du weißt, wo er ist, nicht wahr?«

Die Schattenwesen zischten und wallten vor, nur das eine, von dem der Arzt besessen war, blieb stehen. Zähne blitzten in den Schatten auf, Augen glühten rot; sie wirkten tatsächlich wie Hundeartige, wie Wesen aus einem Albtraum.

Und da kam Izzy herausgerannt, das Gesicht silbern von Tränen; ihre schmerzverzerrten Gesichtszüge erstarrten vor Entsetzen, als sie ihn und seine missliche Lage sah.

Schlitternd kam sie zum Stehen. Verwirrt, verängstigt, mit großen Augen und verzweifelt.

»Jinx?«

»Lauf!«, versuchte er ihr zuzurufen, doch das Wort raspelte nur zwischen seinen zusammengebissenen Zähnen wie ein verkümmertes Knurren.

Die Schatten um die Tür streckten sich nach ihr aus, ohne sich um Sonnenlicht oder Hindernisse zu kümmern, griffen nach ihr, bereit, sie zu packen.

Haniel ließ Jinx los. »Du? Das kann nicht sein.«

»Izzy!«, schrie Jinx, während er vergeblich versuchte, sich vom Boden hochzustemmen. Er musste sie von hier fortbringen, weg von ihnen. »Lauf! Los!«

Die Schattenwesen kamen immer näher, ergossen sich über den Boden, summten triumphierend. Haniel streckte die Hände aus und sprach ein geheimes Wort.

Licht brach um sie herum hervor, blendend hell wie eine Supernova. Inmitten all dessen hörte Jinx Schreie, einer davon sein eigener, und Izzys Hand schloss sich um seine, zog ihn auf die Füße und in einen Spurt. Wie sie sah, wie sie sich noch bewegen konnte, war ein Rätsel, aber er hatte jetzt keine Zeit, darüber nachzudenken. Er riskierte einen Seitenblick auf sie und sah ihr Gesicht: entschlossen, die Augen hart wie Stein und geradeaus gerichtet, als könnte ihr das Licht nicht das Geringste anhaben. Ihr Blick ließ seine aufkommende Panik beinahe überfließen. Sie rannten, und der Drang, sich zu verwandeln, wurde stärker in ihm, beinahe überwältigend. Ein Überlebensinstinkt, ein Bedürfnis zu schützen. Es brannte unter seiner Haut, durchschnitt ihn wie stumpfe Messer.

Izzy musste etwas gespürt haben, vielleicht war sein

Griff fester geworden oder es war eine Veränderung in seiner Haut an ihrer. Sie quetschte seine Hand und zog ihn weiter.

»Bleib bei mir!«, sagte sie scharf und schwer atmend, und einen Augenblick später sah sie wieder wie sie selbst aus, die blauen Augen schreckgeweitet. Eine Täuschung des Lichts, dieses furchterregenden Engel-Lichts. Das musste es sein. »Was ist das alles? Was geht hier vor?«

»Die Schatten haben dich als Erste gefunden. Ich nehme an, die Engel sind ihnen gefolgt.«

»Engel?« Das Wort klang hoch und wackelig, verängstigt, erschüttert. Sie fädelten sich zwischen parkenden Autos durch und steuerten auf den moderneren Block an der Südseite zu, weit von dort entfernt, wo Haniel und die Schatten kämpften. »*Das* war ein Engel?«

»Ja.« Menschen dachten immer, Engel seien friedliebende Abgesandte der Gottheit. Da er mehr als genug von ihnen kennengelernt hatte, konnte sich Jinx beim besten Willen nicht vorstellen, wie sie darauf kamen. Gute PR vielleicht. Beinahe hätte er gelacht: Albernheit, befeuert durch Hysterie. Die beste PR, nahm er an. Die höchste Autorität. »Wir müssen uns verstecken. Einen sicheren Platz finden.«

»Sicher«, japste sie. »Ja, sicher ist gut.«

Sicher, dachte Jinx, *ist subjektiv*. Sie folgte ihm. Sie würde ihm direkt bis zu Holly folgen und Holly konnte ihn von ihr befreien. Er musste sie nur dort hinschaffen, bevor jemand anderes sie fand.

Er richtete seine Gedanken auf den nächstgelegenen

Durchgang in seine Welt. In der Nähe war leider keiner, nicht so nahe wie der, der ihn hergebracht hatte, aber dorthin zu gehen hieß, denselben Weg zurückzugehen, und er war nicht scharf darauf, dort noch einmal jemandem in die Arme zu laufen oder einen Kampf zu umrunden, der jede Sekunde enden konnte. Sein Körper schmerzte immer noch von der Berührung der Macht des Engels.

Es war egal. Nichts davon war wichtig, wenn er das Mädchen zu Holly brachte und sie loswurde. Er konnte es sich nicht leisten, darüber nachzudenken, was wohl danach passierte. Ihnen beiden.

Neben einem schwarzen Prius hielt er sie an und drückte mit der Hand gegen den Türgriff. Das Metall ließ seine Haut kurz kribbeln, aber er schob das Gefühl von sich, er war mehr als seine Vorfahren daran gewöhnt, mit dem Metall der modernen Welt zu leben. Hätten ihm die Verschmutzungen in der Luft oder das Metall, das täglich überall um ihn herum war, etwas ausgemacht, hätte er in den letzten verbliebenen Wäldern mitten im Nichts leben müssen. Abgesehen davon lebte er jeden Tag seines Lebens mit Silber, das man ihm durch die Haut getrieben hatte. Wenn er das nicht aushielt, hielt er nichts aus. Er wandte ein bisschen Energie an, um das Schloss aufspringen zu lassen, das sich mit einem befriedigenden Klacken öffnete.

»Was tust du …?«

»Steig ein!«, befahl er ihr. »Wir hauen hier ab.«

»Aber du kannst nicht einfach …«

Konnte er nicht? Natürlich konnte er. Er war ein Sídhe. Diebe, Scharlatane, Trickbetrüger, jeder von ihnen.

»Du wirst schon sehen, Izzy. Und jetzt steig ein, bevor uns noch jemand sieht.«

Sie riss die Beifahrertür auf und schlüpfte hinein, während er seine Tür zuknallte und sich anschnallte.

»Was, wenn wir erwischt werden?«

Jinx warf einen bedeutsamen Blick auf den Weg, über den sie gekommen waren. »Wenn du die Cops meinst, die sind unser geringstes Problem. Aber wir werden nicht erwischt. Sie werden uns nicht einmal sehen. Versprochen. Schnall dich an!«

Sie gehorchte, hatte aber Mühe, weil ihre Hände so zitterten. Einen Moment lang spürte er Mitleid mit ihr, einen Drang, ihr zu sagen, dass alles gut werden würde. Kurz gesagt: zu lügen. Doch er tat es nicht. Er belog sie schon genug.

Jinx legte den Gang ein und sie rasten los. Er mochte es, die Art, wie das Auto reagierte, das Gefühl davon um ihn herum und unter ihm. Sie fädelten sich auf die vierspurige Straße ein, in Richtung Stadt und Zuhause.

Er warf Izzy einen Blick zu, um etwas zu sagen, doch dann sah er ihr Gesicht, den Schmerz und das Entsetzen darin, den Glanz der Tränen, die Röte ihrer Augen.

Der Leichtsinn verließ ihn. »Was ist passiert?«

Izzy rieb sich die Augen mit den Handballen. »Ich … es ist nur …« Mit einem rasselnden Luftholen bemühte sie sich, die Selbstkontrolle wiederzuerlangen. Als sie zögernd zu sprechen anfing, strömten die Worte innerhalb von Sekunden aus ihr heraus wie aus einer klaffenden Wunde. »Es geht um meinen Dad. Er hatte einen Unfall und liegt im Koma. Und da war diese Frau, die sagte, ich solle ihm Wasser bringen und ich ... Ich glaube nicht, dass sie Krankenschwester war. Aber ich habe es vermasselt und verschüttet und sie ist ausgerastet. Und sie und Mum haben gestritten und der Alarm an den ganzen Maschinen ist losgegangen ...« Ihre Stimme verebbte.

Ein merkwürdiges Mitgefühl presste ihm das Herz zusammen. Er schaute sie an. Sie war gefährlich. Sie hatte keine Ahnung, wie gefährlich. Aber im Moment wollte er nichts weiter als dafür sorgen, dass Schmerz und Angst aufhörten. Beinahe hätte er die Hand nach ihr ausgestreckt, doch als sie weitersprach, setzte sein Verstand wieder ein. »Jinx, mein Dad hat dasselbe Zeichen am Nacken. Ich habe es noch nie vorher gesehen, aber er hat es.«

»Das Zeichen?«

»Dieses Zeichen.« Sie drehte sich um und zog den Kragen ihres Pullis herunter.

Jinx hätte beinahe einen Unfall gebaut. Er umklammerte das Lenkrad und brachte den Wagen wieder unter Kontrolle. »Deck das ab!«

Finster blickte sie ihn an; das keltische Kreuz war wieder versteckt. In ihren Augen blitzte Wut. »Was ist das? Was passiert mit mir, verdammt noch mal? Ich will eine Erklärung, Jinx! Ich will Antworten! Was ist hier los und wie ist mein Vater in all das verwickelt?«

Grigori ... verdammt. Es ging nicht nur um sie und

darum, dass der Rat den Engelsfunken wollte, der in ihr steckte.

Ihr Vater und Izzy: jemand – oder etwas – war hinter den beiden her.

11
BALANCE

Izzy wartete, schaute zu, wie Jinx mit zusammengebissenen Zähnen seine ganze Aufmerksamkeit auf das Auto konzentrierte. Sie sollte nicht hier sein. Das wusste sie. Es war, als würde es ihr eine Stimme in ihrem Kopf immer und immer wieder zuflüstern, eine Stimme wie eine Erinnerung oder ein Echo in ihrem Hinterkopf.

Solltest nicht bei ihm sein. Solltest nicht in einem gestohlenen Auto sitzen. Hättest Dad nie im Stich lassen dürfen. Hättest nicht davonlaufen sollen, als Mum mit dieser blöden Kuh stritt. *»Solltest einfach tun, was man dir sagt …«*

Aber sie war in Panik geraten, sie hatte Angst gehabt, sie hatte dort weggemusst. Und draußen …

Draußen fand sie Jinx und Dämonen und einen Engel vor. Und wieder all diesen Wahnsinn.

Ich will Antworten.

Das hatte sich nicht geändert. Sie war sich nur nicht ganz sicher, ob sie ihr gefallen würden, wenn sie sie hörte.

Er bog von der Hauptstraße in Richtung Küste ab. Killiney Hill ragte aus der Landschaft, Häuser drängten sich an seinem Hang hinauf, darüber verschiedene Schattierungen von Grün mit der strahlenden weißen Spitze des Obelisks. »Wohin fahren wir?«, fragte sie.

»Dorthin«, knurrte Jinx und nickte in Richtung Hügel. »Das ist ein grüner, natürlicher Wald – oder zumindest so natürlich, wie es hier in der Gegend geht – und dort müsste ein Tor sein.«

»Ein Tor?«

»Ein Weg ins Sídhe-Gebiet, auf den Sídhe-Wegen zurück nach Dubh Linn. Und auch wenn dort keines ist, sind wir dort sicherer. Dann hilft es mir wenigstens, klarer zu denken.« Er sagte das, als sei »Grün« etwas Besonderes – wie Luft, Essen oder Wasser.

»Dort werden überall Leute sein. Weißt du, wie viele Leute mit ihren Hunden dort oben spazieren gehen? Da ist sogar ein Scheiß-Kinderspielplatz. Was, wenn diese … diese Dinger uns nach da oben verfolgen?«

Doch die Leute gingen nicht bei Nacht mit ihren Hunden spazieren oder ließen ihre Kinder im Dunkeln durch Wälder rennen. Und es wurde langsam dunkel. Wie konnte es plötzlich so spät sein?

Jinx antwortete nicht gleich. Seine dunklen Augen verhärteten sich zu Steinen. »Das werden sie. Darauf musst du vorbereitet sein. Sie lassen nicht locker, wenn sie erst einmal eine Spur haben. Keiner von ihnen. Weder die Dämonenbrut noch die Engel.«

Noch ein Engel. Aber sie hatte seinen Blick gesehen, den mörderischen Blick, und war Zeugin des Schmerzes geworden, den er Jinx zugefügt hatte.

»Ich dachte, Engel sollten … gut sein.«

Jinx schnaubte und schaltete mit Gefühl in einen anderen Gang. »Dafür halten sie sich auch.«

»Na ja ... dann freundlich. Sanftmütig?«

»Weißt du, was Engel sind?«

»Gottes Boten?«

Er lachte, ein leises, beunruhigendes Kichern. »Na ja, schon. Manchmal überbringen sie Botschaften. Aber wie du gesehen hast, sind das normalerweise Botschaften nach dem Motto: ›*Tu, was ich sage, sonst passiert was.*‹ Verstehst du es immer noch nicht?«

Izzy wurde bockig. »Du machst mir keine Angst!«

»Nicht?« Er schüttelte den Kopf, als wäre er zu vornehm, um mit ihr zu streiten, und einen Moment lang hasste sie ihn dafür. »Das sollte ich aber, Izzy. Zumindest irgendetwas sollte dir Angst machen.«

»Also was sind sie dann? Die Engel?«

Er antwortete ein paar Minuten lang nicht. Izzy starrte aus dem Fenster, während ruhige Vorstadthäuser vorbeizogen.

»Soldaten«, sagte Jinx schließlich. »Soldaten in einem Krieg, der niemals endet. Auftragsmörder. Jäger. Killer.«

Er bog in die Straße ab, die zum Parkplatz führte, und Izzy ließ sich von dem Gefühl der grünen Welt umspülen. Sie hatte den Großteil ihrer Kindheit hier oben spielend verbracht. Genau wie die meisten Kinder von hier. So war es immer noch – Kinder rannten zwischen den Bäumen herum, kletterten auf die Felsen und Klippen, schwärmten über den Spielplatz, hangelten an den Kletterstangen, lachten, riefen.

Sie hatte sich in ihrem ganzen Leben noch nie so alt gefühlt.

Und auch nicht so *anders*. Sie trug einen Funken in sich, zumindest sagten das alle. Und diese Stimme ... diese gebieterische Stimme aus der Ferne in ihrem Kopf, die sie nicht recht als real akzeptieren, aber auch nicht verleugnen konnte. All diese ... *Dinge* ... die sie heimsuchten.

Jinx natürlich eingeschlossen. Verdammt, das durfte sie nicht vergessen. Er war genauso schlimm wie die anderen. Warum wollte sie ihm dann vertrauen?

Und wie sollte sie das alles Mum erklären? Sie war in weniger als vierundzwanzig Stunden zweimal davongelaufen und jetzt saß sie in einem gestohlenen Auto.

Von himmlischen und höllischen Kreaturen verfolgt. Aber wenn Jinx auch immer da war, ihr immer zu Hilfe eilte, immer wenn einer von denen sie in die Enge getrieben hatte oder auf der Lauer lag ... was sagte das dann über ihn aus?

»Man kann ihm nicht trauen.«

Ja, die Stimme hatte wahrscheinlich recht.

Izzy musterte ihn mit zweifelndem Blick. Jinx lenkte den gestohlenen Prius auf einen Parkplatz und stellte den Motor ab.

Stille senkte sich über sie beide.

»Warum mein Dad?«, fragte Izzy schließlich.

»Ich weiß es nicht.« Na ja, wenigstens zögerte er nicht. Seine Gesichtszüge wurden angespannt. »Aber das Zeichen an dir kommt von ihm, nicht von einem Engel.«

Von Dad? Wie um alles in der Welt …

Draußen wurde es jetzt dunkler. Izzy hatte keine Ahnung, wie spät es war, aber sie hatte im Krankenhaus einen Tag verloren. Einen ganzen Tag … Und es hieß, die Feen änderten die Zeit.

Sie warf Jinx noch einen misstrauischen Blick zu, während sie sich fragte, ob er etwas damit zu tun hatte, und rieb sich den schmerzenden Kopf. »Was jetzt?«

»Jetzt …« Jinx seufzte. Sie wünschte, er würde entschlossener klingen, selbstsicherer. Doch er tat es nicht. Eine Falte bildete sich zwischen seinen Augenbrauen, die nach unten kroch und seine silbernen Augen überschattete. »Jetzt suchen wir jemanden, der dir deine Fragen beantworten kann.«

»Warum tust du das? Das alles?« Ihre Stimme zitterte, aber sie sprach weiter. Jetzt, wo sie gefragt hatte, konnte sie nicht aufhören. »Was hast du davon?«

Hier in der zunehmenden Dunkelheit sah er weniger menschlich aus. Nicht dass seine Erscheinung sonst jemals ganz menschlich gewesen wäre. Aber hier und jetzt … Seine Augen glitzerten, seine Knochenstruktur war schärfer, seine Haut so blass, dass sie fast schon bläulich aussah. Die vielen Piercings fingen das restliche Licht ein und die Linien seiner Tätowierungen wurden dunkler.

Jinx schluckte, als wüsste er, ohne sie anschauen zu müssen, dass sie ihn beobachtete. Natürlich merkte er es. Welcher Fae … welcher *Hund*, der etwas auf sich hielt, würde nicht merken, wenn er beobachtet wurde?

»Ich habe nichts davon. Überhaupt nichts.«

»Lügner.« Die Stimme wurde lauter. Jedes Mal, wenn sie das Wort ergriff, stolperte ihr Herz protestierend. Sie konnte sie nicht mehr ignorieren. Sie bannte ihre Aufmerksamkeit, egal wie sehr sie vorgab, sie sei nicht echt.

Eine Lüge? Nein. Es klang nicht wie eine Lüge. Seine Stimme klang matt und hilflos. Resigniert.

»Nichts?«

»Nein. Überhaupt nichts. Ich bin nicht gern hier, Izzy, aber wenn ich nicht für deine Sicherheit sorge, wenn einer von denen dich entführt … dann ist mein Leben nichts mehr wert. Holly hat nicht viel für Niederlagen übrig.«

»Wer ist Holly?«

»Das wirst du sehen.« Sie wünschte, das hätte beruhigend geklungen, aber es schickte ihr nur Schauer über den Rücken. »Wir sollten gehen. Wir sitzen in gestohlenem Eigentum.«

»Noch eine Frage, Jinx. Kann sie mir helfen? Kann sie den Funken aus mir herausholen?«

Izzy zuckte bei dem protestierenden Auflodern in ihrem Geist zusammen – es war scharf und jäh, ein Stachel der Wut. Gewürzt mit noch etwas anderem. Angst. *»Frag das nicht!«*

Jinx blickte ruckartig auf, die Augen aufgerissen, mit erschüttertem Gesichtsausdruck. Sie hatte einen Nerv getroffen – sowohl bei ihm als auch bei der Stimme –, das war offensichtlich. Er sah … sie konnte nicht recht definieren, wonach er aussah. Er sah aus, als hätte sie ihn gebeten, für sie zu töten.

Nein. Angesichts dessen, was sie ihn tun sehen hatte, wäre Töten eine Kleinigkeit.

Doch der Tod war ein Schatten in seinen Augen. Schmerzlicher Tod. »Ja.«

»Jinx? Würdest du mich belügen?«

»Du weißt, dass ich das tun würde.«

»Wegen Holly?«

»Weil ich ein *Fae* bin. Man kann keinem von uns trauen, es sei denn, wir haben einen Handel. Es sei denn, wir sind gebunden.«

»Er ist gebunden.«

Izzy schüttelte es ab, weigerte sich, auf die körperlose Stimme zu reagieren, die ihre Gedanken verfolgte.

»Ich habe dir das Leben gerettet.«

Er stieß die Tür auf und flüchtete aus dem Auto.

Einen Moment lang saß Izzy da, erschrocken über die Helligkeit der Innenbeleuchtung, über sein plötzliches Aussteigen. Dann tastete sie nach ihrem eigenen Türgriff und krabbelte hinaus, folgte ihm über den Parkplatz aufs Gras.

»Jinx!«

Beim Klang seines Namens blieb er stehen – eine große, schmale Silhouette, kaum mehr als ein Schatten in der Dunkelheit. Er wartete. Angespannt und wütend. Und resigniert.

»Ich habe dir das Leben gerettet, oder nicht?« Er wäre mit diesem Messer, mit der Eisenklinge im Körper gestorben. Und sie hatte es herausgezogen.

Als sie ihn eingeholt hatte, nahm sie seine beiden Arme

und zog ihn zu sich herum. Er ragte hoch über ihr auf, viel zu groß, um gegen ihn zu kämpfen, um ihn bezwingen zu können. Aber er bewegte sich nicht, weder um anzugreifen, noch um zu fliehen. Er blieb einfach stehen. Verloren. »Du schuldest mir etwas, Jinx. Dafür schuldest du mir etwas.«

Seine Schultern wurden zu steifen, harten, gebogenen Linien, und einen Augenblick lang dachte sie, er werde sie packen oder schlagen. Doch er tat es nicht. Er stand nur da, den Kopf über ihren geneigt, und schloss schmerzerfüllt die Augen.

Izzy stieß ihn gegen die Brust. Es hatte fast keine Auswirkungen. Seine Haut fühlte sich warm an unter dem Stoff seines Shirts. Irgendwie konnte sie ihre Hand nicht wegziehen. »Sag was!«

Jinx zog die Oberlippe hoch und entblößte scharfe weiße Zähne, ein lautloses Knurren, und riss plötzlich die Augen auf. »Was willst du von mir hören? Ich schulde dir was. Hast du irgendeine Ahnung, was das für jemanden wie mich bedeutet?«

»Nein.« Das Mal in ihrem Nacken wurde warm, und eine Welle aus Schmerz traf sie, sein Schmerz, ein Aufruhr von Gefühlen, alles seine. Ihre Bauchmuskeln zogen sich zusammen. So etwas wie Begehren.

Aber das konnte nicht sein.

Er war gut aussehend, ja. Mehr als das. Schön auf eine Art, wie es kein Mensch sein konnte. Und das war das Problem.

Jinx war kein Mensch.

Bevor sie wusste, was sie tat, stellte sich Izzy auf die Zehenspitzen und gab ihm einen Kuss direkt auf den Mund. Sie küsste ihn und Jinx ließ es zu. Wahrscheinlich der Schock. Oder Entsetzen. Jedenfalls erwiderte er es nicht. Er blieb einfach stehen wie eine Statue, hart und kalt, und sie küsste seinen steinernen Mund, bis ihr Herz ebenfalls versteinerte. Steinern, wie er.

Ein Feuer der Verlegenheit kroch in ihrem Körper hinauf, das Verlangen verbrannte durch diese Demütigung zu Asche. Sie ließ ihn los und wandte sich so schnell ab, dass sich ihr beinahe der Magen umgedreht hätte.

Gute Güte, was hatte sie getan?

Jinx' Hand schloss sich um ihre Schulter, seine Berührung war zögernd, so zart, dass sie einen Augenblick meinte, einen Anflug von Zittern darin zu spüren.

»Ich schulde dir etwas«, flüsterte er, und sein Atem spielte mit ihrem Haar, seine Hand blieb auf ihrer Schulter, wollte nicht loslassen. »Ich schulde dir wirklich etwas. Du hast mir das Leben gerettet. Aber Izzy ... Ich schulde auch anderen etwas. Ich bin auf viele Arten gebunden. Schon seit so vielen Jahren. Ich könnte sie dir niemals alle erklären.«

»An Silver?« Wie sie die Worte herausbrachte, ohne in Tränen auszubrechen, wusste sie nicht.

»Ja. Und an Holly. Und an mein Volk. Ich habe gesagt, die Engel seien Soldaten im Krieg. Die Dämonen und ihre Ausgeburten wie die Schattenwesen, die du im Krankenhaus gesehen hast, sind das auch. Und ich bin ebenfalls ein Soldat in diesem Krieg. Wenn auch ein schlechter.«

»Du bist … du bist wie die Engel?« Er kam ihr im Moment nicht sehr engelsgleich vor.

»Wir von meinem Volk waren tatsächlich Engel, vor langer Zeit. Als der Krieg in den Himmel einzog und Engel sich gegen Engel erhoben, haben einige von ihnen keine Seite gewählt. Manche haben sich geweigert zu kämpfen, und als alles vorüber war, wurden sie verbannt, mit einer unaussprechlichen Bürde belegt, hier auf der horizontalen Ebene, an die Erde gebunden.«

»Und mein Vater und ich? Was haben wir damit zu tun?«

»Dein Vater ist …« Er zögerte unsicher. »Er ist für den Moment in Sicherheit.«

Sie wirbelte zu ihm herum, als die Wut wieder in ihr aufstieg. »Er liegt im Koma!«

»Ja. Und so ist er keine Bedrohung.«

»Und ich? Bin ich eine Bedrohung? Schau mich an!« Sie wollte damit sagen, dass sie unmöglich eine sein konnte; sie war schließlich nur ein Mädchen, ein Mensch.

Zu ihrer noch größeren Verlegenheit schaute er sie wirklich an, ein langer, nachdenklicher Blick, der sich in ihre Augen und noch viel weiter in ihr Inneres zu bohren schien. Sein Blick wanderte an ihrem Körper herab und löste den Drang in ihr aus, irgendwie ihre Hände zu beschäftigen oder vor ihm davonzulaufen, aber sie konnte nicht. Der fremde Ausdruck in seinem Gesicht war hier in der Dunkelheit auf dem Hügel noch ausgeprägter.

»Du bist verändert. Ich weiß nicht, ob dich das zu einer Bedrohung macht oder nicht. Aber andere glauben, du wärst eine. Schatten und Engel verfolgen dich. Holly will dich haben, genauso wie der Alte Mann.«

»Und was kann ich dann tun? Hilf mir, Jinx! Erkläre es mir!«

»Dein Name ... der Name deines Vaters ...« Seine Stimme verklang und zwischen seinen Brauen bildete sich eine Falte.

»David Gregory?«

»*Grigori.* Das ist ein alter Name, älter als die Menschenzeit. Er bedeutet ›Wächter‹ und manchmal ›Hirte‹, einer, der Wache hält, der beschützt. Es ist ein mächtiger Name.«

»Es ist nur ein Name, Jinx.«

Er nahm ihre Hand, sein Griff war warm und tröstlich. Sie wusste, das sollte sie nicht so empfinden, doch ihr Körper war wild entschlossen, immer wieder eine Närrin aus ihr zu machen, wenn es um Jinx ging.

Jinx führte sie über das Gras zu dem Weg, der zwischen die Bäume hinaufführte. Dabei sprach er leise, und sie musste sich beeilen, um mit seinen langen Schritten mithalten zu können, und sei es nur, um jedes Wort zu verstehen, das er sagte.

»Es gibt kein ›nur ein Name‹. Namen bestimmen uns. Sie machen uns zu dem, was wir sind. Es ist eine Berufung, eine Abstammung. Du hättest noch Jahre ruhend bleiben sollen, bis dein Vater dir alles erklärt hätte, bis die Zeit gekommen wäre, dich ihm anzuschließen oder seinen Platz einzunehmen. Doch irgendetwas ist passiert und hat die Macht in dir geweckt, dich verändert.«

»Der Engel? Und der Funke?«

»Kann sein. Das ist die wahrscheinlichste Erklärung. Das Mal ist auf deiner Haut erschienen, das Zeichen, das dich beschützen sollte, das so alt ist wie ... Aber was passiert, wenn ein Wächter außerdem der Träger eines göttlichen Funkens ist?«

Woher sollte sie das wissen? Am liebsten hätte sie eine bissige Bemerkung gemacht – etwas Schlaues, das ihn zum Schweigen brachte und ihr das Gefühl gab, wieder die Kontrolle zu haben –, doch sie blieb ihr im Hals stecken. Dad hatte es gewusst? Das alles? Und er hatte nie ein Wort gesagt. Warum sollte er auch? Sie war nur ein Mädchen, nur ein Kind. Dad hätte ihr nichts gesagt, das sie vielleicht in Gefahr gebracht hätte.

»Diese Frau im Krankenhaus ... Sie war eine von euch, oder?«

Jinx schüttelte den Kopf. »Ich weiß es nicht. Vielleicht. Oder vielleicht etwas Schlimmeres.«

»Nicht menschlich, meine ich. Sie war nicht menschlich.«

Er zuckte mit den Schultern. »Für dich ist alles schwarz und weiß, was? Was ist *menschlich*?«

»Ich zum Beispiel. Ist sie wie ich?«

Jinx lachte. Er lachte tatsächlich! Es war kein besonders fröhlicher Laut, aber nichtsdestotrotz lachte er. »Wie du! Na ja, es würde helfen, wenn ich sie gesehen hätte. Oder wenigstens wüsste, wer sie sein könnte. Das heißt, vielleicht ist sie wie du ... oder vielleicht ist sie nur eine Krankenschwester, die du tierisch angepisst hast. Das soll schon mal vorgekommen sein, Schatz.« Das letzte Wort floss von seiner Zunge, honigsüß und maliziös.

»Na, du musst ja wissen, wie man Leute anpisst, du arroganter Vollidiot«, brummelte sie vor sich hin, während sie weiter hinter ihm her stolperte.

Die Bäume lehnten sich dicht über den Weg, aber als sie um eine Kurve kamen, verließ Jinx auch den asphaltierten Weg und bog zwischen die Bäume in die tiefe Dunkelheit ab.

Nun bestand die Welt nur noch aus Flüstern und Schatten. Izzy wollte kein Wort mehr sagen, aus Angst vor dem, was sie womöglich aufscheuchen würde. Denn wenn er recht hatte, würden hier auch Sídhe sein. Und andere Dinge.

Gott allein wusste, was.

Izzy klammerte sich an Jinx' Hand, dankbar für den Kontakt. Er hielt sie vielleicht, damit er sie nicht verlor oder sogar nur, damit sie nicht stolperte, aber das war egal. Es erinnerte sie an Dad, den einen Mann, auf den sie sich verlassen konnte, den einen Mann, dem sie wirklich trauen konnte.

Sie dachte daran, wie sie zusammen im hohen Gras gesessen hatten, gebadet in glühendes Sonnenlicht, und zum Hochkreuz von Clonmacnoise hinaufgeschaut hatten. Letzten Sommer, an einem der guten Tage, einem der besten. Sie hatte keinen Ferienjob gehabt und konnte mit ihm im Land herumgondeln, Baustellen besuchen, zu Besprechungen für neue Projekte reisen. Natürlich hatte sie nicht an den Besprechungen teilgenommen. Sie hatte sich ein Café gesucht und dort gewartet, hatte im Auto gesessen oder was auch immer. Aber hinterher, wenn er fertig war, fuhren sie los, nur sie beide, und erkundeten die Umgebung. Es war ihr ureigenes Abenteuer.

Sie hatten sich in dem kleinen Café Sandwiches und Dosenlimos gekauft, von denen das Kondenswasser tropfte und die ihre Hände kalt und nass machten. Sie hatten lachend Chips aus einer gemeinsamen Tüte gegessen. Sie hatte sich gleichzeitig sehr jung und wie eine Erwachsene gefühlt.

Und sie hatten auf das Kreuz geschaut.

»Es geht immer um Balance«, hatte Dad gesagt.

»Balance.« Sie hatte zu den verwitterten Verzierungen des keltischen Kreuzes hinaufgeblinzelt. Es war eine Kopie. Das echte hatten sie in einem der runden Räume des Besucherzentrums gesehen. Doch das Wetter und die Luftverschmutzung hatten zusammen dafür gesorgt, dass dieses sogar noch älter aussah.

»Balance in allem. Schau es dir an.« Er zeigte hinauf. Auf der Hauptsäule, die nur noch halb erkennbare Szenen aus der Bibel darstellte, dominierte das Kreuz die ganze Umgebung. Ein Kreis, durch die Kreuzform in vier Quadranten unterteilt. In der Mitte befand sich eine Figur, die Arme zu beiden Seiten ausgestreckt, Kopf und Füße berührten das obere und das untere Ende. Es gab noch andere Dinge, genau in seiner Reichweite, darüber und darunter, auf beiden Seiten.

»Himmel und Hölle.« Dad zeigte auf das obere und das untere Ende. Sie sahen wirklich ein bisschen engelhaft und dämonisch aus, hatte Izzy gedacht, wenn man die Augen zusammenkniff, sodass man kaum noch etwas sehen konnte. »Menschen.« Er zeigte auf die rechte Seite.

»Und was? Feen?« Sie hatte es als Scherz gemeint, doch als er ihr einen Blick zuwarf, blieb ihr das Lachen im Hals stecken. Einen ausdruckslosen Blick ohne Belustigung. Solche Blicke sah sie bei ihm normalerweise nie.

»Vielleicht. Wer weiß? Es gibt mehr Dinge im Himmel und auf Erden …«

»O nein, nicht *Hamlet*! Es ist verboten, mich mit *Hamlet* zu foltern!«

Das brachte ihn zum Lächeln. »Also gut, das Übernatürliche, wie wäre es damit?«

»Von mir aus, Dad«, hatte sie geächzt und dann den letzten Schluck ihrer Cola getrunken. »Und wo sind wir dann in deinem großen Plan?«

Er grinste sie an wie ein großes Kind, das ein Geheimnis erzählen darf.

»Das in der Mitte sind natürlich wir. Wir halten alles zusammen. Wir wachen über die Welt. Du und ich, Kleine.«

»Ja, klar.« Sie hatte sich rücklings ins Gras gelegt und die Augen geschlossen. »Das sind wir. Fundamental für das Universum.«

»Vielleicht«, hatte er zärtlich geflüstert. »Grundpfeiler.«

Sie hatte das Auge einen Spalt geöffnet. Er hatte sie mit einem eigenartigen Blick angeschaut. Er hatte hier so deplatziert ausgesehen, in seinem Anzug und dem gebügelten weißen Hemd, während alle Touristen T-Shirts und kurze Hosen trugen. Als würde er niemals aufhören zu arbeiten. »Es dreht sich nicht alles um Architektur, Dad.«

»Natürlich tut es das. Balance. Harmonie. *Actio* und *reactio*.«

Sie stemmte sich auf die Ellbogen hoch. »Wie bitte?«

Diesmal schloss er die Augen und reckte das Gesicht der Sonne entgegen. Ein so starkes, so fein gemeißeltes Gesicht. Von ihm hatte sie die Augen und eine ähnliche Nase. Woher ihre roten Haare und der blasse Teint kamen, hatte sie keine Ahnung. Ihre arme Mum hatte zu ihrem Aussehen überhaupt nichts beigesteuert.

»Manchmal tun wir Dinge, die wir für das Beste halten, und schreckliche Dinge geschehen. Manchmal …«

»Was für schlimme Dinge hast du getan?«, fragte sie aus Spaß, doch plötzlich erschien es wie eine furchtbar ernste Frage. Ein tiefes Schweigen senkte sich über sie beide, als wollte die Welt ihr Gespräch belauschen.

»Ein paar ziemlich schlimme Dinge«, seufzte er, immer noch, ohne sie anzuschauen. »Ich habe so einiges an Fehlern gemacht. Vor langer Zeit. Das tut jeder. Aber jetzt habe ich dich und deine Mum.« Er öffnete die Augen, richtete einen scharfen Blick auf sie, eindringlich und voll von einem Gefühl, das sie nicht kannte. Es war wild und ein bisschen beängstigend. »Aus schlechten Dingen können gute Dinge entstehen. Das Wechselwirkungsprinzip. Balance. Schau dich an.«

Einen Moment lang rührte sich keiner von ihnen.

Dann lachte er und der Bann brach. »Du hast überall Krümel auf dem Oberteil.«

Izzy erinnerte sich immer noch so deutlich daran. Er war kurz davor gewesen, ihr etwas zu sagen. Etwas Wichtiges. Und dann, da war sie sich sicher, hatte er gekniffen. Aber er hatte es versucht. Und irgendwie hatte er von den Fae gewusst, von dieser Welt, die sie jetzt gefunden hatte und in die sie hinein- und wieder herausstolperte. »Das Übernatürliche«, hatte er es genannt.

Und er hatte ihr gesagt, dass sie im Zentrum des Ganzen stünden. *Wir wachen über die Welt. Du und ich, Kleine.*

Jetzt nicht mehr. Jetzt waren da nur noch sie und Jinx. Ein Wesen, ein Monster. Eines der Dinge, die Dad erwähnt hatte, von denen er nie hätte wissen sollen.

Sie kletterten einen Trampelpfad hinauf zu einer Lichtung, wo sich die Bäume teilten. Bei Tag war sie vielleicht mit Blumen bedeckt, aber im Moment sah sie nichts als dunkle Klumpen, die Büsche sein konnten, und ein Gewirr von Schatten unter ihren Füßen. An einer Seite der Lichtung zog sich über die ganze Breite eine Wand entlang, die aus dem Gestrüpp wuchs, eine Mauer mit Löchern für Türen und Fenster. Aber es war kein Gebäude. Dahinter war nichts. Der Hügel war früher einmal Teil eines Anwesens gewesen, und der Besitzer hatte eine Reihe von Bauarbeiten machen lassen, vorgeblich, um die Armen während der Hungersnot ein Handwerk zu lehren. Doch die Dinge, die sie bauten, waren … seltsam. Wie dieses hier, die Wand eines Gebäudes, das nicht existierte. Anderswo gab es sargähnliche Bauten, Sarkophage für Riesen. Ganz zu schweigen von dem Obelisken selbst, einem weißen Gebäude, das wie ein Hexenhut ganz oben auf dem Hügel saß, und ein kleineres ein Stück weiter, auf dem der Name des Besitzers stand.

Und der Wunschstein. Anscheinend war er später dazugekommen, doch das wusste niemand mit Sicherheit. Ungefähr 1852 in den obersten Stein auf einer Stufenpyramide mit Blick aufs Meer gehauen. Sie hatte Geschichten gehört – wilde Geschichten von Teufeln, schwarzen Hunden und Monstern, von einer Schlacht auf dem Hügel und Feuer, das ging wie ein Mensch. Alte Geschichten, wie der Goldrausch von Dalkey, als die seewärtige Stadtbevölkerung verrücktspielte und den ganzen Hügel umgrub, bis Geister und Dämonen sie vertrieben. Geschichten, über die heute jeder lachte. Izzy schüttelte den Kopf. Warum nicht? Plötzlich kam es ihr nicht merkwürdiger vor als alles andere auf der Welt, zumindest in *ihrer* Welt.

In dieser neuen Welt war alles möglich. Und das schien gleichzeitig Segen und Fluch zu sein. Plötzlich war in ihr eine wilde Sehnsucht nach Normalität, sie wünschte sich die Welt zurück, in der sie nicht über solche Dinge nachdenken musste. Es war so viel einfacher gewesen. Und sie hatte alles weggeworfen, weil sie einmal falsch abgebogen war.

Jinx blieb stehen, riss sie aus ihren Gedanken, sein Körper versteifte sich. Er hob den Kopf, roch etwas in der Luft. Sie standen am Rand eines weiteren Pfads, einem, der nicht von Menschenhand gemacht war, sondern in den Stein des Hügels eingegraben.

»Lass los!«, flüsterte er.

Izzy löste ihre Hand und schaute zu, wie er seine Hundegestalt annahm, wobei ein schmerzerfüllter Ausdruck über sein Gesicht flackerte. Einen Augenblick lang stand er einfach still, dann schüttelte er sich von Kopf bis Schwanz, als wollte er sich trockenschütteln oder von den letzten Überresten seiner fast menschlichen Gestalt befreien.

Jinx hob den Kopf zum Nachthimmel und heulte.

Und aus den Schatten zwischen den Bäumen kam eine Antwort.

12
HUNDE IN DER NACHT

Sie glitten durch die Nacht, schwarz wie die Schatten, die sie ausspien. Keine Schattenwesen, den Ahnen sei Dank. Sie waren wie er, oder beinahe wie er. Jedenfalls fast dasselbe. Nicht wirklich schwarz, sondern von einem dunklen Grün, nur eine Schattierung davon entfernt, die perfekte Tarnung für den Wald bei Nacht.

Cú Sídhe.

Was auch immer Jinx erwartet hatte – das war es nicht.

Ihre Gerüche erfüllten seine Nüstern – tausend zusätzliche Informationspuzzleteile, die seine Augen nie erfasst hätten – ein Rudel, eine Gemeinschaft, männliche und weibliche zusammen, stark, begierig zu jagen und entschlossen zu schützen.

So vertraut.

Der männliche, der ihm am nächsten war, kroch mit gesträubtem Nackenfell vorwärts, machte sein Revier geltend und seine Paarungsrechte, warnte Jinx, sich zurückzuziehen, wie es nur einer der Cú Sídhe konnte. Jeder andere wäre geflohen wie ein Köter.

Verdammt, er war zu lange von seiner Art getrennt gewesen.

Izzys Furcht stieg ihm in die Nase. Sie kam näher, gab sich große Mühe, sie nicht zu zeigen, sich nicht bewusst, dass die anderen sie genauso deutlich an ihr riechen konnten wie er. Und dass sie dadurch von ihnen als Beute betrachtet wurde.

Und Beute musste man jagen.

Das Bedürfnis, sie zu beschützen, jagte einen Schauder über seine Haut.

»Lauf nicht weg, Izzy! Was auch immer passiert, lauf nicht weg!«

Ihre Hand griff nach seiner Schulter, die Finger gruben sich in sein Fell. Trost, Kraft. Hatte sie ihn gehört? Nein, das war unmöglich. Aber irgendwie wusste sie es trotzdem.

»Was willst du hier? Das ist unser Revier. Du gehörst nicht dazu.« Der ihm am nächsten stehende Hund zog die Oberlippe zu einem halben Zähnefletschen hoch und Jinx konnte nur den Kopf senken. Dieser Hund hatte recht. Das musste er anerkennen. Die Diplomatie der Cú Sídhe war ziemlich einfach.

Und hoffnungslos kompliziert, wenn man nicht wusste, was man tat.

»Wir trachten nur nach einer gefahrlosen Durchquerung, das ist alles. Wir sind keine Eindringlinge.«

Eine weibliche näherte sich von rechts. Hochmütig, stolz. Ihre Anführerin. *»Wer bist du? Gib dich zu erkennen. Welche Zugehörigkeit? Welche Sippe?«*

Es war eine traditionelle Forderung und mehr Identifikation erforderte es unter Cú Sídhe auch nicht. Die Sippe konnte er ihnen nicht nennen, sein Blut, seine Geschichte, seine Abstammung – solch ein Gewirr von Täuschungen würden sie niemals verstehen oder akzeptieren. Doch seine Zugehörigkeit – seine Loyalität und sein geschworener Gehorsam –, die Oberfläche, das war einfach.

»Ich gehöre zu Holly. Mein Name ist Jinx.«

Ein Murmeln ging durch das Rudel, ein beunruhigendes Geräusch. Jinx gefiel das nicht. Überhaupt nicht. Überraschung. Und Misstrauen. Nein. Das konnte nicht gut sein.

»Jinx von Jasper?«

Vor Schreck sträubte sich ihm das Fell. *Jasper?* Diesen Namen hatte er seit Ewigkeiten nicht gehört. Seit der Kindheit, um genau zu sein. Holly hatte jede Erwähnung verboten. Der Name, den er vergessen geglaubt hatte.

»Woher wisst ihr das?«

Ein langes Heulen erhob sich von einem aus dem Rudel, der noch verborgen blieb, gefolgt von einem weiteren. Jinx wich zurück und stieß gegen Izzys Beine. Jeder andere wäre inzwischen in Panik davongelaufen. Und sie wollte es auch, das konnte er an ihrem Geruch erkennen, doch sie tat es nicht. Ihre Finger krallten sich fester in die Haut unter seinem Fell.

»Was ist los?«, fragte sie. »Stimmt etwas nicht?«

Er konnte ihr nicht antworten, er knurrte. Dann sträubte er das Nackenfell und straffte die Schultern, machte sich so groß und aggressiv wie möglich. Wer auch immer dieses Rudel war, sie würden ihn nicht bekommen. Und Izzy auch nicht. Nur über seine Leiche.

»Halte dich zurück, Jinx von Jasper!«, warnte die Hündin. In ihrer Stimme lag Macht. Doch sie hatte keine Macht über ihn, nicht, solange Hollys Bann um ihn lag und ihn durchdrang. *»Ruhig, Blight! Wir wollen euch nichts tun. Sprich mit uns, Jinx! Wie bist du hergekommen?«*

Sie verwandelte sich, eben noch Hund und jetzt schon Frau. Izzy stieß erschrocken ein kleines Wimmern aus, doch die Frau schien es nicht zu bemerken.

Es muss für das Mädchen sehr seltsam aussehen, dachte er, *wenn sie mit Gruselgeschichten von Werwölfen aufgewachsen ist.* Keine davon war eine angemessene Vorbereitung darauf, was sie jetzt sah.

Nackt und schön näherte sich ihnen die Frau; ihre zarten Male schillerten beinahe auf ihrer tief gebräunten Haut. Nicht wie seine Tattoos. Ihre waren natürlich; seine nicht. Seine waren entworfen worden, um die Mächte der Cú Sídhe zu binden. Ihre Haut wurde von keinem dieser Makel verunstaltet. Sie war von erhabener Schönheit, der Inbegriff dessen, wie eine weibliche Vertreterin seiner Art sein sollte.

»Ich bin Blythe«, sagte sie. »Und das ist meine Familie. Blight, mein Zwilling, Freesia, Gun und …«

»Ich weiß nicht, was das Problem ist«, sagte Izzy schnell, »aber ich bin mir sicher …«

Blythe warf ihr einen finsteren Blick zu, in ihren Augen blitzte der metallische Schimmer der Magie. Fae und nicht menschlich durch und durch. Doch sie tat nichts. Sie versuchte nicht einmal einen Glamour. »Mit dir habe ich nicht gesprochen.«

Jinx nahm fließend wieder seine menschliche Gestalt an, ohne auf seine Nacktheit zu achten, genau wie Blythe. Izzy riss ihre Hand von seiner Haut zurück und stolperte beim schwachen Versuch eines Rückzugs. Einer der anderen Cú Sídhe schob sich leise knurrend hinter sie – keine direkte Drohung, eigentlich nicht, nur eine Warnung an ein Kind – und sie blieb stehen.

»Jinx …«, flüsterte sie.

»Bleib still stehen«, erwiderte er knapp. »Lauf nicht weg!«

»Sie wird nicht weglaufen.« Blythe schnurrte die Worte fast. »So dumm wäre sie nicht. Aber was führt euch beide hierher? Und was ist sie?«

»Sie ist niemand. Nur eine Sterbliche.«

Er sagte es zu schnell, zu ernst. Das wusste er, sobald er sah, wie sich Blythes Blick auf Izzy richtete. Fasziniert. Beinahe hungrig.

»Verstehe«, sagte die Cú Sídhe und lächelte träge. »Tja, dann kommt ihr beide besser mit uns. Ich biete euch sicheres Geleit, bis unser Anführer etwas anderes befiehlt. Mehr kann ich dir nicht versprechen, Jinx von Jasper.«

Jinx neigte billigend den Kopf und die anderen Cú Sídhe zogen sich kläffend und knurrend zurück. Nur Blythe blieb und schaute ihm zu, wie er seine Kleider einsammelte. Als er sich hineinquälte, spielte ein Lächeln um ihren perfekt geformten Mund.

»Interessant«, murmelte sie und schlenderte davon, nackt in der Nacht.

* * *

Was für ein Biest, dachte Izzy.

»*Im Wortsinn*«, meldete sich die neue und allzu vernünftige Stimme in ihrem Kopf unaufgefordert. Izzy wollte jetzt nicht vernünftig sein. Sie war zu verängstigt und wütend.

Die Geschichte meines Lebens, seit ich ihn kenne. Sie erwartete keine Antwort, aber sie hätte es tun sollen. Natürlich hätte sie es tun sollen.

»*Dann solltest du ihm vielleicht nicht so bereitwillig vertrauen.*«

Izzy machte einen falschen Schritt, als die Stimme einen Moment lang ihre Gedanken in Beschlag nahm. Das Bedürfnis, sie einfach zu lassen, zu tun, was sie sagte, war wie ein dumpfer Zahnschmerz, der sie mürbe machte. Sie schob sie wieder weg, weigerte sich, ihre Existenz zuzugeben, weigerte sich zu glauben, dass sie echt war.

Jinx warf ihr einen Blick zu, zeigte aber keinen Funken Sorge. Ach ja, das wäre auch zu viel verlangt gewesen.

Sie verfluchte sich selbst und ihre Einbildung, während sie ihm durch den Wald folgte und die anderen Cú Sídhe sie zusammentrieben wie Hütehunde. Das war falsch. Auf so vielen Ebenen. Aber Blythe … Gott, wie sie Jinx ansah, die abschätzige Art, wie sie Izzy selbst kaum beachtete. Wie hätte sie nicht wütend sein sollen?

»*Du bist eifersüchtig. Du hast Angst und jetzt bist du eifersüchtig. Das ist vollkommen einleuchtend.*«

Geh weg!, brüllte es in ihrem Kopf, ihr eigener Gedanke. *Halt die Klappe und geh weg!*

Izzy stolperte ohne Grund und wäre beinahe hingefallen. Sie musste sich der Tatsache stellen, dass es manchmal nicht ihre Stimme war, die sie hörte; seit der Nacht, als sich die Schatten bewegt hatten, wurde die andere Stimme in ihrem Kopf immer stärker. Es war überhaupt nicht ihre. Zu musikalisch. Zu melodisch. Ihren Gedanken fremd.

O Gott, jetzt werde ich verrückt? Jetzt? Nach allem, was passiert ist?

Sie versuchte, sich auf die Wesen zu konzentrieren, die sie umkreisten, die Hunde. In der Gegend grassierten Legenden über schwarze Hunde, so viel wusste sie. Das könnte also der Ursprung sein, diese Fae-Wesen hier oben auf dem Hügel. Noch ein Teil einer Welt, von der sie bis jetzt nichts gewusst hatte. Noch ein Aspekt, der sie erschreckte. Einer der Cú Sídhe streifte ihr Bein, warm und muskulös, und sie scheute davor zurück und stieß gegen Jinx.

»Was ist los?«, fragte er nicht allzu freundlich. Als wäre sie ein nerviges Gör, auf das er aufpassen musste.

»Nichts. Ich … ich dachte nur, ich hätte etwas gehört.«

»Konzentrier dich! Lass dich von nichts vom Weg locken.«

Sie schaute sich um. Halb erwartete sie, das Hüpfen eines Irrlichts zu sehen oder den Schrei einer Todesfee zu hören, der die Stille zwischen den stummen Wächtern der Bäume zerriss.

»Ich bin kein Kind mehr, Jinx.« Die Worte waren gesagt, bevor sie sie zurückhalten konnte. Schnippisch, bockig.

Stattdessen nahm er ihre Hand und umschloss ihre eiskalten Finger mit seiner Wärme. Er drückte ganz sanft zu. Doch er sagte nichts, zog sie nur mit sich.

»Hör mir zu«, sagte die Stimme in ihrem Kopf, die nicht ihre eigene sein konnte. *»Du kannst ihnen nicht trauen. Keinem von ihnen. Sie sind kaum mehr als Tiere. Hör auf mich, Isabel!«*

Tja, warum sollte sie auch nicht? Warum nicht auf eine körperlose Stimme in ihrem Kopf hören?

Weil das nie die sicherste Variante war, oder? Nicht mal, wenn es genauso viel Sinn ergab wie alles andere im Moment.

Weißt du noch, als alles normal war?, dachte sie und wünschte sich diesen Zustand zurück. *Weißt du noch, wie das war?*

Wieder einmal wünschte sich Izzy, sie wäre am Vorabend zu Hause geblieben, wünschte, sie wäre am Nachmittag gar nicht erst in die Stadt gegangen. Wünschte und wünschte und *wünschte* …

Als sie oben auf dem Hügel angekommen waren und vom Waldweg auf die flachen Steinplatten traten, schlief sie beinahe im Stehen ein, bewegte sich wie ein Zombie, mit halb geschlossenen Augen und trübem Blick, ihr Körper schmerzte bis in die Knochen.

Blythe zögerte nicht, führte sie weiter, ließ den Wunschstein links liegen und den Obelisken rechts. Als sie zum Fuß des Obelisken kamen, wandte sie sich dem Meer zu, folgte einem Pfad durch den Ginster und trat auf eine flache Granitebene hinaus. Klippen fielen in schwindelerregende Tiefen ab, nur ein paar Meter vor ihnen.

Der Wind zerrte an ihren Kleidern und Haaren, ein kalter Wind, der direkt vom Meer kam. Blythe ging zum südlichen Ende der Granitfläche, wo ein Eisenring mit den Überresten einer schweren Kette und ein Bolzen in den Fels getrieben worden waren. Sie waren rot vor Rost, sahen aber dennoch Respekt einflößend aus. Blythe kniete sich zwischen sie, drückte mit der Hand auf die Oberfläche, und der Stein teilte sich mit einem qualvollen Ächzen und enthüllte einen schmalen Durchgang, der nach unten führte. Dunkler als die Nacht um sie herum. Dunkler als alles, was Izzy je gesehen hatte.

Einer der eingeborenen Cú Sídhe kläffte kurz auf, gefolgt von einem Knurren. Blythe drehte sich um und starrte zum Wald zurück, die Augen nur graue Schlitze.

»Beeilt euch. Rein da!«

»Was ist los?«, fragte Jinx angespannt.

»Kannst du es nicht riechen? Wir haben Besuch.«

Seine Hand schloss sich fester um Izzys, jetzt nicht mehr so beruhigend. Fast schmerzhaft. »Dämonen?«

»Dem Gestank nach ja, oder wenigstens Schatten. Sind sie euch gefolgt? Rein!«

»Warte!«, protestierte Izzy. Es nützte nichts. Jinx war zu stark. Sie war von Cú Sídhe umgeben. Aber sie wollte nicht da reingehen. Nicht in die Dunkelheit. Nicht so. Jeder Instinkt, den sie besaß, wehrte sich dagegen. Jedes Atom, aus denen sie bestand. »Bitte!«

Sie wünschte ... *Wünschte und wünschte und wünschte ...*

»Ich erinnere mich«, sagte die Stimme. *»Ich erinnere mich an diesen Ort.«*

Und plötzlich sah sie es, als würde ein alter Film vor ihr abgespielt, einfach in die Luft projiziert.

Wahrhaftig Monster, und ein Feuer, das ging wie eine Frau … die Cú Sídhe, die auf allen Seiten angriffen, während mit Spießen und Knüppeln bewaffnete Männer versuchten, sie zurück in den Durchgang zu drängen. Das Eisen sank in den Stein und der Hügel bebte vor Wut und ohnmächtigem Trotz.

Ein Schatten fiel über das Land. Die Nacht ging, gehüllt in Schatten. Die Menschheit riss Steine aus dem Hügel, und eine Weile schien es, als fiele der Wahnsinn über sie, während sie nach Schätzen gruben, die nicht da waren.

Bis die Kette brach. Bis die Monster entkamen und … Vernunft brachten?

Izzy drehte sich abrupt um. Von hier aus konnte sie nur den oberen Teil des Wunschsteins sehen. Ein Hunger tief in ihr rief nach ihm, sehnte sich nach ihm. Ein Feuer. Beinahe wäre sie wieder zu ihm zurückgegangen, aber Jinx' Hand hielt sie auf. Er starrte ihr ins Gesicht, suchte nach etwas. Sie wusste nicht, nach was, aber es lag Entsetzen in seinem Blick.

»Geht es dir gut?« Er sprach zu deutlich, wie mit einer Schwachsinnigen.

Auf ein Nicken von Blythe hin verfolgten zwei der Cú Sídhe ihren Weg zurück und verschwanden in den Schatten. »Sie werden uns kostbare Minuten herausholen, aber wir müssen uns beeilen. Jinx, los! Bring sie mit oder lass sie hier!«

Bevor Izzy noch einmal protestieren konnte, hob Jinx sie hoch. Sie zappelte, doch er bezwang sie mühelos. »Schon gut!«, flüsterte er. »Hör auf, sonst tust du dir noch weh.«

»Bitte nicht!« Die dunkle Enge legte sich um sie, um Izzy zu verschlucken, und ihre Stimme wurde lauter, ihr Herz hämmerte. Sie konnte nicht dort hinein. Nicht in die Dunkelheit, an so einen engen Ort. Sie musste zu dem Stein. Sie musste … musste hinaufklettern, ihn benutzen, damit er einen Weg öffnete …

»Ich erinnere mich«, sagte die Stimme. *»Dieser Ort. Ich kenne diesen Ort. Ich muss dorthin.«*

Das war nicht sie. Irgendwo wusste sie logisch, dass nicht sie es war. Dass sie es nicht sein konnte. Dieses Bedürfnis, irrational, überwältigend, aber sie wollte sich nur aus seinen Armen losreißen, ihn wenn nötig von der Klippe werfen und zu dem Stein gelangen. Sie musste zu dem Stein! Das Mal in ihrem Nacken brannte wie geschmolzenes Metall, wie Säure. Warnte sie. So eine starke Warnung.

»Etwas … passiert mit mir.« Sie musste die Worte herauspressen. Langsam verlor sie die Macht über ihren Körper. Was auch immer es war, es überschwemmte sie, verlangte von ihr, zu dem Stein zu gehen, und sie konnte es nicht bekämpfen. Sie wurde schwächer, verbrannt von der Raserei in ihrem Inneren.

»Schließ die Augen«, sagte Jinx, und seine Stimme grollte durch seinen Körper in ihren. »Ich habe dich.«

Sie klammerte sich mit den Armen an seinen Hals, sog

tief Luft ein, um nicht zu schreien, biss die Zähne zusammen, um sie nicht in seinen Hals zu versenken.

Jinx packte sie fester und trat in die Öffnung. Nachdem Blythe gefolgt war, schnappte sie hinter ihnen zu.

Izzy grub Jinx durch das Shirt die Fingernägel in die Haut. Sie presste die Augenlider zusammen, bis weiße Lichtfunken vor ihr tanzten.

»Alles ist gut, Izzy«, flüsterte Jinx. »Ich bin da. Dir passiert nichts.«

Dann nahm ihr die Dunkelheit auch das Bewusstsein.

13
STIMMEN

Jinx trug Izzys schlaffen Körper durch den dunklen Gang, der zu Blythes Höhle im Hügel führte. Solche Angst, so große Angst. Er hatte kaum gewusst, was er mit ihr tun sollte. Dass sie ohnmächtig geworden war, war ein Segen für sie beide.

War es ein Bann gewesen? Ein Fluch oder ein Zauber, um sie außerhalb des Sídhe-Gebiets zu halten? In Silvers Höhle hatte sie solche Probleme aber nicht gehabt. Nein. Das war anders. Nichts, um sie abzuhalten, etwas anderes, das sie zwingen, sie kontrollieren sollte. Etwas im Inneren. Als hätte der Funke mehr Empfindungsvermögen, als er gedacht hatte, und als hätte er vor … was? Sie zu beeinflussen? Auf jeden Fall hatte es nicht den Geruch von Fae-Magie. Es klebte an ihr, kam aber auch aus ihr. Etwas anderes. Ihr Blick – dieses ausdruckslose, kalte Starren – war zurückgekehrt und er hatte sie kaum wiedererkannt.

Und in ihren Augen, in dem räuberischen Blick, veränderte sich etwas. Wie ein wachsendes Feuer, eine Welle in der Luft, ein Glühen, das sich am Horizont erhob und den Tagesanbruch verkündete. Nicht der Funke. Es war weit mehr als der Funke. Er konnte es nicht identifizieren und das machte ihn sehr nervös.

Doch was wäre die Wahl gewesen? Zurückbleiben und sich Dämonen stellen, während er versuchte, ihre Raserei unter Kontrolle zu bekommen? Abgesehen davon hatten ihm Blythe und ihre Verwandten kaum eine Wahl gelassen. Sie waren hier keine Gäste, egal, wie groß die Bereitschaft des Cú-Sídhe-Rudels im Augenblick war, sie zivilisiert zu behandeln.

Aber sie hatte solche Angst gehabt. Er hatte es auch in sich selbst gespürt. Schrecken. Furcht vor engen Räumen, vor Dunkelheit unter der Erde, davor, weggesperrt zu werden. So große Angst, dass sie ohnmächtig geworden war, statt sich ihr zu stellen. Doch selbst ihre Angst fühlte sich nicht ganz nach ihrer eigenen Angst an.

Ihr Atem spielte an seinem Hals, sanft und regelmäßig, eine zarte Liebkosung.

Jinx schob den Gedanken mit brutaler Gewalt aus seinem Verstand. Er durfte nicht mal daran denken. Ihr Kuss war eine Einladung gewesen, und nur der Schock hatte ihn davon abgehalten, ihn zu erwidern. Aber er konnte nicht. Nicht jetzt – überhaupt nicht. Sie war eine Grigori, aus einer Ahnenreihe, die sich zurückerstreckte bis – na ja, ewig! Und sie trug einen Funken in sich. Einen göttlichen Funken, der sie bereits veränderte. Er wusste nicht genau, wozu sie das machte.

Abgesehen von unantastbar.

Als hätte sie seine Gedanken gespürt, warf ihm Blythe einen Blick zu. »Wer ist sie?«

Seine Antwort kam fast als ein Bellen heraus. »Niemand. Nur ein Mädchen.«

Blythe stieß ein leises Glucksen aus, das Bände über Unglauben sprach. »Wenige Leute reagieren so stark auf unseren Bann. Und sie sah da oben nicht gut aus. Es war, als würde sie gegen eine Art Zauber kämpfen. Ist sie besessen? Was hast du mit einem Menschen zu schaffen?«

»Nichts.«

»Nichts.« Sie klang amüsiert. »Ich sehe nicht zum ersten Mal Leute, die einander so anschauen, und normalerweise ist das weit entfernt von *nichts*.«

»Solltest du dir keine Sorgen um deine Rudelmitglieder da draußen machen, die gegen Dämonen kämpfen?«

Sie schüttelte den Kopf, und ihr seidiges schwarzes Haar schimmerte, als es über ihre nackten Schultern strich. Ihr Duft war betörend und sie war schön. Es war so lange her, seit er jemanden von seiner Art gesehen hatte, ganz zu schweigen von einer Frau.

Warum konnte er also jetzt nur an das Mädchen in seinen Armen denken?

Blythe beobachtete ihn mit viel zu wissendem Blick. »Du magst jung sein, aber du bist alt genug, um das Fae-Motto zu kennen, was Menschen angeht, Jinx – *Fälle es, friss es oder vögel es*. Welches davon soll es werden?«

»Lass es gut sein, Blythe. Das geht dich nichts an.«

»Du bist hier, ein Eindringling auf einem Landstück, das unter meinem Schutz steht. Es geht mich also wohl etwas an. Und meine Matriarchin. Sie wird nicht so freundlich fragen.«

»Und wer soll das sein?«

»Ach, du kennst sie sicher. Ihr Name ist Brí.«

Sie hätte denselben Effekt erzielt, wenn sie ihn mit kaltem Wasser übergossen hätte. Brí? Er war in *Brís* Revier?

Jinx blieb abrupt stehen und zog Izzy eng an sich. Der Impuls, seine Hundegestalt anzunehmen und davonzulaufen, erdrosselte ihn fast, quetschte ihm die Luft aus den Lungen. Er konnte nicht. Es würde bedeuten, Izzy zurückzulassen. Aber von allen Orten, an denen man enden konnte, von allen Leuten, in deren Heim er hätte stolpern können … ausgerechnet Brí? So grausam konnte das Schicksal doch nicht sein.

Blythe wandte sich ihm zu, ihr Gesichtsausdruck war jetzt härter, berechnender als vorher. »Was denkst du gerade? Es gibt keinen Ausweg, Jinx von Jasper. Du bist aus dieser Höhle gekommen, aus diesem Rudel. Ob du Anspruch auf uns erhebst oder nicht, wir erkennen dich an. Und sie weiß schon, dass du hier bist. Abgesehen davon …« Ihr Blick wanderte zu Izzy hinab, und Verachtung und Ungläubigkeit rangen in seinen Tiefen miteinander. »Abgesehen davon hat sie persönliches Interesse an deinem kleinen menschlichen Schützling.« Ihr Lächeln war kalt, ging nicht über die Winkel ihrer perfekten Lippen hinaus. »Wenn du davonläufst, musst du sie zurücklassen. In Hundegestalt kannst du sie nicht tragen. Und du wirst sie nicht verlassen. Oder?« Blythe lachte, ein Laut, der ihn nicht im Geringsten tröstete. »Na ja, wenn du nicht kooperierst …«

Sie schnippte mit den Fingern und die Cú Sídhe ihres

Rudels materialisierten sich aus den Schatten hinter ihnen. Jinx wurde von hinten gepackt und Izzy wurde ihm entrissen. Befreit von ihr, wand er sich, bereit zu kämpfen, bereit, sie ihnen wegzunehmen, als ihn etwas Hartes am Hinterkopf traf und er auf die Knie sank.

In den Schatten von Brís Höhle tanzten bunte Lichter und Gelächter. Er glitt auf den kalten Steinboden und wusste nichts mehr.

* * *

Als Izzy aufwachte, war es dunkel, und sie wusste weder, wo sie war, noch wie sie dorthin gekommen war. Fast wäre sie von dem niedrigen Diwan gefallen, auf dem sie lag. Sie verfluchte sich selbst und setzte sich regungslos auf die Kante. Sie konnte nur ein kleines Stück des Raums ausmachen, aber unter der Tür fiel Licht durch, und langsam gewöhnten sich ihre Augen daran.

Sie stand auf und stolperte durch den Raum, bis sie die Tür fand. Mit zitternder Hand probierte sie die Klinke aus. Als es nichts bewirkte, rüttelte sie daran.

»Hallo?«

Keine Antwort. Natürlich kam keine Antwort. Warum hatte sie sich vorgestellt, es würde eine beschissene Antwort kommen?

»Jinx? Hallo?«

Auch von ihm: nichts.

Sie atmete aus und versuchte, ihr rasendes Herz zu einem ruhigeren Rhythmus zu zwingen. Das Letzte, woran sie sich erinnerte, war der Fels, der sich öffnete, wie Jinx sie hochhob und darauf zutrug. In die Dunkelheit. Dann nichts mehr. Beängstigende Träume, schreckliche Bilder und das überwältigende Bedürfnis, zu dem Wunschstein zu gehen. Es ergab keinen Sinn.

Andererseits ergab sowieso nichts mehr Sinn. Das war also nichts Neues.

Izzy schluckte mühsam mit trockenem Mund. Der Raum war größer als der Tunnel, aber sie war immer noch darin eingeschlossen. In der Dunkelheit. Die Wände fühlten sich glatt an, wie poliertes Metall.

»Hallo? Ist da wer? Hey, ihr könnt mich nicht hier festhalten! Lasst mich raus oder ich rufe die Cops!« Wenn sie ein Handy gehabt hätte. Eines, das unterirdisch funktionierte. Als hätte sie das dann nicht schon getan.

»Bleib ruhig. Du bist einigermaßen sicher.«

Und wie aufs Stichwort halluzinierte sie wieder. Diese Stimme in ihrem Kopf, na großartig! Das war immer ein schlechtes Zeichen. Mit einem erstickten frustrierten Schrei trat sie so fest gegen die Tür, dass sie schepperte und ihr Fuß vor Schmerz zu pochen begann.

»Du tust dir noch weh«, sagte die Stimme mit deutlicher Sorge.

»Wer zum Geier bist du und warum interessiert dich das?«

»Es interessiert mich, weil mich alles interessiert. Engel kümmern sich, Isabel. Egal, was Jinx glaubt.«

Ein Engel? Oh, das hatte ihr gerade noch gefehlt. Und warum auch nicht? Warum sollte der Engel außen vor bleiben? Das war nur ihre Psyche. »Du bist diejenige, die gefallen ist, oder? Die den Graffiti-Engel und den Funken zurückgelassen hat.«

»Die bin ich.«

Izzy sank auf den schmalen Diwan. »Dann ist das alles deine Schuld. Warum ich? Warum hast du mich da mit hineingezogen?« Ihre Hand berührte Stoff, üppigen Samt, ordentlich gefaltet am Rand des Diwans. Sie schubste ihn herunter, denn das war so ungefähr das Einzige, was sie noch unter Kontrolle hatte.

Eine lange Pause entstand. Wahrscheinlich überlegte sich der Engel eine Antwort. Hoffentlich eine, die Sinn ergab, auch wenn sie das ernsthaft bezweifelte.

»Du warst die Richtige, ich habe dich in der Nähe gespürt und wusste, du würdest kommen. Und meine Feinde kamen immer näher.«

»Dämonen?« Trotz der warmen Ruhe des Raums schauderte sie. »Es gibt Dämonen?«

»Ja, du hast einen davon gesehen. Und seine Schattenwesen. Sie sind dir nach Hause gefolgt. Sie waren vor deinem Haus. Ich habe sie weggeschickt.«

Na klar, dachte Izzy und fragte sich dann, ob ein imaginärer Engel einen Sarkasmus-Detektor hatte.

»Kannst du mich hier rausholen?«

Wieder herrschte kurz Stille, dann ein Seufzen. Sie spürte es in ihrem Körper, als wäre es ihr eigenes. Der Engel ergriff wieder das Wort. *»Nein. Ich bin schwach geworden. Wie der Funke schmelze ich in dir. Bald werden* wir *ein Teil von dir sein und* ich *werde nicht mehr sein. Es ist allein schon schwer, mit dir zu kommunizieren.«*

Einen Moment lang tat sie Izzy fast leid. Aber hier im Dunkeln, verloren in einem Albtraum, hatte ihr Mitgefühl Grenzen.

Der Engel klang nicht aufgebracht, nur niedergeschlagen. Das war nicht dasselbe. Tja, Pech. Schließlich hatte Izzy auch keine Wahl gehabt. »Hast du einen Namen?«

»Nicht mehr. Ich habe ihn aufgegeben, um zu fallen.«

»Wie bist du gefallen?« Das war ernst, oder? Fallen. Es war wie für seine Sünden vertrieben zu werden. Es musste etwas wirklich Schlimmes bedeuten.

»Ich habe jemanden verloren, vor langer Zeit. Jemanden, den ich liebte. Ich … ich habe einen Fehler gemacht.«

Einen Fehler. Klar. Mit Fehlern kannte sich Izzy aus. Fehler hatten sie hierher gebracht, eingeschlossen in einem stockfinsteren Zimmer. Unter der Erde. Allein. Oder besser gesagt nicht allein, sondern in einem Gespräch mit dem ziemlich nutzlosen und eher mitleiderregenden Engel, der in ihrem Kopf festhing. Eine ganze Reihe von Fehlern. Angefangen damit, dass sie überhaupt erst in diese Gasse gegangen war, um sich ein Graffito anzuschauen.

Dad hatte auch Fehler erwähnt. Fehler von vor langer Zeit. Zum Beispiel, dass er ihr nicht alles erzählt hatte, als er noch die Chance dazu hatte, dachte sie sich. Aber an Dad zu denken, vor allem mit Wut an ihn zu denken, half ihr auch nicht weiter. Es hinterließ nur einen hohlen Schmerz, der an ihrem Herzen fraß.

»Gib nicht ihm die Schuld, Isabel!«, flüsterte der Engel, und tief in ihr wurde etwas warm, tröstlich und ruhig.

»Das tue ich nicht. Eigentlich nicht.« Sie flüsterte das Eingeständnis nur. Es war nichts, was sie laut sagen konnte. Wie konnte sie Dad die Schuld geben, wenn sie ihn jede Sekunde verlieren konnte? Doch wenigstens schien der Engel das zu verstehen. Auch wenn Izzy es nicht tat.

Sie hörte keine Schritte im Flur vor der Tür, doch die Klinke bewegte sich, und ehe sie es sich versah, war die Tür offen, und Licht strömte in den Raum und beleuchtete die Gestalt von Blythe. Licht reflektierte von der polierten Bronze, die die Wände überzog. Das hier war nicht die Zelle, für die Izzy sie gehalten hatte, oder falls doch, dann zumindest eine bequeme. Eher ein Wartezimmer. Der Diwan, ein weicher Sessel, sogar ein Kamin, auch wenn er kalt und leer war. Auf einem Tisch vor dem Kamin standen sogar Essen und Wein. Ihr Magen knurrte laut bei dem Gedanken, dass es die ganze Zeit ohne ihr Wissen da gewesen war.

Nicht dass sie es angerührt hätte. Sie war schließlich nicht dumm, auch wenn sie fast verhungerte. Sie war vielleicht nicht ganz richtig im Kopf, aber so dumm, das Essen und den Wein der Feen anzunehmen, damit sie sie hierbehalten konnten, war sie bestimmt nicht. So viel wusste sie noch aus den Geschichten, die Gran ihr früher erzählt hatte.

»Gut, du bist wach. Führst du Selbstgespräche?«

Izzy ignorierte die Stichelei. »Wo ist Jinx?«

Blythe zog nur die Augenbrauen hoch. »Er ist für den Moment sicher und wohlbehalten. Mach du dir mal keine Sorgen um ihn. Hast du nichts gegessen?«

»Bisschen schwierig, wenn man es nicht sehen kann.«

Blythe sah sie stirnrunzelnd an und ächzte dann, als es ihr dämmerte. »Ach, natürlich! Menschliche Augen.« Aber statt eine Lampe zu besorgen oder so, zuckte sie nur mit den Schultern. »Du solltest dich in Schale werfen. Du hast eine Audienz bei der Matriarchin, Mädchen. Sie ist sehr an dir interessiert.«

Izzy schob ihren wieder neu aufflammenden Zorn beiseite. Wenn Blythe darauf aus war, dass sie die Beherrschung verlor, musste sie noch üben, bis sie so gut war wie Mari. »Womit in Schale werfen?«

»Na, mit dem Kleid natürlich«, sagte die Cú Sídhe. Wie konnte sie aussehen wie etwas aus einer mittelalterlichen Fantasie und reden, als wäre sie vor ein paar Minuten aus dem Einkaufszentrum gekommen? Was für ein Kleid überhaupt?

Der gefaltete Stoff am Fuß des Diwans. Den hatte Izzy ganz vergessen. Sie hob ihn vom Boden auf und Bahnen grünen Stoffs ergossen sich von ihren Fingerspitzen. »Soll das ein Witz sein? Das hier?«

»Man wird nicht jeden Tag zu einer Audienz bei einer lebenden Göttin geladen, kleine Menschliche. Du solltest so gut aussehen, wie du kannst.«

Eine Göttin?

»Es gibt nur einen Gott. Das ist eine Schwindlerin. Eine der Verlorenen.« Die sanfte, beruhigende Stimme war weg. In Izzys Hinterkopf loderte die Wut des gefallenen Engels auf – rechtschaffene Empörung, göttlicher Zorn. Einen Moment lang betäubte er sie.

Soldaten hatte Jinx sie genannt, Assassinen und Mörder. Dem Ton der Stimme in ihrem Kopf nach zu urteilen, war seine Beschreibung noch untertrieben gewesen. Eiferer und Fanatiker traf es eher.

Sie holte Luft, um sich zu beruhigen, und brachte dann die Kraft auf, Blythe einen finsteren Blick zuzuwerfen. »Tja, wenn ich mich bereit machen soll, brauche ich Privatsphäre.«

Ohne ein weiteres Wort ging die Cú Sídhe hinaus und knallte die Tür hinter sich zu.

Verdammt, dachte Izzy. *Ich hätte noch nach Licht fragen sollen. Blöde Kuh.*

Aber was würde das nützen? Der einzige Weg hier heraus war, es durchzustehen. Und hoffentlich Jinx wiederzufinden.

Sie schlüpfte aus ihren Klamotten und zog das Kleid an. Sie hatten nicht an Schuhe gedacht. An Unterwäsche natürlich auch nicht. Na ja, es würde auch ohne gehen müssen. Göttin oder nicht, was auch immer sie war. Gott sei Dank hatte sie noch ihre Stiefel. Sie mochten zwar nicht zu dem verlangten Karnevalskostüm passen, aber wen interessierte das schon?

»Du bist unbewaffnet. Du begibst dich in Gefahr.« Die Stimme des Engels wurde wieder sanfter und freundlicher. Ehrliche Sorge färbte die Worte.

Izzy drehte sich zu ihren Kleidern um und zog das Eisenmesser aus ihrer Jackentasche. Ohne das Messer würde sie nirgendwohin gehen. Es war vielleicht nicht viel, aber es war aus Eisen, und das zählte etwas. Sie schob es in einen der langen, weiten Ärmel und es ruhte dort kalt an ihrer Haut.

»Wie ist das?«

Es kam keine Antwort, aber sie spürte die Zufriedenheit des Engels. Er schnurrte wie eine Katze am Grund ihres Gehirns.

Izzy löste die Haare und schüttelte sie aus, doch bevor sie sie wieder hochstecken konnte, ging die Tür wieder auf.

»Gut«, sagte Blythe, nachdem sie sie mit einem einzigen Blick gemustert hatte. »Gehen wir!«

»Ich werde bei dir sein. Wohin du auch gehst, ich bin dort, um dich zu schützen und dir Trost zu spenden. Fürchte dich nicht, Isabel. Ich bin bei dir.«

Na klar. Einfach so.

Es klang, als sänge der Engel die Worte. Izzy schluckte ihre Angst hinunter. »Gehen wir.«

14
ANGELEINT UND GEBUNDEN

Izzys Schritte hallten durch den Korridor, obwohl sich Blythe lautlos bewegte.

»Wo ist Jinx?«, fragte Izzy noch einmal.

Sie bekam keine Antwort. Blythe war nicht in Plauderstimmung. Vielleicht hatte sie etwas dagegen, dass Izzy diese sogenannte Audienz bekam. Sie schien insgesamt nichts gutzuheißen, was mit Menschen zu tun hatte.

Über ihnen öffnete sich die Decke, und sie betraten eine Höhle tief im Hügel, von dem Izzy gemeint hatte, ihn wie ihre Westentasche zu kennen. Es war eine weitläufige Kammer mit einer bronzenen Kuppel, die Wände gesäumt von schweren Wandbehängen, Gemälden und brennenden Fackeln. Zwischen den Wandteppichen und hinter den Fackeln waren die Wände mit derselben polierten Bronze überzogen. Sie reflektierte das Licht und warf einen höllischen Schimmer zurück, der so die ganze Höhle erleuchtete. Eindeutig mittelalterlich. Ganz anders als der moderne Nachtclub, den Silver aus ihrer Höhle gemacht hatte. Welten davon entfernt. Jahrtausende entfernt.

Izzy konnte nur starren. Sie neigte den Kopf, um zur

gewölbten Decke hoch über ihnen hinaufzuschauen. Dort hingen Laternen wie Sterne am Himmel. Sie wollte nicht darüber nachdenken, wie sie angezündet wurden. Die Vorstellung machte sie schwindlig.

Überall um sie herum versammelten sich Sídhe verschiedener Arten in Grüppchen, vertieft in ihre eigenen Gespräche, ohne sich um ihre Umgebung zu kümmern. Das änderte sich, wenn sie vorbeikam. Die Stimmen verstummten, und Augen, so scharf und spitz wie Dornen, richteten sich auf sie. Haare, Haut, Augen und Kleider variierten in allen vorstellbaren Farben, und sie waren größer und kleiner als jeder Mensch. Diese Fae waren weniger menschenähnlich als alle, die sie bisher gesehen hatte.

Izzy reckte das Kinn. Egal was passierte, sie würde sich nicht von ihnen einschüchtern lassen. Sie dachte an Mum, wie sie sich hielt, an Dads ruhige Selbstsicherheit. Und sie ging an ihnen vorüber, ohne ihnen die Genugtuung zu geben, den Aufruhr in ihrem Inneren zu sehen.

Sie wünschte, Jinx wäre hier, und schob dieses Bedürfnis rasch beiseite. Diese Schwäche konnte sie sich nicht leisten, eine Schwäche, die sie womöglich hilflos machen würde.

Weiter vorn hörte der gemusterte Marmor auf dem Boden auf und ein Teich breitete sich aus. Das Wasser kam direkt aus dem Boden, eine glatte Linie, nur unterbrochen von den sanften Wellen, die ab und zu die Oberfläche erzittern ließen. Es sah aus wie ein Spiegel. Ein Podest erhob sich aus der Mitte. Ein Thron dominierte es. Und vor dem Thron eine Flamme.

Sie brannte hell, ohne Quelle oder Brennstoff, sie hing da, weiß glühend in der stillen Höhlenkammer. Sie gesellte sich zu dem Fackellicht und verstärkte es noch.

Blythe blieb am Rand des Wassers stehen und Izzy stellte sich neben sie und schaute in das Licht.

»Bringt ihn heraus!«, rief Blythe.

Ein Schlurfen kündigte eine Gruppe von Kriegern an, die einen gefesselten Gefangenen mit sich führten. Izzy riss die Augen auf, als sie Jinx erkannte, hielt sich aber vorsichtig zurück, sorgsam darauf bedacht, nicht zu reagieren. Er sah bejammernswert aus, doch als er sie sah, richtete er sich auf und versuchte, seine Wächter abzuschütteln.

Stolz, dachte sie. Und stark. Nobel, selbst in Gefangenschaft.

Und wirklich, wirklich dumm.

Er hatte gegen sie gekämpft, so viel war klar. Zerschunden und verletzt, wie er war, hatte er eine ziemliche Abreibung bekommen. Ein Band lag um seinen Hals, kunstvoll verziertes Silber, und Ketten führten davon zu ähnlichen Schellen an seinen Handgelenken. Darunter war die Haut rot und aufgerieben, als hätte ihn das Metall verbrannt.

Izzy zog sich der Magen zusammen, wenn sie ihn nur ansah. Schmerz war ein stetes Echo in seinen stahlfarbenen Augen. Nicht der Nachhall, der immer dort fortbestand. Jetzt war es frischer, stärker. Qualen.

Was war passiert? Was hatte er getan? Beim letzten Mal, als sie ihn gesehen hatte, waren ihr Jinx und die Cú Sídhe vorgekommen wie lange getrennte Freunde.

Jinx und seine Wachen stellten sich hinter sie, und Izzy musste gegen den Drang kämpfen, sich umzudrehen und ihm tausend Fragen entgegenzuschleudern. Er war nicht in der Lage, sie zu beantworten. Ihr Herz schlug schneller. Das war nicht richtig. So ganz und gar nicht richtig. All ihre Instinkte schrien auf. Alles war schiefgegangen.

»Du darfst nicht in Panik geraten.«

Halt die Klappe!, dachte sie verzweifelt. *Ich kann es jetzt nicht gebrauchen, dass du mich ablenkst, verrückte Stimme in meinem Kopf!*

»Ich kann dir helfen.«

Nein! Halt den Mund und werde wieder imaginär!

Ein eigenartiges Gefühl, dass dieser Augenblick wichtig war, breitete sich über ihr aus, als hinge viel davon ab, was hier geschah, als könnte ein Fehler Leben kosten – nämlich ihres und das von Jinx. Sie fühlte sich wie jemand anders. Nicht wie eine Teenagerin, deren größte Sorge bevorstehende Klassenarbeiten waren und ob sie wohl am Montagmorgen noch ihren Job im Café haben würde.

Das Leben ihres Vaters war auch hiermit verknüpft. War es wirklich ein Unfall gewesen? Oder Absicht? Sie wusste es nicht, aber irgendwer schon. Irgendjemand wusste, worum es bei alledem ging, warum sie so wichtig war, dass ein Engel seinen Moment des Falls so gewählt hatte, dass es in ihrer Nähe passierte, so wichtig, dass anscheinend jedes übernatürliche Ding sie haben wollte, so wichtig, dass sich der Funke in sie hineinfraß. Sie fing ihre Gedanken ein und hätte fast gelacht. *»Wichtig«*

war nicht das richtige Wort für sie. *»Verflucht«* vielleicht, aber nicht *»wichtig«*.

Sie würde nie wieder normal sein.

Izzy schloss fest die Augen und zwang ihren Atem zur Ruhe. Durch die Nase ein, durch den Mund aus, eine Welle am Strand, genau wie es die yogaverrückte Lehrerin ihres Theaterkurses an der Schule immer sagte. Der Schock war, dass es funktionierte. Würde es sie überraschen, wenn Izzy ihr das im September sagte? Falls sie bis September überlebte. Bis nächste Woche sah es schon entschieden heikel aus. Und was morgen war …

Izzy öffnete die Augen wieder und erlaubte sich einen Blick auf Jinx. Er war gefallen oder man hatte ihn auf die Knie gezwungen. Der Blick, den er ihr zuwarf, war nicht gerade freundlich, doch sie kannte ihn. So hatte er sie in seiner Cú-Sídhe-Gestalt angeschaut, bevor sie das Messer herausgezogen hatte. Er wollte sich verwandeln, konnte aber nicht.

Das Silberhalsband. Es hatte etwas mit dem Silber zu tun, so wie es ihn verbrannte. Aber er trug Silberpiercings, oder nicht? Er kam jeden Tag mit Silber in Berührung.

Das konnte nicht gut sein. Ganz und gar nicht gut.

»Wir sind hier, Matriarchin«, sagte Blythe, in der Stimme wohlbemessener Respekt und mehr als ein wenig Furcht.

Das beunruhigte Izzy mehr als alles. Wenn eine wie Blythe Angst hatte, was würde die Matriarchin tun?

Einatmen. Ausatmen. Welle am Strand. Ruhe, Ruhe, verdammte Ruhe.

Ihre Hand zitterte, und einen Augenblick lang hatte sie Sorge, dass das Messer herausfallen könnte. Sie beugte die Ellbogen langsam, vorsichtig, und verschränkte die Finger vor sich.

Das Feuer loderte noch heller auf, das warme Gold blutete an den Rändern, während das Zentrum weiß glühend wurde.

Und in der Mitte des Infernos bildete sich eine Gestalt, schlank und flammenhaarig mit stechendem Blick. Die Frau trat vor, geformt aus dem Feuer selbst, und lächelte Izzy siegesgewiss an. Sie trug eine kunstvolle Halskette wie ein Wirbel aus Gold, besetzt mit einem riesigen Klumpen Bernstein, der flackerte wie eine Flamme.

Sie sah nicht mehr ganz so aus wie vorher. Jetzt war nichts Menschliches an ihr. Trotzdem erkannte Izzy sie unwillkürlich – die Krankenschwester, die keine war. Die Frau aus dem Krankenhaus.

»Du!«, rief Izzy aus, bevor sie sich im Zaum halten konnte.

Blythe fauchte sie an, und Jinx wurde blass, aber die Frau – die Matriarchin der Sídhe des Hügels – lachte nur. Es war kein angenehmer Laut.

»Ja. Ich. Du warst im Krankenhaus so schnell weg, dass ich keine Zeit hatte, mich vorzustellen.«

Wut ersetzte den Schock. So viel Wut, dass sie meinte, womöglich gleich ebenfalls in weiß glühende Flammen aufzugehen. »Was hast du mit meinem Vater gemacht?«

»Mit ihm *gemacht*? Was ich mit ihm *gemacht* habe? Nichts, du dummes Kind. Aber gemeinsam hätten wir ihn vielleicht heilen können. Das hast du verdorben. Du und diese Schlampe, die er seine Frau nennt.«

Das genügte. Izzy explodierte. »Wage es ja nicht, so über meine Mutter zu sprechen!«, schrie sie.

Blythe hob die Faust, zum Zuschlagen bereit, doch die Matriarchin stieß ein wütendes Knurren aus. Die Cú Sídhe wich mit erschrockenem und verwirrtem Gesicht zurück. Und mehr als nur ein wenig furchtsam.

»Schade niemals meinem Eigentum, Blythe! Erhebe nie die Hand gegen sie! Du bist nichts im Vergleich zu ihr. Denk daran!«

Tödliches Schweigen senkte sich über die Höhle. Alles, was Izzy hören konnte, war das Geräusch ihres eigenen Atems, der in ihren Körper und wieder hinaus strömte, Wellen am Strand, gepeitscht von einem Sturm.

Die Matriarchin trat vor, auf das Wasser, sank aber nicht. Ihre Füße berührten die Wasseroberfläche und es kochte unter ihnen. Dampf stieg um sie herum auf, ihre flammend roten Haare bauschten sich. Als die Frau sich ihr näherte, wich Izzy unwillkürlich zurück, aber schließlich standen sie sich doch am Rand des Wassers gegenüber.

»Sie ist nicht deine Mutter, du dummes Kind. Ich bin es.«

Izzys Körper verkrampfte sich, eiskalt vor Schreck, steif vor Wut. Das stimmte nicht. Es konnte nicht wahr sein! Sie öffnete den Mund, hatte Mühe, die richtigen Worte zu finden. Nur eines kam heraus.

»Nein.«

Ihre Mutter? Das war nicht möglich. Ihre Mutter war Rachel Gergory, ordentlich und exakt, viel zu intelligent, weshalb man als Tochter niemals Ruhe hatte. Ihre Mutter … ihre Mutter war gar nicht wie diese allmächtige Schlampe vor ihr.

»Nein?« Die Matriarchin schnaubte. »Dein Vater ist ein Grigori. Ein Wächter. Er kennt seine Pflicht und seinen Platz. Er hat nicht widersprochen. Er war ein gehorsamer Liebhaber.«

Izzy drehte sich der Magen um und man konnte ihren Ekel sicherlich in ihrem Gesicht ablesen. Das hätte er nie getan, hätte Mum nie so betrogen. Von allen Dingen, die Izzy als sicher und wahr kannte, war die Beziehung ihrer Eltern die stärkste.

Die Matriarchin tat ihre Reaktion mit einer Handbewegung ab. »Ach, er hat von seiner jungen Braut gesprochen, seiner Liebe und all den anderen Dingen, die Männer sagen, aber am Ende tat er seine Pflicht. Wir brauchten einen Krieger, ein Gefäß für göttliche Macht, und rechtzeitig einen neuen Wächter, der seinen Platz einnehmen konnte. Jemanden, der stärker war. Das sterbliche Blut verdünnte die Grigori. Es hatte ihn schwach gemacht. Ich war die beste Option und als Teil des Großen Pakts fügte ich mich. Er gehorchte. Und was hat uns das gebracht? *Dich.*« Abscheu durchdrang das Wort.

Es war wie ein Schlag ins Gesicht, doch Izzy behauptete sich. Was hätte sie sonst tun können? Wenn sie davonlief – nicht dass sie weit kommen würde –, würde sie die Wahrheit nie herausfinden.

Dads Fehler, sein schrecklicher Fehler …

Mum würde Izzy nie so anschauen. Mum, die sie im Arm gewiegt und ihr vorgesungen hatte, sie getröstet oder mit ihr geschimpft hatte. Die Mum der Pflaster und des Kinderhustensirups, der grundlosen Umarmungen. Mum, die mit einem riesigen Schirm und einer Thermosflasche heißer Schokolade beim Sporttag im Regen aufgetaucht war. Mum, die mit ihr in langweilige irische Versionen von Themenparks und elenden Filmen ging, wo sie den Erwachsenen puren Wodka statt Popcorn hätten verkaufen sollen. Mum, der Inbegriff dieses Worts.

Dieses … *Ding* … war nicht ihre Mutter.

»Wer bist du?«

»Mein Name ist Brí, ich bewache diesen Ort, wache über die Schwachstellen der Welt. Ich galt einst als lebende Göttin. Ich wache über eure ganze Ahnenreihe, die Grigori, die Wächter. Ich bin eine von denen, die darauf achten, dass eure Familie ihre Pflicht tut. Und Pflicht ist wichtiger als alles andere.«

»Und was ist deine Pflicht?«

»Das Gleichgewicht aufrechtzuerhalten, natürlich. Balance in allen Dingen. Außer, so scheint es, in dir.«

Balance, davon hatte Dad gesprochen, letzten Sommer in Clonmacnoise. Tränen brannten wie Säure in ihren Augen.

»Du hättest ihn heilen können, Isabel«, sagte Brí mit so sanfter und warmer Stimme, dass sie auf der Luft um sie her schwebte.

»Und wann hast du ihr diese Gelegenheit gegeben?«,

fragte Jinx, in dessen Augen immer noch der wilde Schmerz stand, mit zusammengebissenen Zähnen.

Doch es traf Izzy als weitere Übelkeit erregende Welle der Erkenntnis. »Im Krankenhaus.« Ihre Stimme kratzte in ihrer Kehle. Ihre Brust schmerzte. »Du hast mir im Krankenhaus Wasser gegeben.«

»Du warst als Gralsträgerin bestimmt. Das liegt dir im Blut.«

»Was für ein Gral? Es war ein Plastikbecher!«, schrie Izzy.

Wut befeuerte Brís Stimme. »Es war Wasser, gesegnet von mir, getragen von dir. Es war ein Gral, egal wie es aussah. Glaubst du, ich könnte einfach in der Menschenwelt unbemerkt mit einem magischen Kelch in ein Krankenhaus spazieren? Ich habe ihn verschleiert, als etwas Weltliches verkleidet. Du hast keine Ahnung, wie viel Macht es brauchte, wie viel Zeit ... Und was nützt es jetzt noch? Er ist fort, zerstört, verloren. Es hätte ihn geheilt, ihn geweckt, aber was hast du getan?«

Sie konnte es jetzt sehen, den zerquetschten Plastikbecher, eine Pfütze auf dem Linoleum, die von der Kante des Nachttischs tropfte. Es hätte ihn vielleicht geweckt?

»Ich habe es verschüttet.« Mehr als ein Flüstern brachte sie nicht heraus, und ein gebrochenes noch dazu. Aller Kampfeswille erstarb in ihr. Es war eine Chance gewesen, vielleicht ein Test, und sie hatte versagt. Restlos versagt.

»Verschüttet«, wiederholte Brí mit merkwürdig ausdrucksloser Stimme. »Und den Gral zertreten. Gut gemacht. Du bist nutzlos. Ihr alle seid nutzlos. Egoistische, unbedeutende Wesen ohne einen Blick über eure eigenen Bedürfnisse hinaus. Ich bin fertig mit euch allen. Ich bin fertig mit der Menschheit.«

»Kannst du es nicht noch einmal machen? Kann ich es nicht noch mal versuchen?«

»Was, einfach so? Einfach noch einen Gral für dich aus der Luft zaubern? Damit ihn der Funke, den du in dir trägst, wieder zerstört?«

»Ihn zerstören? Wie könnte der Funke ihn zerstören? Da war ein Schatten …«

»Jetzt ist es zu spät. Abgesehen davon habe ich die Macht nicht mehr. Mein Gral ist fort.«

»Bitte hilf mir! Für meinen Dad.«

Brís Mund verzog sich zu einem bitteren Lächeln. »Glaubst du, er bedeutet mir etwas? Er ist nur ein Werkzeug. Wie du.«

»Das ist alles?«, unterbrach Jinx sie noch einmal. »Sie enttäuscht dich unabsichtlich und mehr Chancen bekommt sie nicht? In diesem Krankenhaus waren überall Schatten und draußen warteten Engel auf uns. Aber du gibst Izzy die Schuld. Eine schöne Mutter bist du. Wohl eher eine …«

Brí schleuderte die Hand nach vorne und Jinx bog sich vor Qualen. Seine Stimme erstarb, die Muskeln blockierten, als das Silber an Hals und Handgelenken weiß glühte. Ein erstickter Schrei entrang sich seinen zusammengebissenen Zähnen, und seine Fingernägel schnitten in die Handflächen, während sein Körper vergeblich versuchte, seine Hundegestalt anzunehmen.

»Hör auf!«, schrie Izzy, doch Brí ignorierte sie.

»Manchmal bringt man eine bellende Töle nur zum Schweigen, wenn man ihr eine Lektion erteilt.« Doch sie sah nicht glücklich darüber aus.

Wenn überhaupt, dachte Izzy kurz, war Brís Blick bedauernd, während er auf ihm ruhte. Doch sie schaute nicht weg, und sie tat auch nichts, um seinen Schmerz zu lindern. Die Cú Sídhe um sie herum bewegten sich ruhelos, eindeutig unglücklich. Blythe fletschte die Zähne und knurrte leise.

Brí ließ ihn los, und Jinx sank zu Boden, schwer atmend, seine Brust hob und senkte sich wie ein Blasebalg.

»Der Funke«, sagte Izzy, jetzt verängstigt, so sehr, dass sie nicht darüber nachdenken konnte, was geschah, was sie Jinx antat. »Wie werde ich den Funken los?«

Brís Augen wurden eine Sekunde lang weit. Nur eine Sekunde. Dann verengten sie sich wieder zu eisigen Schlitzen.

»Ihn loswerden? Oh, mein armes liebes Mädchen, deshalb wollen sie dich. Der Engelsfunke.« Sie lachte. »Holly und der Alte Mann wären nur zu bereit, dir zu helfen, ›ihn loszuwerden‹. Die Macht, die dieses Ding bietet … Du darfst sie das nicht tun lassen. Ehrlich. Aber wenn du es wirklich selbst tun willst, wirst du noch einen Gral brauchen.«

»Einen Gral?« Izzy riss die Augen auf, und in ihr rührte sich der Engel, flatterte in ihrem Hinterkopf, genauso verängstigt. »Der Heilige Gral?«

Brí schüttelte den Kopf und schloss resigniert die Augen. »Nein, Kind. Es gibt viele Grale. Es bedeutet Kelch. Ein heilender Kelch. Sie heilen aber nur einmal, und nur die Leute, die sie erwählen, oder diejenigen, die einen davon finden. Launisch wie die Sídhe. Aber ein Gral wird dich tatsächlich von dem Funken befreien, und von allen, die dich jagen.« Sie schwieg und schaute Izzy lange an. »Oder du könntest ihn benutzen, um deinen Vater zu heilen. Vielleicht hilft dir auch dieser Blutegel in dir. Aber du wirst den Funken das Wunder wirken lassen müssen, und wenn du ihn auf diese Art benutzt, wird er für alle Zeit ein Teil von dir. Bis zum Tod an dich gebunden. Ein bisschen wie Jinx.«

»Hör nicht auf sie!«, warnte Jinx, die Stimme immer noch rau vor Schmerz. »Sie spielt mit dir.«

»Ich sage ihr die Wahrheit, so brutal sie auch sein mag. Im Gegensatz zu dir, Hund, der du ihr gar nichts gesagt hast. Also sei still!«

»Jinx? Was hast du mir nicht gesagt?«

Zu viel, warnten ihre Instinkte. Sie war viel zu leichtgläubig gewesen. Sie wollte die Antwort nicht wissen, aber die Worte waren schon da draußen.

Er ließ den Kopf hängen und mied ihren Blick.

»Warum hast du ihn in Ketten legen lassen?«, fragte Izzy Brí.

»Wenn einer aus der Gefolgschaft meiner Feindin, ihr Möchtegern-Assassine, in mein Reich gewandert kommt, werde ich ihm wohl kaum seine Freiheit lassen, oder?«

Assassine? Jinx? Doch sie hatten von Assassinen gesprochen und von Kriegen, die niemals endeten. Sie hätte es ahnen müssen. Was hieß, er hatte Leute getötet, er hatte Blut an den Händen. Izzy starrte ihn an, doch Jinx blickte nicht auf. Als wüsste er, dass sie ihn infrage stellte, dass sie Antworten wollte.

»Er sagte, Holly könne mir helfen.«

»Vielleicht, indem sie ihn aus dir herausschneidet. Holly tötet Engel. Ihre gebrochenen Nachbilder werden in ihre Wände gebrannt. So hält sie ihre Macht aufrecht, so floriert sie, so füllt sie ihren Machtstein mit gestohlener Macht. Sie kann niedere Götter zerstören. Ich bezweifle, dass du eine Herausforderung für sie wärst. Aber er darf das jetzt sowieso nicht mehr zulassen, nicht wahr, Jinx?« Zu ihrer beider Überraschung kniete sich Brí vor ihn und umfasste sein Kinn mit den Händen, hob es an, damit sie ihm in die Augen schauen konnte. »Ich habe dir diese Geis aus gutem Grund gegeben, Junge. Wenn du nur treu geblieben wärst …«

»Warum hast du mich dann an Holly verkauft, Brí?« Es kam wie ein Flehen heraus, ein Wehklagen. Es war beinahe die Stimme eines verirrten Kinds.

Sie lächelte – ein freundlicherer Gesichtsausdruck. Ihre Worte dagegen waren härter: »Was für eine Wahl hatte ich?«, fragte sie. »Die Lage, in die uns deine Eltern gebracht haben … Sieh dich an, mit ihren Zaubern und Bannen überall an dir, die jedes Atom in dir umschlingen. Armes Tier. Und um es noch schlimmer zu machen, bist du jetzt wirklich und wahrhaftig gebunden, nicht wahr? Nicht nur Hollys Sklave. Sondern auch *ihrer*.«

Zu Izzys Entsetzen schaute Brí auf und ihre Blicke trafen sich. Sie wandte sich ab und merkte, dass Jinx sie ebenfalls beobachtete, gequält und verzweifelt.

Izzy trat einen Schritt von ihnen zurück. »Ich will keinen Sklaven.«

Brí schüttelte belustigt den Kopf. »Du hast keine Wahl. Das ist alte Magie. Wenn du ein Leben rettest, gehört es dir. Du hast Eisen aus ihm herausgezogen, genau das Eisen, das du jetzt gerade vor mir zu verstecken versuchst. Schau nicht so schuldbewusst! Wenigstens hattest du genug Verstand, bewaffnet herzukommen. Jinx gehört jetzt dir. Er wird auf deinen Befehl sterben, er wird auf deinen Befehl töten ...«

»Das ist abscheulich!« Izzy schluckte mühsam an der Galle, die in ihrer Kehle aufstieg.

»Jeder der Sídhe würde für diese Macht töten, von der du nicht einmal weißt, wie man sie benutzt. Lass mich raten, du bist davongelaufen, seit du Jinx getroffen hast? Schatten, die sich von selbst bewegen. Engel, die jeden deiner Schritte verfolgen. Monster links, rechts und in der Mitte. Ich sollte dir den Funken selbst herausschneiden, ihn meinem Machtstein füttern und selbst Kraft daraus ziehen. Vielleicht würde ich das auch tun, wenn du nicht mein Fleisch und Blut wärst. Eine Geis ist eine Geis, und sie binden alle Aes Sídhe, unwiderruflich. Sie sind wichtig. Was sonst kann die meinen verantwortlich machen? Dein Vater hätte dich darauf vorbereiten sollen, aber nein. Sie wollten, dass du »normal« bist. Sie wollten ein menschliches Leben. Ich habe versucht, über dich zu wachen, dich innerhalb meines Reichs zu beschützen und zu beschirmen. Aber sie wollten nicht auf mich hören. Diese Frau …«

Izzy verengte die Augen. »Was hat meine Mutter getan …?«

Brí sprang auf, in ihren Augen loderte plötzlich brennende Wut. »*Ich* bin deine Mutter!«

»Wirklich?« Izzy reckte das spitze kleine Kinn und starrte die ehemalige Göttin wütend an; zum ersten Mal sah sie ein Spiegelbild ihrer eigenen Knochenstruktur, ihrer eigenen Sturheit. »Wo warst du, als ich mir den Arm gebrochen habe? Wer hat mich gepflegt, als ich Scharlach hatte? Wer hat meine Halloween-Kostüme gebastelt und sich endlose Klarinettenvorführungen angehört? Wer war da mit Frühstück und Abendessen und allem dazwischen? Wenn wir hier über Genetik sprechen, weiß ich nicht, vielleicht bist du es dann. Aber wenn wir über mein Leben sprechen, bist du keine Mutter für mich.«

»Du wirst mich eines Tages als deine Mutter anerkennen.«

»Niemals.«

»Doch, wirst du. Und wenn der Tag kommt, was wirst du tun, wenn ich mich weigere, dir zu antworten?«

»Ich werde niemals einen Grund haben, dich zu brauchen. Ich verlasse diesen Ort und Jinx kommt mit mir. Macht ihm diese Ketten ab. Wir gehen!«

»Ich fürchte nein«, sagte Brí, zog die Schultern zurück und schaute über Izzys Kopf hinweg – jeder Zoll die Göttin, die sie vorgeblich einst gewesen war. »Ihr seid beide viel zu gefährlich und viel zu attraktiv für die unterschiedlichsten Leute, die euch ungeahntes Leid zufügen könnten. Ihr bleibt hier. Auf unbestimmte Zeit.«

Die Luft um sie herum wurde kalt, als hätte Brí ihr die Wärme abgesaugt, und Izzy schauderte. »Das kannst du nicht tun. Ich muss zu meinen Eltern, zurück zu meinem Dad.«

»Bringt sie weg!«, befahl Brí Blythe und den Cú Sídhe. »Bringt sie irgendwohin ... wo es sicher ist.« Doch bevor Izzy widersprechen oder Blythe handeln konnte, kam ein weiterer Bote aus den dunklen Tunneln und warf sich vor Brí nieder. Sie beugte sich vor und sprach leise und schnell mit ihm. Ihre Miene wurde hart. »Na gut«, sagte sie schließlich. »Bring sie her. Unbewaffnet. Und wenn sie auch nur ein Aufflackern von Macht zeigt, kostet es sie den Kopf.«

Die Cú Sídhe umringten Jinx und Izzy, manche in Hunde-, andere in Menschengestalt. Sie trieben die beiden zusammen und Izzy konnte sich endlich zu ihm herabbeugen.

»Geht es dir gut?«

»So ›gut‹ es eben unter den Umständen geht.« Seine Stimme war ein bitteres Knurren und er mied ihren Blick. Sie strich ihm dennoch mit den Fingerspitzen am Kiefer entlang. Jinx zuckte zurück, wäre in seiner Hast, von ihr wegzukommen, fast umgefallen.

»Ich wusste es nicht!«, protestierte Izzy.

»Wie hättest du von Brí wissen können? Wenn deine Eltern dir nicht erzählt haben ...«

»Das mit dir. Von dir und mir.«

Sie berührte ihn erneut, seine Wange fühlte sich heiß an. Er schloss die Augen und sein Mund wurde zu einer harten Linie. »Was hat das für eine Bedeutung? Wir haben größere Sorgen.«

Doch das meinte er nicht ernst, er konnte nicht. Izzy sah es ihm an. Er war an sie gebunden und hasste sie dafür. Ein schuldbewusster Splitter riss an ihr. Aber was hätte sie tun können? Ihn in dieser Gasse sterben lassen?

Das Messer fühlte sich an der Haut ihres Arms wie Eis an.

Er war ein Assassine. Er hatte Leute umgebracht. Der Gedanke ließ sie innerlich zusammenzucken. Noch schlimmer war: Er hatte nicht versucht, es zu leugnen. Die Stimme des Engels hatte sie gewarnt, dass man ihm nicht trauen konnte. War das der Grund? Denn wie sollte sie einem Mörder trauen?

In der Halle wurde es still bis auf das grazile Klappern eines Absatzpaars auf Marmor. »Es ist so gütig von dir, mich vortreten zu lassen, Lady Brí. Meine Herrin Holly schickt ihre respektvollsten Grüße.« Silvers wohltönende Stimme klang wie Morgenglocken unter der hohen Decke.

Jinx riss so schnell den Kopf hoch, dass seine Lippen Izzys Handfläche streiften und sie die scharfe Kante seiner Zähne dahinter spüren konnte. Sie drehte sich um, genauso überrascht wie er, die schlanke Gestalt der Sängerin nur ein paar Meter entfernt stehen zu sehen.

Und neben ihr, gekleidet wie immer in Schwarz, unglaublich verhärmt in der Erscheinung, als wäre er durch die Hölle gegangen, seit sie ihn zum letzten Mal gesehen hatte: Dylan.

15

GELEISTETE UND FÄLLIGE ZAHLUNGEN

Silver hatte mit der Polizei gesprochen, während Rettungsmannschaften den Schauplatz der Katastrophe durchkämmten und Marianne nach draußen brachten. Dylan zitterte und kniff die Augen zu, versuchte, das Ganze zu einer Lüge zu machen, einem Albtraum, einem schrecklichen, schrecklichen Fehler.

»Dylan!« Silver rieb ihm sanft die Schultern.

»Schon okay.« Seine Stimme klang viel schroffer, als er vorgehabt hatte, aber das schien ihr nichts auszumachen.

»Sie glauben, es war eine Gasexplosion.«

»Und was war es? Was war das für ein – Ding?«

Sie setzte sich neben ihn, die Füße im Rinnstein neben seinen. »Todesfee. Hatte auch nie viel für sie übrig. Gemeine Zicken.«

»Ist Marianne …?«

Silver nahm seine Hand. »Mari hätte eigentlich gar nicht da sein sollen, oder?«

»Sie ist tot.« Es auszusprechen, machte es nur schlimmer, noch unwirklicher. O Gott, was sollte er seinen Eltern sagen? Er hatte dabeigesessen. Er hatte direkt dabeigesessen!

Der Schock machte seine Atmung abgehackt, ließ seinen Körper unkontrolliert zittern. Er kämpfte mit einem eisernen Willen dagegen an, von dem er nicht einmal gewusst hatte, dass er ihn besaß.

»Oh, Dylan …«, murmelte Silver hilflos.

»Wer hat sie geschickt? Wer hat das getan?« Er wollte diese Leute finden, sie brechen, sie bezahlen lassen. Plötzlich erschien ihm nichts auf der Welt so wichtig. Seine Schwester war tot.

»Ich weiß nicht. Aber ich will es herausfinden. Komm mit. Izzy ist in etwas weit Gefährlicheres hineingeraten, als ich dachte.«

Die Erwähnung von Izzys Namen war wie eine kalte Dusche. Hineingeraten? Das klang nicht gut. »Was ist los? Was ist passiert?«

»Sie sind irgendwo hingegangen, wohin sie nicht hätten gehen sollen. Haben jemanden verärgert, den sie nicht hätten verärgern sollen. Ich brauche deine Hilfe, um sie herauszuholen. Du bist eine neutrale Partei. Na ja, einigermaßen.«

»Eine was?« Diesmal konnte er die Worte nicht zurückhalten. Er fühlte sich nicht neutral. Er fühlte sich außer Kontrolle.

Seine Schwester war *tot*. Diese Kreatur hatte sie auf der Suche nach Izzy getötet. Seine Eltern wussten es noch nicht einmal. Wie sollte er es ihnen sagen?

Silver seufzte, ihre Stimme wurde leiser, als müsste sie einem relativ dummen Kind etwas erklären. »Wir Sídhe haben unsere eigenen Regeln. Eine davon ist sicheres

Geleit für Verhandlungen. Aber dafür brauche ich eine neutrale Partei. Was sagst du? Ich kann das Angebot ausweiten, das ich dir gemacht habe. Dir vielleicht ein oder zwei Beispiele geben?«

Wovon zum Henker sprach sie da? War ihr nicht klar, was gerade passiert war? Mari war tot. Seine Schwester … Sein Verstand scheute vor dem Gedanken zurück wie ein Pferd, das einen Sprung verweigert und ausbricht. »Silver, ist Izzy noch in Gefahr?«

»Das hängt irgendwie von deiner Definition von Gefahr ab.«

Also ja.

Und wer auch immer hinter ihr her war, hatte Mari getötet.

»Wir müssen es der Polizei sagen, Silver. Ich muss nach Hause. Meine Eltern …«

Ihre Augen wurden schmal, nahmen ein listiges Glitzern an, von dem er nicht sicher war, ob es ihm gefiel. »Das kannst du nicht, nicht jetzt. Sonst ziehst du sie auch mit hinein.«

»Warum? Warum sollte mir jemand folgen?«

»Weil die Person, die die Todesfee geschickt hat, nicht weiß, wo Izzy ist. Aber sie weiß, du und deine Schwester habt eine Verbindung zu ihr. Sie könnten dir folgen. Denk nach, Dylan. Sie haben schon ein Kind verloren.«

Mit einem Knurren riss er sich von ihr los, aber Silver war schneller als er. Mit einem Windstoß stand sie vor ihm und hielt ihn auf. Sie sah wild aus, furchterregend und viel zu fremdartig, um zu dieser Welt zu gehören.

Doch sie tat es.

»Sie haben deine Schwester getötet, weil sie Izzy wollten.«

Rote Wut loderte hinter seinen Augen auf, Wut wie körperlicher Schmerz. »Wer war das?«

»Ich werde es dir sagen. Aber zuerst musst du mir helfen, Izzy und Jinx zurückzuholen. Er ist meine Familie, Dylan. Ich will ihn zurück, bevor ihm jemand etwas ähnlich Fatales antut.«

»Sag es mir sofort!«

Sie schüttelte den Kopf, ein leichtes Lächeln hob ihre sinnlichen Mundwinkel an. Sie wusste schon, dass sie gewonnen hatte. Und das machte Dylan nur noch wütender. »Danach. Versprochen. Und ein Sídhe kann das nicht zurücknehmen.«

* * *

In Jinx' Körper raste das Bedürfnis, seine Hundegestalt anzunehmen, und mit ihm der Schmerz, den dieses Gefühl immer mit sich brachte. Izzy und Silver standen in Brís Höhle, ihr ausgeliefert. Noch schlimmer: Silver hatte Dylan auch noch hergeschleppt. Der Mensch war ihm scheißegal, aber dies war kein Ort für ihn. Überhaupt nicht.

Trotz allem, was sie über das Talent des Menschen gesagt hatte, sah sie ihn im Moment wahrscheinlich als nichts weiter als ein Schutzschild. Eines, das sie auch unbedingt brauchte, um in Brís Höhle stehen zu können.

»Ich komme als Abgesandte«, sagte Silver. »Holly findet, dass diese Feindschaft lange genug gedauert hat. Du hast einen ihrer Freunde entführt. Sie will ihn zurück.«

»Er hat unbefugt mein Land betreten«, erwiderte Brí und reckte hochmütig das Kinn. »Und er ist weniger ein ›Freund‹ als ein mörderisches Haustier. Das hat sie aus ihm gemacht. Denn so sieht sie die Cú Sídhe – als Jäger und Mörder. So hübsch das bei dir auch alles klingt, lass uns Klartext reden, Silver. Soviel ich weiß, hat sie ihn geschickt, um mich zu töten. So macht sie das doch, oder nicht?«

Silver stand sehr still, und ihre Stimme war so sorgfältig gedämpft, dass nur diejenigen, die am nächsten standen, sie hören konnten: Brí, Dylan, Izzy, Jinx und Blythe. »Bei allem Respekt, Lady Brí, diese Frage solltest du vielleicht über Jinx' Vater stellen. Aber das kannst du nicht. Du hast ihn, wenn ich mich recht erinnere, aus einem ganz ähnlichen Grund auf Hollys Markt geschickt. Sollen wir das auch publik machen?«

Brí blickte finster drein, und Blythe wich mit einem wütenden Fauchen vor ihr zurück, doch Silver zuckte nicht mit der Wimper. Sogar Dylan blieb ungerührt, mit entschlossenem Blick und hartem Mund.

Hier stimmte etwas nicht. Er sah anders aus. Auf eine gefährliche Art anders. Als wäre in seinem Inneren etwas zerbrochen. Er war nicht verzaubert oder an Silver gebunden, sondern irgendetwas war passiert.

Jinx' Gedanken drehten sich übelkeiterregend schnell, während sein Verstand zu erfassen versuchte, was sie sagten, sich alles sinnvoll zusammenzureimen. Er hatte immer geglaubt, er sei nur eine Ehrenzahlung dafür gewesen, dass Hollys Tochter mit einem von Brís Vertrauten durchgebrannt war – und dann auch noch mit einem Hund –, aus Scham für ihre verbotene Vereinigung. Aber wenn Brí seinen Vater dorthin geschickt hatte, um Holly zu töten, dann verstand er Hollys Hass. Er selbst hasste seine Matriarchin auf jeden Fall. Hasste und vergötterte sie. Sie hatte Zauber unter seine Haut gewebt, ihn mit Silber durchlöchert und zu ihrem Eigentum gemacht. Sie hatte ihn gelehrt zu kämpfen, zu töten und zu jagen. Aber nie, sich gegen sie zu wenden. Holly war seine Matriarchin. Sie hielt sein Leben in ihren Händen.

Silver war das einzige kleine freundliche Element in seinem ganzen Leben. Bis er Izzy getroffen hatte. Er mühte sich aufzustehen, doch Izzy hielt ihn mit einer Hand auf der Schulter zurück, die viel stärker war, als er es je für möglich gehalten hätte. Sie beruhigte ihn mit nur einer Berührung.

Silver lächelte, ein sorgfältig bemessenes Lächeln, das Triumph mit Versöhnung vereinte. »Sollen wir stattdessen eine Lösung finden, die beiden Seiten zugutekommt? Wie wir es schon mal getan haben?«

»Als du mir meinen Vorzeigewelpen gestohlen hast? Angenommen, ich hole ihn mir jetzt einfach zurück …«

Stehlen war etwas anderes als ein Geschenk. Was war er also? Sie redeten so umeinander herum, dass er nicht alle Unterströmungen mitbekam.

»Ich habe ihn nicht gestohlen, Brí. Er war ein Geschenk. Eine Ehrenzahlung. Und jetzt soll ich ihn zurückgeben?«

Sie lachte. Ein sehr sorgfältig moduliertes Lachen. So kalkuliert, dass es verzauberte, aber nicht wütend machte. »Ich fürchte, Holly würde dem niemals zustimmen. Er ist unser Blutsverwandter. Belladonna war meine Schwester. Abgesehen davon ist so viel von Hollys Magie mit ihm verwoben, dass es gar nicht möglich wäre.«

»Dann müssen wir eben etwas anderes finden, Silver. Etwas genauso Wertvolles.« Brí warf einen finsteren Blick auf Blythe und die Hunde, die aufmüpfig zurückstarrten, immer noch Jinx und Izzy umzingelnd, aber mit einer beschützenderen Haltung als vorher. »Ich habe euch gesagt, ihr sollt sie mir aus den Augen schaffen. Sie müssen diese Verhandlungen nicht hören. Bringt sie weg. Und macht euch selbst auch rar.«

Die Cú Sídhe waren nicht zartfühlend, aber Blythe war weniger aggressiv, als sie sie wegführte. Jinx hielt sich so dicht bei Izzy, wie es ging, entschlossen, sie so gut zu beschützen, wie er konnte. Und jetzt musste er sich auch noch Sorgen um Silver machen.

Verdammt. Sie war mehr eine große Schwester für ihn als eine Tante, das war schon so, seit Holly ihn für sich beansprucht hatte. Sie hatte ihn anstelle ihrer Schwester Belladonna geliebt: eine Aes Sídhe, die Tochter einer Matriarchin, mit der Dreistigkeit, etwas so Niederes wie einen Cú Sídhe zu lieben. Aber Brí hatte Jasper überhaupt erst zum Markt geschickt, um Holly zu töten … Und Brí hatte Jaspers und Belladonnas Kind aufgegeben; sie hatte die Blutschuld bezahlt, indem sie Jinx zu Holly geschickt hatte, damit er ihr Diener wurde, damit er zu ihr gehörte. Aber sie hatte ihn zuerst mit einer Geis verflucht …

Er hatte nie Antworten auf seine Fragen bekommen. Nicht mal von Silver. Ehrenschuld, Blutschuld … das war ziemlich egal, wenn man wenig mehr als eine Art Hab und Gut war. Und wenn Magie mächtiger als alles andere band.

Hatte Brí vorhergesehen, dass Izzy ihn retten würde? Hatte sie vorhergesehen, dass er an ihre eigene Tochter gebunden werden würde? Wie weit voraus erstreckten sich Brís Machenschaften? Sie konnte hellsehen, das wusste jeder.

Sie wurden gefesselt in einen kleinen Raum gebracht, aber Blythe und die anderen Cú Sídhe blieben an der Tür, wie es Rudel taten.

Izzy setzte sich auf das schmale Bett, und Jinx blieb, wo er war, verstellte den Weg, wenn er damit auch nur eine notdürftige Barriere war. Mehr Schutz hatte sie nicht.

»Jasper, dein Vater …«, begann Blythe, doch dann unterbrach sie sich, als könnte sie den Satz nicht beenden.

Jinx reckte das Kinn, wappnete sich für eine weitere Verunglimpfung, für noch eine Beleidigung. »Jasper ist tot. Hast du nicht zugehört?«

»Ja, aber ich kannte ihn, Jinx, auch wenn du ihn nicht kanntest. Sie hat uns nie gesagt, dass sie ihn dorthin geschickt hat. Er verschwand für Monate, bevor er mit dir zurückkehrte. Ich weiß nicht, wo sie sich versteckt haben. Er ging deine Mutter holen, kam aber nie zurück. Er gehörte zum Rudel. Es gibt wenig genug von uns, selbst hier, isoliert unter anderen Sídhe. In den letzten zwanzig Jahren dachten wir …«

Sie mied seinen Blick.

»Was dachtet ihr? Dass er gegangen sei? Dass er euch verraten hat? Das würde ein Cú Sídhe wohl kaum tun, oder?«

»Ein Vater auch nicht.«

Jinx schnaubte nur. »Woher soll ich das wissen?«

»Wir haben Belladonna nie gesehen, aber man hat uns gesagt, dass sie schön war.«

Jinx erstarrte beim Klang ihres Namens, seiner Mutter, der Frau, durch dessen Blut er Holly Großmutter nannte, wenn er es wagte. Er wusste wenig genug über sie. Nur was alle anderen wussten. Sie nannten sie Verräterin.

»Bei den Ahnen, bist du immer so schwer von Begriff?«, knurrte Blythe.

»Du hast ihn kennengelernt, oder?«, warf Izzy in kläglichem Tonfall ein.

Das half kein bisschen. Zum Glück achtete Blythe nicht auf sie. Jinx wünschte, er könnte dasselbe tun, aber ihr Schmerz und ihre Angst pulsierten in ihm, verwandelten seine eigenen Gefühle durch ihre Verbindung.

»Du bist mit uns verwandt, Jinx. Und Brí hat dich weggeschickt. Genau so, wie sie Jasper weggeschickt hat. Wir dachten, er hätte uns für deine Mutter verlassen, für eine Aes Sídhe, und dann ihr gemeinsames Kind verlassen. Kein Cú Sídhe würde so etwas tun. Niemals. Aber wir gingen vom Schlimmsten aus. Und dann verlangte

Holly auch noch dich. Du bist von unserem Blut. Einer von uns.«

Einer von uns. Worte, die er immer von anderen seiner Art zu hören gehofft hatte, auch wenn er es nie zugegeben hätte. Genauso wenig, wie er es jetzt zugeben würde. Sie waren ein richtiges Rudel, intim und vertraut mit dieser Nähe, sie lebten in einer Gemeinschaft, ohne die sie eingehen würden. Er selbst würde nie so sein. Es lag nicht in seiner Natur. Er hatte auch anderes Blut in sich. Blut, das es nicht lange ertragen konnte, ein Hund zu sein. Beide Teile seines Erbes hassten einander.

Cú Sídhe würden das nie verstehen. Allein der Gedanke, einen der ihren zu verkaufen, entsetzte sie. Sie waren keine Aes Sídhe, auch wenn sie so aussehen konnten. Sie besaßen eine Dualität der Natur, die beide Formen zu verschiedenen Zeiten leben musste und Harmonie in ihrer Verwandlung fand. Sie wechselten von einer Gestalt in die andere, so leicht wie atmen, und das neidete er ihnen. Silver hatte versucht, es zu erklären, hatte versucht, ihm zu helfen, es selbst zu verstehen, aber für ihn war es nicht dasselbe. Nicht, solange die Verwandlung in die Hundegestalt so sehr schmerzte.

Aber Aes Sídhe waren anders. Sie würden alles tun, um zu bekommen, was sie wollten. Die *High Sídhe*. Die Lords und Ladys. Der Adel. Unter ihnen war kein treues Herz. Vielleicht nicht einmal Silver, die einen anderen Weg ging. Sie mochte einen Menschen als nichts weiter als ein Ding sehen, das man benutzte und dann wegwarf, aber das taten alle Sídhe. Sie war eine der wenigen Aes

Sídhe, die niederere Sídhe als gleich betrachtete. Für diejenigen, die sie liebte, war sie eine grimmige Beschützerin, auf ewig treu und freundlich. Er vertraute ihr sein Leben an. Sie war die Einzige.

Aber er hatte sie nie auf die Probe gestellt. Das hatte er nie gewagt. Alles, was er von den Aes Sídhe kannte, war Grausamkeit und Nichtannahme. Falls er Silver drängte, würde er dann feststellen, dass er ebenfalls nur ein Mittel zum Zweck war, ein Werkzeug wie Dylan?

Er hatte nicht einmal gewagt, davon zu träumen, zu einem Rudel zu gehören.

»Es ist Geschichte«, sagte er zu Blythe und wünschte sich, sie würde gehen.

Aber Blythe rührte sich nicht.

»Die Geschichte wiederholt sich. Die Geschichte ist immer bei uns. Die Geschichte schreibt die Fabel des Mannes, der sein wird.«

»Und alte Sprichwörter lösen gar nichts. Und sie bringen uns sicher nicht hier heraus. Oder bringen meinen Vater nach Hause. Versuche nicht, ihn zu entschuldigen. Das macht uns genauso wenig zu einer Familie wie Brí und Izzy zu Mutter und Tochter.« Das Elend zerrte die Wörter aus ihm heraus. Mehr darüber zu wissen, was passiert war, half nicht weiter. Zu wissen, dass er nicht verlassen wurde, konnte die Jahre nicht auslöschen, in denen er geglaubt hatte, sie hätten ihn nicht gewollt.

»Aber ihr Blut tut es.«

»Nein, tut es nicht«, unterbrach sie Izzy mit kräftigerer Stimme als er es sich vorgestellt hätte. »Sie bedeutet mir nichts.«

Zu Jinx' Überraschung verneigte sich Blythe kurz, aber respektvoll. Vor Izzy. Falls das Mädchen es merkte, reagierte es nicht; vielleicht strömte immer noch zu viel Wut durch sie. Ähnlich wie bei ihm.

»Brauchst du etwas, Lady Isabel?«, fragte Blythe.

Izzy starrte sie an. »Ja. Klar. Wir müssen hier raus. Und Jinx muss aus diesen Ketten heraus.«

Ja, dachte er. *Denn dann kann ich uns den Weg freikämpfen.* Endlich waren sie einmal einer Meinung. Der Gedanke gefiel ihm fast so gut, wie das Bedürfnis, anzugreifen, tief in seine Eingeweide schnitt.

Und gleichzeitig wollte er sich nicht durch *dieses* Cú-Sídhe-Rudel kämpfen. Nicht jetzt. Nicht mit dem Wissen, das er jetzt hatte. Etwas entspannte sich in ihm. Nur kurz.

Wenn ihm Blythe nur kurz die Ketten abnehmen könnte …

»Das kann ich nicht«, seufzte Blythe. »Nicht ohne ihren Befehl. Sie ist quecksilbrig, unsere Brí. In den letzten zwanzig Jahren war sie schlimmer als je zuvor. Aber sie sorgt sich, tief drinnen. Anders als Holly. Sie hat dich sicher nicht leicht aufgegeben, Jinx. Das weiß ich. Wenn du es in ihrem Herzen finden kannst …«

»Hast du ihr vorhin nicht zugehört?«

»Vielleicht haben wir verschiedene Dinge gehört. Vielleicht solltest du darüber nachdenken.«

»Sie hat mich mit Silber gebunden. Sie hat mich gefoltert!«

Blythe schüttelte den Kopf und richtete den Blick wieder auf sein Gesicht, als könnte sie in ihn hineinschauen. »Jetzt hättest du beinahe etwas Schlimmes gesagt. Und sie ist immer noch eine Matriarchin. Wir hätten dich besser erzogen.«

»Tja, das habt ihr aber nicht. Ich habe kein Rudel.«

Unerwartet streckte sie die Hand aus, so schnell, dass er nicht ausweichen konnte. Doch statt ihn zu schlagen, strichen ihre Finger über seinen Kopf und streichelten sanft seine Haare.

»Doch, das hast du. Du hattest immer ein Rudel. Es tut mir leid, dass du das nicht sehen kannst. Ehrlich.« Sie zog die Hand zurück, lächelte kurz über seinen verblüfften Gesichtsausdruck, schnippte dann mit den Fingern, führte die Cú Sídhe nach draußen und schloss die Tür hinter ihnen.

Jinx drehte sich zu ihr um, doch Izzy saß nur da und beobachtete ihn achtsam. »Du bist ihre Tochter«, sagte er.

»Nein.« Die Vehemenz, mit der sie das sagte, strafte sie Lügen.

»Izzy …«, warnte er.

In diesem Moment sank sie in sich zusammen, die Hände vor dem Gesicht, mit bebenden Schultern. Die Schuldgefühle machten ihn mutlos. Er konnte sie nicht so lassen. Sie war schließlich nur ein Mädchen, verwirrt, verängstigt, und hatte jetzt so den Boden unter den Füßen verloren, dass sie nicht wusste, wie sie wieder auf die Erde zurückfinden sollte. Jinx kniete sich vor sie und nahm so gut er konnte ihre Hände; die Fesseln behinderten seine Bewegungen. Wenn sie da war, schien das Metall weniger zu brennen, oder vielleicht war das auch nur Wunschdenken, aber sie hatte ihn schon einmal geheilt.

Ihre Hände waren sehr klein in seinen und so kalt. Sie blinzelte ihn an, ihre Augen waren von einem so strahlenden Blau, dass sie Saphire hätten sein können. Jetzt, da er wusste, was er wusste, konnte er Brís Blick in ihnen erkennen, wenn auch ohne den Hass und die Verachtung. Hatte Brí ihren Vater so verzaubert? So musste es wohl gewesen sein, aber er konnte es sich nicht vorstellen.

Allerdings konnte sie auch befehlen und tat es. Sie war Aes Sídhe, genau wie Holly. Charme dauerte zu lange.

»Es kann nicht stimmen«, sagte Izzy.

»Was fühlst du? Nicht deine Gedanken, deine Gefühle.« Menschen waren Wesen des Denkens. Sídhe waren anders. Wesen der Emotion.

»Ich weiß nicht. Angst. Verwirrung. Verlorenheit.«

Verlorenheit. Ja, an das Gefühl erinnerte er sich. Jetzt kam es zu ihm zurück. Er war vier Jahre alt gewesen, als Brí ihn benutzte, um ihre Blutschuld bei Holly zu bezahlen. Er war durch die Höhle und die umliegenden Wälder gerannt wie ein wildes Kind, mehr Welpe als Sídhe, sicher und geborgen mitten in seinem Rudel, an das er sich jetzt kaum noch erinnerte.

Doch dann hatte sich alles verändert. All diese Wärme und Sicherheit waren ihm entrissen worden, als Silver kam, um ihn zu Holly zu bringen. Und kurz bevor sie gingen, hatte Brí diese Geis auf ihn gelegt. Die Geis, die ihn nun an ihre Tochter Izzy band.

Hatte sie es gewusst? Wie hatte sie es wissen können?

Oder war das nur ein ausgeklügelter Trick des Himmels oder der Hölle? Der Engel hatte sie zu ihm gezogen. Sie war direkt zum Tor gegangen und der Engel hatte auf sie gewartet.

Er hatte nur auf sie gewartet und sie zu Jinx geführt.

Zurück in die Welt, aus der sie kam. Zu Brí.

Zu den Geistern seiner Vergangenheit.

»Alles wird gut«, beruhigte er sie.

Sie schenkte ihm einen Blick, als habe er gesagt, der Himmel sei gelb. »Ich werde verrückt. Höre Stimmen, habe Wahnvorstellungen, sehe Dinge … das ist die einzige Erklärung. Ich habe einen Zusammenbruch. Wegen Dad. Wegen … Ich weiß nicht. Aber Jinx, das kann nicht wahr sein. Nichts davon.«

»Ich weiß, es mag so aussehen, es ist aber wahr. Du musst ruhig bleiben. Wir werden hier herauskommen. Silver wird sich etwas ausdenken. Das tut sie immer.«

»Silver.« Sie seufzte. »Warum hat sie Dylan mitgebracht?«

Der Gedanke beunruhigte ihn unterbewusst auch schon die ganze Zeit. Warum einen Menschen hierherbringen? Silver hatte es getan. Als bräuchte sie etwas von ihm. Eine Leanán Sídhe hatte nur eine Verwendung für einen Menschen – den Liebhaber, den sie inspirierte, das Opfer, das sie am Ende zerstörte. Aber zwischen diesen beiden Zuständen …

Jemanden, dem sie uneingeschränkt vertrauen konnte. Oder jemanden mit einem eigenen Grund, hier zu sein, der so mächtig war, dass ihm sein Leben nicht mehr wichtig war. Der sie beschützte, dem Holly nichts anhaben konnte, der sich um sie kümmerte, wenn etwas …

Er hatte Izzys Hand fester gepackt und sie verzog das Gesicht. »Nein«, flüsterte er und sprang auf, gerade als ein unnatürlicher Schrei die Luft in den Gängen von Brís Höhle zerriss. »Silver!«

Jinx warf sich gegen die Tür, rammte die Schulter immer und immer wieder gegen das Holz. Laufende Schritte auf der anderen Seite waren das Einzige, was ihn innehalten ließ.

Als Blythe die Tür wieder öffnete, drängte er sich an ihr vorbei und rannte den Korridor entlang. Selbst mit den Ketten war er schneller. Silvers Schrei erstarb abrupt, aber er rannte weiter, schneller und schneller, sein Körper wehrte sich immer noch vergeblich gegen die Zauber seines Halsbands.

Die Höhle öffnete sich vor ihm, und er sah sie, wie sie am Rand von Brís Teich auf dem Boden lag, die Haare um ihren Kopf ausgebreitet wie Sonnenstrahlen. Dylan hielt sie, wiegte sie und versuchte langsam, sie hochzuheben. Er taumelte, schaffte es fast nicht, er zitterte zu sehr.

»Was ist passiert?«, brüllte Jinx mit gefletschten Zähnen. »Was hast du getan?«

Brí stand immer noch da und hielt etwas in ihren gewölbten Händen, etwas Helles und Schönes, ein ätherisches Licht. Sie blickte überrascht auf und lächelte dann. Der Ausdruck war fröhlich, wie bei einem Kind mit einem neuen Spielzeug.

»Ach, da bist du ja. Gerade rechtzeitig.«

Izzy kam hinter ihm heran, ihre Hand berührte leicht seine Schulter, eine so kleine Liebkosung, ein so willkommener Trost. »Was hast du ihr angetan?«

Brí verdrehte die Augen und zog dann das Licht an ihre Brust. Es dauerte nur einen Moment, bis es fort war, absorbiert in der Lumineszenz ihrer eigenen Gestalt. Um ihren Hals glühte das riesige Stück Bernstein an ihrer Kette wie eine zweite Sonne. Sie öffnete den Mund und sang mit Silvers Stimme.

»Ein Handel«, sagte Dylan; sein Gesicht war wie eine Totenmaske. Seine Augen glitzerten und er zog Silver enger an sich.

Sie atmete, war aber bewusstlos. Sie hatte den größten Teil ihrer magischen Macht abgegeben, alles bis auf das letzte Fitzelchen, das sie noch in sich trug, und hatte ihn Brí gegeben. Und wofür?

Brí breitete die Arme in einer formellen Geste aus. »Ihr könnt gehen. Ich hebe alle Rechte an dir auf, Jinx. Wieder einmal. Aber lass dich nicht noch einmal von mir hier erwischen oder ich werde nicht so großzügig sein. Geh mir aus den Augen. Und was dich angeht, Isabel die Undankbare, du bist immer willkommen. Zu meinen Bedingungen. Falls du wiederkommst, sei bereit, dein Temperament zu zügeln und zu tun, was man dir sagt. Denk daran, ich kann dich viel lehren. Dinge, die sonst niemand kann. Du bist mein Kind, mein Blut. Vielleicht keine Erstgeborene, aber trotzdem etwas Besonderes. Kind der Matriarchin, was bedeutet, ein Teil meiner Macht gehört dir. Sieh zu, dass du sie nicht verschwendest, wie Silver es getan hat. Ich erwarte nicht, dass du unterwürfig bist – ich selbst war es nie –, aber ich erwarte durchaus, dass du mich anerkennst. Vergiss das nie. Und nächstes Mal frag höflich.«

»Warte!« Dylans Stimme durchbrach die Stille wie ein Peitschenknall.

Alle drehten sich zu ihm um, doch er saß immer noch da und wiegte Silver. Sein Gesicht war vor Wut kreideweiß, die Augen hart wie Stein.

»Die Todesfee, wer hat sie geschickt?«

»Was für eine Todesfee?«, knurrte Brí ihn an. »Ich habe keine dreckigen Todesfeen in meinen Reihen.«

»Da war eine Todesfee. Sie hat meine Schwester umgebracht.« Ein Flackern ging über sein Gesicht, ein Tick in seinen angespannten Kiefermuskeln. »Wer hat sie geschickt?«

Etwas veränderte sich in Brís Haltung. Sie trat vor und Dylan zog Silver enger an sich. Doch Brí musterte ihn nur, ihr Blick suchte seinen.

»Das ist nicht mein Stil«, sagte sie freundlicher. »Menschen sollten nicht in unserer Nähe spielen. Das ist gefährlich. Hast du das noch nicht verstanden?«

Dylan biss die Zähne noch fester zusammen, antwortete aber nicht, hielt nur Silver fest und starrte abwartend zurück.

»Du leuchtest. Es reicht, um sie zu interessieren. Ich schätze, deshalb hat sie dich mitgebracht. Aber selbst das Haustier einer Leanán Sídhe kann ihr nicht helfen, wenn sie ihre Macht verloren hat.«

»Wer hat meine Schwester getötet?«

Brí lächelte, als hätte sie plötzlich ein Rätsel gelöst. »Suchst du Rache, kleiner Mann? Dann gehst du einen dunklen Weg. Vielleicht kann Holly es dir sagen, aber du wirst den Markt nicht lebend verlassen. Die einzige Art, wie sie etwas für Menschen übrig hat, ist über einer Grube mit Spießen. Rache verändert einen Mann, versklavt ihn. Rache ist der Weg der Sídhe. Vielleicht hast du mehr Sídhe-Blut in dir, als irgendwer weiß. Selbst ein Tropfen in der Mischung kann das Weltliche in etwas Besonderes verwandeln. Hat sie dir gesagt, dass du besonders bist?«

Dylan warf einen Blick auf Silver hinab und Brí lachte.

»Silver lebt seit Tausenden von Jahren, Mensch. Viel länger, als du dir vorstellen kannst. Sie hat eine ziemlich große Anzahl ›besonderer‹ Menschen gekannt. Keiner von ihnen ist jetzt noch bei ihr. Verstehst du?«

»Hast du Spaß an Grausamkeit?«, fragte Izzy bitter.

Brí sah nur überrascht aus. Ihre Stimme klang unerwartet sanft. »Nein, Isabel. Ich bin nett. Ich bin ehrlich. Und jetzt geht, ihr alle. Geht. Ich habe genug von euch.«

Wie aus einer Gefängniszelle befreit, eilte Jinx auf Dylan zu. Gemeinsam hoben sie Silver hoch und ihre Augen öffneten sich flatternd. Ihre schönen Augen.

»Was hast du getan?«, fragte er verzweifelt. Besorgt. »Warum hast du ihr deine Stimme geschenkt?«

»Ich musste«, flüsterte sie, kaum mehr als ein Krächzen. »Wir sollten gehen. Ich brauche … ich brauche Ruhe. Erholung. Bring mich zurück in meine Höhle. Der Baum wird mich wiederherstellen. Bitte.«

»Hat Holly dich geschickt?«

Sie schüttelte den Kopf und drückte das Gesicht an Dylans Schulter.

Jinx betrachtete den angeschlagenen Ausdruck im Gesicht des jungen Mannes. »Deshalb hat sie dich mitgebracht. Sie kann dir vertrauen. Du gehörst ihr, nur ihr allein.«

»Ich gehöre weder ihr noch sonst jemandem.« Doch er hielt sie fester. »Sie haben eine Todesfee geschickt. Sie haben meine Schwester umgebracht. Ich kann nicht …« Er wurde still, als sich Izzy näherte, und senkte den Blick. Konnte es vielleicht nicht ertragen, sie anzuschauen. Konnte ihr nicht gestehen, was Jinx bereits wusste: Ob er nun seine Seele Silver ausgeliefert hatte oder nicht – er gehörte schon ihr. Sein Bedürfnis nach Rache hatte ihn hierhergebracht, aber er hätte nie für möglich gehalten, was er finden würde.

»Nimm ihm die Ketten ab«, versuchte Silver zu sagen, doch es kam kaum mehr als ein Flüstern heraus. »Du weißt, was sie mit ihm machen.«

Sie brannten, wie die Piercings, wie jeder Ring, den er trug. Aber diese kleinen Schmerzpunkte waren nur da, um ihn daran zu erinnern, dass Holly über ihn herrschte, dass sie ihn lieber in Sídhe- als in Hundeform hatte und um diese Form zu erhalten. Die Ketten und das Halsband … sie banden ihn mit Feuer, tausendmal mächtiger. Er konnte es ertragen, gerade so, aber der Schmerz zehrte an seinem Verstand, an seiner Willenskraft.

Er erinnerte sich an das erste Mal, als Holly ihn markiert hatte. So war es gewesen – sengend, quälend, ein Schmerz, von dem er meinte, er würde erst enden, wenn er ihm den Verstand oder das Leben geraubt hatte. Aber Silver war da gewesen. Sie hatte ihn gehalten, als er schrie, hatte ihn so gut sie konnte beruhigt. Sie hatte ihm vorgesungen, als er sich in den Schlaf weinte.

Brí winkte ab. »Hältst du mich für eine Idiotin? Wenn er aus meiner Höhle heraus ist, werden sie abfallen. Bis dann bleibt das Verräterkind gefesselt.«

»Komm«, sagte Jinx und drehte ihr den Rücken zu. »Wir müssen Silver hier herausschaffen.« Sie alle mussten weg, um genau zu sein. Solange sie noch konnten. Es konnte durchaus sein, dass Brí es sich anders überlegte, bevor sie die Tür erreichten. Tatsächlich erwartete er das sogar. »Sofort!«

Das einzelne gebellte Wort wirkte. Izzy und Dylan erschraken und rührten sich. Sie stützten Silver zwischen sich und Jinx reihte sich hinter ihnen ein.

Es war Blythe, die ihnen den Weg zeigte, ihre biegsame Gestalt steckte jetzt in Kleidern, war aber nicht weniger anziehend. Und doch fühlte er immer noch nichts.

Sicher war das falsch. Doch sein Herz schlug stärker als je zuvor für das Mädchen, das versucht hatte, ihn zu küssen, das Mädchen, das er abgewiesen hatte.

Und das fühlte sich auch falsch an. Sie war die Tochter seiner früheren Matriarchin und deshalb die Feindin seiner jetzigen Matriarchin. Sie war ein Halbblut, wie er, Aes Sídhe und Grigori. Sie war aus vielen Gründen verboten. Und dennoch …

Er schüttelte den Kopf, unterdrückte das Knurren, das tief in ihm aufstieg. Blythe warf ihm einen Blick zu, der erst Izzy streifte und dann zu ihm wanderte. Sie wusste es. Die Frauen wussten es immer. Wo man gebunden war, wo eine Bindung existierte, selbst eine, die er gar nicht wollte. Selbst eine, die er hasste.

16

DÄMONEN IN DER DUNKELHEIT

Blythe blieb an der Tür zur Höhle stehen und drückte die Hand seitlich an die Steine. Nichts passierte. Izzy spürte, wie sich Silver anspannte.

Die Anführerin der Cú Sídhe starrte sie nur an und musterte jeden von ihnen mit ihren stechenden metallischen Augen.

»Sie wird euch wahrscheinlich nicht einfach so gehen lassen. Selbst wenn es jetzt so aussieht. Es könnte immer noch sein, dass sie es sich anders überlegt oder die Geduld verliert, auf deine Rückkehr zu warten.«

Izzy schluckte mit plötzlich trockenem Mund. »Wird sie uns verfolgen?«

»Heutzutage verlässt sie die Höhle nur noch selten. Aber sie wird jemanden schicken. Mich wahrscheinlich. Ob es dir gefällt oder nicht, sie ist dein Blut, Isabel, und …«

»Izzy. Niemand nennt mich Isabel.«

Überraschenderweise verzog ein Lächeln die Winkel von Blythes Lippen. »Dann Izzy. Du bist ihre Tochter. Und als solche werden andere dich hassen. Sie erwartet, dass du zu ihr zurückkehrst, weißt du?«

»Das werde ich nicht.«

Blythe nickte. »Wir werden sehen. Wahrscheinlich hast du am Ende keine Wahl.« Sie knallte die Hand auf die Steine, und die Tür schimmerte und öffnete sich. Die Nachtluft strömte herein, zusammen mit den Geräuschen des Walds und des Verkehrs in der Ferne. »Sie sind da draußen. Ich kann sie riechen.«

Jinx machte mit geblähten Nasenflügeln einen Schritt nach vorn. »Ja. Ich auch.«

»Beeilt euch besser.« Sie trat zur Seite, machte ihnen den Weg und die Nacht frei, und was auch immer dort draußen auf sie warten mochte.

Sie traten durch den Türbogen und Jinx blieb stehen. Die Fesseln und das Halsband, die ihn beschränkten, schnappten auf und fielen von ihm ab. Blythe hob sie auf, fuhr mit den Fingern über ihre glänzende Oberfläche. Sie verzog das Gesicht voller Schmerz, aber als sie Jinx anschaute, sah Izzy nur Reue.

»Wie hältst du das aus?«, flüsterte sie. Sie meinte nicht das Halsband und die Fesseln. Ihr Blick ruhte auf dem Silber, das ihn immer noch durchbohrte.

»Ich ertrage, was ich muss. Das tun wir doch immer, oder nicht?«

Blythe zeichnete mit der Hand seine Wange nach, seinen Kiefer, seinen Hals, wo die Tätowierungen seine Haut zeichneten. »Für die, die wir lieben, ja. Für die, die uns lieben. Aber für die, die uns die Gestalt stehlen und uns zwingen, wie sie auszusehen und uns dann trotzdem verachten? Die uns aus Gehässigkeit die Freiheit nehmen?

Nein, Jinx. Du musst lieben, wo es die Liebe wert ist, Junge. Jasper wusste das.«

Jinx scheute vor ihr zurück und Blythe ließ ihn mit einem Seufzen los. Er beugte die Arme, streckte Hals und Wirbelsäule und grinste Izzy an, wobei er all seine Zähne zeigte. Kein fröhliches Grinsen. Eher eine Grimasse.

»Gebt sie mir.« Er streckte mit nur leichtem Zögern die Arme aus. Dylan und Izzy ließen Silver los. Er nahm sie in seine starken, sicheren Arme, und Silver rührte sich, sah ihn benommen an.

»Da sind Dämonen«, flüsterte sie. »Schatten und Dämonenausgeburten. Ganz in der Nähe.«

»Ich weiß. Ich weiß das sehr gut. Hab keine Angst.«

Dämonen? Dämonenausgeburten? Izzy biss sich auf die Unterlippe. »Was meinst du mit ›Hab keine Angst‹?«

»Sie haben eine Todesfee geschickt, das Mädchen getötet«, sprach Silver weiter. »Ich konnte es nicht verhindern.«

Izzy schaute zu Dylan hinüber, auf seine gespannten, blassen Gesichtszüge, die harte Linie seines Mundes. Seine Augen funkelten einen Moment lang und er wandte den Blick ab. Mari? Langsam dämmerte es Izzy. O Gott! Sie hatten sie umgebracht? Das konnte nicht wahr sein. Nicht Mari. Sie hatte mit alledem nichts zu tun. Warum? Und jetzt erkannte sie Dylan kaum noch. Sie hatten sie beide gestohlen.

Sie versuchte zu atmen, versuchte, Luft einzusaugen, und es ging nicht. Ihre Brust schmerzte, eng und unversöhnlich. Sie brannte innerlich, aber das Feuer konnte nirgends hin. Sie hatten Mari getötet, um an sie heranzukommen.

»*Und wen wundert das?*«, fragte der Engel tief in ihr. Ein listiges Flüstern, das sie nur zu gut kannte. »Ihnen sind Menschen egal. Das war schon immer so. Sie sind anders, herzlos und denken nur an sich. So waren sie schon immer, seit den ersten Tagen.«

Nirgends war es sicher. Nicht hier auf dem Hügel, nicht in Dublin oder Dubh Linn, nicht im Krankenhaus, nicht einmal das Café, das fest in der menschlichen Welt verankert war und in dem Mari gestorben war. Die Sídhe nahmen ihr alles, was ihr wertvoll war. Und sie schien absolut nichts dagegen tun zu können. Ihr Leben, wie sie es gekannt hatte, zerrann ihr wie Wasser zwischen den Fingern. Sie war normal gewesen. Ihr Leben war normal gewesen. Und jetzt … jetzt …

»Ich weiß«, sagte Jinx. »Ich werde euch beschützen.«

Aber er sprach nicht mit ihr. Er schaute nur Silver an.

»Uns alle?«, fragte Dylan zweifelnd.

»Ja.« Er warf einen Blick auf Dylan und nickte ernst. »Gib ihm eine Waffe, Blythe.«

Sie bot ihm das lange Messer an, das sie bei sich trug. Dylan nahm es ohne Zögern und wog es in der Hand.

»Kannst du damit umgehen? Wenn es nötig wird?«, fragte Jinx. Dylan nickte viel zu selbstsicher und Jinx schien das zu akzeptieren. Izzy schaute ihrem Freund genau ins Gesicht, versuchte herauszufinden, was sich verändert hatte, woher die spröde Härte kam. Jinx' Stimme riss sie wieder ins Jetzt zurück. »Izzy, wo ist deins?«

Sie zog es aus dem Ärmel und hielt es vor sich. Alle Fae betrachteten es mit Abscheu. Gut. Es schützte sie vor ihnen, aber sie wusste nicht, wie es ihr helfen würde. »Was können Messer gegen Dämonen ausrichten?«

»Mehr, als du weißt. Eisen ist irdisch, gezähmt von der Menschheit. Dieses Messer ist besonders. Falls sie hinter dir her sind, zeichne einen Kreis auf die Erde und segne ihn. Sprich ein Gebet, bitte um Schutz, was auch immer du für richtig hältst. Fühle dich hinein. Und du darfst diese Linie nicht übertreten. Ich werde kommen. Es ist nicht weit, immer nur bergab. Du musst nur rennen.«

Izzy steckte das Messer wieder in ihren Ärmel und sah auf, erblickte etwas an der polierten Bronzewand, etwas, das sie erschreckte. Es war ihr Spiegelbild, aber sie erkannte sich kaum wieder. Es war kein Mädchen, nicht so ganz. Da war mehr. Aber es war auch keine Frau.

Ihre Finger suchten tastend die Veränderungen in ihrem Gesicht, fanden aber dieselben Züge vor, die sie schon immer gekannt hatte. »Was ist mit mir passiert?«

»Du weißt jetzt, was du bist«, antwortete Blythe. »Man sagt, wenn man Brí begegnet, verändert sie einen. Man kann es nicht verhindern. Dein Blut hat sie wiedererkannt, auch wenn du es abstreitest.«

»Ich weiß, was ich *bin*?« Sie konnte nicht fassen, was sie da sagten. Die beiläufige Art, wie sie über sie sprachen. Abwertend. »Was zum Henker glaubt ihr, was ich bin?«

Blythe zuckte nicht mit der Wimper. Sie blickte nur in die Ferne, zwischen die Bäume. »Du? Du bist eine von uns. Na ja, zumindest ein Halbblut. Halb Aes Sídhe, die höchsten von uns allen. Nicht dass dir das wirklich helfen würde. Und was das ganze Grigori-Ding angeht …« Sie verdrehte die Augen, als hätte ihr Izzy ein Puzzle vorgelegt, das zu lösen sie sich nicht einmal die Mühe machen würde. »Die meisten Fae sind der Meinung, jede Art von Halbblut sei unrein, also gehe ich mal davon aus, dass dich das eher auf unsere Ebene bringt. Sie lieben die Cú Sídhe nicht so, wie sie sollten.« Sie hob das Kinn und atmete mit geblähten Nasenflügeln ein. »Du brauchst einen Lockvogel, Jinx. Darf ich?«

Er zog nur eine Augenbraue hoch, eine Frage, die Izzy nicht lesen konnte. Doch Blythe konnte es. Sie rollte die Schultern und er nickte. »Aber gern.«

Sie verwandelte sich fließend von Sídhe zu Hund, ihre Kleider blieben hinter ihr liegen. Ihre dunkle Haut verwandelte sich in glattes Fell, so dunkel und von so einem tiefen Grün, dass es beinahe schwarz war, und ihre Nägel verlängerten sich zu Krallen.

Einen Moment lang packte sie den Boden, harkte die Krallen leicht durch die Erde, dann machte sie einen Satz und verschwand in der Nacht.

Jinx schaute ihr kurz nach, und Izzy blickte finster drein, als die bittere Saat der Eifersucht in ihr aufging.

»Gehen wir«, sagte Jinx, und gemeinsam begannen sie ihre überstürzte Flucht bergab, durch die Dunkelheit und die Nacht. Einen Augenblick lang dachte sie wieder an den Wunschstein, den Zwang, den sie gespürt hatte, dorthin zu gehen. Und dann war sie daran vorbei und hatte keine Zeit, länger darüber nachzudenken.

Bäume flitzten an ihr vorbei, der Boden sprang ihren Füßen entgegen, ließ sie stolpern und schleuderte sie weiter. Sie wäre fast gefallen und schaffte es gerade noch, sich zu fangen. Dylan erschien aus dem Nichts, die Hand ausgestreckt, um ihren Sturz abzufangen.

»Alles klar?« Er war nicht mal außer Atem.

»Ja, ich … wo ist Jinx?«

»Ich weiß nicht genau. Aber ich sehe den Weg. Komm weiter!« Er streckte die Hand aus und sie ergriff sie dankbar. Sobald er sie hatte, rannte er los und zog sie mit. Izzy hatte keine andere Wahl, als zu laufen.

»Wohin gehen wir?«

»Zu dir nach Hause. Das ist nicht weit. Dort sind wir sicher.«

»Woher weißt du das?« Panik übermannte sie. Die Schatten bewegten sich wieder, und das Mal in ihrem Nacken war so kalt, dass es brannte. Die Stimme jedoch war seltsam still. Jetzt nützte sie natürlich nichts.

»Silver hat es mir gesagt. Und dann finden wir heraus, wer diese Todesfee geschickt hat.«

»Was für eine Todesfee?«

»Die, die Marianne umgebracht hat.«

Die Welle des Schmerzes in seiner Stimme traf sie wie ein stumpfes Werkzeug, die Worte, die wilden Gefühle, die um ihn wirbelten, das Chaos in seinem Blick. Sie wollte es abstreiten, ihm sagen, dass das ein Irrtum sein müsse. Doch bevor sie etwas tun konnte, stieg Dunkelheit wie eine Welle vor ihnen auf, und Dylan rannte direkt darauf zu. Die Wände, die nirgendwohin führten, rückten drohend aus den Schatten heran. Und die Schatten brandeten auf sie zu.

»Stopp!«, schrie Izzy und warf sich nach hinten. In einem Durcheinander aus Gliedmaßen und Unterholz gingen sie gemeinsam zu Boden. Sie verlor keine Zeit, schob ihn von sich herunter und rammte das Messer mit der Eisenklinge in den Boden. »Hilf uns bitte, lieber Gott, bitte hilf uns!« Sie zog es in einem groben Kreis und riss den Kopf hoch, als sich etwas aus den Schatten zwischen den Bäumen warf, ein Fleck aus Dunkelheit mit roten Punkten als Augen. Sie schrie, als es sich auf sie stürzte, die Zähne geformt aus funkelndem Licht, das von ihm zurückgeworfen wurde.

Mit einem erschütternden Glockenschlag und einem elektrostatischen Blitz prallte es kurz vor ihr vom Nichts ab und heulte auf.

»Ach du Scheiße, es funktioniert!«, keuchte Dylan.

Sie kauerten sich in dem Kreis zusammen, während sich Schatten vom Boden und aus der Luft lösten und lautlos auf sie zuschlichen.

Ein Knurren grollte durch die Luft. Izzy wich zurück, stieß gegen Dylan und schrie erschrocken auf. Das Knurren wurde zu einem Lachen, keinem menschlichen Lachen. Es war keiner der Cú Sídhe, nicht einmal irgendeine andere Art Sídhe. Und man konnte es sicherlich nicht engelsgleich nennen, was nur eine Möglichkeit übrig ließ.

Die Schatten wallten und zuckten, glitten von Baum zu Baum wie Öl, bis sie anhielten, sich in einer schwarzen, glänzenden Welle vom Boden erhoben, sich um sich selbst wanden, bis sie eine Gestalt formten.

Er trug einen knöchellangen Trenchcoat und die Krempe seines Huts bog sich bis über seine brennenden Augen. Schatten flitzten um seine Füße wie Terrier, knurrten und fletschten ihre zu weißen Zähne. Er trat bis an den Rand des Kreises heran und blickte auf sie beide herab. Sogar aus dieser Nähe konnte Izzy seine Gesichtszüge nicht ausmachen. Nur die allgemeine Form seines Gesichts und die grausame Andeutung eines Mundes. Und die Augen. Wie Feuerpunkte. Aber sie hatte ihn schon einmal gesehen. Vor dem Haus am Abend zuvor. Wie er sie beobachtete.

»Na so was. Das ist ein schlauer Trick, kleines Mädchen.« Er ging um sie herum, jeden Schritt sorgfältig gesetzt, um die Linie nicht zu berühren, die sie gezogen hatte. »Wenn du vorhast, den Rest der Nacht hier zu sitzen: Hier draußen wird es kalt und ziemlich hässlich. Und falls du glaubst, dein Hund kommt dich retten … Tja, ich glaube, du wirst feststellen, dass er anderweitig beschäftigt ist.«

Jinx! Izzy setzte sich mit einem Ruck auf. »Was hast du mit ihm gemacht?«

»Mit ihm gemacht?« Er lachte wieder, dasselbe Geräusch, halb Lachen, halb Knurren. Gefährlich. Wissend. »Na, nichts. *Noch*. Ich bin an dir interessiert. Oder vielmehr …«, er tippte sich mit dem Zeigefinger an die Schläfe, »… an deiner kleinen Anhalterin.«

Er lächelte sein grausames Lächeln und beugte sich weiter vor. Diesmal flüsterte er. »Ich glaube, wir wissen beide, wovon ich spreche. Komm da raus und ich zeige es dir.«

Dylans Hände schlossen sich um ihre Oberarme, hielten sie zurück, für den Fall, dass sie vorübergehend den Verstand verlor oder so etwas. Izzy konnte das Gefühl der Erleichterung nicht abschütteln. Ein Teil von ihr wollte etwas tun. Ein ursprünglicher Teil, der sich danach sehnte zu gehorchen. Es erschreckte sie, seine Stärke, seine Überzeugung bis auf die Knochen.

Sie zwang sich zu sprechen. »Lieber nicht. Wer bist du überhaupt?«

»Azazel«, sagte er, und hinter dem Namen lauerte ein Lachen. »Du kannst mich Azazel nennen. Oder Onkel.«

»Onkel?«, wiederholte sie, starrte ihn an, während kalte Furcht nach ihr krallte. Die Angst laugte sie aus, lähmte sie, brachte ihr Herz dazu, gegen die Rippen zu donnern.

Er streckte die Hand aus. Seine Finger waren zu lang, die Nägel scharf und gelb wie alte Knochen. Obwohl die Geste voller Anmut war, löste sie ein solches Gefühl der Bedrohung aus, dass ihr der Atem stockte. »Manchmal heißt das ›der Bruder meines Vaters‹, manchmal ist es ein liebevoller Ausdruck für einen älteren männlichen Verwandten. Manchmal bedeutet es ›Ich gebe auf‹. Das liegt ganz an dir.«

»Lass uns in Ruhe!«, sagte Dylan, bevor Izzy eine Erwiderung formulieren konnte.

Azazels Finger schoss jetzt auf ihn zu. »Du bewegst dich auf einem schmalen Grat, junger Mann! Du wirst dich noch verbrennen. Schon jetzt hast du mehr bezahlt, als die meisten wagen würden. Oder glaubst du, deine Schwester wird das letzte Opfer sein? Wir beobachten dich jetzt sehr genau. Talent und Glück werden dich nicht retten, nicht vor *ihr*. Und sie werden dir auch nicht gegen sie helfen. Sie ist gefährlich.«

»Lass Silver da raus!«

Er grinste boshaft. »Habe ich von Silver gesprochen? Sie ist nicht hier. Warum sollte ich sie einbeziehen?«

Dylan blickte wütend drein. »Wer hat diese Todesfee geschickt?«

Azazel lächelte ihn an, ein schmales, unangenehmes Lächeln. »Das zu erfahren, kostet auch einen Preis. Einen Preis, den nicht einmal du bereit bist zu zahlen. Also halte den Mund oder deine Schuld wird dich zerstören. Komm aus dem Kreis heraus, Isabel! Komm heraus zum Spielen.«

Izzy hatte Mühe, weiterzuatmen. Was sonst konnte sie tun? Aus dem Kreis treten wäre Selbstmord, das war sicher. Und Azazel, was auch immer er war, würde ihr nicht helfen, egal was für bezaubernde Versprechen er machen mochte.

Das Mal in ihrem Nacken brennend kalt. All ihre Instinkte schrien Warnungen. Diesmal waren sich ihr Grigori-Mal und der Engel einig. Der Engel krümmte sich, versuchte verzweifelt, Azazel zu entkommen. Aber er sagte nichts. Vielleicht wagte er es nicht. Hatte Jinx sie nicht Soldaten und Assassinen genannt? Izzy konnte es nicht glauben. Warum musste sie ausgerechnet den feigen Engel abbekommen?

Obwohl der Engel keine Angst zu haben schien, nicht im traditionellen Sinn. Es war eher, als beherberge sie eine fauchende Katze, in die Enge getrieben und bereit zum Angriff, und nicht wie eine schreckensstarre Maus.

»Lass uns in Ruhe«, flüsterte Izzy, die ein wenig Kraft von dem Engel gewann. »Wir wollen nichts mit dir zu tun haben.«

»Du hast keine Wahl. Hör zu, kleines Mädchen, meine kleine Grigori, es geht um mehr, als du wissen kannst. Mehr, als du dir je zu wissen erträumen könntest. Du kommst hier nicht unbeschadet, ungezeichnet heraus. Der Engel gehört mir. Wenn sie fallen, gehören sie mir, verstanden? Du wirst sie mir überlassen.« Er zog ein Messer aus seinem Mantel. Es war länger als Izzys, die Klinge schwarz wie Obsidian. »Komm heraus!«, befahl er ihr. »Ich mache es schnell, versprochen.«

»Niemals!« Die Stimme wallte in ihr auf wie die Wellen an einem Kiesstrand, getrieben von der Wut eines Sturms. Izzy biss sich auf die Unterlippe, um es nicht selbst laut auszusprechen. Der Engel wirkte jetzt nicht schwächer. Nein, sie war überhaupt nicht schwach. Wenn überhaupt, wurde sie stärker.

»Hat sie dich belogen, Isabel? Hat sie dir gesagt, es gäbe einen Weg, von ihr frei zu werden?« Wieder ging er in die Hocke und schaute ihr mit seinen brennenden Augen ins Gesicht, wobei er mit farblosen Fingernägeln an der Klinge seines Messers entlangstrich. Auge in Auge mit ihm konnte sie nur zurückstarren, nicht in der Lage, seine Züge zu erkennen, nur Anflüge davon, Andeutungen, ein Aufblitzen eines Albtraums. »Es gibt nur einen Weg hier heraus, Isabel. Nur einen Weg zu entkommen. Und du weißt, welcher das ist.«

Er schnippte das Messer hin und her, sodass das spärliche Licht auf seiner polierten Oberfläche zuckte.

Der Tod. Sie musste es nicht hören. Er würde sie töten. Sobald er sie in die Finger bekam. Sie musste nur aus dem Kreis treten.

»Hör nicht auf ihn!« Die Stimme war ein Schrei, hoch und fürchterlich. Der Engel brandete wie eine Welle aus Feuer in Izzys Körper auf. Einen Moment lang spürte sie, wie ihre Selbstkontrolle bröckelte, wie auf dem Hügel beim Wunschstein, und etwas anderes versuchte, die Kontrolle zu übernehmen. Sie mühte sich ab, dieses andere wegzuschieben, doch von innen versenkten sich Krallen in sie, und feuriger Wind riss an ihr. *»Hör auf mich und auf niemanden sonst, Mädchen! Tu, was ich sage!«*

»Izzy?« Dylans Stimme klang schwach, aber eindringlich, ein Flüstern neben ihrem Ohr. Er umarmte sie fester und die Stimme in ihrem Kopf flaute ab. Seine Arme hielten sie zitternd fester. »Hör nicht hin!«

Bei wem von den beiden? Sie spürte, wie Tränen in ihren Augen brannten und ihre Brust schmerzte, als wollte sie bersten. Oder meinte er beide?

Azazel zuckte mit den Schultern. »Das tun sie nicht. Zuhören, meine ich. Aber es ändert nichts. Überhaupt nichts. Der Engel gehört mir. Sie ist gefallen. Und ich bin hier, um sie einzusammeln, Funke oder nicht. Jetzt oder in der Zukunft. Das ist nicht wichtig. Aber es wird schlimmer für dich werden. Ich werde immer hier sein. Warten. Du weißt, was du tun musst.«

Azazel erhob sich mit unnatürlicher Geschwindigkeit, breitete die Hände seitlich aus, und die Schattenwesen strömten auf ihn zu, glitten über die Wurzeln und das Gestrüpp, brodelten um ihn herum als Spirale aus Nacht.

Und dann war er fort.

Das Geräusch von schweren, mühsamen Atemzügen erfüllte die Luft, und einen Augenblick lang wusste Izzy nicht, woher sie kamen. Dann wurde es ihr klar: Es war ihr eigener Atem. Und der von Dylan.

»Geht es dir gut?«, fragte er mit angestrengter und wunder Stimme, angespannt von der Angst, die sie auch selbst spürte.

»Ja. Ich glaube schon. Ja. Sind sie weg? Sind sie alle weg?«

Er schaute sich um, rührte sich aber nicht. Und ließ sie auch nicht los. »Ich weiß nicht. Warte, beweg dich nicht!«

»Aber Jinx ... und Silver.«

Sein Griff wurde fester. »Sie hat es mir gesagt ... ich soll dich beschützen. Sogar vor ihm. Sogar vor ihr. Was hat sie damit gemeint, Izzy? Warum bist du für sie alle so wichtig?«

Ihr Gesicht brannte, aber die Tränen, die es überzogen, waren kalt wie Eis. Sie hatte nicht gemerkt, dass sie weinte. Sie dachte an Marianne, daran, was Dylan gesagt hatte, und plötzlich konnte sie nicht mehr aufhören. Mari war tot. Kein Dämon oder Engel, kein Sídhe oder Fae. Keiner von ihnen hatte den Preis bezahlt. Es war Mari.

Und wäre Izzy nicht gewesen, sie hätten sie überhaupt nicht bemerkt.

»Ich weiß nicht. Alles hat sich verändert, Dylan, und es ist meine Schuld. Alles hat sich verändert.«

Zu ihrer Überraschung legte Dylan die Arme sanfter um sie und zog sie an sich. Er war warm und sorgsam. Er war ein Mensch.

Gott, es fühlte sich so gut an, einem Menschen so nahe zu sein. Sie schloss die Hände über seinen, streichelte die Haut, die sich über seinen Fingerknöcheln spannte. Seine Hand zitterte und er hielt sie fester.

»Du bist nicht schuld, Izzy. Das waren sie.«

17
HEIMISCHE WAHRHEITEN

Jinx verlor Izzy und Dylan viel zu schnell aus den Augen. Mit Silver in den Armen konnte er seine Hundegestalt nicht annehmen und sie finden. Doch er spürte Izzy, spürte ihr Entsetzen, ihre Verzweiflung.

Etwas lief ganz furchtbar schief.

»Jinx? Mach langsamer. Bitte. Halt … halt einfach an.« Silvers Stimme war schwächer, sie zitterte in seinen Armen. Er blieb stehen und legte sie, so sanft er konnte, auf den Boden.

»Ruf Holly!«, flüsterte sie und blickte mit flehenden Augen zu ihm auf. »Ruf sie. Du musst, Jinx! Ich werde schwächer. Sie ist die Einzige, die es aufhalten kann. Ich muss zurück zu meinem Baum. Dort habe ich Kraftreserven gespeichert. Mehr als genug, um zu ersetzen, was ich Brí gegeben habe. Holly wird wissen, was zu tun ist, wie man sie herauszieht, falls ich es nicht mehr selbst tun kann.«

Ihr Baum war ihr Machtstein, ihre größte Kraftquelle neben ihrer Stimme und der Ort, wo sich die Energie all der Sterblichen, die sie inspiriert hatte, jetzt befand. Sie verteidigte ihn mit Zähnen und Klauen. Er konnte sich nicht vorstellen, auch nur Holly in seine Nähe zu lassen. Und Silver mochte vielleicht glauben, Holly werde ihr helfen, aber Jinx war sich da nicht so sicher.

Izzys Gesicht flackerte in seinen Gedanken auf, ängstlich, schmerzerfüllt. Was würde Holly ihr antun? »Ich kann nicht.«

Tränen rannen über Silvers bleiche Wangen, schwerfällig und glitzernd. »Ich sterbe. Ohne meine Stimme, ohne etwas … wovon ich mich nähren kann … sterbe ich, Jinx. Holly weiß, was zu tun ist. Sie wird mich zu dem Baum bringen. Du kannst es nicht. Ich weiß das, und ich bitte dich auch nicht darum, aber … Bitte.«

»Sie wird Izzy töten.«

»Wir sind immer noch auf Brís Territorium, oder? Lass Brí sich um das Mädchen kümmern.«

»Du weißt, dass ich das nicht kann.«

»Dann sag ihr nichts von Izzy. Ich dachte, du würdest sie ihr sowieso übergeben. Lass sie Holly. Ich dachte …«

»Ich kann nicht, jetzt nicht mehr. Ihr Brís Tochter übergeben? Bist du verrückt? Stell dir vor, was sie tun würde! Brí ist zufrieden damit, ihren Hügel zu regieren, ihn gegen das zu verteidigen, was auch immer ihrer Meinung nach vor all den Jahren befreit wurde. Willst du noch einen Krieg? Izzy trägt immer noch den Funken. Die Macht, die er enthält, würde Holly nahezu unbesiegbar machen. Und sie wäre nie zufrieden damit, auf dem Markt zu bleiben, nie zufrieden mit Dubh Linn. Sie würde als Erstes gegen den ganzen Rat in den Krieg ziehen. Scheiße, sie würde sich gegen jeden Fae auf der Insel stellen und gegen die Herren über Himmel und Hölle noch dazu, wenn es ihr in den Kram passt. Und ein Krieg ist noch das Beste, auf das wir hoffen können. Stell dir nur mal einen Moment vor, was sie anstellen würde. Stell dir vor, was sie den niedereren Fae antun würde, den Menschen, einfach allen. Ich weiß, sie ist deine Mutter, Silver, aber ich glaube nicht, dass einer von uns das noch einmal möchte, oder?«

Silver packte sein Bein, ihre Fingernägel waren wie Stahlspitzen. »Jinx! Bitte!« Sie hatte Angst. Schreckliche Angst. Silver war alt. Er vergaß das immer, weil sie sich nie wie die anderen verhielt. Aber sie war alt. Die plötzliche Möglichkeit zu sterben machte sie kaputt – sie war nicht darauf eingestellt, dem Tod zu begegnen. Silver war ein Wesen der Emotion, der Kreativität und des Glaubens an sich selbst. Ohne das war sie nichts. »Eine der Todesfeen hat Dylans Schwester getötet. Sie hat Izzy gesucht. Holly wird langsam ungeduldig. Sie wird nicht mehr viel länger warten, verstehst du das?«

Dylan … Jetzt verstand Jinx. Dylan wollte Rache, genau wie Brí es gedeutet hatte. Dylan hatte nichts mehr, wofür es sich zu leben lohnte, zumindest dachte er das.

Jinx starrte Silver entsetzt an. »Hast du ihn zu deinem Eigentum gemacht? Hast du seine Trauer benutzt?«

»Nein!« Die Empörung verlieh ihr ein wenig Feuer, aber es verglomm zu schnell. »Das habe ich nicht. Natürlich nicht. Bitte, Jinx! Bitte hilf mir! Ich halte nicht mehr lange durch.«

Er zog sein Handy aus der Tasche – der Bildschirm warf einen gruseligen Schimmer – und tippte Hollys

Nummer an. Er wollte nicht, aber welche Wahl hatte er? Silver brauchte Holly. Nur ihre Matriarchin konnte sie jetzt noch retten. Silver glaubte es fest und so musste es wahr sein. Leanán Sídhe konnten nicht ohne Liebe existieren. Und keine liebte sie wie Holly. Ihre Mutter.

Aber niemand hasste sie auch wie Holly. Falls Silver es nicht sehen konnte – Jinx konnte es. Holly hasste Silver auch. Für ihre Macht, für ihre Schönheit, für die Leichtigkeit, die jeder in ihrer Nähe spürte. Sie bewegte sich auf einem schmalen Grat, um Holly glücklich zu erhalten. Sie war nützlich. Keine Bedrohung. Jetzt sicherlich nicht.

Aber wo blieb Izzy dabei? Gejagt von allen Seiten: von Todesfeen, den Magpies, Engeln, Dämonen, Schattenwesen … Ihre Welt veränderte sich. Sie wurde behandelt wie ein Druckmittel. Benutzt, damit sie das wurde, was andere von ihr wollten.

An dieses Gefühl konnte er sich noch viel zu lebhaft erinnern.

»Hier.« Er warf Silver das Telefon zu. »Aber gib mir einen Vorsprung.«

Sie sah verblüfft aus, mit offenem Mund und aufgerissenen Augen. »Was tust du?«

»Izzy und Dylan so weit wegbringen wie möglich, bevor Holly kommt. Deal?«

Einen Moment dachte er, sie werde diskutieren, aber dann wurde Silvers Mund hart vor Entschlossenheit. »Deal. Aber beeil dich. Bitte beeil dich. Ich kann nicht zu lange warten. Verstanden?«

Jinx brauchte keine zweite Aufforderung. Er drehte

sich um und rannte. Der Drang, sich zu verwandeln, war mächtig, doch er bekämpfte ihn. Zu viele Komplikationen. Er würde in Sídhe-Gestalt bleiben, es sei denn, es war notwendig, absolut nötig. Er würde es ihnen beiden erklären müssen. Er würde …

Die Schatten bestürmten ihn von allen Seiten, rangen ihn innerhalb von Sekunden nieder, drückten ihn auf den Boden. Er wartete auf Zähne, auf die reißenden Krallen, aber nichts passierte. Wenn er sich wehrte, hielten sie ihn fest. Mehr taten sie aber nicht. Was nur bedeuten konnte, dass sie ihre Befehle hatten.

Was nie etwas Gutes verhieß.

»Hier ist heute Abend ja einiges los.« Der Gestank, der mit dem Näherkommen des Dämons aufstieg, drehte Jinx vor Angst und Ekel den Magen um. »Du musst wohl das sein, worum die unerfahrene Grigori so besorgt war.«

Plötzliche Wut schärfte seine Sicht, weckte die Sehnsucht, die Zähne in das geborgte Fleisch zu hauen, das dieses Ding trug. Es würde nach Gift und Verwesung schmecken, aber das war ihm egal. Selbst wenn der Dämon ihn abschüttelte wie eine Fliege. Manche Instinkte waren zu stark. »Was hast du mit ihr gemacht?«

Das Gelächter kratzte an seiner Haut. »Nichts. Noch. Aber ich dachte, du würdest vielleicht auf eine Warnung hören, die sie ignoriert. Bereit zum Zuhören, Hund?« Der Dämon beugte sich vor, seine flammenden Augen waren zu hell. »Verstehen wir einander, du und ich? Gut. Das Ding in ihr ist gefährlich. Für dich. Für uns alle. Aber am meisten für sie. Das Ding in ihr ist nicht, was es zu sein scheint, nicht, was es einst war. Ich will es. Es gehört mir. Du wirst es mir bringen.«

Er streckte die Hand aus und drückte die Fingerspitzen gegen Jinx' Stirn, drückte noch fester zu. Etwas in Jinx gab nach, etwas, das niemals nachgeben sollte, nie darum gebeten werden sollte. Jinx schrie. Er konnte nicht anders. Bilder knallten mit Wucht in seinen Kopf, lebhaft und übelkeiterregend grell. Wie ein Film, bei dem der Kontrast aufgedreht wurde, wie eine Rückkopplung bei einem voll aufgedrehten Verstärker. Er schrie und die Bilder füllten ihn.

»Schau sie dir an. Ich weiß, du kannst es sehen. Schau genau hin.«

Durch die Bäume sah er Izzy, mit Dylan auf dem Boden kauernd. Sie klammerten sich aneinander, gefangen in ihrem eigenen Kreis. Beinahe hätte er ihren Namen gerufen, doch es war nicht Izzy.

Bei allen Heiligen, es war nicht Izzy. Das konnte nicht sein.

»Schau genau hin!«

Und er tat es. Er wollte es nicht, aber er konnte nicht anders. Die Macht des Dämons hielt ihn auf dem Boden fest, spielte mit seiner Wahrnehmung, und die Welt verwandelte sich. Dylan war ein blasser Schatten neben ihr. Feuer waberte durch ihre Haare und ihre Haut, unter der Oberfläche, beleuchtete sie. Es war aber nicht das Glühen, das er mit ihr assoziierte. Nichts so Sanftes und Zartes. Das hier wütete außer Kontrolle, wie die Feuer von einer Million Sonnen. Sie versteifte und drehte sich, oder ein Teil von ihr tat das. Nicht Izzy. Izzy war immer noch blind in der Dunkelheit. Sie konnte ihn so weit entfernt nicht sehen. Etwas anderes wandte sich zu ihm um und schaute. Er hatte keine Ahnung, was es war. Ihre Augen waren kalt und hohl, die Leere des Alls und genauso trostlos. Es lag nichts von Izzy in ihnen, keine Spur von ihrer Seele, ihrer Menschlichkeit.

Die schwarzen und unendlichen Augen richteten sich auf ihn und in ihnen breitete sich die ganze Ewigkeit vor ihm aus. Sie lächelte, nicht Izzys Lächeln, sondern etwas anderes. Alterslos und entsetzlich.

Das Ding in ihr ist gefährlich.

Jemand rief seinen Namen. Izzy. Die echte Izzy. Hier und jetzt. Die Realität brachte ihn wieder zu sich selbst. Er riss sich von den Schatten los und stellte fest, dass der Dämon fort war. In der Nacht verschwunden. Schwer atmend stand er da, mit gefletschten Zähnen, einen Sekundenbruchteil vor der Verwandlung, mehr Tier als Sídhe.

Cú-Sídhe-Augen sahen besser als alle anderen aufrecht Gehenden – ob Sterblicher, Fae oder Tier. Und jetzt wusste er, wo Izzy und Dylan waren. Er nahm sie in der Dunkelheit wahr, zwischen den Bäumen, zusammengekauert. Aber etwas an der Art, wie sie einander hielten, ließ ihm jedes Haar im Nacken zu Berge stehen, als wäre er schon in Hundeform.

Knurrend sprang er in großen Sätzen durch die Dunkelheit.

»Himmel!«, keuchte Dylan.

Das Silber an seinem Körper zischte. Die Tätowierungen zogen sich fester um ihn, zwangen ihn, seine Aes-Sídhe-Gestalt zu behalten. Wie ein Schlag ins Gesicht, der ihn vor Schreck und Schmerz einen Schritt zurücktrieb, ihm ungewollte Kontrolle über seine Natur aufzwang. Jinx zügelte sich, obwohl sein Körper nur angreifen wollte, Fleisch zerfetzen, bis ihm das Blut übers Gesicht rann. Doch er war ein Aes Sídhe, kein Tier.

Die Worte, die er herauspresste, kratzten ihn in der Kehle. »Wir müssen weg. Sofort.«

Izzy rappelte sich auf. »Ist er weg? Ist die Gefahr vorbei?«

»Ja, er ist weg. Aber die Gefahr ist nicht vorüber. Holly kommt. Lauft!«

»Wo ist Silver?«, fragte Dylan.

Jinx schluckte ein entnervtes Knurren. »Sie wartet auf Holly. Die euch mit Freuden töten wird. Euch beide. Das tut sie eben. Silver wird sie aufhalten, so lange sie kann, aber wir müssen fliehen.«

Der Junge rührte sich nicht. »Aber wenn diese Holly so gefährlich ist, können wir ihr Silver nicht einfach ...«

Jinx rastete aus. Er durchmaß die kurze Entfernung in einem Wimpernschlag, packte Dylan am Mantel und schüttelte ihn. »Was glaubst du wohl, was Silver ist, wenn sie solche Macht hat? Hollys Tochter. Ihre Blutsverwandte. Ihre Erbin. Bewegt euch! Beide! Wir haben keine Zeit mehr!«

Er konnte es fühlen, die Erde selbst erzitterte. Holly kam. Die Bäume spürten es und schauderten, der Boden fühlte es und kauerte sich furchtsam zusammen. Holly kam, und Brís Schutzzauber würden sie nicht abhalten, nicht, wenn Silver sie brauchte. Dieser Hügel mochte Brís Reich sein, aber Brí war ein Wesen des Feuers. Holly war die Erde selbst und nichts konnte sie aufhalten. Irgendwann beugte sich ihr alles.

»Sofort!« Er ließ Dylan fallen und schob ihn an. »Lauf!«

* * *

Das Haus war dunkel und leer. Die Alarmanlage piepste, als Izzy sie hereinließ. Sie bewegte sich schnell, mit geübter Leichtigkeit, und entschärfte sie. Ihre Finger tanzten über die Tastatur.

»Die Küche ist da lang«, sagte sie zu Jinx.

Als sie einen Schritt machte, verfingen sich ihre Füße in den Längen des leidigen Kleids, und sie wäre fast gefallen. Jinx kehrte zurück, bewegte sich so schnell, dass er verschwamm, und fing sie auf, bevor sie am Boden aufkam.

»Du bist erschöpft«, sagte er mit einem prüfenden Blick in ihr Gesicht. Sein sachlicher Ton ließ sie mit den Zähnen knirschen. Ja, er hatte recht, aber was half das? »Und wahrscheinlich halb verhungert. Wann hast du das letzte Mal etwas gegessen?«

Essen? Wann hatte sie das letzte Mal die Gelegenheit gehabt, überhaupt Hunger zu spüren?

»Im Krankenhaus. Vielleicht. Im … O nein, Jinx, ich muss Mum anrufen! O Gott, ich muss …«

Dylan reichte ihr das Festnetztelefon. »Ruf sie an. Ich

besorge was zu essen und Tee, ja? Eine schöne Tasse Tee.« Er schaute ebenfalls genauer hin. »Mit Zucker.«

Ja, klar, gebt dem hysterischen Weibchen starken, süßen Tee. Super. Genial. Eine sehr männliche Lösung für alle ihre Probleme.

Aber wenigstens machte er Tee.

Jedes Mal, wenn er innehielt, drohte der Schmerz, den sie in seinen Augen erkennen konnte, ihn draufgehen zu lassen. Die Tassen klapperten auf der Arbeitsplatte, als er sie abzustellen versuchte.

Sie schnappte sich das Telefon und wählte eilig. Das Klingeln dauerte nur einen Augenblick, und Mums Stimme, erschöpft und zittrig, erklang.

»Ich bin's«, plapperte Izzy drauflos. »Es tut mir leid, es tut mir so leid. Aber ich bin's, und mir geht es gut, und ich glaube, ich habe einen Weg gefunden, Dad zu helfen. Ich glaube, ich kann helfen. Mum, es tut mir so leid, dass ich abgehauen bin, aber ich musste ...«

»Izzy, wo bist du? Was ist passiert? Wo warst du die ganze Zeit?«

Und die Worte, die eben noch aus ihr herausgesprudelt waren, verließen sie plötzlich.

»Ich ... mir geht es gut.« *Wie sich herausstellt, bist du gar nicht meine Mum* – ja klar, das wäre eine spektakuläre Eröffnung. *Eine Frau aus Feuer hat es mir gesagt. Und Dämonen, Engel und Feenwesen jagen mich, alles wegen einer Stimme in meinem Kopf.* Alles vollkommen vernünftig. Nicht.

Und Mari ist tot, Mum. Sie ist tot.

Der Gedanke machte sie ganz schwach und zittrig. Ihr Magen drehte sich, und sie musste sich rücklings an den Küchentresen lehnen, damit sie nicht fiel. Sie warf einen Blick zu Dylan hinüber. Er bewegte sich wie ein Roboter, als hätte nichts mehr Einfluss auf ihn.

Sein Telefon klingelte, und er nahm es, hätte es in seiner Hast, zu sehen, wer es war, fast fallen lassen. Doch als er den Namen erblickte, erstarrte er. Mit einer zitternden Hand wies er den Anruf ab.

»Ich muss ... Es tut mir leid. Ich muss ...« Er schluckte und rannte aus dem Zimmer.

»Dylan ...«, begann sie, unterbrach sich aber, weil sie nicht wusste, was sie sagen sollte.

Dann sagte Mum das Unmögliche und brachte ihre Aufmerksamkeit zurück zu ihrem Telefongespräch. »War es Brí? Hat sie dir etwas getan?« Ihre Stimme hatte sich fast unmerklich verändert, war härter, mit verborgenen Tiefen, in denen eine unausgesprochene Fähigkeit zur Gewalt mitschwang. »Izzy, antworte mir! Bist du verletzt?«

»Nein. Es ... es geht mir gut. Woher ... woher kennst du Brí? Mum? Was ist hier los? Ist das ...« Ein gefürchtetes Wort, ein Wort, das sie nicht benutzen wollte, nicht benutzen konnte, aber musste. »Ist das alles real?«

Mum zögerte kurz. »Ja.« Ihr Atmen klang abgehackt. »Sie war im Krankenhaus. Ich habe sie nicht sofort erkannt. Und dann warst du weg. Was ist mit dir passiert? Bist du in Sicherheit, mein Schatz?«

Izzy schaute sich in der Küche um – auf Jinx, der neben

dem offenen Kühlschrank stand und die letzten Tropfen eines Zwei-Liter-Milchkartons austrank.

»Ja, ich bin in Sicherheit. Aber Mum ... ich habe dasselbe Mal wie Dad. Im Nacken.«

»Das ist unmöglich.«

Izzy hätte fast gelacht. Natürlich war es unmöglich. Es war *alles* unmöglich. Und von alledem glaubte Mum ihr ausgerechnet die Tätowierung nicht. »Es stimmt, Mum. Da war ein gefallener Engel, und sie sagen, ich habe diesen Funken bekommen und ...«

»*Wer* sagt das? Wer ist bei dir?«

»Dylan und ... Jinx. Er ist ein ... er ist ein ...« Jinx fing ihren wilden Blick auf, er beobachtete sie immer noch wie ein Wissenschaftler ein Versuchsobjekt, das er beschreiben wollte. Izzys Gesicht lief rot an. »Er ist ein Freund.«

Ihre Mum schwieg einen langen und schmerzhaften Moment lang.

»Ist er ein Sídhe? Sag einfach Ja oder Nein, schnell.«

»Ja«, flüsterte sie ängstlich. Wie konnte ausgerechnet Mum etwas davon wissen? Woher wusste sie von den Sídhe? Von Brí? Sie hatte ihr Leben mit Tabellen und Businessplänen verbracht, mit Buchführungssoftware und in Sitzungssälen. Es ergab keinen Sinn.

Doch jetzt klang sie wie eine Geschäftsfrau. Jeder Zentimeter. »Also gut, hör mir zu. Du kannst ihm nicht trauen, es sei denn, er ist zumindest durch einen Handel oder Blut gebunden. Selbst dann ... Geh bitte hinaus in die Garage und such dir etwas aus Eisen, je älter, desto besser, ein Hufeisen oder ...«

Ein Hufeisen? Wo in Gottes Namen sollte ihrer Meinung nach ein Hufeisen im Haus herumliegen?

»Schon gut, Mum. Wirklich. Ich glaube ...«

»Geh hinaus in die Garage. Ein bisschen was ist unter der Plane, die dein Dad neben seinen Werkzeugen hat.« Mums Stimme verlor nichts von ihrem Misstrauen. »Gehört er zu Brí? Oder noch schlimmer, ist er mit ihr verwandt?«

»Nein.« Es fühlte sich wie eine Lüge an, wie ein Betrug. Jinx schaute sie unverwandt mit seinen silbernen Augen an. Er sah fremder aus als je zuvor. Den leeren Milchkarton hielt er immer noch in der Hand. Neben ihm verblasste alles.

»Izzy«, sagte er leise. »Erzähl ihr einfach alles. Ich bin ein Cú Sídhe. Ich bin durch Geis und Blut an dich gebunden, aber rechtlich gehöre ich zu Holly.«

Izzy wiederholte es, wobei sie sich von ihm wegdrehte. Bei Hollys Namen sog ihre Mutter erschrocken die Luft ein.

»Du kannst ihm trotzdem nicht trauen, Izzy, egal wie. Cú-Sídhe-Treue mag eine Sache sein, aber eine Matriarchin wie ...«

»Woher weißt du das alles?« Izzy schrie. Tränen stiegen wieder in ihr auf und kullerten ihr übers Gesicht. Wütend wischte sie sie mit der freien Hand ab. In den letzten Tagen heulte sie anscheinend nur noch. Und hatte Angst. Und rannte davon.

»Ich habe nicht so viel Zeit mit deinem Vater verbracht, ohne ein oder zwei Dinge zu lernen, Izzy. Vielleicht hätten wir es dir schon viel früher sagen sollen, aber ich wollte, dass du so lange wie möglich ein normales Leben hast. Ich wollte …«

»Stimmt es, was Brí mir gesagt hat? Dass du nicht meine Mutter bist?« Die Frage kam heraus, bevor sie sie aufhalten konnte. Mit ihr kamen Wut, Frust und reines Entsetzen, alles Dinge, die sie seit ihrer Audienz bei Brí tief in sich verschlossen hatte. Es war brutal und harsch, wie Stacheldraht, der ihr ins Herz schnitt.

»Ich werde *immer* deine Mutter sein«, knurrte Mum. »Egal was diese Schlampe dir erzählt. *Immer*, Izzy. Vergiss das nicht. Mein Liebling, du bist meine Tochter, auch wenn sie tatsächlich diejenige ist, die dich geboren hat. Und ich werde sie töten, bevor ich zulasse, dass sie dir wehtut.«

Izzy sank auf den Fliesenboden. Ihr Kopf drehte sich. In Bodennähe fühlte es sich besser an. Da konnte sie nicht so weit fallen. »Was soll ich tun, Mum?«

»Ich kann deinen Dad nicht allein lassen, Izzy. Er ist jetzt verwundbar und ich muss auf ihn aufpassen. Aber sie wissen, dass ich hier bin. Und sie wissen, du wirst kommen.« Das war eigentlich keine Antwort. Izzy zweifelte nicht daran, dass ihre Mutter sie in ihrer Nähe haben wollte. Aber sie hatte recht. Sie waren schon im Krankenhaus gewesen und sie war gerade noch entkommen. Nur mit Jinx' Hilfe.

»Es gibt eine Möglichkeit, ihn zu heilen. Etwas, das ich tun kann. Ich muss es versuchen, Mum.«

»Nein. Ich will nicht, dass du dich noch mehr in Gefahr

begibst. Finde einen Platz, wo du untertauchen kannst. Vielleicht ... vielleicht kann ich ein oder zwei Gefallen einfordern. Mach einen Handel. Nimm Kontakt mit deiner Großmutter auf. Finde jemanden ...«

Man konnte nicht mit ihr diskutieren, wenn sie in diesem Tonfall sprach. Selbst wenn klar war, dass sie nicht wusste, was sie tun konnten. Wenn sie keinen Plan hatte. Izzy, die normalerweise nur zu gern folgte, spürte eine wilde Welle des Trotzes. Mum konnte Dad nicht allein lassen, konnte nicht selbst nach einer Lösung suchen. Gran war auf einer Kreuzfahrt, zu weit weg, um schnell nach Hause zu kommen. Mit wem könnte Mum einen Handel abschließen? Angesichts der Deals, die Izzy an diesem Abend gesehen und von denen sie gehört hatte – nein. Sie konnte ihre Mutter nichts so Dummes tun lassen. Aber Izzy konnte es tun. Wenn sie nur zu dem Gral gelangen könnte. Und falls Brí recht hatte, war Izzy die Einzige, die ihn auch benutzen konnte.

»Tu gar nichts. Bitte, Mum! Ich melde mich, okay? Beschütze ihn und ich finde den Gral.«

Ihre Protestrufe klangen blechern und entfernt aus dem Hörer, als Izzy ihn vom Ohr nahm und auflegte.

Sie richtete ihren – wie sie hoffte, entschlossensten – Blick auf Jinx. »Was meinst du mit ›durch Geis und Blut gebunden‹?«

»Du hast mir das Leben gerettet, weißt du noch? Du hast das Messer herausgezogen. Das heißt, vereinfacht ausgedrückt: Ich muss dir helfen und tun, was du willst.«

»Du musst?«

Er sah müde aus. Bis jetzt hatte sie die Mattigkeit in seinem Gesicht noch nicht bemerkt. »Ja.«

»Brí hat dich einen Sklaven genannt.«

»Das kommt aufs Gleiche heraus.«

»Das verstehe ich nicht.«

Jinx zuckte die Achseln. »Es gibt viele Arten von Fae, die meisten von ihnen sind niedere – Bodaich, Merrows, Leps und so weiter. Und dann gibt es noch Sídhe, die höheren Fae. Aber selbst da haben wir eine Hierarchie. Wir sind groß darin, uns gegenseitig auszustechen. An der Spitze der Pyramide stehen die Aes Sídhe, eine so mächtige Gruppe Sídhe, dass ihre liebende Familie sofort bei ihrer Geburt eine Art Rätselfluch auf sie legt, um sicherzugehen, dass sie nicht noch mächtiger werden.«

»Und Brí hat dir auch so einen auferlegt?«

»Nicht sofort. Sie hat gewartet, bis sie mich weggeschickt hat.«

»Vielleicht … vielleicht war es, *weil* sie dich weggeschickt hat. Holly hätte dich nicht als Cú Sídhe akzeptiert. Vielleicht hat sie versucht, dich mehr zu einem Aes Sídhe zu machen.« Warum sie versuchte, irgendetwas zu verteidigen, was Brí tat, wusste sie nicht, aber die Cú Sídhe, die sie kennengelernt hatte, schienen sie zu lieben. Sie waren entsetzt über das, was Jinx zugestoßen war. Sie brauchte keine Fae-Sicht, um das zu erkennen.

»*Mehr Aes Sídhe* … als würde sie oder sonst jemand das wollen. Sie verhängen eine Geis nicht zum Spaß, Izzy. Manche würden einwenden, dass ich überhaupt keine haben sollte – weil Cú-Sídhe-Blut wertloser ist und so –, aber Brí ist eine misstrauische Zicke, die wollte, dass ich für den Fehler meines Vaters leide. Also verfluchte sie mich mit der Geis, die mich jetzt zu deinem Eigentum macht. Körperlich und seelisch.« Er zog eine Grimasse.

»Das tut mir leid«, flüsterte Izzy.

Nur einen Moment lang riss er die Augen auf und Überraschung flackerte in ihren silbrigen Tiefen. »Das … das bedeutet mir viel. Dein Menschenherz ist stark, dass du so etwas sagen kannst. Wir Sídhe können diese Worte niemals sagen. Sie bleiben uns im Hals stecken.«

»Wir werden einen Weg finden, sie zu brechen, Jinx.«

Das hätte ihm beinahe ein Lächeln entlockt, aber so ein verzweifeltes Lächeln, dass sie fast wünschte, es wäre nicht so gewesen. »Nein, werden wir nicht. Nur der Tod bricht eine Geis. Aber ich danke dir für den Vorschlag, Izzy. Ehrlich.«

18

ALL DIE FREAKS

Jinx ging in der Küche auf und ab und wünschte, sie hätten mehr Milch, mit der er ein bisschen Kraft zurückerlangen könnte, wünschte, er hätte sein Handy noch. Aber am meisten wünschte er sich zum tausendsten Mal, er hätte Silver nicht allein dort oben auf Hollys Zorn warten lassen.

Familie oder nicht, Silver hatte keine Chance gegen das Missfallen ihrer Mutter und Matriarchin. Und Jinx sicherlich auch nicht; seine magere Blutverwandtschaft mit Holly war in Wahrheit eine zerbrechliche Sache. Seine Mutter hatte die ihren für die Liebe eines Cú Sídhe verraten. Er hatte immer geglaubt, Jasper hätte seine Mutter getötet. Aber selbst wenn nicht, ihn zu lieben, hatte schließlich ihren Tod bedeutet. Selbst die Cú Sídhe wussten nicht genau, was passiert war. Sie hatten jahrelang das Schlimmste angenommen. Jetzt kannte er die Wahrheit, die nackte Wahrheit: Jasper war zurückgegangen, um Belladonna zu suchen und hatte Jinx in der Obhut seines Rudels gelassen. Dass alles zum Teufel gegangen war, war nicht Jaspers Schuld. Seine Eltern hatten alle Regeln der Sídhe-Gesellschaft gebrochen. Eine Aes Sídhe, und dann auch noch die Tochter einer Matriarchin, mit einem Cú Sídhe, der einer Feindin verschworen war … so etwas war unmöglich. Alles an ihrer Beziehung war verboten, auf so vielen Ebenen. Und hatte es am Ende irgendetwas geändert? Sie waren trotzdem tot. Und er würde es auch sein, daran gab es keinen Zweifel, auf die eine oder andere Art, und das sehr bald. Aber er wusste jetzt, dass er nicht verlassen worden war. Sein Vater war in die Höhle seiner Feindin zurückgegangen, um die Frau zu holen, die er liebte.

Das hätte er auch getan.

Es war einmal …

Für die Aes Sídhe zählte die mütterliche Linie. Seine Mutter, seine Großmutter … das war alles, was sie interessierte. Für ihn machte das seinen Vater aber nicht weniger wichtig. Die Cú Sídhe waren anders. Alle sagten das, nur normalerweise in nicht halb so höflichen Worten.

»Ach, um Himmels willen, bleib stehen!«, blaffte Izzy ihn an. »Oder noch besser: Setz dich hin!«

Er gehorchte nicht, zumindest nicht im eigentlichen Sinne, aber er stellte sich neben sie. Selbst von hier aus konnte er fühlen, wie ihr Körper zitterte.

»Wo ist Dylan?«, fragte sie.

Beide wandten sich gleichzeitig zur Tür, doch als sie dort waren, sahen sie ihn am Fuß der Treppe sitzen. Er hielt sein Handy in zitternden Händen und sein Gesicht war blass und abgehärmt. Er starrte es an, benutzte es aber nicht. »Dylan?«, fragte Izzy zögernd.

»Ich sollte nach Hause gehen«, antwortete er, scheinbar nicht direkt in ihre Richtung, sondern in die Luft. »Sie rufen die ganze Zeit an. Sie müssen schreckliche Angst haben. Aber ich kann nicht.«

»Warum willst du nicht zu ihnen gehen, wenn sie dich so brauchen?«, fragte Jinx.

Izzy sog bei der Frage hörbar die Luft durch die Zähne. In menschlichen Begriffen war das vielleicht unsensibel. Bei den Nuancen war er sich nie so sicher.

»Mari ist wegen alledem gestorben.« Dylan gestikulierte zu den beiden hinüber. »Mari ist gestorben, weil sie zufällig da war. Sie hatte nicht einmal etwas damit zu tun, sie ist einfach ... einfach hinter uns her gestolpert. Du hast gehört, was der Dämon gesagt hat, Izzy. Er beobachtet uns. Er wartet. Er wird auch meiner Familie etwas antun.«

»Das weißt du nicht«, erwiderte sie.

Dylan sprang auf, auch noch der letzte Rest Farbe wich aus seinem Gesicht, als die Wut das Kommando übernahm. »Hast du ihm nicht zugehört? Das hat er gesagt! Das hat mir auch Silver gesagt. Oder geht es nur um dich, Izzy? Geht es jetzt nur noch um *dich*?«

Jinx schob sich zwischen sie und legte Dylan die Hand an die Brust. Zu seiner Überraschung versuchte der Junge nicht, ihn zu schlagen oder anzugreifen. Er erstarrte nur kurz und sank dann in sich zusammen.

»Komm«, flüsterte Jinx und nahm ihm das Telefon mühelos aus dem Klammergriff. »Setz dich. Du musst dich auch ausruhen und es war die Rede von etwas zu essen.«

Sich setzen, reden, eine Lösung finden, erklären – das waren alles gute Pläne für Leute mit Zeit. Für Leute, die nicht von Dämonen, Engeln und dem ganzen Fae-Reich gejagt wurden.

Leute, deren Welt nicht gerade auf den Kopf gestellt wurde.

Er setzte Dylan auf einen Stuhl, während Izzy eine Teekanne bei ihnen abstellte. Sie war mit einem gestrickten Teewärmer überzogen, ein Streifen greller als der andere. In der stylishen glänzenden Küche schrie er laut Familie.

»Den hat Izzy gemacht«, sagte Dylan mit brüchiger Stimme. »Wir haben auch einen zu Hause. Hässlich, oder?«

Nein, er war auf merkwürdige Art schön, auch wenn ihm die Logik sagte, dass er es nicht sein sollte. Doch bevor er es sagen konnte, verteidigte sich Izzy schon mehr oder weniger selbst.

»Wir waren neun!«, protestierte sie. »Außerdem mussten wir! Mrs Mayhew hat uns im Handarbeitsunterricht zum Stricken gezwungen, während sie ihren Kater auskurierte. Maris war schön. Sie wusste schon damals, wie Farben funktionieren.«

Dylan blinzelte – sein Gesicht zeigte, dass ausgerechnet Schule, Lehrer und Stricken ihm im Moment sehr fremd waren. Jinx legte Izzy die Hand auf den Rücken und hoffte, dass das eine tröstende Geste war. Sie versteifte sich, streckte die Wirbelsäule, ihr ganzer Körper spannte sich. Er wollte die Hand zurückziehen, aber ihre Rechte fing sein Handgelenk und hielt ihn auf. Die Berührung war elektrisch, gebieterisch, und er wagte es nicht, sie noch einmal wegzuziehen.

»Wo sind deine Leute jetzt?«, fragte Izzy Dylan, während sie ein wenig näher an Jinx heranrückte. Es war beinahe, als wollte sie sich vor allem verstecken.

»Ich … ich weiß nicht. Sie haben massenhaft Nachrichten hinterlassen. Ich sollte zurückrufen, denke ich.« Er klang nicht sicher. Um genau zu sein, klang er von dieser Aussicht mehr verängstigt als sonst irgendwas.

»Sie werden krank sein vor Sorge, Dylan. Zuerst Mari, und dann verschwindest du?«

So ähnlich, wie sie es getan hatte. Ja, ihre Mutter hatte in dieser Nacht sicherlich jenseits des Vorstellbaren gelitten. Jinx schluckte die Worte hinunter. Es stand ihm nicht zu, sie auszusprechen.

»Ich werde sie anrufen. Das werde ich.« Dylan rutschte auf seinem Sitz herum, untersuchte seine Finger. »Ich verspreche es.« Seine Stimme wurde angespannt, und Izzy beugte sich ruckartig vor, ihre Hand streifte seine Schulter. Dylan wich zurück.

Peinlich berührt wandte sich das Mädchen von ihm ab. »Ich gehe mich umziehen.«

Sie floh aus der Küche, ließ Jinx mit dem schweigenden Dylan allein. Unbehaglich, unsicher. Er sagte nichts, wartete nur. Es war bei seinem Volk nicht üblich zu trauern. Sie verloren selten geliebte Wesen. Deshalb wusste er jetzt nicht recht, was er tun oder sagen sollte.

»Sie sagten, du wärst ein Assassine«, sagte Dylan mit einer Stimme, die seltsam tonlos und ohne Modulation war.

»Das verlangt Holly von mir.«

»Dann hast du Leute umgebracht? Wie viele?«

Unangenehm war nicht das richtige Wort dafür. Es traf es noch lange nicht. »So ist es nicht.«

»Mehr als zehn?« Der Junge war unerbittlich.

»Nein.«

»Mehr als drei?«

Jinx runzelte die Stirn. Er konnte es erklären. Er könnte ihm erzählen, dass sie es verdienten, dass sie böse waren und Jagd auf die Schwachen gemacht hatten. Er könnte hunderttausend Ausreden vorbringen. Aber Dylan hätte es nicht verstanden und es war eigentlich auch egal. »Ja.«

Aber so schwarz-weiß war es nicht gewesen. Oder?

Keiner von ihnen sagte etwas. Dylan starrte ihn nur an, und Jinx erwiderte seinen Blick, obwohl alles in ihm sich abwenden wollte. Das wäre schwach gewesen, hätte stillschweigend angedeutet, dass er sich schämte. Und das tat er nicht.

Es war Dylan, der das Schweigen brach. »Mari hatte keine Chance, oder?«

»Nicht gegen eine Todesfee, nein.«

Dylan kaute auf seiner Unterlippe. »Und wenn ich schneller gewesen wäre …« Seine Stimme verklang. Er konnte den Satz nicht beenden.

»Du hättest sie nicht retten können. Du konntest nichts tun. Das musst du glauben.«

»Wie hast du sie umgebracht? Was ist die beste Art?«

»Es gibt keine beste Art, Dylan.« Wenigstens das stimmte. Den Tod nahm man nicht auf die leichte Schulter. Er war tiefgreifend und beständig, veränderte den Mörder genauso, wie er seinem Opfer das Leben nahm. Der Tod blieb im Geist zurück. Er stutzte das Herz zurück.

»Dann die schnellste Art, die sicherste.«

Jinx studierte ihn ein wenig länger, überlegte, ob er wirklich antworten sollte. »Ziel auf die Kehle«, sagte er kurz und schloss den Mund wieder. Warnungen würden nichts nützen. Er würde sowieso nicht zuhören.

Dylan glitt vom Hocker und ging auf die Regale zu, in denen Reihe um Reihe glänzende CD-Hüllen standen. Einen Moment lang starrte er sie nur an, doch dann blätterte er eine nach der anderen um, durchsuchte die Titel, bis er eine auswählte und sie in den CD-Player steckte.

Gitarrenmusik erfüllte die Luft, magisch gespielt. Rory Gallagher. Jinx erkannte ihn an den ersten Akkorden. Er war unverwechselbar.

»Gute Wahl.«

»Izzys Dad hat die besten CDs. Er leiht mir Zeug, ich darf sie kopieren. Er hat ... er hat die ganzen Großen. Er liebt seine Musik. Meine Leute kapieren es nicht, aber er schon. Sie wollen, dass ich die Musik aufgebe und mich aufs College konzentriere. Kannst du das fassen?«

Vielleicht hätte Jinx das gekonnt, hätte er eine Ahnung gehabt, was das bedeutete. Die Musik aufzugeben, hätte für ihn bedeutet, sein Augenlicht zu verlieren oder auf eine Gliedmaße zu verzichten oder jemandem zu erlauben, einen Teil seiner Seele herauszuschneiden. Er nahm an, dasselbe galt für Dylan.

»Silver hat es dir beigebracht, oder?«, fragte Dylan.

Er nickte. Silver hatte ihm alles beigebracht. Sie war seine einzige Freundin gewesen, die Einzige, die sich kümmerte. Sie hatte ihm die Musik geschenkt. Mehr als die Musik. Sie hatte ihm einen Grund gegeben, mehr als Hollys Hund zu sein. »Du musst bei Silver vorsichtig sein, Dylan. Ich weiß, sie meint es gut, aber manchmal … Wie wir alle kann sie manchmal nicht anders.«

Dylan drehte die Lautstärke auf, schloss die Augen. Die Musik war traurig, einsam, verlassen. Sie zog an Jinx' Herz und erinnerte ihn an Silver, an ihren Gesichtsausdruck, als er ihr das Telefon gab und sie dort in der Dunkelheit zurückließ. Er hatte einen Fehler gemacht. Das wusste er. Und jetzt konnte er nichts mehr daran ändern.

»Ich sollte zurückgehen, nach ihr suchen«, murmelte er mehr zu sich selbst als zu Dylan.

»Wird sie noch dort sein?«

Jinx schürzte die Lippen und schüttelte dann den Kopf. »Holly hätte sie nicht da draußen auf Brís Territorium zurückgelassen, allein und verletzt. Nicht einmal jemand wie Holly würde das tun.« *Aber ich würde es tun*, beendete er den Satz für sich. *Ich habe es getan. Was bin ich? Was ist aus mir geworden?*

»Was tun wir jetzt?«

Jinx rollte die Schultern und fand Trost im Klang der Gitarre, dem klagenden Song.

»Wir helfen Izzy, den Gral zu finden. Und helfen ihr zu lernen, wie man ihn benutzt.«

»Sie ist anders als vorher, oder? Verändert. Mehr ... mehr ...«

Jinx beäugte ihn misstrauisch. Dieser Blick war unerwartet – dieser Schimmer von Interesse galt Izzy, und Jinx merkte sehr zu seiner Überraschung, dass ihm das nicht gefiel. Es gefiel ihm überhaupt nicht. »Mehr. Ja. Izzy ist jetzt *mehr.*«

* * *

Ich habe keine Zeit für so was, dachte Izzy, als sie die Tür fest hinter sich schloss. Sie wand sich aus ihrem Kleid und trat es gegen das Fußende des Betts. Das T-Shirt und die Jeans, die sie stattdessen anzog, fühlten sich herrlich normal an.

Das einzig Normale.

Sie musste sich vom Bett wegdrehen. Das Bedürfnis, sich darauffallen zu lassen, war viel zu stark. Tränen sammelten sich in ihren Augen, trieben kleine Nadeln der Frustration in ihren Nasenrücken. Der dumme Teewärmer, der hatte es ausgelöst. Etwas aus einer anderen Welt, einem anderen Leben. Das eine andere Person gemacht hatte. Und Mari hatte auch einen. Sie kämmte sich die Haare mit den Fingern.

Jemand Normales. Das war jetzt alles fort. Je schneller sie es akzeptierte, desto besser. Denn sie hatte eine Lüge gelebt. Ihre Eltern hatten versucht, sie zu schützen, aber dennoch. Eine Lüge. Jetzt ergaben die ganzen dummen Verrücktheiten einen Sinn, bis hin zu dem Toaster neulich am Morgen. All die Dinge, die zusammengeklappt waren, wenn sie sie berührte, oder in die Luft flogen oder einfach mit einem Fiepen ausgingen und nie wieder an.

Sie war nie normal gewesen.

Ihr Gesicht sah im Spiegel blass und angespannt aus. Zu dünn. Der Kontrast zu ihren roten Haaren war zu extrem. Fast – der Gedanke drehte ihr den Magen um – fast wie eine von ihnen. Sídhe-Linien in ihrer Knochenstruktur. Ihre Haut so weiß, ihre Haare wie Feuer, die Augen brannten wie eine Gasflamme. Wie eine von ihnen.

Und das war sie auch. Irgendwie. Mum hatte es zugegeben. Brí hatte sie für sich beansprucht.

Blasse Haut, rote Haare, blaue Augen. Ob es ihr gefiel oder nicht, sie sah sogar aus wie Brí.

Nicht ganz menschlich. Halb Sídhe. Anders.

Ein Freak.

Sie holte zitternd Luft und versuchte, die wirbelnden Gedanken in ihrem Kopf anzuhalten. Es funktionierte nicht. Wenn überhaupt, wurde der übelkeiterregende Wirbel in ihrem Kopf nur noch hektischer.

Sie drückte die Handfläche an das Glas des Spiegels. Ihr Spiegelbild sah darin jetzt einigermaßen menschlich aus. Die Kälte der Oberfläche erdete sie.

»*Wenn du ein Freak bist, dann sind wir es beide*«, sagte der Engel.

Oh, gut! Sobald sie damit anfing, sich mit einer Albtraum-Veränderung zu befassen, erschien eine neue. Hysterie blubberte in ihr auf. Wenn es nicht die Sídhe-Matriarchin war, die sie als Tochter beanspruchte und zu einem Halbblut-Monster machte, was ihre eigene Mutter auch noch bestätigte, dann war es das Ding in ihrem Kopf, das versuchte, sie zu trösten. Auf seine Art.

»Dann sind wir es beide.« Das ergab Sinn. Oder? Die körperlose Stimme in ihrem Kopf klang logisch. Großartig.

Von unten drang der Klang einer Rory-Gallagher-CD zu ihr herauf. Na, wenigstens hatte jemand Spaß. Zwei Jemande. Wie konnten Kerle das bloß tun?

Es klingelte an der Tür und Izzy fluchte. »Dylan, gehst du mal?«

Keine Antwort. Izzy öffnete ihre Zimmertür. Es klingelte wieder, diesmal schärfer.

Es war Morgen, wurde Izzy bewusst. Irgendwie war es Morgen. Sie lief schon so lange auf Reserve, dass sie nicht einmal wusste, welche Tageszeit war. Der Tee half, aber sie hätte etwas essen sollen. Sie brauchte Schlaf.

Brauchte ihn, hatte aber keine Zeit dafür. Ihr bleierner Körper protestierte, während sie so dastand, schwankend, mit einem Kopf, der sich wie das Zentrum eines Mahlstroms anfühlte.

Und jenseits davon die Warnung, die eisige Berührung des Mals in ihrem Nacken. Das Kreuztattoo, das kalt an … nein *in* ihrer Haut brannte. Irgendetwas stimmte nicht. Das war gefährlich. Mehr als gefährlich. Sie kannte das Gefühl inzwischen. Nicht die Stimme, nur das Gefühl ihrer Tätowierung, eine Warnung vor Gefahr.

Izzy drehte sich der Magen um. Unten wurden die Gitarren lauter, duellierten sich, Klang auf Klang, der in ihrem gequälten Gehirn hämmerte. Es klingelte wieder, schrill und barsch, jemand hielt die Klingel gedrückt, entschlossen, eine Reaktion zu bekommen.

»*Hör zu, Isabel*«, sagte der Engel. »*Niemand darf an die Tür gehen. Du kannst sie nicht hereinlassen. Lass mich dir helfen.*«

Die Stimme fühlte sich plötzlich viel entschlossener an und anders. Nicht das süße Schlaflied wie bisher. Dies war mehr, es war … voller Eifer.

Wieder überlief sie ein kalter Schauder. Und noch einer. So kalt.

»*Lass. Mich. Helfen!*«

Die Worte dröhnten mit solcher Macht durch ihr Gehirn, dass sie Izzy auf die Knie zwangen. Es war falsch. Sie wusste, es war falsch. Der Engel hatte nun schon zweimal versucht, Izzy seinen Willen aufzuzwingen. Er hatte nicht gebeten oder versucht, sie zu überreden, oder sogar befohlen wie jetzt. Der Engel hatte versucht, sie zu zwingen. Wenn sie nachgegeben hätte, würde sich der Engel jetzt die Mühe machen zu fragen?

Aber die Stimme war die eines Engels. Ihres Engels.

Izzy wimmerte, drückte sich die Hände auf die Ohren. Sie ertrug es nicht. Das war alles zu viel. Sie konnte nicht mehr dagegen ankämpfen. Sie wollte nicht. Dieses eine Mal konnte ihr jemand helfen, bot ihr Hilfe an. Sie konnte nicht mehr kämpfen.

»Hilfe!«, flüsterte sie im Bewusstsein, dass sie aufgab, dass ihre Schwäche, ihre Erschöpfung sie überwältigt hatten. Sie sank zusammen, ließ dem Engel seinen Willen.

Licht hüllte sie ein. Es schoss durch ihre Adern und

bog sich an ihrem Rückgrat entlang, knisterte wie Elektrizität, lebendig und vital, quälend. Licht überall, blendend, brennend, sengend in ihrem Körper.

Ihr Gehör wurde schärfer, genauer, und sie hörte, wie der Riegel an der Haustür zurückgezogen wurde, hörte Dylans Stimme.

»Was?«

Sie wusste nicht, wer es war oder was derjenige wollte, der Engel aber schon. Der Engel wusste alles. Sie sprang vor, schneller, als sich ein Sterblicher bewegen konnte, ihr Körper gehörte ihr nicht mehr, er war nicht mehr menschlich. Nicht einmal mehr zum Teil Sídhe. Sie bewegte sich jenseits der irdischen Sphären, in einem transzendenten Zustand, der nur die Bedrohung an der Tür kannte. Der nur wusste, dass Dylan in Gefahr war.

19

DIE ENGEL AN DER TÜR

Dylan öffnete die Haustür mit einem knappen »Was?«, gerade als Jinx aus der Küche in den Flur trat. Ein Gefühl der Gefahr flackerte in seiner Brust auf, doch es war zu spät.

Zwei Männer standen da, in identisch dunklen Anzügen, zwei Männer, die selbst für Jinx' erschöpfte Augen die schönsten Wesen waren, die diese Erde zierten. Er zögerte, streckte einen Arm aus, um Dylan zurückzuziehen, gerade als der Schrei in seinem Hinterkopf sie als Engel identifizierte.

Als mehr als nur Engel. Haniel war natürlich da, aber der andere. Der andere war ein Erzengel.

Haare wie gehämmertes Gold, poliert von einer liebevollen Hand. Augen von tiefstem Saphirblau, blau und schwarz zu einem Farbton gemischt und zusammen endlos. Ein kurzer Ausrutscher, und man konnte für immer hineinfallen, sich in der Herrlichkeit, die sie bereithielten, verlieren. Selbst ein Wesen ohne Seele wie er selbst musste gegen den Drang zu springen ankämpfen.

»Hast du das Wort gehört?«, fragte der Erzengel. Seine Stimme floss wie Musik, wie die Klänge lyrischer Schmeichelei, als hätten die himmlischen Chöre, die er im himmlischen Thronsaal leitete, alle unisono gesungen. In wundersamer Harmonie.

Jinx und Dylan erstarrten. Was hätten sie sonst tun können? Haniel war nur ein Lakai. Aber dieses Wesen, dieses Wunder der Schöpfung, kam von einem viel höheren Rang.

Was nur eines bedeuten konnte: Der Himmel gab sich nicht mehr mit Zweitrangigen ab. Er hatte die große Nummer geschickt, um den Preis zu beanspruchen.

»Izzy«, murmelte Jinx, und sein Körper spannte sich, machte sich bereit. Wenn er losrannte, wenn er sich beim Rennen verwandelte, konnte er es rechtzeitig an ihnen vorbei und die Treppe hinauf schaffen? Konnte er …?

Die Engel drängten sich an Dylan vorbei, und er drehte sich um und schaute ihnen hilflos hinterher, benommen von der Stimme, die immer noch um sie herum in der Luft nachhallte.

Im Haus waren Engel. Jinx wusste, er musste etwas tun, und zwar schnell, aber ihre Gegenwart beraubte ihn aller Kraft, laugte seinen Willen aus. Und diese Stimme, diese melodische, hypnotische Stimme … Er konnte sie nur verwirrt anstarren.

War das wirklich möglich? Dass sein Volk einst auch so gewesen war?

Doch dann dämmerte ein weiteres Licht über ihnen, heller, tiefer, bei Weitem noch schrecklicher. Wo das Licht des Erzengels Sonnenschein durch Wolken war, war dieses roh, das Licht der Sonne im Weltall selbst – kochendes Feuer, nicht gemildert durch die Luft. Es kam vom Kopf der Treppe, und eine Stimme erklang, eine Stimme, die das Haus von den Dachbalken bis hinab ins Fundament erschütterte.

»Du kannst hier ohne Erlaubnis nicht eintreten, mein Bruder.«

Izzys Stimme. Und doch überhaupt nicht ihre Stimme. Etwas anderes, etwas, das hier keinen Platz hatte.

Das Licht des Erzengels verblasste und ließ die Gesichtszüge wieder erkennen.

»Ich bin nicht dein Bruder«, sagte der Erzengel. »Die Gefallenen geben uns keine Befehle. Stattdessen solltest du mit uns kommen und dich dem Urteil stellen.«

Izzy machte zwei Schritte die Treppe hinab und blieb stehen, glühend von Kopf bis Fuß.

»Dieser Ort ist für euch verboten, er steht unter meinem Schutz. Ich muss nicht gehen. In Wahrheit muss ich niemals gehen. Nicht, solange ich hier bin.«

»Sorath, du überschreitest deine Kompetenzen.«

Die Haare wehten ihr wie von einem heißen Wind geblasen aus dem Gesicht, und Licht strömte ihr statt Tränen aus den Augen. »Ich kenne keinen anderen Weg, Zadkiel.«

»Es ist noch nicht vorbei«, knurrte Zadkiel und presste die Lippen zu einer harten Linie zusammen.

»Ganz und gar nicht«, versprach der Engel Sorath mit Izzys süßen Lippen. Jinx' Herz machte einen Satz. Er hätte sie küssen sollen, als er die Gelegenheit gehabt hatte. Er hätte diesen angebotenen Moment der Freude annehmen sollen, denn jetzt … jetzt … würde es jemals noch eine Chance geben? Jetzt, wo ein Engel ihren Halb-Sídhe-Körper bewohnte, entzündet durch den göttlichen Funken, den sie trug, war eine Verwandlung unvermeidlich. Sie würde nie wieder sie selbst sein.

Selbst wenn sich Sorath herabließ, ihren Körper aufzugeben. Was unwahrscheinlich war. Izzy war ein Gefäß. So hatte Brí sie genannt. Ein Gefäß für göttliche Macht. Als wäre sie für so etwas gemacht.

Und Engel gaben normalerweise nichts zurück, was sie sich einmal genommen hatten.

Jinx sog die Luft ein. »Izzy.«

Sie drehte sich mit diesem endlosen Blick voller Licht zu ihm um. Es war nur ein Blick, ein kurzer Moment, aber es hätte ihn fast niedergestreckt.

Es war nichts mehr von dem Mädchen zu sehen. Überhaupt nichts, bis auf die vage Andeutung einer äußeren Hülle.

Aber Zadkiel war noch nicht fertig. Er machte einen Schritt rückwärts zur Tür, auf Dylan zu, und ein verschlagenes Lächeln breitete sich auf seinen perfekten Gesichtszügen aus. Dylan rührte sich nicht, als Zadkiel den Arm ausstreckte – mit einer Anmut wie bei einem sich entfaltenden Flügel – und zwei Finger an seine Stirn legte.

»Nein!«, schrie Jinx. Doch es war zu spät.

Licht füllte den Türdurchgang, grell, blendend. Er zwang Jinx zurück, seine Instinkte waren zu stark, in seiner Brust Entsetzen wie bei einem ins Netz gegangenen Vogel. Und im Herzen dieses Lichts stieß Dylan einen erstickten, gequälten Schrei aus. Seine Knie gaben nach, aber er fiel nicht. Zadkiel hielt ihn aufrecht.

Sorath machte noch ein paar Schritte bis zum Treppenabsatz und fuhr die Engel an.

»Raus! Sofort!«

Ein erneuter Windstoß fegte durch den Flur, und die Haustür knallte zu, dass das Glas im Rahmen klirrte.

Das Licht erstarb wie eine Kerze und das ganze Haus wurde still.

Jinx zwang sich zu einem weiteren Atemzug. Alles in ihm schrie danach, sich zu verwandeln, anzugreifen, das Ding aus Izzy herauszureißen. Dass er das nicht konnte, war unerheblich. Dass sie jetzt viel stärker war, als er es sich je träumen lassen hätte, war nebensächlich. Der Engel drehte sich jetzt zu ihm um und verschränkte die Arme vor der Brust.

»Geh aus ihr raus!«

Sie neigte den Kopf zur Seite und fixierte ihn mit einem Ausdruck, der viel älter und wissender war, als es Izzy je zustande gebracht hätte. Ihre Augen waren flach wie Kiesel – poliert und schön, aber leblos. Die Augen eines Raubtiers. Es war nicht das erste Mal, dass er merkte, wie diese Blicke zu ihm herausspähten, hinter Izzys Bewusstsein, aber sie jetzt direkt anzuschauen und überhaupt nichts mehr von ihr zu sehen … Jinx konnte kaum atmen. Er erstickte vor Angst.

»Sie hat mich um Hilfe gebeten. Ich habe sie ihr gewährt. Dafür musste ich nicht einmal gebunden sein. Im Gegensatz zu dir, Hund. Ich bin ein großzügiger Freund

und zuverlässiger Beschützer. Isabel weiß, dass das wahr ist. Sie vertraut mir.«

Er knirschte mit den Zähnen, die versuchten, länger und schärfer zu werden. Alles in ihm schrie, dass er sie beschützen müsse, dass der Engel mehr als gefährlich sei. »Lass sie los! Gib ihr die Kontrolle zurück!«

Der Engel winkte mit einer von Izzys Händen ab. »Das wird passieren. Ich bin nicht stark genug, um zu bleiben. Noch nicht. Und sie ist wirklich stark. Ich habe gut gewählt. Ich habe sie durch die Jahrhunderte gespürt und sie sprach mich an. Ich habe Spielfiguren gesetzt und ihren Lauf festgelegt. Ich habe Moment und Gefäß so gut aufeinander abgestimmt. Perfekt, wie alles andere.« Sie reckte sich, die Arme seitlich ausgestreckt wie Flügel, legte den Kopf zurück, sodass ihre Kehle entblößt war. »Aber jetzt bin ich müde. Fang mich auf.«

Es brauchte einen Augenblick, bis in seinem Verstand ankam, was passierte, was sie da tat. Sie warf sich nach vorn, die Treppe herab, und dieses kurze Zögern ließ sein Herz vor Schreck einen Schlag aussetzen. Er stürzte vor, fing sie auf, bevor sie am Boden aufschlug. Izzy, seine Izzy. Sie wog fast nichts, aber er hielt sie an sich gedrückt, das Wertvollste auf Erden. Und darunter und darüber. Nicht wegen ihrer Abstammung, oder dem Engel oder wegen des Funkens.

Sondern weil sie Izzy war.

Und einen Moment lang hatte er geglaubt, er hätte sie für immer verloren.

Diese bestürzende Erkenntnis nahm ihm den Atem.

Er wiegte sie in seinen Armen, knurrte leise und kämpfte gegen das sonderbare Gefühl an, endlich vollständig zu sein.

»Jinx?« Ihre Stimme war heiser, als wäre sie durch Rasierklingen gegangen, um seine Ohren zu erreichen.

»Ich bin hier. Alles ist gut.«

Ich hätte sie küssen sollen. Ich hatte die Gelegenheit. Und ich sollte sie jetzt küssen.

Aber er wagte es nicht. Wollte es. Brauchte es. Tat es aber nicht.

Ihre Augen waren auf sein Gesicht gerichtet, betrachteten ihn eindringlich. »Sind sie weg?«

»Ja, für den Moment schon. Wir sind in Sicherheit.«

»Was ist mit Dylan?«

Er zögerte, war sich nicht sicher, wie er darauf antworten sollte. War sich über gar nichts sicher. Vor allem nicht über das Mädchen, das er in den Armen hielt. Nein, kein Mädchen. Nicht angesichts der Geschehnisse, denen sie sich stellen musste. Eine Frau. Die Frau, die jetzt irgendwie sein Herz genauso in der Hand hatte wie seine Freiheit.

20
NACHWIRKUNGEN

Das Erste, was Izzy bemerkte, war ihr Kopf. Er fühlte sich an, als versuchte etwas, sich einen Weg nach draußen zu krallen. Das Zweite war das leise Weinen von jemandem, fast lautlos, verzweifelt, weil es sowieso niemand hören würde, weil es auch niemanden interessieren würde, selbst wenn er es hörte. Sie kämpfte sich durch den Nebel, trotz ihres flauen Magens und dem Pochen am oberen Ende ihrer Wirbelsäule.

»Ruhig«, sagte Jinx' Stimme.

Starke Hände hielten sie, halfen ihr, sich aufzusetzen. So sanft. Berührten sie, als hätten sie Angst, sie in eine Million Stücke zu zerbrechen.

Was auch gut so war, denn genau das befürchtete sie gerade.

Dylan saß mit bebenden Schultern auf dem Sofa, das Gesicht in den Händen vergraben. Als sie es mit Jinx' Hilfe schaffte, sich aufzusetzen, kamen die Erinnerungen zurückgeströmt – der Engel, der Handel, das Feuer und das brennende Licht. Als hätte sich die Sonne direkt in ihre Adern ergossen.

»Was ist mit Dylan passiert?«, fragte sie. Jinx war auch

da gewesen, erinnerte sie sich, als sie wieder zu sich gekommen, als sie kopfüber die Treppe hinuntergefallen war. Er hatte sie aufgefangen. Und sie hatte sich – sicher gefühlt?

Sicher. Bei ihm. Einem gestaltwandelnden Sídhe-Hund, der einer Herrin als Assassine diente, die Izzys biologische Mutter hasste – die sie selbst nur töten wollte wegen des Funkens in ihr, sie foltern wollte für den Engel, den sie beherbergte. Jinx, der ihr nur half, weil er unbeabsichtigt an sie gebunden und deshalb dazu gezwungen war, weil sie ihm das Messer herausgezogen und seine Geis gebrochen hatte. Er hatte keine Wahl, oder?

Warum war er also plötzlich nett?

»Was ist passiert?« Ihr Hals schmerzte, als hätte sie die ganze Nacht geschrien. Was nicht weit von der Wahrheit entfernt war.

»Der Engel.«

»Sie sagte, sie würde helfen.« Izzy sank wieder an seinen warmen, festen Körper zurück. Ein so enger Kontakt, so warm, und dieser Geruch, dieser berauschende Duft – Zimt und Moschus, aufregend. Es brachte sie innerlich zum Zittern. »Was ist passiert?«

»Erinnerst du dich nicht?«

Ein Wirbel aus Licht, aus Feuer, der sie ausfüllte, sie verzehrte, und eine Stimme, nicht ihre Stimme. Ihr Körper gehörte ihr nicht mehr. Ihr Geist brannte.

»Sorath«, flüsterte sie. »Ihr Name ist Sorath.«

Jinx strich ihr über die Haare. Der Drang, sich an ihn zu lehnen, sich von ihm streicheln zu lassen, ließ sie innerlich beben. Schauder überliefen ihren ganzen Körper.

»Dylan?«

»Ich bin hier«, sagte er mit rauer Stimme. »Mir geht es gut.«

Izzy versuchte aufzustehen, ihre Beine waren fast zu schwach, um sie zu tragen, doch sie schaffte die kurze Entfernung zum anderen Sofa. Sich hinzuknien, war einfach. Sie wusste nur nicht recht, ob sie je wieder würde aufstehen können. Das war jetzt nicht wichtig, oder? Das hier war ihre Schuld. Ganz allein ihre Schuld.

»Er hat in meinen Kopf geschaut, darin herumgewühlt, als wäre er eine Kiste auf dem Flohmarkt.« Dylan drückte sich vom Sofa hoch und schleppte sich zur Terrassentür. »Ich brauche Luft. Es tut mir leid. Ich …«

Er beendete seinen Satz nicht, floh einfach aus ihrer Gegenwart, so schnell er konnte.

Izzy schaute ihm nach. Ihr fiel rein gar nichts ein, das ihn vielleicht hätte aufhalten können.

»Dann wissen sie alles.« Jinx ging wieder auf und ab. Wie ein Tier im Käfig. Wie es seine Natur war, nahm sie an. Immer in Bewegung, immer auf der Hut, er bewachte sie, ob sie es wollte oder nicht. Sie waren aneinander gebunden. Brí hatte das gesagt. Er stand unter ihrem Befehl, war ihr Sklave.

Bei dem Gedanken zog sich ihr Magen zusammen. Nicht auf eine gute Art. »Du musst nicht hierbleiben.«

»Doch, das muss ich.« Er zögerte nicht einmal. Er wartete nicht ab. Sein Blick schweifte über die Fenster, den Garten dahinter.

»Ich meine, du musst nicht, wenn du nicht …«

»Doch«, unterbrach er sie, diesmal heftiger, »das muss ich. Du hast da kein Mitspracherecht, Izzy. Du bist nicht die großherzige Lady der Sídhe oder was auch immer du dir vorstellst. Ich habe keine Wahl. Und du auch nicht. Ich muss dich beschützen. Wenn ich es nicht tue, wird die Rache deiner Mutter die geringste meiner Sorgen sein.«

Ihre Antwort kam fast schon automatisch: »Sie ist nicht meine Mutter.«

Er ignorierte das, fuhr einfach fort in seiner Erklärung. »Wenn ich es tue, wird mir meine Matriarchin nie verzeihen. Und wenn ich es nicht tue, selbst wenn ich es schaffe, diesen beinahe allmächtigen Königinnen aus der Hölle mit Gottkomplexen zu entkommen, dann wird sich das Schicksal selbst einmischen und mich nach allen Regeln der Kunst bestrafen. So funktioniert eine Geis. Sie ist wie Karma. Nur noch arschiger.«

»Also beschützt du mich wegen dem, was dir passieren *könnte*, wenn du es nicht tust?«

Er blickte ihr prüfend ins Gesicht und wandte sich dann zu schnell ab. Versteckte noch etwas anderes. Immer verbarg er etwas. Das war Jinx durch und durch. Was war es diesmal? »Ich beschütze dich, das muss genügen«, murmelte er trotzig.

Themenwechsel, beschloss sie. Und zwar schnell. »Das an der Tür waren Engel?« Die Frage verdiente nur ein kurzes, stummes Nicken. »Und der Engel in mir ...«

»Sorath.«

»Sorath. Ich ... ich habe Feuer gespürt.«

»Ja, bei Engeln ist alles Feuer. Normalerweise in der

Variante, alles damit dem Erdboden gleichzumachen. Ich hasse es, wenn sie etwas im Schilde führen.«

So wie du? Izzy sprach es nicht aus und es kam ihr auch nicht ganz fair vor. Aber sie konnte nichts gegen das Gefühl tun. Vernunft, die musste sie jetzt einsetzen. Logik und Vernunft.

Der Engel hatte ihr jedoch geholfen. Er hatte Dylan gerettet, die anderen Engel vertrieben. Genau, wie er es versprochen hatte.

Draußen klingelte Dylans Handy. Er ging eilig ran, mit gedämpfter Stimme. Jinx schloss die Tür, damit er ungestört sein konnte. Als er wiederkam, knüpfte sie an.

»Ein Engel, der rechtzeitig gefallen ist, um seinen Funken an mich weiterzugeben. Himmel, Hölle und eure ganze Sídhe-Hierarchie verfolgen mich. Mein Dad ist verletzt. Und der einzige Weg, ihn und mich zu retten, ist ein Gral. Woher bekomme ich einen Gral, Jinx?«

Er zuckte die Achseln. »Ich glaube, Holly hat einen.«

Izzy konnte ihn nur anstarren. »Du … *was?*«

»Das ist keine große Sache. Nicht der Heilige Gral. Die Engel würden so etwas nie herumliegen lassen, oder? Aber Holly hatte früher einen. Es ist ein Becher. Sehr glänzend. Er heilt Leute. Früher hat sie ihn im Kampf benutzt. Jedes Mal, wenn einer ihrer Krieger verletzt wurde …«, er schnippte mit den Fingern, »… peng! War er wieder da und kampfbereit.«

»Und du sprichst von Holly, die mich töten will und die dich foltern wird, als Strafe, weil du mir geholfen hast. Dieselbe Holly? Nicht zufällig eine andere Psychopathin, die du kennst und mir bisher noch nicht vorgestellt hast?«

Jinx lachte kurz auf. »Sarkasmus steht dir, wusstest du das?«

Ein Kompliment? Was sollte das? Nein, keine Zeit dafür, entschied sie. Nicht jetzt, egal, wie gut es sich anfühlte. Ein unerwartetes Kompliment, falls es wirklich ein Kompliment war, war kein Grund, sich jetzt ablenken zu lassen.

Ach verdammt, sie konnte nicht anders. *»Steht mir?«*

Ein Lächeln kroch über seine Lippen – nett, fast spöttisch, aber nicht ganz, fast schon zärtlich. »Es verleiht dir ein ganz eigenes Feuer.«

Wie Brí. Und wenn sie ihre Mutter noch so sehr leugnete – sie erkannte die Ähnlichkeiten. Und doch war Izzys Feuer ganz ihr eigenes. Sie konnte es an den Fingerspitzen heraufbeschwören. Manchmal. Natürlich nicht, wenn sie wollte. Sie seufzte, bevor sie das Lächeln erwiderte. Auch wenn es halbherzig war. Denn selbst eine Erwähnung dieses ganzen Wahnsinns beraubte sie des Staunens. »Sorath ist zu stark. Wenn sie mich nicht losgelassen hätte, weiß ich nicht, ob ich in der Lage gewesen wäre zu … Ich hätte nicht …«

»Sie bekämpfen?«

Nur Feuer und Leidenschaft, Wut und Raserei. Das konnte man nicht bekämpfen. Es war wie ein Tsunami, der sie überrollte, und nichts konnte ihm standhalten. »Ich war nicht stark genug. Ich hatte solche Angst. Ich konnte nur nachgeben und sie tun lassen, was sie wollte.

Und dann … Sie war so … Sie hat alles verzehrt. Ich konnte nicht entkommen.«

Jinx nahm ihre Hand, seine langen Finger legten sich um ihre, seine Berührung war so zart. »Aber sie war auch nicht stark genug«, erwiderte er. »Sie konnte dich nicht halten. Und sie brauchte deine Erlaubnis, nicht wahr? Sie sagte, du musstest sie um Hilfe bitten.«

Izzy runzelte die Stirn. Sie *hatte* um Hilfe gebeten, er hatte recht. Aber seltsamerweise war das kein Trost. Sie hatte gewusst, so eindeutig wie sie ihre eigene Identität kannte, dass etwas Gefährliches kam, etwas, womit keiner von ihnen auch nur im Traum umgehen hätte können.

Izzys Kraft war zurückgekehrt, die engelhafte Energie hatte ihr Bedürfnis nach Schlaf und nach Essen zerstreut. Alles hatte sich verändert. Das bestätigte mehr als alles, was sie schon wusste: dass sie nicht vollständig menschlich war.

Aber das war das Problem, oder nicht? Sie war nicht mehr ganz menschlich. Sie wusste nicht mehr, was sie war. Veränderte der Engel sie? Oder war es ihr eigenes Blut, was auch immer sie zur Grigori machte? Was wurde da gerade aus ihr?

Auch wenn ein Engel nicht schlecht klang – so, wie Jinx auf den bloßen Gedanken an einen, *irgendeinen* Engel reagiert hatte, was sie gefühlt hatte, als der Engel Besitz von ihr ergriffen hatte … es war beunruhigend.

Draußen vor der Tür wurde Dylans Stimme lauter und Izzy zuckte beim Klang des Schmerzes darin zusammen.

Das Telefon hielt er immer noch so fest in der Hand, dass die Knöchel weiß hervortraten.

»Also, dieser Gral … wo ist er?«

Bei der Frage ging ein Schatten über Jinx' Gesicht. »Ah. Holly hält auf dem Markt Hof. In Dubh Linn, du verstehst. Nicht hier. Eher in meiner Stadt als in deiner.«

»Deine Stadt«, seufzte sie. »Wie funktioniert das? Die beiden koexistieren, die Sídhe-Wege führen überall hinein und hinaus aus der Realität, und keiner weiß irgendetwas davon?«

Er hielt immer noch ihre Hand. Das schien er nicht bemerkt zu haben. Sie wollte nicht auf ihre Hände starren, aus Angst, er würde es doch noch bemerkten, aber ihre Haut kribbelte, wo sie seine berührte, und das Mal in ihrem Nacken fühlte sich an, als badete sie in Sonnenlicht. Es war ein Wohlgefühl wie nach Hause zu kommen.

Gott, ich schnappe komplett über. Beantworte die Frage, Jinx! Beantworte die verdammte Frage!

»Das ist eine sehr lange Geschichte. Deine Vorfahren …« Er zögerte und löste dann vorsichtig seine Hand aus ihrer.

Izzy fluchte innerlich, verdrängte es aber, horchte stattdessen auf den sanften Rhythmus seiner Stimme, versuchte, so viel Information herauszuziehen, wie sie konnte.

»Deine *menschlichen* Vorfahren, als die herkamen, fanden sie meine bereits auf der Insel vor. Sie war uns geschenkt worden, verstehst du, unser einziger Rückzugsort in allen Welten. Engel im Exil haben wenige Orte, an denen sie ruhen können. Aber hier … hier hatten wir einen Ort, einen Ort, für den es sich zu kämpfen lohnte. Angesichts all dessen, was wir verloren hatten, indem wir nicht kämpften – was blieb uns für eine Wahl? Es war ein schrecklicher Krieg und viele starben auf beiden Seiten. Unsere Ältesten, die sich noch an den Krieg im Himmel erinnerten, waren empört, angewidert, schon wieder solche Gräuel zu sehen. Am Ende wurde ein Waffenstillstand ausgerufen, und man einigte sich, die Insel unter uns aufzuteilen. Doch die Sídhe hatten nicht mit der Gerissenheit der Menschheit gerechnet. Die lernten wir von euch, traurigerweise nur zu gut. Die Zauberer teilten die Insel wohl auf, aber nicht mit Grenzen, sondern nach Existenzebenen. Also bekamt ihr das sonnenbeschienene Reich und wir bekamen die Schatten. Wir können zwar zwischen den zwei Ebenen reisen, gehören aber genauso wenig in eure Welt, wie ihr in unsere gehört.«

»Wie kann ich dann überhaupt existieren?«

»Weil dein Vater ein Vertreter der höheren Mächte ist, ein Gesandter, wenn du so willst, eine einzigartige Mischung von Stammbäumen. Es sollte immer nur einen Grigori auf einmal geben, zumindest habe ich das so verstanden. Ihr seid gefährlich, ihr alle, eine Mischung aus allen Blutlinien – Engel, Dämonen, Menschen und Fae. Ein empfindlicher Balanceakt, der ab und zu einer Korrektur bedarf. Deshalb haben dein Vater und Brí ... na ja.«

»Warum Brí?«, fragte sie, auch wenn die Frage eigentlich nicht ihm galt. Aber es war niemand anderes zum Fragen da.

»Brí ist … besonders. Alt. Die Mitglieder des Rats sind die letzten, die stärksten von denen, die verstoßen wurden. Aber Brí war die höchste unter ihnen, als sie noch Engel waren. Vielleicht war sie sogar ein *Dominion*, höchste der anderen Sphäre, die Art, die fast nie auf die horizontale Ebene kommen, weil sie nicht von ihr beschmutzt werden wollen. Ich kann es nicht sicher sagen. Aber mächtig, viel mächtiger als ein Engel oder Erzengel. Sie sprechen allerdings nicht mehr von dem Fall. Es schmerzt sie zu sehr. Es gibt Geschichten über sie, über ihr Zuhause, über den Hügel selbst und warum sie dort bleibt. Dass dort etwas Mächtiges vergraben ist, dass sie danach jagt oder es bewacht oder … Eigentlich ist das auch nicht wichtig. Sie ist jetzt eine Aes Sídhe, eine der ältesten und höchsten unter uns. Ihr Machtstein – das Ding um ihren Hals –, sie sagen, er war einst Feuer aus dem Umkreis des himmlischen Throns, aber sie hat es mitgenommen und in Stein verwandelt. Und Feuer tanzt nach ihrem Willen. Niemand kennt ihre Gedanken und sie teilt sie nicht mit. Ihre Beweggründe kennt nur sie selbst. Und sie hat immer ihre Gründe.«

Seine Stimme war zu einem Murmeln herabgesunken, als erzählte er es nicht ihr, sondern wiederholte liebgewordene Geschichten für sich selbst. Seine Augen füllten sich mit solcher Sehnsucht, dass sie ihm am liebsten gesagt hätte, alles werde gut. Doch das wusste sie nicht. Jetzt nicht mehr.

Er beschrieb ihre Mutter. Ihre leibliche Mutter. Und wenn Brí dem Feuer befehlen konnte, konnte sie selbst das vielleicht auch. Sie erinnerte sich an die Funken, die kleinen, nutzlosen Flammen, die sie in Panik heraufbeschworen hatte. Sie starrte auf ihre Finger, versuchte, sie dazu zu bringen, es jetzt noch einmal zu tun, aber nichts passierte. Wenn überhaupt, fühlten sich ihre Hände sogar noch kälter an.

So viel also zu mütterlichem Blut. Ihre Mutter hatte ihr nicht gerade viel vererbt.

Eigenartigerweise war das aber gar nicht mehr so wichtig. Sie wusste, es musste so sein, und vielleicht würde es später auch so kommen. Später, wenn sie mit Dad sprechen konnte, seine Seite der Geschichte hörte. Vielleicht half die Tatsache, dass Mum es wusste. Vielleicht machte es die Tatsache, dass Izzy nichts mit Brí zu tun haben wollte, einfacher zu akzeptieren. Später, versprach sie sich selbst. Später würde sie alles ins Reine bringen. Falls es ein Später gab.

»Es war Mum«, sagte Dylan, der jetzt wieder die Küche betrat und direkt auf den Kühlschrank zuging. Er zog eine Flasche Bier heraus und öffnete sie. Ohne zu zögern, leerte er sie und knallte sie auf den Küchentresen. »Ich muss nach Hause. Ich muss ihnen zeigen, dass alles okay ist.«

Jinx warf Izzy einen Blick zu, aber sie wusste nicht, was sie sagen sollte. Dylan sah alles andere als okay aus. Er sah aus wie ein Lebensmüder. Und dieser Gedanke allein erschreckte sie furchtbar.

»Das solltest du.« Sie erprobte die Wörter, noch während sie sie sprach, und stellte fest, dass sie nicht wahr klangen. Ein egoistischer Teil von ihr wollte nicht, dass er ging. Aber sie wollte auch nicht, dass er noch tiefer in die Sache hineingeriet als sowieso schon. Der Preis war jetzt schon hoch genug, und Dylan … sie wusste einfach, dass er etwas Dummes tun würde. Etwas wirklich Dummes. Er litt so sehr, und keiner, der an solchen inneren Qualen litt, dachte nach, oder? Sie musste es schließlich wissen.

Dylan kaute auf der Unterlippe. »Ich weiß nicht, was ich tun soll.«

Das Gedudel seines Klingeltons unterbrach erneut die Stille, und Dylan fummelte in seiner Tasche herum und fluchte, bis er sein Handy herausbekommen hatte. Als er es aufgeklappt hatte, runzelte er die Stirn. »Silver? Wo bist du?« Der finstere Blick vertiefte sich, als er sich zu Jinx umdrehte und ihm das Telefon hinhielt. »Sie will mit dir sprechen.«

Jinx nahm ihm das Telefon ab; das Ding war lächerlich klein in seiner großen Hand. »Silver?«

Sie alle hörten ihre Stimme – unnatürlich blechern und weit entfernt –, aber mit so viel Schmerz und Verzweiflung darin. »Ich bin in unserer Höhle. Mit Holly. Sie ist rasend vor Wut, Jinx. Ich habe sie noch nie so wütend gesehen. Ich glaube nicht, dass ich diesmal vernünftig mit ihr reden kann. Du bist der Einzige, dem ich trauen kann, Jinx. Der Einzige. Du musst mir helfen.«

21

DER KUSS DER MERROW

Jinx hatte nicht lange gebraucht, um ein Tor zu den Sídhe-Wegen zu finden.

»Für uns stechen sie in eurer Welt deutlich hervor«, sagte er, während er den Fußweg entlangging. »Wie eine Brise eiskalte Luft in einem ansonsten warmen Raum, oder wie der Schauder, der dich überläuft, wenn … wenn … wie soll ich das sagen?« Er rang nach Worten.

»Wie wenn dir das Blut in den Adern gefriert?«

»Ja, genau. Morbider Haufen, diese Menschen.«

Tja, dachte Izzy, *wenn du dir Sorgen über Alter und Tod machen müsstest, wärst du vielleicht auch morbid.* Aber sie sagte es nicht.

Hatte Mari an den Tod gedacht? Hatte sie sich überhaupt vorstellen können, dass es ihr passieren könnte, irgendwann in vielen Jahren, ganz zu schweigen von jetzt, als es geschah? Izzy wurde die Brust eng, und sie versuchte, den Gedanken wegzuschieben. Vielleicht hatte sie recht, wenn sie sich morbid fühlte. Vielleicht sollte sie viel öfter über den Tod nachdenken.

Ein kurzer Spaziergang brachte sie durch die grünen Vororte nach Sandycove, an dem stämmigen Martello

Tower vorbei zu einer Stelle, wo die Felsen von der wütenden See verschluckt wurden. Es war immer noch früh am Morgen und keine Autos auf der Straße, überhaupt keine Spur von Leben. Die reale Welt schlief und träumte in glückseliger Ahnungslosigkeit.

Izzy trottete neben Jinx her, entschlossen, mit seinen langen Schritten mitzuhalten. Er wurde nicht langsamer, und das sagte ihr genauso wie alles andere, dass er sie dort nicht haben wollte. Die Freundlichkeit fiel wieder von ihm ab. Frustration, Angst und der Albtraum dessen, was Silver womöglich passiert war, hatten ihm das geraubt. Die Bedrohung für ihre eigene Familie trieb sie vorwärts, ließ sie bei ihm bleiben, denn er war im Moment die einzige Chance, die sie hatte, ihnen zu helfen.

»Du musst das nicht tun.« Er benutzte genau dieselben Worte wie die mehr als ein Dutzend Male davor. Irgendwann hatte sie aufgehört zu zählen, wie oft er es gesagt hatte oder wie oft sie dieselbe Antwort gegeben hatte.

»Doch, das muss ich.«

Diesmal genügte ihm das aber nicht. »Als Brís Tochter …«

»Ich bin nicht Brís Tochter!«

»… bist du Hollys Feindin. Sie wird dich gegen Brí einsetzen oder dich umbringen oder …« Er unterbrach sich mit einem resignierten Knurren und ging wieder schneller, als könnte er sie zurücklassen, indem er sie einfach abhängte, als würde sie ihm nicht folgen. »Mit dem Funken und der Identität deiner Mutter, deiner leiblichen

Mutter, wird Holy alles tun, um dich zu bekommen. Bitte, Izzy, lass mich das allein machen!«

»Ich brauche den Gral. Für Dad.«

Er blieb an der Straßenecke stehen, als ein Auto an ihnen vorbeibrauste.

»Und der Zeitpunkt dieses Unfalls macht dich nicht stutzig?«

Die Art, wie er *»Unfall«* sagte, ließ sie schließen, dass er ganz und gar nicht daran glaubte. Und er hatte recht. Der Einzige, bei dem sie darauf vertrauen konnte, dass er sie beschützte und leitete, war ihr genau in dem Moment weggenommen worden, wo sie ihn am meisten brauchte.

Sie grub die Fäuste in die Taschen. »Ich brauche den Gral. Mehr als je zuvor. Siehst du das nicht? Wenn ich ihn heilen kann, kann er es erklären, er kann helfen und kann ...«

»Dein Vater sein.« In seiner Stimme lag Mitgefühl. Sie streckte die Hand nach seiner aus und er nahm sie ohne Protest. Ihre Finger fühlten sich im Vergleich zu seinen sehr klein und kalt an. Ihre Haut sah zu blass aus neben seiner gemusterten, die ihn als Cú Sídhe auswies, während sie durch ihre blasse Haut ... was war? Jedenfalls nicht wie er.

Sie blickte zu ihm auf. Silbrige Augen schimmerten unter den schwarzen Haaren, die ihm ins Gesicht gefallen waren, und die Piercings, die er trug – so sehr ein Teil von ihm, dass sie sie kaum noch bemerkte – fingen das Sonnenlicht ein und glänzten. Er sah so wild aus, und doch irgendwie überhaupt nicht. Verletzlich.

Das Meer krachte gegen die Felsen, ein Gebrüll der unbezwingbaren Natur.

»Was ist mit deinem Dad passiert, Jinx?«

»Er ist gestorben.« Seine Hand schlüpfte eilig aus ihrer und er machte einen Schritt von ihr weg. »Also gut, dann komm mit, wenn es unbedingt sein muss.«

»Holly hat ihn umgebracht, oder?«

Seine Schultern wurden steif, und er blickte in die Ferne, nicht gewillt, ihr in die Augen zu schauen, während er sprach. »Er war Brís Mann, der in Hollys Festung eindrang, wahrscheinlich mit dem Vorsatz, sie zu töten. Das sagen jedenfalls alle. Und er war ein Dieb. Er ist mit Hollys Tochter durchgebrannt. Ich weiß nicht, ob ihn das zu einem Dieb macht, aber mehr haben sie mir nicht gesagt – ein Dieb und ein Assassine. Er ging zurück, um meine Mutter zu holen. Ich weiß nicht. Ich nehme an, Holly hat ihn erwischt und exekutiert. Und als Entschädigung mich verlangt, als Teil des *Einechlan*, der ihr für die Kränkung zustand.« Sie schaute ihn mit leerem Gesicht an. »Der Ehrenpreis«, erklärte er und stieß dann wieder einen seiner kleinen knurr-ähnlichen resignierten Seufzer aus. »Ich erinnere mich davor nicht an viel. Ich war zu jung. Es ist eine alte Geschichte, die ich verdrängt habe, und ich will nicht darüber sprechen.«

Dylans Handy in Izzys Tasche läutete und gab ihm einen Vorwand, nicht weiterzusprechen. Dylan hatte darauf bestanden, dass sie es mitnahm, bevor er sich auf den Nachhauseweg machte, zu der Konfrontation mit seinen Eltern, zu der Trauer, die dort auf ihn wartete.

Maris Name stand auf dem Display und Izzy wäre fast das Herz stehen geblieben. Ihre Hände zitterten, als sie die Nachricht aufrief.

»Es ist Dylan«, sagte sie zu Jinx, während sie den Text las. Er hatte ihr Handy gefunden. Tränen brannten Izzy in den Augen, als sie daran dachte, was es ihm vermutlich abverlangt hatte, es zu benutzen. »Sind wir schon da?«

»Ja. Dort drüben.« Er zeigte auf den Strand, und als sie gegen die Morgensonne blinzelte, konnte sie es beinahe sehen, wie ein Hitzeflimmern um den oberen Teil eines großen Felsbrockens herum, der über einen großen, flachen Tümpel ragte. Das Blau des Himmels spiegelte sich im Wasser. Der Durchgang schimmerte, verzerrte leicht ihr Sichtfeld, und um seine Ränder kroch ein blasses Glitzern nach draußen und blutete in die Menschenwelt hinaus.

Izzy schickte ein Wort – *ja* – an Dylan und steckte das Telefon in die Tasche zurück. »Dann lass uns gehen.«

Es war weiter, als es aussah. Sie kletterten über Felsen, umgingen tiefe Wasserstellen und den weichen Brei des angeschwemmten Seetangs, glatt und glitschig, tückisch, wenn man darauftrat. Der Wind frischte auf, zog an ihren Haaren und Kleidern, und der vorhin noch schöne Sommermorgen hätte eine Ewigkeit entfernt sein können. Jinx fluchte jetzt fast ständig, eine Litanei der Obszönitäten, während sie sich zu dem Felsen vorarbeiteten. Das Meer brüllte zurück.

»Sie versuchen, uns aufzuhalten«, sagte er, als der

Wind um sie herum zu einem Kreischen anschwoll. Hinter ihnen an der Straße rührten sich die Bäume kaum und die Sonne schien. Aber hier, am Fuß des Felsblocks, hatten sie einen ortsgebundenen Wirbelsturm betreten.

»Wer?« Eine plötzliche Bö riss ihr das Wort von den Lippen, sobald es heraus war, aber irgendwie hörte er sie trotzdem.

»Wer auch immer das Tor bewacht. Sie bringen die Elemente gegen uns auf, um uns zu vertreiben.«

»Nicht Brí?«

Unter ihren Füßen stürzte der Fels zur Seite weg, und sie fiel mit einem Schrei und landete auf den Knien. Jinx' Hand schloss sich um ihren Oberarm und zog sie wieder hoch.

»Hier in der Gegend solltest du sie am besten nicht erwähnen. Sie ist nicht gerade eine gute Nachbarin.« Er zog sie an sich und das Mal in ihrem Nacken sandte wieder einen seiner Schauder aus. Keine Warnung, oder zumindest keine Warnung vor Gefahr. Und auch nicht nur das Mal. Ihr ganzer Körper. »Nein, nicht Brí. Hier haben andere Fraktionen das Kommando – Meeres-Fae, die nichts für uns andere übrig haben und auch keinen Grund, uns zu lieben. Bleib einfach dicht bei mir.«

Sicher an ihn gedrückt, mit seinen Armen um sich, schloss Izzy die Augen und ließ sich von dem Gefühl überspülen. Sicher, zufrieden, triumphierend. Selbst wenn es nicht andauern konnte. Für diesen Moment, nur jetzt …

»Isabel, nimm dich in Acht vor deinen Gefühlen. Man kann ihm nicht trauen.« Mitleid durchzog die Stimme des

Engels. Der Klang verwandelte alles, was Izzy gerade gefühlt hatte, in ihrer Magengrube zu Asche.

»Wir sollten besser weitergehen«, flüsterte sie, und Jinx ließ sie los, genauso wiederstrebend wie sie selbst. Oder vielleicht war das auch nur Wunschdenken ihrerseits.

Ihre Hand ließ er aber nicht los. Zweifellos mehr für Balance und Sicherheit, aber das war egal. Sie war unglaublich und zutiefst dankbar.

Sie blieben vor dem schimmernden Tor stehen und Jinx hob die freie Hand und zeichnete eine Art Siegel in die Luft. Lichtfunken folgten seinen Fingerspitzen wie Kratzer in der Wirklichkeit.

Izzy schluckte trocken, bis ihre Ohren knackten, als die Luft um sie herum weggesogen wurde. »Was ist auf der anderen Seite?«

»Ein Ort wie dieser hier«, antwortete er. »Und auch wieder nicht.« Ohne weitere Erklärung zog er sie hindurch.

Und auch wieder nicht. Das war die beschissene Untertreibung des Jahres. Obwohl die grundsätzliche Landschaft dieselbe blieb – die Felsen, das Meer, der Hügel, der sich in der Ferne erhob, die Küstenlinie bis zur felsigen Spitze des *Forty Foot* und dem weiten Bogen der *Scotsman's Bay* jenseits davon –, hatte sich die Welt um sie herum verändert.

Die Häuser waren weg, aber das war noch das Geringste. Die Straßen, Mauern und alle vertrauten Orientierungspunkte der Menschheit waren ebenfalls fort. Blumen wucherten am Rand des Trampelpfads, der landeinwärts führte. Das Meer wurde ruhig, wie ein Spiegel, reflektierte alles in perfekter Symmetrie. Zu ruhig. Zu still. Unnatürlich.

Izzy drehte sich im Kreis und schaute sich mit zu großen Augen um. Sie kannte diesen Ort, kannte jede Nuance dieses Landes. Und es war verändert, weggefegt und durch etwas anderes ersetzt. Wie ihr Leben. Wie das, was sie für ihr Leben gehalten hatte. Ersetzt durch Wahnsinn.

Die Flut war auch näher, umspülte den Felsen, auf dem sie standen, und schnitt das Tor vom Festland ab. Das Meer wirbelte um sie herum, tief und grün, zu dunkel, um auf den Grund zu sehen. Sie waren ausgesetzt.

Nachdem sie ein paar Sekunden lang die Küste betrachtet hatte, wurde Izzy klar, dass es dort doch Häuser gab, aber nicht, wie sie sie kannte. Hütten, die sich ans Ufer schmiegten, aus Strandgut und Plunder – aus alten Holmen, Fässern, Blechkanistern und Bojen, zerrissenen Netzen und etwas, das vielleicht einmal ein Einkaufswagen gewesen war. Sie befanden sich halb im, halb außerhalb des Wassers, so gut wie überspült.

Als es hinter ihr plätscherte, drehte sie sich um, doch das Wasser war genauso still wie vorher. Dunkle Formen bewegten sich unter der Wasseroberfläche, Schatten im Spiegel des Meeres. Ein Kopf tauchte auf, glänzendes Mahagoni, fast schwarz. Ein Seehund. Izzy schob den Anflug von Beunruhigung von sich, der sich seinen Weg durch ihr Inneres gebahnt hatte. Nur ein Seehund. Er betrachtete sie mit Augen wie Obsidian-Murmeln.

Noch ein Plätschern erklang, und noch eins, und plötzlich waren sie umringt von Dutzenden von Seehunden, die alle den Felsen beobachteten und Izzy und Jinx mit ruhigen, undurchdringlichen Augen musterten.

»Jinx?«

»Selkies«, erklärte er ihr mit einer Stimme, die viel zu ruhig war, um ein Trost zu sein. Gezielt und gefährlich ruhig. Dieses *Ich-will-dich-nicht-beunruhigen-aber* ...-Ruhig. »Sei einfach still und mach keine hastigen Bewegungen. Erschrecke oder verärgere sie nicht. Halt dich einfach an mir fest. Sie können uns helfen. Man hat mir gesagt, ihr Ältester sei das Orakel des Meeres. Vielleicht kann er uns den Weg zeigen.«

»Wie konnte die Flut so schnell steigen?«

»Weil sie es ihr gesagt haben. Beleidige sie nicht. Was bedeutet *still*, Izzy?«

»Aber das sind doch nur ...«

Er zog sie so schnell in seine Arme, dass sie ihm nicht ausweichen konnte. Seine Hand lag auf seinem Mund, während die andere sie wieder an seine Brust drückte.

Seehunde, wollte sie ihn anschreien. *Nur Seehunde!* Du hast sie doch die ganze Zeit an diesem Küstenabschnitt gesehen, vor allem in der Nähe der Häfen und Angelplätze. Überall, wo sie eine Gratis-Fischmahlzeit schnorren können. *Nur Seehunde*.

Und dann begann, von irgendwo und unsichtbar, eine Stimme zu singen.

Jinx schauderte, ein Schütteln seines reglosen, harten Körpers, das von den Füßen die Beine hinauf, über den Torso und die Arme lief, die sie festhielten. Sogar seine Fingerspitzen zitterten. Izzy hatte noch nie so eine Musik gehört, süß und hoch, fast hypnotisch in ihrer Schönheit.

Die Selkies planschten im Wasser, das sich jetzt kräuselte und bewegte wie Quecksilber. Mit einer aufgeregten Rollwende verschwanden sie unter den wachsenden Wellen. Fort, als wären sie nie da gewesen. Die Stimme dagegen sang weiter.

Langsam, Zentimeter um Zentimeter, ließ Jinx sie los. Sie beobachtete ihn irritiert, als er sich vorsichtig auf den Felsen kniete und sich mit den Armen abstützte, damit er die Wasseroberfläche absuchen konnte.

»Jinx? Alles in Ordnung?«

Er hörte sie nicht, oder wenn doch, reagierte er nicht. Das Bedürfnis, ihn zu treten, stieg in ihr auf, und sie hätte es fast getan. Direkt in diesen zu herrlich geformten Hintern, damit er kopfüber in das Wasser fiel, das ihn so faszinierte. Aber aus dem Augenwinkel sah sie etwas näher kommen, und das vertrieb alle Gedanken an kleinliche Rache und Mutwillen aus ihrem Kopf.

Wie Seegras, das in ihre Richtung driftete. Ein grüngoldenes Gewirr im Wasser. Aber Seegras bewegte sich nicht, soweit sie wusste. Auf keinen Fall änderte es seine Richtung oder wurde schneller. Die Stimme, die ihre Zauber und Listen wob, beraubte sie jeglichen Sinns für Gefahr. Sie starrte auf das Etwas, das sich durchs Wasser bewegte, umschlungen von seiner Musik.

Eine weitere Stimme stimmte in die erste ein, dann noch eine. Sie sah das Spritzen eines Schwanzes, ein Flimmern von irisierenden Schuppen, von der Sonne berührt, und dann – unmöglich – eine Hand, eine Schulter, den Bogen eines Ohrs, einen offenen Mund.

Sie sangen in komplizierten Harmonien, eines Madrigals würdig, Stimmen, die betörten und Freude bereiteten, die ihren Geist mit Staunen erfüllten und ihr Herz mit einem Sehnen. Izzy fand sich kniend an Jinx' Seite wieder. Sie warf ihm einen Blick zu, um zu sehen, ob diese Musik ihn ebenso verzauberte wie sie.

Die Musik nahm seinem Ausdruck alle Härte, verfeinerte die scharfen Kanten zu unerhörter Schönheit. Er sah mit entzückter Verwunderung ins Wasser. Izzy blickte finster, als etwas in ihr den Zauber der Musik an den Rändern auflöste. Sie selbst hatte er noch nie so angeschaut. Niemand hatte das je getan. Sie hatte noch nie so eine Verehrung auf sich gezogen und sie wollte es. Sie wollte es mehr als alles andere, das sie sich vorstellen konnte.

Von ihm.

Galle brannte in ihrem Hals. Der süße Duft in der Luft verwandelte sich in den Gestank von Seetang, der in der Sonne verrottet, den Schlamm der Verwesung, den Schaum der Verschmutzung, der sich an der Küste entlangzog, die Kadaver von toten Dingen. Sie schaute ins Wasser hinab. Blasse Gestalten schwebten durch das Wasser, wie gebleichte Leichen, stiegen höher und höher, ihre Münder singend geöffnet. Und hungrig.

Die Erste durchbrach die Wasseroberfläche direkt vor Jinx. Goldenes Haar ergoss sich über ihren Rücken und breitete sich im Wasser aus wie Ranken von Sonnenlicht. Sie lächelte über seine Verehrung, so ein schöner Ausdruck, bis sich ihre Lippen teilten und Izzy ihre Zähne sah. An ihnen war nichts Menschliches. Der einzige Ort, an dem sie etwas Ähnliches schon einmal gesehen hatte, war das grinsende Maul eines Hais. Die Augen der Kreatur waren trüb, undurchsichtig, tot. Schön mochte sie sein, diese Meerjungfrau, zumindest von außen, aber man brauchte keinen zweiten Blick auf den Seetang, der sich in ihren Haaren verfangen hatte, auf ihre toten Augen und die gezackten, rasiermesserscharfen Zähne, um zu wissen, dass an ihr nichts von Disney war.

Die Meerjungfrau hob ihre langen Hände aus dem Wasser, griff nach Jinx, neigte das Gesicht, wie um einen Kuss entgegenzunehmen. Zwischen ihren gespreizten Fingern spannten sich dünne weiße Schwimmhäute – *Leichenhaut, tote Haut!*, schrie Izzys Gehirn ihren trägen Körper an –, so fest gespannt, dass es aussah, als könnten sie jeden Augenblick reißen.

Eine zweite Bewegung im Wasser unter ihr enthüllte ein weiteres Gesicht, gespenstisch ähnlich, schön und schrecklich. Tot und verwesend, auf der Suche nach einer Stärkung, die hungrigen Münder des Meeres.

»Jinx.« Angst machte ihre Stimme dünn und verzweifelt, ein raues und zögerliches Ding. »Jinx, sie …«

»Eine Merrow«, flüsterte er, und sogar das Wort klang wie ein Zauber auf seinen Lippen. Er lächelte, so ein wehmütiges Lächeln, nicht gezeichnet von seinem üblichen Zynismus oder bitteren Zweifeln. Dies war ein Ausdruck der Verwunderung, der Unschuld, die sie nie zuvor an ihm gesehen hatte. Er beugte sich tiefer und die Hand der Merrow berührte endlich seine Haut. Ein Seufzen entrang sich ihm zitternd, als sie seine Wange streichelte und eine schimmernde Spur von Nässe zurückließ. Jinx beugte sich noch weiter vor, öffnete die Lippen, und seine Hand hob sich von dem Felsen, streckte sich aus, überstreckte sein Gleichgewicht.

Izzy wimmerte beunruhigt, als sich zu der Merrow, die ihr am nächsten war, noch eine weitere gesellte. Tote Dinge im Wasser, Leichen mit weißer, wachsartiger Haut, ihre Schönheit nur eine Maske für das Monster darunter.

»Was soll ich tun?« Ein Flüstern war alles, was sie herausbrachte. Genau wie Jinx beugte sich ihr verräterischer Körper zu ihnen hin, angezogen von dem Lied, aufs Wasser zugelockt. »Was kann ich tun?«

»Lass dich nicht von ihnen anfassen!«, schrie Soraths Stimme in ihrem Kopf.

Ein kehliges Stöhnen des Behagens schickte alle Gedanken an Meerjungfrauen und Gefahren aus Izzys Kopf. Sie starrte in bitterem Entsetzen auf Jinx.

Die Merrow ragte jetzt halb aus dem Wasser, den laufstegtauglichen Oberkörper an den Fels gedrückt und die Arme um Jinx' Hals geschlungen. Seine Hand spielte mit ihren goldenen Haaren. Ihre Lippen trafen sich in einem merkwürdig wilden Kuss, und langsam, ganz, ganz langsam, begann sie ihn zu sich zu ziehen, über die Felskante und zu sich herab.

»Jinx!«, schrie Izzy. Sie packte ihn an den Schultern,

versuchte, ihn zurückzuziehen, aber er fühlte sich an wie der Fels, der ihre einzige Hoffnung auf Rettung war. »Jinx, hör auf! Bitte!«

Verdammter Mann! Blöder, dummer Mann. *Sie* wollte er natürlich nicht küssen, aber sobald so ein durchweichtes totes Ding auftauchte, halb Supermodel und halb weißer Hai, wurden gegenseitig die Mandeln untersucht. Sie donnerte ihm mit den Fäusten auf den Rücken, zog an seinen Kleidern und Haaren.

Die anderen Merrows lachten. Sie konnte es in ihrem Lied hören. Sie fletschten die Zähne und zeigten die langen, rasiermesserscharfen Fingernägel, die nach Blut verlangten, bereit zu töten, ihn zu zerreißen, sobald er ihnen gehörte.

»Hörst du mir jetzt endlich zu?«, fragte Sorath gereizt. *»Vertrau mir, Isabel. Ich habe dich bisher auch nicht enttäuscht, oder? Hör zu, wenn du den Bann brechen willst.«*

»Sag es mir!«, schrie Izzy, während Jinx näher ans Wasser rutschte, als die Merrow hartnäckiger zog, als die anderen ihr halfen, die Hände aus dem Wasser schlängelten, um ihn zu holen. »Sag mir, was ich tun soll!«

»Silver.«

»Die ist nicht hier!«

»Silber. Das Metall. Du trägst Silber. Verschiedene Fae-Wesen haben verschiedene Sehnsüchte. Verschiedene Süchte. Merrows lieben Silber. Wirf es ins Wasser. So weit von hier, wie du kannst.«

Ihre Halskette. Die, mit der Dad sie an ihrem Geburtstag überrascht hatte, ein kleiner Fisch aus keltischen Knoten. Der Lachs des Wissens. Sie liebte die Kette, und sie war alles, was sie im Moment von ihm hatte. Gequält riss sie sie vom Hals und ließ sie über dem Wasser baumeln. Sie glitzerte in der Sonne.

Als hätte jemand einen Schalter umgelegt, ließen die Merrow Jinx los. Izzy zog zu fest an ihm, übereifrig, ihn aus ihren Krallen zu befreien, und er fiel rückwärts gegen sie. Sie ging auf dem Felsen neben ihm zu Boden, ihre Hand schleuderte über das Wasser, die Silberkette immer noch fest umklammert. Eine Merrow sprang hoch, versuchte, danach zu schnappen, aber Izzy riss sie gerade noch rechtzeitig zurück.

Ihr Lied hatte jetzt aufgehört, und sie fauchten sie an, wimmelten unter der Kette herum wie Haie im Blutrausch.

»Wirf sie, Isabel! So fest und so weit du kannst!«

Sie schleuderte die Kette von sich. In hohem Bogen flog sie über die spiegelglatte See und fiel. Die Merrows jagten ihr nach, drängelten sich aneinander vorbei, kratzten Haut und Schuppen im Bemühen, als Erstes dort zu sein, bis Blut das Wasser färbte. Sie tauchten unter den Wellen nach der Kette, immer noch miteinander ringend, sich gegenseitig zerfleischend.

Und alles war wieder still.

Jinx lag benommen auf dem Rücken, Izzys Beine steckten unter ihm fest. Er starrte in den Himmel und schnappte nach Luft wie ein Ertrinkender. Sein Gesicht und seine Haare waren klatschnass. Genau wie seine Arme und das

Shirt, überall, wo die Merrows ihn angefasst hatten. Er war schon halb ertrunken, bevor er überhaupt das Wasser erreicht hatte.

»Geht es dir jetzt gut?«, fragte Izzy und wünschte, sie würde nicht so verängstigt klingen. Sie hatte ihn gerade gerettet. Sie sollte nicht erschrocken klingen. »Jinx, kannst du mich hören?« Sie drehte sich herum, zog die Beine unter ihm heraus, damit sie sich über ihn beugen konnte.

Sein Blick schwenkte zu ihr, verstört und unwissend. Sie versuchte, seine Augen zu erforschen, versuchte zu erkennen, ob er endlich wieder zu Sinnen kam oder ob die Merrows ihm weit mehr als nur Küsse gestohlen hatten.

Jinx preschte vor, bevor sie wusste, was kam. Seine Hand legte sich um ihr Gesicht, sein Daumen strich an der Linie ihres Kiefers entlang, bis die Hand in ihrem Nacken lag, wo das Mal unter seiner Berührung schmolz.

Es war egal. Das Mal war nicht wichtig, wenn seine Lippen ihre in einem so sanften und zaghaften Kuss streiften, wie sie ihn sich nur hätte erträumen können. Das war kein Kuss eines Jungen, tastend und unsicher. Kein grobes Aufeinanderprallen von Lippen und Zähnen. Selbst in diesem Zustand wusste Jinx, wie man küsste. Es überwältigte sie.

Der erste Kuss war eine Frage. Zu überrascht, um zu reagieren, ließ sie es mit sich geschehen. Der zweite war ein Erkunden, eine Ausarbeitung dieser ersten Frage, und als sich seine Lippen teilten, waren ihre gezwungen, es ihnen gleichzutun. Was hätte sie sonst tun können?

Jinx küsste sie, und jeder bewusste Gedanke setzte starr vor Schreck aus, als sie sich dabei ertappte, wie sie seinen Kuss gegen alle Wahrscheinlichkeit erwiderte.

22

TRÄNEN FÜR EINEN SELKIE

Jinx schmeckte süß und doch auch würzig. Ein seltsamer Cocktail aus Männlichkeit und dem Verbotenen, was Izzys Herz in einem furiosen Rhythmus bis zum Hals schlagen ließ. Blind bewegten sich ihre Hände über sein Shirt, über die Haut, erkundeten auf dieselbe Art wie ihr Mund, voller Sehnsucht nach noch viel mehr von ihm und gleichzeitig voller Angst, sie könnte es bekommen. Dennoch wollte sie alles. Sie musste sich daran erinnern, sich jedes Gefühl einprägen, denn es konnte, es *würde* nicht andauern. Irgendwann, unausweichlich …

Er brach den Kuss ab und sie öffnete die Augen. Unter seinem verwirrten Blick heizte sich ihr Gesicht auf. Als sich ihre Blicke trafen, sah sie, wie die Flut der Scham das Silber in seinen Augen wegwusch, und zurück blieb stumpfer, entsetzter Stein.

»Ihr Ahnen!«, keuchte er. »O nein, Izzy …«

Wenn er noch mehr zu sagen hatte, tat er es nicht. Er befreite sich von ihr, schüttelte sie ab und stand auf.

»Merrows.« Das Wort klang wie ein Fluch. »Verdammt, ich hätte vorsichtiger sein müssen. Anscheinend verdanke ich dir schon wieder mein Leben.«

Es war kein Dank. Nicht so ganz. Es klang eher wie eine Anklage.

Als ihr die Bedeutung dämmerte, schloss Izzy die Augen, wünschte sich, der Fels würde sie einfach verschlucken. Schlimm genug, dass sie ihn einmal gerettet und seine Geis gebrochen hatte – jetzt hatte sie es wieder getan. Nur um ihm ihre Besitzrechte noch unter die Nase zu reiben, hatte sie dafür gesorgt, dass er ihr jetzt doppelt verpflichtet war.

Und das weckte ihren Zorn. Tja, Pech! Wäre er lieber tot? Wäre er lieber Merrow-Futter?

»Wir müssen hier weg, bevor sie zurückkommen.« Ihre Stimme klang weit selbstsicherer, als sie sich fühlte.

»Vielleicht helfen uns die Selkies.« Er konnte das Zittern im Herzen seiner Stimme nicht ganz verbergen. »Für eine Belohnung. Ich wollte sie eigentlich fragen …«

»Was für eine Belohnung?«

»Na ja, sie mögen Silber.«

Ach, und das hätte er ihr nicht vorher sagen können? Oder wenigstens, bevor sie das letzte bisschen Silber, das sie hatten, benutzte, um seine jämmerliche Haut zu retten? Und welches Recht hatte er, jetzt so abweisend zu sein? Er hatte *sie* geküsst, nicht umgekehrt. Zumindest nicht als Erstes.

»Ich habe kein Silber mehr.« Sie konnte die Kühle nicht aus ihrer Stimme heraushalten.

Er schaute herab, als wollte er eine Frage stellen, schien es sich dann aber anders zu überlegen.

»Dann Tränen.«

Sie starrte zurück, auf die Schuldgefühle, die kurz über seine Züge gingen, und fragte sich, ob die Merrows ihm auch den Verstand gestohlen hatten. Er ragte über ihr auf, die Schultern zurückgezogen, die Arme vor der Brust verschränkt.

»Tränen?«

»Das tust du doch, oder nicht? Beim ersten Anzeichen eines Konflikts in Tränen ausbrechen. In jeder Art von Gefahr erst mal ordentlich heulen, bis jemand zu Hilfe kommt. Wenn du deinen Willen nicht bekommst …«

Ihre verräterischen Augen brannten, als hätte er Säure auf sie gespritzt. »W … was?«

Jinx verzog höhnisch schnaubend den Mund. Denselben Mund, der sie gerade noch geküsst hatte, als wären alle ihre Fantasien endlich wahr geworden. Es war schlimm gewesen, als sie ihn auf dem Hügel küsste und er es nicht erwiderte. Dies war eine ganz neue Version der Hölle.

Sie versuchte es noch einmal, versuchte, ihre Stimme stark klingen zu lassen. »Jinx, was sagst du da?«

»Nur die Wahrheit.« Die nackte Wahrheit tat weh, genau wie Marianne immer gesagt hatte.

Aber Marianne war tot. Und es war ihre Schuld.

Ihr Nasenrücken wurde eng, stach wie Nadeln, die in ihr Gehirn getrieben wurden. Tränen ließen ihre Sicht verschwimmen. Sie sammelten sich an ihren Wimpern und rannen ihr übers Gesicht. Sie wischte sie weg, wütend auf sich selbst, wütend auf ihn. Wie konnte er es wagen, auch noch recht zu haben!

Er zog sie auf die Füße, hielt ihre Oberarme zu fest und schüttelte sie. »Komm schon, Izzy!«, machte er unbarmherzig weiter. »So gehst du doch mit Konflikten um, oder? Heulen oder verstecken. Gott bewahre, dass du dich jemals wehren würdest. Das macht man nicht, das ist nicht zivilisiert. Und das ist furchtbar wichtig, oder? Zivilisiert sein. Menschlich sein. Normal sein. Tja, das bist du nicht. Du bist kein bisschen normal. Du bist eine Aes Sídhe und Grigori, du bist ein Engel und Schatten, ein Halbblut, ein Mischlings-Freak.« Er beugte sich vor, Nase an Nase. »Komm schon«, knurrte er. »Zeig mir deine Tränen!«

»Warum?«, schnauzte sie ihn an und zappelte in seinem Griff. »Weil du sie nicht selbst vergießen kannst? Ist das ein rein menschliches Ding? Oder braucht man dafür vielleicht so etwas wie Herz und Seele?«

Er erstarrte, nur einen Augenblick, und sie wusste, dass wenigstens ein Stachel getroffen hatte. Schmerz flackerte wie ein gezackter Blitz über sein Gesicht, dann war er genauso schnell wieder verschwunden, und die harte Maske kehrte zurück.

»Oh«, erklärte er in unterkühltem Ton, »ich *habe* ein Herz, kleines Mädchen. Und es fühlt mehr, als du dir je vorstellen könntest.«

»Ein Jammer, dass du es nie zeigst«, spie sie zurück; jetzt war sie bereit zu kämpfen, wollte es unbedingt.

Jinx ließ eine Hand los, hielt sie mit der anderen aber weiter vor sich wie ein Schraubstock. Er war zu stark, als dass sie sich von ihm hätte befreien können. Er sammelte ihre Tränen auf seinen Fingerspitzen, so gut er konnte, und schüttelte sie ins Wasser. Sie schnappte nach Luft, als er sie sanft und viel sorgsamer in die Arme nahm. Sie konnte sein Herz in seiner Brust spüren, als er sie an sich zog, so schnell, so wütend, so verletzt. Genau wie ihr eigenes. Seine Berührung wurde weicher und er legte den Kopf auf ihren. »Oh, Izzy«, seufzte er. Seine Stimme war voller Schmerz, dem Schmerz, den sie spürte, aber es war ihr egal, sie verstand es nicht, wollte es auch gar nicht.

Ein Seehundkopf tauchte aus dem Wasser auf und betrachtete sie mit klaren Augen. Jinx ließ Izzy los und sie sank zurück auf den Felsen. Jetzt war ihr Elend komplett. Er hatte sie benutzt, hatte diese furchtbaren Dinge gesagt, um die Tränen zu bekommen, die er brauchte. Jetzt weinte sie vor sich hin. Um sich selbst. Wen interessierte es, ob sie sie hörten?

»Wir wollen nichts Böses«, sagte Jinx gerade mit ruhiger, respektvoller Stimme. »Wir müssen nur an Land und weiterreisen. Es ist eine Sídhe-Angelegenheit und ich möchte nicht hier sein, wenn die Merrows zurückkehren. Ihr auch nicht. Bitte. Wir wollten euch nicht bedrohen.«

Izzy sah nur verschwommen, weil noch mehr Tränen ihr die Sicht nahmen. Die Dinge, die er gesagt hatte – sah er sie wirklich so? Nichts weiter als ein mickriges kleines Mädchen? Und so, wie sie sich jetzt verhielt, wütete ihre eigene Stimme in ihr.

»Schon gut, Isabel«, versuchte Sorath ihren Schmerz und Zorn mit sanften Worten des Trosts zu lindern.

»Achte nicht auf ihn. Er ist nur ein Dummkopf. Ich bin hier. Schon gut.«

Das Gesicht des Seehunds verschwamm, sank unter die Wasseroberfläche zurück, und als es wieder auftauchte, war es kein Seehund mehr, sondern ein Mann. Ein gut aussehender Mann mit den klarsten braunen Augen, die sie je gesehen hatte. Er hob die Hand und berührte ihre Lippen, dann ihre Wangen. Er fing ein paar Tränen auf und rieb Finger und Daumen aneinander, als prüfte er die Flüssigkeit. Er führte sie an den Mund, seine vollen, sinnlichen Lippen kosteten ihren Schmerz.

»Warum tust du das?« Seine Stimme hallte tief in ihr wider, wie Musik, aber er sprach nicht mit Izzy. Seine ganze Aufmerksamkeit lag auf Jinx.

»Es war notwendig.« So kalt, so formell und verschlossen.

Der Selkie streichelte Izzys Wange erneut mit seiner kalten, nassen Hand. »Viele Dinge sind notwendig, aber das gehörte nicht dazu, Cú Sídhe.« Er ließ seinen ernsten Blick über Jinx' Körper gleiten, und seine Augen wurden glänzend, als sein Blick auf seinen verschiedenen Piercings ruhte.

Jinx zögerte kurz. In seiner Stimme lag Anspannung, als er wieder das Wort ergriff. »Aber trotzdem notwendig.«

Der Selkie schürzte die Lippen, als glaubte er es nicht ganz … als fragte er sich, ob er Jinx' Bluff auffliegen lassen sollte. »Eure Namen und eure Zugehörigkeit, wenn ihr so gut sein wollt.« Er blickte wieder zu Izzy und sie schaute ihn verblüfft an. Sie hatte noch nie etwas so Schönes gesehen. Es sei denn, sie zählte Jinx mit.

Was sie nicht tat. Sie konnte nicht. Jetzt nicht.

»Jinx von Jasper, ich gehöre zu Holly.«

Der Selkie blähte die Nasenflügel und zog die perfekten Augenbrauen hoch.

»Dein Vater bedeutet uns wenig, deine Matriarchin noch weniger. Wir sind keine Hunde. Wer hat dir das Leben geschenkt, Jinx von Jasper?«

Wieder zögerte Jinx. Diesmal drehte sich sogar Izzy zu ihm um und starrte ihn an. Er sah aus wie ein Kind, das man beim Lügen ertappt hat. Er trat von einem Bein aufs andere und knetete die Hände. »Warum ist das wichtig?«

Der Selkie schnaubte spöttisch. »Weißt du es nicht? Hat sie dich verleugnet? Bist du nicht nur nach deinen Taten, sondern auch in Wirklichkeit ein Bastard?«

Jinx knurrte ihn an. »Belladonna.« Das Wort kam zwischen seinen zusammengebissenen Zähnen hervor wie ein Fluch.

Es folgte Stille, bis auf das Plätschern des Meeres am Felsen und dem Heben und Senken ihrer Atemzüge.

Der Selkie seufzte. »Ah. Also der Sohn einer Verräterin. Sohn einer Abtrünnigen. Plötzlich ergibt alles mehr Sinn. Und du, Hübsche?«

Izzy öffnete den Mund, aber ihre Stimme versagte ihr den Dienst, als sich Sorath ungebeten in ihrem Kopf nach vorn drängte.

»Sag ihnen nichts! Sie benutzen solche Informationen gegen dich. Gegen uns beide.«

»Izzy?«, drängte Jinx, die Stimme wachsam und besorgt. »Wir müssen von diesem Felsen herunter, schon vergessen?«

Als würde sie auf ihn hören, nach allem, was er gerade getan hatte. Als ob sie ihn brauchte. Sie brauchte ihn nicht. Sie konnte es selbst zum Strand schaffen. Vor ihrem geistigen Auge konnte sie es sehen, wie sie hoch aufgerichtet und stolz mit ausgebreiteten Armen dastand, während sich hinter ihr Adlerflügel streckten, Schwingen, gesponnen aus Gold, Licht und göttlichem Willen. Flügel, die sie in die Lüfte erheben und über die Reiche der Sterblichkeit hinaustragen würden. Sie konnte jetzt aufstehen, sich in die Luft schwingen und dahinschweben wie ein …

»Izzy!« Jinx' Hand schloss sich um ihre Schulter, Fingerspitzen streiften den Rand ihres Mals, das in glühende Hitze ausbrach. Sie fauchte, wich sowohl vor seiner Berührung als auch vor dem Selkie zurück.

Sie stand an der Felskante, die Arme ausgebreitet und bereit zu springen. Das Meer kochte unter ihr. Ein Schritt zurück brachte sie direkt an Jinx' Körper. Die Hitze, seine harten Linien, der Duft – es war fast überwältigend. Ihr Kopf schwamm, als versuchte etwas, das sie unmöglich in Schach halten konnte, sich herauszukämpfen und zöge sich dann zurück, um auf eine andere Gelegenheit zu warten.

Jinx schlang ihr die Arme um die Taille, hielt sie locker an sich gedrückt, und ein Schauder überlief sie. Warum fühlte es sich so gut an? Warum, wenn er sie doch mit nur wenigen wohlgewählten Worten zum Weinen bringen konnte? Wie hatte er so eine Macht über sie?

Andere Typen hatten nie etwas in ihr ausgelöst. Die Typen in ihrem Alter, die älteren Brüder ihrer Freundinnen ... klar, sie wusste, die anderen Mädchen fanden sie süß, sprachen über sie, aber sie ließen sie kalt. Sie hatte sich ab und zu gefragt, ob sie jemals jemanden finden würde, der ihrem Idealbild entsprach, der so starke, leidenschaftliche Gefühle in ihr weckte, und jetzt hatte sie so jemanden gefunden ... und alles war Schmerz. Das war nicht fair. Es war einfach nicht fair.

»Isabel Gregory«, sagte sie dem Selkie mit mehr Kraft, als sie in sich für möglich gehalten hätte. »Ich bin einfach Isabel Gregory.«

Der Selkie runzelte die Stirn, hob den Blick, um den von Jinx über ihrer Schulter einzufangen, und kehrte dann zu ihrem Gesicht zurück, um sie zu mustern. »Dann darfst du gehen«, sagte er freundlich. »Aber hüte dich, Isabel, vor einem Mann, der deine Tränen so benutzt. Daraus wird nichts Gutes entstehen.«

Sie schüttelte Jinx ab und trat aus seiner Reichweite, verschränkte die Arme vor der Brust, zog ihre Jacke fest um sich. Die dünne Form des Handys in ihrer Tasche erinnerte sie an Dylan, und plötzlich sehnte sie sich danach, mit ihm zu sprechen, einfach nur seine Stimme zu hören. Mit jemand Normalem zu tun zu haben und wieder in der Realität zu sein. In ihr normales Leben zurückzukehren.

Der Selkie hatte seine Aufmerksamkeit auf Jinx gerichtet, und nach einem Moment sprach er weiter, die Stimme weniger nett, die Worte härter. »Und hüte du dich auch, Sohn einer Verräterin, denn du wirst und musst für deine Taten hier bezahlen. Mit Schmerz, mit Reue, aye, und mit Blut. Es war zu einfach, nicht wahr? Grausame Worte. Wir Orakel sprechen grausame Worte und du hast selbst zu viele davon gehört. Es ist leicht, sie gegen jemand anderen zu richten, aber deshalb nicht weniger grausam. Vielleicht sogar noch grausamer, wenn man ihre vergifteten Stacheln so gut kennt.« Er wedelte mit der Hand, und das Meer zog sich wie im Zeitraffer von der Küste zurück, nahm ihn in seiner Umarmung mit sich. »Du solltest ihr sagen, dass es dir leidtut.«

Der Cú Sídhe ließ den Kopf hängen. »Du weißt, dass ich das nicht kann. Keiner von den Sídhe kann das. Unsere Vorfahren haben es geschworen, als sie aus dem Himmel verbannt wurden. Weißt du nicht mehr?«

Die Stimme des Orakels driftete über das Wasser zu ihnen herüber. »Woran ich mich erinnere … du könntest es dir nicht vorstellen.«

Jinx und Izzy schauten ihm nach, bis sie ihn nicht mehr sehen konnten und die Felsen einen Pfad zum Strand enthüllten. Jinx sprang herunter und prüfte den Boden.

»Orakel des Meeres, am Arsch«, murmelte er vor sich hin und hielt dann Izzy die Hand hin, die sie anstarrte, als wäre sie vergiftet. »Los«, blaffte er. »Du willst doch deinem Vater helfen, oder? Und Silver braucht uns.«

Die Sonne schien auf ihn, glitzerte auf den silbernen Piercings, die seinen Körper schmückten und banden.

Izzys eigener Körper erstarrte, gebannt von dem, was sie sah, was ihr jetzt dämmerte.

Er hatte die ganze Zeit über Silber gehabt.

Seine Worte hallten immer noch in ihrem Kopf wider. Jegliches zärtliche Gefühl, das sie für ihn entwickelt hatte, verwelkte wie eine Pflanze ohne Wasser in der heißen Sonne. Würde er so tun, als wäre nichts passiert? Dass er sie nicht geküsst hatte, als wäre sie seine einzige Rettung? Dass er sie nicht benutzt hatte, um den Selkie zu rufen? Dass er all diese schrecklichen Dinge nicht gesagt hatte? Während er einfach einen der Ringe, die seine Haut durchbohrten, herausnehmen und benutzen hätte können? Sie verschrumpelte innerlich.

»Izzy, wir haben keine Zeit dafür.« Nachdrücklich streckte er ihr noch einmal die Hand hin. »Was willst du, eine Entschuldigung? Ich bin ein Sídhe. Lass uns hier abhauen.«

»Die Sídhe können sich für nichts entschuldigen«, flüsterte Sorath. *»Außer sie sagen es vor dem Schöpfer, und sie haben Bluteide geschworen, dass keiner von ihnen es jemals tun würde. Und weil sie nicht sagen können, dass ihnen etwas leidtut, können sie nie Vergebung erlangen. Sie sind Rebellen, auf ewig verflucht. Hör mir zu, Isabel, und ich kann dir helfen, den Gral zu bekommen. Wir werden deinen Vater zusammen heilen. Ich kann das, wenn du mir die Führung überlässt, nur für eine Weile. Und vielleicht … vielleicht schaffen wir es, dass es Jinx leidtut.«*

»Also gut«, flüsterte Izzy dem Engel zu, obwohl sich

die grimmige Linie von Jinx' Mund entspannte, als hätte sie eben ihm zugestimmt. Wenn sie einem Engel nicht trauen konnte, wem dann? Warum flatterte ihr Magen dann aber in Panik, als sie es sagte? Warum verwandelte sich das Mal in ihrem Nacken in Eis? Warum fühlte es sich falsch an? Das sollte es nicht. Sorath hatte die anderen Engel vertrieben und Dylan gerettet, sie hatte Izzy gezeigt, wie sie die Merrows loswurde, sie hatte ihr die Wahrheit gesagt. Jinx wollte sich nicht einmal dafür entschuldigen, dass er ihre Tränen benutzt hatte, um zu fliehen, obwohl er einfach einen einzigen Silberring hätte benutzen können.

Aber sie wollte nicht nur, dass Jinx sich entschuldigte. Ein verzweifeltes Verlangen brannte in ihr. Sie wollte, dass er um Vergebung flehte. Und dann wollte sie sie ihm verweigern.

Seine dargebotene Hand ignorierend, sprang sie von dem Felsen und schlitterte über die glitschigen Steine unsicher auf den Strand zu. Sie hätte auch an Jinx' Seite gehen können, aber sie brachte es nicht über sich, ihn noch einmal anzuschauen.

23
ZERBROCHENE ÄSTE

Dylan ging wie ein Tiger im Käfig im oberen Flur auf und ab, er konnte nicht zur Ruhe kommen, konnte das Handy in seiner Hand nicht loslassen, konnte weder stehen bleiben noch seine Familie verlassen. Wie hätte er auch? Seine Schwester war tot. Sie brauchten ihn.

Aber Izzy auch. Er konnte sie jetzt nicht im Stich lassen.

Klar, Jinx würde sie beschützen, solange es ihm passte. Solange die Geis oder was auch immer da auf ihm lag, anhielt.

Dylan hatte Mari nicht helfen können, obwohl er nur wenige Meter entfernt gewesen war, aber vielleicht … vielleicht konnte er Izzy helfen. Er musste es versuchen.

Und dann musste er auch noch an Silver denken. Ein Teil von ihm wollte es nicht. Er wusste, sie war gefährlich. Vor allem für ihn.

Ausgesetzt, allein, unter Schmerzen. Beim Gedanken daran schauderte ihn. Silver war in Gefahr und er konnte nichts dagegen tun. Nichts. Außer die anderen wegschicken und hier warten, für den Fall, dass sie ihn brauchten.

Der Wahnsinn der ganzen Situation brach über ihn herein, nahm ihm den Atem und verursachte Übelkeit. Maris Gesicht hing immer noch vor seinem geistigen Auge, wie es an die Decke des Cafés starrte, um sie herum überall Glasscherben. Andererseits war da auch Silvers Gesicht, schwach und verzweifelt, ängstlich in der Dunkelheit auf dem Hügel. Izzy, blass und resolut, stählerner als alles, was er kannte, hatte ihm versprochen, auf ihr Leben geschworen, dass sie ihm helfen würde.

Dylan tigerte auf und ab, blieb nur kurz stehen, um einen Blick nach drinnen auf seine Mutter zu werfen. Schlaftabletten hatten ihr schnell das Bewusstsein genommen, während sein Dad unten mit Onkel Joe Glas um Glas Whiskey trank. Seine Tante und die Cousins schepperten in der Küche herum, kochten so viel, dass es für eine ganze Armee reichte. Sie brauchten ihn hier nicht. Und er konnte sie nicht in die Welt hineinziehen, in die er hineingestolpert war, die Welt, die ihnen Mari genommen hatte.

Azazels Worte kamen ihm wieder in den Sinn. Die Schatten würden ihm hierher folgen. Vielleicht hatten sie das schon getan. Er durfte seine Familie keiner Gefahr aussetzen. Er durfte nicht noch jemanden verlieren, den er liebte.

Seit der Musik in der Gasse, seit er Silvers Stimme gehört hatte, veränderte er sich. Izzy auch. Sie waren kaum noch wiederzuerkennen.

Isabel Gregory hatte vor Stärke und Entschlossenheit geleuchtet. Sie war eine gute Freundin, treu und nett. Seine Freundin.

Izzy war auch mutig, mutiger als er sich gefühlt hatte, als sie vor Brí stand, als sie sich Azazel auf dem Hügel entgegengestellt hatte. »Halbblut« hatten sie sie genannt und erkannten nicht, wie sie das stärker machte als jeden anderen von ihnen.

Stärker als Silver, hatte sich herausgestellt. Silver ohne ihre Macht war hilflos.

Silver … der Gedanke an sie verdrehte irgendetwas in seinem Herzen. Wo war sie? Sie hatte so … so verloren, so hilflos geklungen. Und er hatte Jinx das Handy gegeben. Als würde ihm Silver überhaupt nichts bedeuten.

Na ja, das sollte sie auch nicht. Hätten sie Silver nicht getroffen, würde dann Mari noch leben, ihn ärgern und hinter seinem Rücken lästern? Hätte er Silver nicht kennengelernt … wäre er glücklich?

Keine der beiden Fragen konnte er beantworten. Alles, was er wusste, war, dass Silver wichtig war. Dass er sie wiedersehen musste, dass er wissen musste, dass es ihr gut ging.

Er schaute wieder auf das Handy. Schickte noch eine Nachricht. Wartete. Keine Antwort.

Scheiß drauf, dachte er. *Scheiß auf das alles.*

Er war aus der Tür, bevor er eine Chance hatte, es sich anders zu überlegen.

* * *

Die Gasse, die in die Höhle führte, war verlassen. Es roch nach Asche und Erbrochenem, und Jinx hielt inne, denn es fühlte sich auf unheimliche Art falsch an. Der Ort wirkte leer. Eine kalte Brise pfiff gegen die alten Steinmauern und er hatte die Sídhe-Wege noch nie so still gehört. Nicht hier, im Herzen von Dubh Linn. Silvers Höhle, so klein sie sein mochte, war immer ein Bienenkorb an Leben gewesen, ein Dreh- und Angelpunkt des Chaos.

Sein Zuhause.

Jetzt fühlte es sich tot und leer an, und er war noch nicht einmal hineingegangen. Eine Warnung haftete an der Schwelle, unheilvoll unaussprechliche Bedrohungen verkündend.

Izzy trat von einem Bein aufs andere. Ihr Schweigen verstörte ihn ebenfalls. Vielleicht war das auch alles – ihr Schweigen, ihr Schmerz und die Schuldgefühle, die ihn innerlich zerfraßen.

Sie wären nie von diesem verfluchten Felsen heruntergekommen, wenn er sie nicht zum Weinen gebracht hätte. Also hatte er es getan. Und er hasste sich dafür. Das Silber, das seinen Körper durchbohrte, ging nicht heraus, würde niemals abgehen, denn Holly hatte es angebracht. Es war ein Zauber. Doch das wusste Izzy nicht. Und der Stolz verbot ihm, es ihr zu sagen.

Doch das war nicht wichtig. Was getan war, war getan. Er konnte nichts, was er gesagt hatte, zurücknehmen. Und sie würde es auch nicht vergessen. Was ihr vielleicht wenigstens einen gewissen mageren Schutz bieten würde. Keine Entschuldigung konnte es besser machen, selbst wenn er die Worte aus seinem Mund zwingen könnte. Der Selkie hatte recht gehabt. Was Jinx mehr Angst machte, war, wie einfach es gewesen war. Worte wie diese waren in seiner Kindheit gegen ihn gerichtet worden und kamen jetzt zu bereitwillig aus seinem Mund. Er hasste sich dafür, dass er wie Holly und ihresgleichen wurde. Dass er ihre grausamsten Lektionen jetzt zu seinem Vorteil nutzte.

Was er getan hatte, war nötig gewesen. Deshalb fühlte er sich aber nicht weniger wie ein Mistkerl. Sie hatte so eine Behandlung nicht verdient, das hatte niemand. Wenn das einer wusste, dann er. Aber er konnte nicht zulassen, dass sie ihm noch näher kam. Sie war jetzt schon Bürde genug.

»Gehen wir nicht rein?«, fragte Izzy.

Er schluckte Schuldgefühl und Unruhe in einen aufgewühlten Magen hinunter. »Bleib hinter mir. Sei bereit zu fliehen, falls etwas passiert.«

»Ach, mach dir darüber keine Sorgen«, murmelte sie, während sie ihm folgte. »Beim ersten Anzeichen von Ärger bist du allein. Ich will nur den Gral.«

»Und den wirst du auch bekommen. Aber ich muss mich erst versichern, dass Silver okay ist. Wie wir versprochen haben.« Er warf einen Blick zurück in ihre schmalen Augen, die in dem gedämpften Licht fast ganz nach Sídhe aussahen und ihre Abstammung mehr als alles andere an ihr verrieten. Wo war das Glühen, das er an diesem ersten Tag in ihr gesehen hatte? Es war jetzt zu nicht mehr als einem Flackern gedämpft. Sie erwiderte seinen Blick mit harten, misstrauischen Augen und sah so kalt aus. »Tu einfach, was ich sage«, flüsterte er, wohl wissend, dass sie es nicht tun würde, und er fand es schrecklich, dass er ihr Vertrauen verschleudert hatte.

Dann war da noch die Sache mit dem Kuss – verboten, ungewollt, berauschend. Jedes Mal, wenn er wieder in seinem Kopf aufblitzte, reagierte sein ganzer Körper. Er hätte sie am liebsten gepackt und geküsst, sich Zeit genommen und es gründlich gemacht. Aber sie war Brís Kind. Ein Halbblut. Und seine Herrin.

Jinx biss die Zähne zusammen und öffnete die Tür.

Nichts rührte sich im Inneren der Höhle. Der ganze Raum war merkwürdig still. Er probierte die Beleuchtung aus, aber nichts passierte. So still, so ruhig.

Dann traf ihn der Geruch, unter dem Gestank des Clubs am Morgen nach einer Nacht voller Ausschweifungen. Etwas furchtbar Vertrautes.

Jinx streckte die Hand aus, um Izzy zu stoppen. Als seine Finger ihren Arm berührten, scheute sie zurück. Langsam atmete er aus und sog dann den Geruch ein, studierte ihn, wie es nur ein Cú Sídhe tun konnte.

»Was ist?«, fragte Izzy, aber er antwortete nicht. Wie konnte er ihr sagen, dass sein Zuhause mit Blut und Grauen besudelt war, dass die Luft selbst nach Tod und Folter stank?

»Holly war hier.«

»Das hat Silver doch gesagt!« Ungeduld lag in ihrer Stimme. Sie verstand es nicht.

Er spürte ein kurzes Jucken auf der Haut, als Magie hinter ihm entfacht wurde. Licht blühte auf Izzys ausgestreckter Hand, ein kleiner Ball aus Flammen, die sich umeinanderschlangen, verbunden in einer Hülle ihres Willens, wie eine Miniatursonne, die sich über ihrer Handfläche drehte.

»Wie hast du …?« Brís Tochter, natürlich. Feuerzauber waren für sie ganz natürlich, trotz ihres Menschenbluts. Der Engel musste es ihr gesagt haben. Wer wusste, was Sorath oder ihre Grigori-Seite daraus machen konnten? Jinx wusste nichts über Grigori – menschliche Kreaturen, aber doch nicht ganz menschlich. Ein Hybrid. Hatte Silver sie so genannt? Ein Hybrid aus Mensch und Dämon, vor langer Zeit erschaffen, um … wozu? Verdammt, er hätte zuhören sollen. Sie hatte versucht, ihm mehr als Musik beizubringen, aber er hatte nie Lust gehabt, die Überlieferungen und trockenen Geschichten der Rassen zu lernen. Wie groß war schon die Chance, dass *er* je einem Grigori begegnen würde?

Richtig. Jetzt war das lächerlich.

»Sorath hat mir gesagt, wie es geht«, gab Izzy zu. Natürlich, diesen Vorteil hatte sie auch noch, wenn Jinx auch nicht recht wusste, ob das die richtige Beschreibung war. Der Engel flüsterte ihr ins Ohr, unhörbar selbst für ihn. Jinx gefiel das nicht, aber manchmal spürte er es. Er war sicher, der kalte Blick, den er gelegentlich sah, war der Engel, der ihn durch Izzys Augen anschaute. Wäre er in Hundegestalt, hätten sich jetzt seine Nackenhaare gesträubt. Die Sache war mehr als ein nützlicher Zufall. Es musste mehr daran sein. Hier trafen viel zu viele Zufälle aufeinander – und er glaubte sowieso nicht an Zufälle.

Izzy holte angestrengt Luft und das Feuer flackerte wild. »Oh, Mist.«

In dem Moment, den es brauchte, bis sie es wieder unter Kontrolle hatte, loderte das Licht heller auf, und er konnte in allen Einzelheiten erkennen, was ihre sterblichen Augen nur ansatzweise ausmachen konnten.

Tatsächlich Blut. Und Tod.

Überall.

Leichen lagen auf der Tanzfläche verteilt. Nicht viele, denn es waren nicht viele hier gewesen. Die wenigsten waren intakt, das war Teil des Problems. Aber da waren Gläser und Flaschen, alle zerbrochen, zerschmettert wie Eissplitter zwischen den Leichen. Hatten sie Silvers sichere Rückkehr gefeiert? Hollys Gegenwart geehrt? Jedes Gesicht war vertraut.

Oder war es gewesen.

Und dann hatte jemand ein falsches Wort gesagt, eine schlechte Nachricht überbracht, einen fatalen Fehler gemacht. Oder vielleicht hatte Holly auch nur die Gelegenheit ergriffen, die sich bot. Vielleicht hatte sie nur auf den richtigen Moment gewartet.

Holly war tatsächlich hier gewesen. Und nur diejenigen, die sie noch brauchte, waren mit ihr hinausgegangen.

Sage lag halb auf und halb vor der Bühne, die grünen Augen starrten endlos an die Decke. Der größte Teil seiner Innereien war herausgerissen.

Panik ergriff Jinx. Er musste Silver finden. Er musste es wissen.

Falls sie tot war … falls sie tot war …

Aber Holly war Silvers Mutter. Silver war so besonders, dass sie innerhalb von Hollys Reich ihre eigene Höhle bekommen hatte. Jeder Sídhe wollte das. Hollys Kind. Hollys erstes Kind.

Das würde sie nicht tun! Das konnte sie nicht tun! Nicht einmal Holly!

Silver war keine Gefahr für sie. All die Jahre hatte sie nie einen Vorstoß gemacht, nie auch nur eine Erwähnung von Unabhängigkeit geduldet. Sie hätte es tun können. Es war ihr Recht und sie war stark genug. Aber sie tat es nicht. Sie war so vorsichtig.

Jinx fetzte durch den Vorhang der VIP-Lounge, Silvers kleinem Reich, und wusste nicht mehr, wie er den vom Tod getränkten Club durchquert hatte. Das Licht und Izzy dümpelten unsicher hinter ihm her, beleuchteten nach und nach Gräuel um Gräuel.

Sie hatten den Baum entwurzelt, ihn zerbrochen, getötet. Silvers Baum, der ihre Stärke und ihr Herz war, der Ort, in den sie endlose Jahre hindurch all ihre Macht gegossen hatte, der Ort, wo sie ihre Erinnerung und das Wesen der Liebhaber lagerte, die ihr als Leanán Sídhe gedient hatten.

Sie hatten ihn zu Streichhölzern und Feuerholz zerschlagen. Die Harfe hatten sie zertrampelt.

»Nein«, flüsterte er vergeblich. Wer hätte es hören sollen? Wen außer ihm sollte es interessieren? Und Silver, falls sie das hier überlebt haben könnte?

Silver war durch Brí schon der Macht beraubt, die sie in ihrem Körper hatte. Konnte sie das hier überleben?

Izzys freie Hand legte sich auf seine Schulter, ein einzelner Punkt, der nicht aus Schmerz bestand. Ihre Stimme zitterte. »Was bedeutet das?«

»Silver hat ihre Magie an Brí verloren, die Macht, die sie in sich getragen hat, aber der Baum hätte sie wiederherstellen können. Sie hatte ihre überschüssige Magie über die Jahre in die Äste und Blätter gegossen, und ihr Herz und ihren Willen auch, als Absicherung gegen solch einen Verlust. Wenn sie einem Liebhaber das Leben nahm, ging es am Ende hierher. Der Baum war ihr Machtstein, die Quelle ihrer Magie, ihres Lebens.«

»Und Holly … hat ihn zerbrochen?«

Er nickte nur.

»Aber du sagtest, Holly sei ihre Mutter?«

»Es ist kompliziert, Izzy. Die Art, wie wir mit Freunden und Verwandten umgehen, mit Familie und Abstammung, mit Loyalitäten und Pflichten, ist nicht dieselbe wie eure. Als ihrer Mutter gebührt ihr Treue und Pflicht. Im Gegenzug schuldet sie Silver sehr wenig. Aber Silver schuldet ihr alles. Sie war immer loyal, immer!«

Eine neue Stimme durchbrach die Stille. »Holly ist wohl schwerlich der mütterliche Typ, was, Jinx?« Mistle kam aus den Schatten hinter dem Baum geschlendert.

Jinx dachte nicht, konnte die Zeit dafür nicht verschwenden. Er machte einen Satz durch den zerschmetterten Raum, packte den erbärmlichen Fae und knallte ihn an die Wand. »Was tust du hier? Die Trümmer durchsuchen? Auf der Suche nach ein bisschen Kleingeld von den Toten?«

Mistle drehte den Kopf zur Seite und spuckte auf den Boden. Cool und gefasst, viel zu entspannt. Ein warnendes Prickeln jagte Jinx' Rückgrat hinauf.

»Ich warte auf dich. Wusste, dass du früher oder später auftauchen würdest. Holly hat den Baum zerschlagen und Silver mitgenommen. Hat ihren Wachen befohlen, den Laden zu verschrotten und die anderen umzubringen.«

»Und wo warst du?«

»Hab mich versteckt. Was glaubst du? Ich stell mich doch nicht gegen Holly, nich' mal für Silver. Für keinen von den Mistkerlen hier drin.«

Er grinste und nickte nach hinten zu dem Gewirr aus Räumen, übersät mit den zerschundenen Körpern, den Leichen von Jinx' Freunden. Soweit er überhaupt je Freunde gehabt hatte zumindest.

Jinx ließ ihn los, ließ ihn fallen wie etwas Krankes. Mistle richtete sein schmutziges Grinsen auf Izzy. »Schön, dich wiederzusehen, Prinzessin. Du hast dich gut entwickelt, wie ich sehe.«

Izzy hatte schon das Messer gezogen, drohte ihm damit, und Mistle wich zurück. »Bleib mir bloß vom Leib!«, knurrte sie.

Mistle sank auf die Knie und neigte in vollkommener Unterwerfung den Kopf, rang die Hände vor seinem verhutzelten Körper. »Nichts für ungut, Mylady. Ich möchte nur dienen. Nichts für ungut.«

Izzy stand zitternd da, Licht in einer Hand und Tod in der anderen. »Dann sag uns, wohin sie gegangen sind!«

»Jinx weiß das schon, oder nicht? Er gehört zu ihnen, ist fast genauso stark wie Silver. Er ist durch seine Abstammung, durch das, was Belladonna getan hat, mit Silver und mit Holly verwandt, Herrin, auch wenn sie das nur ungern zugeben.«

»Verwandt?«

»Wegen meines Vaters«, knurrte Jinx. »Und Belladonna ... Meine Mutter war ein Kind aus Hollys Stammbaum, wie Silver, aber jünger, Hunderte von Jahren. Sie half meinem Vater, liebte ihn und brannte mit ihm durch, oder versuchte es wenigstens. Sie ist dafür gestorben. Holly vergibt nicht.«

Izzy starrte ihn an, als hätte er verkündet, er könne fliegen. »Das meinten also Brí und der Selkie?«

Jinx nickte.

»Deine Mutter hat Holly verraten, weil sie Jasper liebte, und Holly gibt dir die Schuld. Das ist ... das ist grausam. Oh, Jinx ... Es tut mir leid.«

Einen Moment lang wagte er zu hoffen, dass sie es ernst meinte. Sie glühte wieder, ein schönes, weiches Glühen, das auch vom Feuer in ihren Händen stammen konnte. Doch das tat es nicht. Es war wieder dieses Glühen, das er schon länger nicht an ihr gesehen hatte. Er hatte es vermisst. Freundlichkeit erfüllte ihre Stimme, machte die angespannten Linien ihres Gesichts weicher, und in ihren Augen glitzerten Tränen.

Tränen wie die, zu denen er sie mit grausamen Worten gezwungen hatte. Jetzt gab sie sie ihm freiwillig.

Jinx' Herz war noch nie zuvor so schwer gewesen. Er

drehte sich zu Mistle um, trat ihn von Izzy weg, aber der alte Teufel kroch trotzdem vor ihr im Staub, als er landete.

»Wohin hat Holly Silver gebracht?«, knurrte er.

»Zum Markt. Wohin sonst? Hat vor, ein Exempel an ihr zu statuieren.«

»Wo ist das?«, fragte Izzy. »Ist dort auch der Gral?«

Jinx fletschte die Zähne, wünschte, sie würde in Mistles Gegenwart aufpassen, was sie sagte, aber jetzt war es zu spät.

Mistle hob ruckartig den Kopf vom Boden. »Hollys Gral? Wozu brauchst du den?«

»Geht dich nichts an«, erwiderte Jinx, bevor Izzy noch mehr verraten konnte. »Antworte ihr einfach!«

»Ja, Hollys Gral ist auf dem Markt. Sie gibt gern mit ihren Trophäen an. Das weißt du doch, Jinxy-Boy. Dich hat sie ja auch genug vorgeführt, als sie dich brandmarken und piercen lassen hatte, oder?« Er hatte tagelang dagestanden, am Pranger mitten auf dem Markt direkt neben ihrem Machtstein, und alle hatten ihn angestarrt, an einen Pfahl gebunden, damit er sich nicht verstecken oder verwandeln konnte. Ihre Zauber hatten unter seiner Haut gewirbelt, das Silber ihn verbrannt. Glühende Tränen waren über sein Gesicht geflossen und die Fae hatten gelacht. Sie hatten alle gelacht. Nur Silver nicht. Bei der Erinnerung überliefen ihn kalte Schauder.

Jinx drehte Mistle den Rücken zu, um die Worte auszusperren. Sie erreichten ihn immer noch, aber wenigstens musste er so nicht die Schadenfreude im Gesicht des alten Fae sehen. »Ich weiß, wo er ist, Izzy, aber dort kommt man nicht so einfach hinein.«

Sie trat neben ihn, eine Kriegerin, bereit für den Kampf, das Kinn entschlossen nach vorn gereckt und mit flammenden Augen. Sie berührte ihn nicht und dafür war er dankbar. Er konnte es nicht ertragen, sie anzuflehen, zurück nach Hause zu gehen und all das hier zu vergessen. »All das hier« würde sie nicht vergessen, nicht im Moment. Es wäre die Tat eines Kindes, eines bald toten Kindes. Aber er wollte es tun. Er wollte sie dazu bringen, davonzulaufen, sich zu verstecken, ein für alle Mal.

Aber sie konnte sich nirgends mehr verstecken.

»Bring mich hin!«, sagte sie.

24
DER MARKT

Sie durchquerten das Stadtzentrum, huschten zwischen seiner und ihrer Welt hin und her. Nahmen einige Straßen in Dubh Linn und andere einfach in Dublin. Izzy starrte die seltsam gekleideten Fae an, und Jinx ignorierte stoisch die aufgerissenen Augen der Menschen, wenn ihre Blicke ihn streiften. Izzy stand näher bei ihm, als sie sollte. Die Zeit verschob sich, wenn sie von einem Reich zum anderen wechselten. Sie konnte es spüren, wie einen Nachgeschmack im Geist, ein Gefühl des Falschseins, das zeitliche Äquivalent zur Seekrankheit. Es war jetzt später am Nachmittag, wenn man nach dem Licht gehen konnte.

Izzy juckte es, Jinx zu berühren, ihn zu trösten, obwohl sie wusste, dass er sie nur wieder verletzen würde. All die Ausreden drängten sich in ihrem Kopf. Es war egal. Er hatte trotzdem gesagt, was er gesagt hatte, sie benutzt, um sie beide auf trockenes Land zu schaffen. Dass es logisch war, machte die Tatsachen nicht einfacher zu ertragen.

Smithfield öffnete sich aus schmalen Straßen und eng stehenden Gebäuden vor ihnen, ein Fleck Erste-Welt-

Stadt, in die Überreste georgianischer Slums und Lagerhallen fallen gelassen. Hier strahlte der ganze New-Age-Optimismus des Millenniums, der irgendwie komplett das Ziel verfehlt hatte. Luxusapartments reckten sich in den Himmel, doch zu ihren Füßen, am Rand des Vierecks, wurden sie von mit Brettern vernagelten Fenstern angeblickt wie von den Augen der Obdachlosen, die nachts in den Eingängen schliefen.

Die nicht alle menschlich waren, wie Izzy jetzt wusste.

Die alte Welt hing an den Rändern der menschlichen und winkte ihr zwischen zerrissenen Plakatfetzen hindurch zu, grinste anzüglich aus dem Müll in den Rinnsteinen. Sie suchten sich ihren Weg unter gebürsteten Stahllampen und an den grellen Lichtern der Hotels und Pubs vorbei, mieden die Pferdeäpfel, die den Marktplatz übersäten und die anscheinend niemand ganz loswurde. Smithfield war eine seltsame Mischung aus zwei Welten, wie Izzy sie noch nicht gesehen hatte. Das alte und das neue Dublin mischten sich nicht gut, wie Dublin und Dubh Linn, aber irgendwie flossen sie ineinander und wiesen auf die Makel und Risse des jeweils anderen hin.

»Bleib bei mir!«, sagte Jinx zum tausendsten Mal. »Versuch, unsichtbar zu bleiben. Nimm nichts an, was dir angeboten wird, bewundere nichts und schau nicht einmal etwas an, wenn du es vermeiden kannst, verstanden?«

»Darf ich atmen?«

Er warf ihr einen finsteren Blick aus Augen wie Stahl zu, sein Mund war eine harte, unversöhnliche Linie. »Nicht, wenn du es vermeiden kannst.« Er schaute zu dem zerlumpten Schatten, den Mistle hinter ihnen abgab, und senkte die Stimme. »Wir sind wegen Silver und dem Gral hier. Rein und raus. Nichts weiter, verstanden?«

Der Drang zu sticheln – oder zu widersprechen – stieg wieder in ihr auf, aber sie schluckte ihn hinunter. Diesmal war sogar der Engel mit ihm einig, was nützte es also? Er hätte sowieso nicht zugehört.

»Ja, Jinx.«

Er zögerte, musterte sie ein bisschen genauer. »Das ist alles?«

»Ja.«

Was meinte er mit »Das ist alles«? Hatte sie ihm nicht eben zugestimmt? Meine Güte, war er *nie* zufrieden?

»Kein Widerspruch? Keine eigene Meinung? Keine genialen Pläne, vor denen zu warnen dir nicht eingefallen ist?«

»Sollte ich welche haben?«

»Das hat dich bisher auch nie abgehalten. Ich weiß nicht genau, ob mir dein Vertrauen gefällt, Izzy. Damit fühle ich mich irgendwie unbehaglich.«

»Ich habe nicht gesagt, dass ich dir vertraue.« Sie müsste verdammt noch mal verrückt sein, um das zu tun. »Rein und raus. Silver und der Gral. Mehr habe ich nicht zugestimmt.«

»Oh.« Zu ihrer Überraschung klang er ernüchtert. Neugierig blickte sie zu ihm auf, aber er mied ihren Blick. Na ja, was erwartete er? Nach allem, was passiert war. Er war der launenhafteste, unerträglichste Mensch, den sie je kennengelernt hatte.

Und natürlich war er kein Mensch.

»Jinx …«, begann sie freundlicher, als sie es für möglich gehalten hätte. Aber Jinx hörte schon nicht mehr zu.

»Gehen wir. Aber sei vorbereitet, es könnte sein, dass du hier etwas siehst. Auf Hollys Markt ist alles möglich. Und normalerweise geschieht es auch.«

In der Mitte des Platzes, zwischen zwei dieser lächerlichen Laternenpfähle, die halb getakelten Segeln ähnelten, schimmerte die Welt auf eigenartige Weise, wie ein Hitzeflimmern oder die vertraute, übelkeiterregende Vorahnung einer Migräne. Lichtpunkte waberten an den Rändern des Platzes, als wären sie aus Säure, die sich durch den Stoff der Realität fraß. Ihrer Realität, oder was noch davon übrig war.

Das Telefon piepste – Dylan wieder, der sich nach ihnen erkundigte. Erst da bemerkte sie fünf Nachrichten, in denen immer ungefähr dasselbe stand: *Wo bist du?*

Smithfield, schickte sie zurück. *Dort ist ein Tor zum Markt. Wir gehen rein.*

Ihr erster Gedanke war, dass das ganze Gebiet zu ruhig war. Das Messer in Izzys Gürtel fühlte sich selbst durch die Jeans kalt an, ein unnachgiebiger Klotz, durch den sich jede Bewegung unangenehm anfühlte. Doch jetzt, wo sie es schon seit Tagen mit sich herumtrug, konnte sie sich nicht vorstellen, ohne es zu sein. Ihr Hals dagegen fühlte sich eigenartig nackt an ohne die Kette. Sie vermisste sie, wie sie Dad vermisste – mit einem hohlen, stumpfen Schmerz tief im Inneren.

Durch das Tor zu gehen, war wie durch eine Welle von

Elektrizität zu gehen. Sie tanzte über ihre Haut, jedes Haar stellte sich warnend auf, alle Haarwurzeln prickelten – ein kurzer Moment des Schmerzes, der Aufregung und ja, auch der Angst.

Izzy holte erschrocken Luft, und Jinx hielt sie am Arm fest, um sie zu stabilisieren. Wieder stieg der Ärger in ihr auf, und sie riss sich los.

»Ich schaff das schon.«

»Natürlich. Nimm dir einen Moment Zeit.«

Sie schauderte und kämpfte gegen das Würgen. »Was ist das?«

»Nur einer ihrer Scherze.«

Er hätte sie warnen können, dachte sie. Andererseits hätte sie ihm aber wahrscheinlich sowieso nicht geglaubt.

»Keine Wachen? Nicht mal jemand, der auf die Vordertür aufpasst?«

Mistle trat nach ihnen hindurch und schüttelte sich wie ein Hund, der aus dem Wasser kommt.

»Sie braucht keine Wachen, kleiner Engel. Nicht hier. Jeder kann auf den Markt kommen. Steht allen offen, nicht wahr?«

Jinx atmete lange und ungeduldig aus. »Gehen wir.«

Jenseits des Tors war der Platz verschwunden. Ein Tunnel öffnete sich vor ihnen, breit und hoch genug, dass ein Bus hinunterfahren hätte können, verkleidet mit polierter Bronze. Licht tanzte von Wand zu Wand, weiter nach unten. Während sie das starke Gefälle hinabgingen, folgten ihnen ihre Spiegelbilder, verschwommen und undeutlich auf dem Metall. Aus dem Augenwinkel sah Izzy auch noch andere Dinge: Schatten, die auf eine Art von Ort zu Ort sprangen, wie Schatten es eigentlich nicht tun sollten. Lichtpunkte, die krochen und flitzten. Manchmal flackerte Jinx' Spiegelung kurz in seiner Hundegestalt auf, und Mistle wirkte kleiner, schrecklich gebeugt, mit rot glimmenden Augen. Am schlimmsten jedoch waren die Blicke, die sie auf sich selbst erhaschte. Sie sah viel größer und aufrechter aus in der gebogenen Bronze, den Kopf hoch erhoben, und statt ihren schulterlangen roten Haaren ergossen sich Welle um Welle goldener Locken über ihren Rücken, wo sie abrupt vom Schwung gefiederter Schwingen verdeckt wurden. Licht schwoll in einem Nimbus um sie herum an, während sie in die Unterwelt hinabstieg, das Licht, das die bronzeverkleideten Wände nach unten trugen, aber auch noch etwas anderes, feurig und golden wie die Sonne, wie nackte Flammen.

Sie warf einmal, zweimal und dann noch einmal einen Blick über die Schulter, um zu sehen, ob die Federn hinter ihr brennend zu Boden fielen, versengt von der rohen Hitze, aber da war nichts. Nur Mistle, der sie begaffte. Ihr Magen ballte sich zusammen, und sie griff nach ihrem Messer, das immer noch an ihrer Hüfte steckte, wenigstens ein kleiner und kalter Trost.

Als sie weiter nach unten kamen, schwoll der Lärm an, erst ein vages Murmeln wie die Wellen an einem Kiesstrand, dann die flüsternde Brise, die Blätter im Wald bewegt. Schließlich schwoll er zu einem Schwarm aus Leben und Geschäftigkeit an. Marktschreier und Akzente, die reinster Dub und singender Arbeiterslang waren und doch auch wieder etwas ganz anderes. Geschrei, Schmeichelei und die klingenden Töne vieler anderer Sprachen, eine exotischer als die andere. Musikfetzen drifteten aus der gewaltigen Höhle unter der Erde. Gelächter, Wut, Songs und Flüche vermischten sich zu einem Tumult der Lebensfreude. Sie traten aus der Tunnelmündung auf eine Kreuzung aus Karneval und Rush Hour. Die Macht der Geräuschkulisse und der Gestank dieses Orts schlugen auf Izzys Sinne ein und trieben sie ein, zwei Schritte zurück. Die schiere Anzahl von Menschen um sie herum war für einen Moment überwältigend.

Nein, nicht Menschen. Wesen. Kreaturen. Fae.

Jinx umklammerte ihr Handgelenk, seine Berührung fühlte sich seltsam warm an, unglaublich stark, aber ganz und gar nicht schmerzhaft. Er zog sie den nächsten Gang zwischen den Verkaufsständen entlang, abwechselnd bestückt mit Seidenstoffen und Samt, duftenden Ölen, allen Arten von Essen und Vögeln und Echsen in Käfigen. Izzy versuchte, nicht hinzustarren, als die Fae, die ihre Waren feilboten, vorpreschten, um einen Handel abzuschließen. Hier trugen sie keine Glamours. Das mussten sie nicht. Fremd und schön, beängstigend und bizarr, wohin sie sich auch wandte …

Ein Mädchen, in deren blassblaue Haut eine Art filigraner altirischer Schrift aus azurblauen Linien eingebrannt war, lächelte, während sie ihr einen Schal hinhielt, fein wie Spinnweben, der schimmerte, als wäre er aus Mondlicht gesponnen. Ein Mann mit Schultern wie ein Bulle und dem dicksten Nacken, den Izzy je gesehen hatte, hielt winzige Finken in Fingern wie Würste. Er pfiff leise, und alle Vögel begannen im Chor zu singen, nur für ihn.

Sie stolperte an einem Stand vorbei, wo Flaschen in tausend verschiedenen Schattierungen berauschende Aromen verströmten. Jemand, den sie nicht sehen konnte, drückte ihr einen kleinen Becher in die Hand. Die Flüssigkeit darin war eiskalt, das Glas war außen beschlagen.

»Lass das fallen!«, blaffte Jinx, und ihr wurde bewusst, dass sie den Becher bereits halb an den Mund gehoben hatte.

»Aber es ist nur zum Probieren!«, protestierte Mistle. »Und Hands macht die besten Jahrgänge, die es gibt!«

Jinx zog Izzy grob an sich, riss ihr das Glas aus den Fingern und schleuderte es mit derselben Bewegung von sich. »Bei Fliederwein gibt es kein ›nur zum Probieren‹. Trink das, und du verzehrst dich den Rest deines kurzen und bitteren Lebens danach. Geh weiter!«

Sie hätte beleidigt sein sollen, aber er beschützte sie nur. Das wusste sie. Sie wandte den Blick ab und weitere Wunder erwarteten sie.

Am Ende des Gangs jonglierte ein Riese von einem Mann mit Feuer. Nicht mit Fackeln oder anderen brennenden Gegenständen, sondern mit Feuerkugeln, die aus seinen Fingerspitzen hervorbrachen und sich in Richtung Decke drehten. Izzy folgte geblendet ihrer Bahn. Konnte sie das auch?

Hoch über ihr leuchteten Bronzeplatten vor gestohlenem Licht und Zungen seiner Flammen, zu einer Kuppel gebogen. Der ganze Markt wogte und wimmelte unter dem Bogen dieses Dachs und spiegelte sich darin in all seiner fremdartigen und wundersamen Pracht und Herrlichkeit. Zu weit weg, um Details ausmachen zu können, aber ganz da. Jeder einzelne, dort oben genauso dargestellt wie unten.

Und in der Mitte befand sich eine Säule. Sie sah aus wie Kristall, funkelte in dem geborgten Licht. Die größte, die sie je gesehen hatte, dicker als der Stamm einer alten Eiche.

»Dort sitzt Holly«, sagte Jinx, der ihrem Blick gefolgt war. »Was auch immer wir tun – wir halten uns um jeden Preis von dem Ding fern.«

»Und wo bewahrt sie den Gral auf? Wo ist Silver?«

»Der Gral wird in ihrer Schatzkammer sein und Silver in ihrem Gefängnis. Auf beiden Seiten des Markts, tiefer unter der Erde.«

»Sollen wir uns aufteilen?«

»Nicht in deinem Leben«, brummte er, und sein Griff wurde noch fester.

Izzy zog in die andere Richtung, ihre freie Hand wanderte zu ihrem Messer. »Jinx, glaubst du, wir können beides schaffen? Ehrlich?«

»Wir müssen.«

Sie konnte es in ihrer Stimme hören, wie verzweifelt er zu Silver wollte, sie retten, ihr helfen. Und sie hasste sich für das, was sie als Nächstes sagen musste: »Zuerst der Gral.«

Er ließ die Schultern hängen und wandte sich ab, setzte sich in Richtung der nächstgelegenen Wand in Bewegung. Er hatte gehofft, sie würde Silver wählen. Und sie hatte ihm soeben befohlen, seine einzige Freundin im Stich zu lassen und stattdessen ihr zu helfen.

Denn gemäß seiner Geis musste Jinx tun, was sie sagte.

Etwas verdrehte sich in Izzys Herz und der Engel lachte.

Mistle blieb bei ihnen. Ein Teil von Jinx war erleichtert, denn wenn er hier war, konnte er nicht anderswo Unheil anrichten, wie zum Beispiel, Holly zu sagen, wo sie waren. Andererseits konnte er auf diese Weise nicht mit Izzy diskutieren, ohne zu verraten, in welcher Lage er steckte.

Diskutieren? Wem wollte er etwas vormachen? Sie anflehen traf es schon eher.

Sie gingen am Rand des Markts entlang auf den Eingang zu Hollys Schatzkammer zu.

Plötzlich blieb Izzy wie erstarrt stehen, mitten auf dem Weg.

»Was ist los? Was ist passiert?«

Sie starrte auf die Wände und er folgte ihrem Blick zu dem Nachbild einer gebrochenen Gestalt. Sie hätte gemalt sein können, man konnte meinen, jemand hätte sie an die Wand gesprüht. Das Bild eines Engels. Einer von denen, die Holly getötet hatte und deren Funken jetzt ihren Machtstein befeuerten und ihr riesige Macht verliehen.

»Was ist das?« Sie klang nicht wie Izzy. Sie klang überhaupt nicht wie Izzy. Ihre Augen hatten wieder diesen kalten, ausdruckslosen Blick.

»Das ist ein …« Er packte sie am Arm und zog sie weg. »Schau nicht hin!«

Überhaupt nicht wie der Engel, den sie beschrieben hatte. Dieser hier war verzerrt, das Gesicht in Pein gedehnt. Hollys bevorzugter Zeitvertreib.

»Wir müssen gehen«, sagte er zu ihr. »Wir haben nicht viel Zeit.«

Aber sie hörte nicht zu.

Hier würde es Wachen geben, da war er sich sicher, aber wenn er sie einwickelte und sie es an ihnen vorbeischafften, hatten sie vielleicht Erfolg. Sein Plan sah mit jeder Sekunde wackliger aus. Izzy folgte ihm, ihr Körper war steif und teilnahmslos, die Augen, hart wie Stein, suchten und fanden jetzt auch noch andere Bilder, gefallene Engel, gebunden und ermordet von Holly. Das Glühen in ihr war jetzt vollkommen erloschen.

»Nicht«, flüsterte er. »Du darfst jetzt nicht daran denken. Du darfst dich nicht davon ablenken lassen, Izzy. Hörst du mir überhaupt zu?«

Sie schaute ihn an, als wäre er irre. Oder ein Monster.

Diesen Blick kannte er nur zu gut.

Die Tür zur Schatzkammer war unbewacht.

»Warte mal kurz.« Stirnrunzelnd betrachtete er den Eingang, aber nichts änderte sich, nichts streckte sich nach seinem Geist aus, der nach etwas suchte, irgendetwas, das vielleicht auf eine Form der Magie hindeutete, die er nicht sehen konnte. Keiner seiner Sinne wies auf etwas hin.

»Was ist los?«, fragte Izzy.

»Nichts, nur …«

»Was?«

»Ich glaube es nicht.«

»Da drüben«, sagte Mistle und nickte zum nächstgelegenen Gang zwischen den Marktständen hinüber. Zwei von Hollys Wächtern standen am ersten Stand und sprachen mit der hübschen kleinen Elfe, die den Stand betrieb. Sie hatten Becher mit etwas Heißem und Duftendem in den Händen.

»Machen sie Pause?« Izzys Flüstern war zittrig.

»Nein. Sie haben keine Pausen. Das ist kein gewöhnlicher Job, Izzy.«

Sie versteifte sich, ihre Augen wurden auf allzu vertraute Art distanziert. Augen wie Steine, so kalt und hart. Sie sprach mit dem Engel, hielt Zwiesprache mit der zusammengerollten Schlange in ihrem Inneren.

»Es ist Sorath«, sagte sie. »Das ist ihr Werk. Schnell, Jinx! Sie sagt, wir sollen jetzt gehen, bevor es nachlässt.«

Er hielt sich nicht damit auf, darüber nachzudenken. Dafür war keine Zeit. Gelegenheiten musste man ergreifen, wenn sie sich boten. Alle drei rannten in das innere Gängegewirr, aus dem die Schatzkammer bestand.

Eis rann durch Jinx' Adern, wenn er an einen Engel dachte, vor allem an einen wie Sorath, der in Izzys Verstand wohnte. Im Moment fühlte es sich an, als hätten mehrere lebenswichtige Organe Bekanntschaft mit flüssigem Stickstoff gemacht. Sich mit anderen Engeln anlegen, Schatten vertreiben, ihn heilen, sogar einen Erzengel abservieren – das war alles schön und gut. Er hatte gedacht, es sei Izzy, die die Macht des Funken benutzte, aber jetzt war er sich nicht mehr so sicher.

Es gefiel ihm nicht. Überhaupt nicht.

Izzy ging vor ihm, ihre schmale kleine Gestalt strahlte Entschlossenheit und noch etwas anderes aus. Aufregung? Das war wohl kaum das erschrockene kleine Mädchen, das er damals in der Gasse mit dem Graffiti-Engel getroffen hatte. Und mit Mistle.

Jinx warf einen Blick zurück auf den alten Fae, aber Mistle, trickreich wie immer, war verschwunden.

»Verdammt. Beeil dich, Izzy! Mistle ist weg.«

Sie fluchte leise in einer Sprache wie Kirchenmusik, Worte, die er nicht verstand, die ihm aber die Nackenhaare aufstellten. Henochisch. Woher kannte Izzy die Sprache der Engel? Das konnte nur einen Grund haben und diese Aussicht gefiel ihm auch nicht.

»Kannst du zum Hund werden?«, fragte sie mit einer Stimme, die gar nicht wie ihre eigene klang.

»Jetzt? Warum?«

»Deine Sinne. Wir brauchen sie vielleicht.«

Er wollte ihr sagen, dass sie in Sídhe-Gestalt genauso gut waren, wenn das auch nicht ganz stimmte. Aber er wollte jetzt nicht das Tier sein. Vor allem nicht jetzt, wo sich die Gefahr anschlich. Unlogisch, klar, aber Kopf und Herz schrien es ihm zu. Nicht an diesem Ort. Nicht, wenn Holly so nahe war.

Die gefühllose, rachsüchtige Holly. Die Großmutter, die für ihn hätte da sein sollen, die sich hätte kümmern sollen. Seine erste Erinnerung an sie war die an eine Frau, die viel furchterregender war als jeder Dämon, wie sie über ihm stand, während ihre Diener ihn brandmarkten, ihn beringten, ihn schnitten und schlugen. Jetzt kam die Erinnerung zurück, so deutlich, dass seine Silberpiercings von ihrem eiskalten Feuer zischten, und sämtliche Tattoos wanden sich und zuckten unter seiner Haut bei dem Versuch zu entkommen.

Der Gral, ermahnte er sich und schüttelte die Vergangenheit ab, legte sie zu den Schatten, wo sie hingehörte. Verdammter Schmerz. Hol dir den Gral, hol dir Silver, und dann verschwinde!

Das waren Befehle, die ein Hund verstehen konnte.

Er nahm seine Hundegestalt an, ließ seine Kleider hinter sich auf dem gebohnerten Boden. Die Welt wurde schärfer. Es war so viel einfacher. Freund. Feind. Alles ergab Sinn. Schwarz und weiß – keine Schattierungen, keine Graustufen. Das Silber in seinem Körper mochte brennen und die Male dagegen rebellieren, in diese Form gezwungen zu werden, aber was bedeutete das schon? Für ihn gab es keine Balance, nicht wie bei den anderen Cú Sídhe, die mit Leichtigkeit beide Seiten bewohnten. Seine Dualität war ein Chaos.

Cú Sídhe bevorzugten ihre Hundegestalt, das sagte zumindest jeder. Blythe und ihre Verwandten waren von den Zaubern entsetzt gewesen, die Holly um ihn gewoben hatte. Zauber, damit er immer wieder zum Aes Sídhe zurückkehrte, damit er sich als Aes Sídhe wohler fühlte. Damit er mehr Aes Sídhe war als Hund. Um seine

Natur zu beugen. Hund zu sein, war seine einzige Rebellion. Seine einzige wahre Freiheit. Warum sonst sollte er sich wandeln, wenn nicht, um seinen eigenen Willen durchzusetzen? Das war vielleicht mit ein Grund, warum Silver ihn die Musik gelehrt hatte. Um ihm etwas anderes zu geben, worin er seine Frustrationen und den Schmerz gießen konnte, ein vereinzeltes Echo dieser wahren Freiheit.

Er folgte Izzy auf leisen Pfoten, ihr Duft legte sich um ihn, seine Treue war durch seine Geis und ihre Freundlichkeit gesichert. Diese Freundlichkeiten, die er ihr mit Grausamkeit vergolten hatte.

Sie hatte ihm das Leben gerettet. Vor den Magpies, vor der Merrow. Er verdankte ihr alles. Wenn sie lächelte, schien die Sonne auf ihn. Er verdiente sie nicht, konnte niemals auch nur hoffen, ihrer würdig zu sein. Nicht nach allem, was er ihr angetan hatte. Sie lächelte weniger und weniger, ihre Augen enthielten Geister statt Freude. Ihr Glühen war fort. Und es war seine Schuld.

Die Luft änderte sich um sie herum, lud sich elektrisch auf, mit einer Energie einer anderen Art. Jinx spitzte die Ohren und sträubte das Fell. Das war es. Alte Energie floss aus der Kammer vor ihnen. Wie eine andere Art von Musik. Ein süßes Lied von Heilung und Frieden, von Erleichterung. Sogar für ihn.

Jinx stupste Izzy mit dem Kopf in die Seite, schubste sie in die richtige Richtung. Ihre Hand berührte seinen Kopf, streichelte seine langen Ohren, ihre Finger, die jetzt so kalt waren. In ihrer Tasche klingelte das Telefon, hier an diesem Ort eine unnatürlich misstönende Melodie. Sicherlich wieder Dylan, der nach ihr fragen wollte. Aber diesmal ignorierte Izzy es. Das hatte sie vorher nie getan. Nie. Vor allem nicht, wenn es um Dylan ging. Das Handy verstummte, vergessen, ungewollt.

Der Kelch stand auf einem Sockel in der Mitte der kleinen Kammer. Es war so ein kleines Ding, man konnte es leicht in einer Hand halten. Pures Gold, gemustert mit Blättern und fruchtbaren Ranken. Aus einer anderen Zeit. Aus einer anderen Welt.

»Danke, Faeling«, sagte sie und betrat die Kammer.

Goldenes Licht formte einen Nimbus um sie, und er wusste, es war nicht mehr Izzy. Nicht ganz. Sie war auch Sorath. Vielleicht im Moment mehr Sorath als Izzy.

Ein Knurren begann hinten in seiner Kehle und dann hörte er hinter sich ein Lachen. Eines, das er nur zu gut kannte.

Nein. Ihr Ahnen, nein!

Er drehte sich um, zu langsam, als eine Gerte mit Silberspitze herabsauste, seine Haut durchschnitt und ihn auf den Boden zwang. Der Schlag war fachkundig geführt, er sollte verletzen und erniedrigen, alles mit einem Streich. Wohlgeübt und genauso vertraut wie ihre Stimme. Er verwandelte sich, als er auf dem Marmor auftraf, zurück in Sídhe-Form, nackt und hilflos vor ihr.

»Das wurde ja auch Zeit«, sagte Holly. »Ich dachte schon, wir müssten den ganzen Tag warten. Ergreift sie!«

Hollys Wächter traten hinter ihr hervor, und Jinx versuchte, sich zu rühren, versuchte, Izzy zu Hilfe zu eilen.

Hollys Fuß stellte sich auf seinen Rücken, der spitze Absatz bohrte sich in sein Rückgrat.

»O nein, Junge. Du solltest genau da bleiben, wo du bist. Wir haben noch einiges zu besprechen, du und ich.«

25
HOLLYS NETZ

Holly schritt über das Podium unter dem riesigen Kristall, studierte ihr iPhone und schnaubte über das, was sie darauf sah. Izzy konnte den Blick nicht von ihr abwenden, konnte die Frau nicht meiden. Denn sie konnte sich nicht bewegen.

Drähte aus Silber dehnten sich über ihren Körper in einem Netz, das sie auf einen abartigen Roswell-artigen Untersuchungstisch fesselte. Es war, wie im Netz einer ziemlich eleganten Spinne zu hängen. Und es gab keinen Zweifel daran, dass Holly elegant war. Teils Diplomatengattin, teils Supermodel, ganz und gar Psychopathin.

»Sie ist gefährlich«, flüsterte Sorath. Worauf Izzy am liebsten geantwortet hätte: *»Was du nicht sagst!«*, es aber nicht wagte, für den Fall, dass die Worte laut herausgekommen wären.

Jinx hatte man irgendwo außer Sicht geschleppt. Von Mistle war nichts zu sehen, und abgesehen von dem gelegentlichen, nicht hilfreichen Gemurmel in ihrem Hinterkopf sagte Sorath auch nicht viel.

Izzy war allein. Vollkommen allein.

Holly blieb stehen und hielt das Handy vor sich, bis ein

Diener herbeieilte und es ihr abnahm. Sie betrachtete Izzy mit kristallblauen Augen, blass und Furcht einflößend. Und in all der Zeit blinzelte sie nicht. Sie rührte sich kaum.

»So«, sagte sie schließlich. »Ich muss sagen, du entsprichst nicht meinen Erwartungen. Und doch bist du hier – infiltrierst meine Festung, stiehlst meinen Besitz, betörst meinen Lieblingshund und hetzt sogar meine eigene Tochter gegen mich auf. Das ist ein ziemlich hübscher Lebenslauf, Miss Gregory. Wenn ich eine Spionin oder eine Assassinin einstellen wollte, wäre ich vielleicht beeindruckt.«

»Hör zu, es tut mir leid«, versuchte es Izzy und versuchte, ihre Stimme so ruhig und vernünftig klingen zu lassen, wie es ihr unter den Umständen möglich war.

»Wirklich? Wie *menschlich* von dir!«, Holly lächelte hohl. »Das ist nett. Höflich und gut gesagt. Haben wir auch ein Aber?«

»Ich brauche den Gral.«

Hollys Wimpern flatterten, als sie blinzelte. »Wie bitte?«

»Ich brauche den Gral. Für meinen Vater. Das ist alles, was ich will.«

»Ach ja? Meinen Gral? Diesen Gral?«

Sie schnippte mit den Fingern und er wurde ihr gebracht. Izzys Blick saugte sich daran fest. Er war ihre einzige Hoffnung. Wenn sie einfach alles erklären konnte, Holly einfach dazu bringen, die Lage zu erkennen, richtig argumentieren, dann …

»Bitte«, flüsterte sie. »Der Gral ist meine einzige Hoffnung für ihn. Er liegt im Koma. Der Gral könnte ihn aufwecken. Ich könnte …«

Hollys schmallippiges Lächeln brachte sie zum Schweigen. »Ich will dir etwas zeigen, kleines Mädchen, damit du von Anfang an weißt, womit du es zu tun hast. Ich habe vier Worte für dich – *es ist mir egal.*«

Mit einer Hand zerquetschte sie den Gral. Das Metall bog sich in ihrer Hand, faltete sich zusammen; goldene, geschmolzene Tropfen fielen auf den Boden, wo sie zischten und knallten, bis die Steine sie verschluckten wie Krümel vom Tisch ihrer Herrin. Mit unglaublicher Aes-Sídhe-Kraft zerstörte Holly ihn. Der Gral, Izzys einzige Hoffnung, von einem Kelch in ein zur Unkenntlichkeit verbogenes Stück Metall verwandelt, das aus ihrer Hand tropfte.

Holly öffnete die Finger einen nach dem anderen, bis er klappernd auf den Steinboden fiel. Dann stellte Holly ihren Designerschuh darauf und zertrat ihn. Er blieb kurz zerbrochen auf dem Boden liegen, bis er jeden Zusammenhalt verlor und in die Steine und die Erde darunter sickerte.

»So. Das haben wir«, sagte Holly mit einem Lachen, das sie an Marianne erinnerte, wenn sie am boshaftesten war. »Kein Gral, über den du dir den Kopf zerbrechen kannst. Jetzt gibt es nichts mehr zu verhandeln, nichts zu gewinnen. Du verlässt diesen Ort nicht, Isibéal Ní Bhrí. Also machen wir weiter, ja?«

Isibéal Ní Bhrí – sie brauchte nicht einmal eine Übersetzung dafür. Sie hatte in der Schule Irisch gelernt, so viel verstand sie noch. Isabel, Brís Tochter. In Izzys Magen öffnete sich ein Abgrund aus Schmerz und Verzweiflung. Das konnte alles nicht wahr sein.

»Es ist nur ein Becher«, sagte Holly mit einem eindringlichen Blick in ihr Gesicht. Sie las ihre Gefühle daran ab. »Nur ein Gefäß, das heilen kann. Das bin ich auch. Das bist auch du.«

»Ich kann nicht …«

Holly unterbrach sie lachend. »Ach, es hat wieder eine Stimme, aber nicht die eines Engels. Wo ist sie? Ich will mit ihr sprechen, bevor ich euch beide zerquetsche wie den Kelch.«

Doch Sorath blieb still, vergrub sich nur noch tiefer in Izzys Verstand. Sie hatte Angst. Verdammt, sie hatte Angst.

Genau wie Izzy. Mehr als je zuvor.

Sie versammelte den letzten Rest Tapferkeit, den sie noch hatte. »Wo ist Jinx?«

»Jinx?« Ihr Lachen erklang wieder, ein merkwürdig freudloser Laut. Außerhalb von Izzys Blickfeld stimmten andere Stimmen ein. So viele. Schaute der ganze Markt zu? Ihr drehte sich der Magen um. »Jinx«, sagte Holly. »Komm!«

In einem stillen Moment kam Jinx an Hollys Seite, den Kopf gesenkt, sodass ihn seine langen schwarzen Haare vor Izzy verbargen. Seine Brust war immer noch nackt, und die Tattoos, wie auf seine Haut gemalte Graffiti, traten umso deutlicher hervor. Ihre komplizierten

Muster waren in ihrer ursprünglichen Natur schön – und schrecklich in ihrer Absicht. Die Hände hatte er ineinander verschlungen und er trug nur eine schwarze Jeans. Aber seine elegant geformten Füße waren nackt. Damit sah er so verletzlich aus. So bezwungen.

»Herrin«, sagte er. Seine Stimme klang tot und leer. Er weigerte sich, Blickkontakt mit einer von ihnen herzustellen.

»Unser Gast macht sich Sorgen um dich. Zeig ihr, dass du unverletzt bist.«

Dann blickte er doch auf, und es war schlimmer, viel schlimmer. Augen ohne Hoffnung prüften ihr Gesicht, kein Silber mehr, sondern das matte Grau des Himmels am Morgen einer Exekution. Sein Mund, seine schönen vollen Lippen bildeten eine Linie, die weder Freude noch Verzweiflung erkennen ließ. Sie sah, wie seine Hände einander noch enger umschlangen.

»Jinx«, flüsterte sie, obwohl sie wusste, dass es nichts nützte, dass Holly es auch hören und sie auslachen würde. »Hilf mir. Bitte.«

Er senkte den Blick, mied es absichtlich, sie anzuschauen.

Izzys Herz brach, und kalter Schmerz flutete an die Stelle, wo es hätte sein sollen.

»Jinx«, versuchte sie es noch einmal. »Jinx, bitte!«

»Herrin«, grollte seine Stimme tief aus der Hülle seines Körpers. »Ist das alles? Darf ich gehen?«

Holly ignorierte ihn. Sie trat direkt vor Izzy hin und streckte ihre perfekt manikürten Finger aus.

Izzy versuchte, vor ihrer Berührung zurückzuschrecken, knallte aber mit dem Kopf gegen die Vorrichtung, die sie festhielt.

Holly wischte nur Tränen weg, die Izzy nicht einmal bemerkt hatte.

Immer weinte sie. Genau wie Jinx gesagt hatte. Es war jämmerlich.

Ich bin kein Kind.

»Er hat dich zum Weinen gebracht, um vom Felsen der Selkies zu entkommen. Er hat mir alles erzählt. Nicht dass er eine Wahl gehabt hätte, aber er kann dich so leicht zum Weinen bringen. Er ist dir wichtig, sogar nach so kurzer Zeit. Oder vielleicht genau deswegen. Die Natur der Jugend, nehme ich an. Ein Überlebensinstinkt, dieses Bedürfnis nach Schutz, dieses Bedürfnis, sich zu paaren. Deine Hormone im Aufruhr machen es nur noch intensiver.« Sie neigte den Kopf zur Seite, katzenhaft in ihren Bewegungen. »So seltsame Studienobjekte, ihr Menschen. Das wart ihr immer. Ich nehme an, du hast noch nie echten Verrat erlebt. Du glaubst, du hättest, aber nein. Nicht in so einem kurzen Leben. Das macht dieses Vertrauen, diese Emotion so viel stärker. Du hast nicht gelernt, was andere einem antun können, welchen Schaden sie an deinen Gefühlen anrichten können. Du weißt noch nicht, was Angst ist. Wie ein Baby. Aber du wirst es erfahren, kleines Mädchen. Bevor ich dich töte.«

»Herrin.« Jinx' Stimme ließ Izzy zittern. Weil Holly schwieg, versuchte er es noch einmal, die Stimme noch heiserer als vorher. »Ich habe alles getan, was du verlangt hast. Ich habe dir den Funken intakt gebracht. Silver braucht mich. Kann ich gehen?«

»Nein, kannst du nicht!«, blaffte Holly. »Du wirst bleiben. Und schweig, solange ich dir nichts anderes befehle.«

Einen Moment hob er den Kopf, und seine Augen blitzten auf – Wut, Trotz, Rebellion. Doch es war genauso schnell wieder vorbei und er ließ den Blick wieder sinken.

Izzy schluckte ein verzweifeltes Schluchzen hinunter. »Warum mich töten?«

Beim Klang von Izzys Stimme drehte sich Holly um und ein träges Lächeln öffnete ihre vollen Lippen.

»Wenn du den Funken willst, kannst du ihn nehmen«, fuhr Izzy fort, hilflos vor dem Schweigen und diesem schrecklichen, geduldigen Lächeln. »Ich kann dich nicht aufhalten. Wenn du Sorath willst, sie ist hier. Warum solltest du mich töten?«

»Weil ich es kann. Aber zuerst, um sicherzugehen, dass meine alte Freundin Sorath nicht auf die Idee kommt, irgendwohin zu wollen …«

Hollys Berührung kratzte wie Stahlnägel über Izzys Stirn. Sie wand sich unter den engen Fesseln, versuchte vergeblich, sich wegzudrehen, aber es nützte nichts.

»Typisch«, knurrte Sorath mit unerwarteter Gehässigkeit. *»Ich habe dir doch gesagt, du sollst ihm nicht trauen. Ich habe es dir gesagt! Warum hast du nicht auf mich gehört, Isabel?«*

Aber Jinx hatte sie nicht verraten, oder? Das konnte nicht sein.

Und doch stand er jetzt da, ohne einen Laut von sich zu geben oder einen Finger zu rühren, um ihr zu helfen. Er hatte nicht gekämpft, als Holly sie erwischt hatte. Er hatte sich nur zu ihren Füßen gelegt.

»Jinx!«, schrie Izzy, als der Schmerz aus einem tiefen dunklen Brunnen in ihr aufwallte und sie verschluckte. Ströme wie geschmolzenes Metall ergossen sich durch ihren Geist, donnerten die Bäche in ihrem Gehirn entlang, versengten die Sehnen in ihren Armen und Beinen, schlangen sich um ihre Wirbelsäule, zerquetschten ihre lebenswichtigen Organe und spannten ihre Muskeln an. Kleine Widerhaken aus Feuer krallten sich überall in ihren Körper. Sein Name wurde undeutlich, ein langes Brüllen der Pein.

Holly trat zurück und bewunderte ihr Werk, während sich Izzy Schweiß aus den schmerzenden Augen blinzelte und darum rang, wieder Luft zu bekommen. »Na, na, sie ist gesichert. Ein Teil von dir. Wenn du stirbst, tut sie es also auch.«

Der Engel wehrte sich in ihr, ein Vogel im Netz, verzweifelt, wütend und verängstigt. Sorath hatte Angst. Izzy zitterte von Kopf bis Fuß, sie hatte Gänsehaut, als könnte ihre Haut entkommen, wo sie selbst es nicht konnte.

Holly schürzte die Lippen. »Du hast noch nie etwas bis zum Ende gedacht, oder, Cousine? Hast dich nur zu bereitwillig gegen mich und die meinen gewandt, als dich dein Liebhaber im Stich gelassen hat und du allein warst. Du hättest mit ihm gehen sollen, Sorath – die Dämmerung und der Morgenstern gemeinsam. Du wärest glücklicher gewesen.« Sie beugte sich vor, bis ihre weißen Zähne vor Izzys aufgerissenen Augen zuschnappten. »Wir wären alle glücklicher gewesen. Die Sídhe zu verbannen, hat dir nur Zeit gebracht. Du bist trotzdem gefallen. Und wie du gefallen bist. Sieh dich an!«

Eine weitere Stimme erhob sich in Izzys Kehle, eine, die in ihrem Mund anders klang als die in ihrem Gehirn, aber stoppen konnte sie sie trotzdem nicht.

»Tatsächlich habe ich Zeit gewonnen. Zeit für das richtige Gefäß.«

»Diese bemitleidenswerte Grigori? Hast du geglaubt, ich würde ihren Stamm nicht anrühren? Hast du geglaubt, sie sei geschützt? Du kennst mich doch sicher besser. So sehr habe ich mich nicht verändert. Ihr Vater ist nicht tot. Er wird sich erholen und wieder Grigori werden. Das macht sie besonders entbehrlich.«

Aber Sorath hörte nicht zu. »Und es hat mir eine Wahl gegeben.«

»Eine Wahl?« Holly schüttelte in langsamem Unglauben den Kopf. »Du bist ein Engel. Du hast nicht mehr Wahlmöglichkeiten als mein Hund hier.« Sie nickte zu Jinx hinüber, dessen Schultern sich versteiften. Abgesehen davon rührte er sich nicht, immer noch mit gesenktem Blick und niedergeschlagen.

»Überhaupt nicht. Ich habe selbst bestimmt, wann ich falle. Ich habe das Hier und Jetzt gewählt. Ich habe Isabel gewählt.« Sorath senkte die Stimme zu einem leisen Flüstern und Holly beugte sich vor. Interesse färbte ihre Augen, auf ihren Lippen lag ein spöttisches Lächeln. »Ich habe gewählt«, sagte Sorath mit Izzys Stimme, und ihre Hand glitt unter die Drähte, die sie hielten.

Das Metall kratzte über ihre Haut, riss, schabte. Es nützte nichts. Izzy konnte den Engel nicht davon abhalten, ihren Körper ganz nach seinem Willen zu benutzen. Durch Hollys Macht waren sie so aneinander gebunden, dass sie überhaupt nichts mehr gegen Sorath ausrichten konnte.

Es fühlte sich an wie in Öl zu ertrinken, auf die Flamme einer Lunte wartend, und dann umhüllten sie mit Gebraus die Flammen. Das Feuer waberte durch ihren Körper, verbrannte sie zu Asche, das reinigende Feuer des Veredlers, durch das nun allein Sorath die Kontrolle innehatte. Der Engel der Morgenröte, mit all der Intensität einer neugeborenen Sonne und der Fähigkeit, über das Feuer in Izzys Sídhe-Blut zu gebieten, riss an dem Drahtnetz, ohne auf den Körper zu achten, den er trug. Sorath packte den Eisendolch an Izzys Hüfte und zog ihn heraus, sodass er durch die Silberdrähte schnitt, und hieb damit nach Holly.

Doch Holly war nicht mehr da. Mit einer Bewegung, die vor den Augen verschwamm, packte jemand anders die Matriarchin und schleuderte sie zur Seite, jemand anders, der selbst nicht mehr rechtzeitig aus dem Weg gehen konnte. So schnell hätte sich niemand bewegen können. Jemand anders, der da stand und die ganze Klinge des Eisenmessers abbekam.

Jinx.

Er schauderte, wie er da vor ihr stand, mit offenem

Mund und aufgerissenen Augen. Er zuckte, ein spastischer Reflex, und eine Hand schloss sich um ihr Handgelenk, die andere hielt das Messer. Sein Griff war wie das Eisen, das seinen Körper durchbohrte.

»Nein!« Izzys Stimme war ihre eigene, heiser und gebrochen. Ihr Körper gehörte wieder ihr. Jeder Schnitt brannte schmerzhaft, und sie zitterte, während sie in seine Augen aufblickte. Nebel erfüllte sie, Nebel und Regen, ein Himmel voller dunkler Wolken. »Nein, Jinx! Bitte!«

Dasselbe, was sie immer sagte. Ihre Augen brannten, ihre Tränen fühlten sich an wie Säure auf den Wangen.

Er zog sich selbst von der Klinge herunter und öffnete wieder den Mund, als wollte er etwas sagen. Doch er tat es nicht. Zu ihren Füßen sank er zu Boden.

* * *

Smithfield war leer. Der Platz sah aus wie eine Geisterstadt. Izzys Nachricht hatte Dylan gesagt, wohin er kommen sollte, aber das Tor hatte er selbst gefunden. Woher er wusste, wohin er schauen musste, wusste er selbst nicht so genau. Es war beinahe, als erinnerte er sich daran. Oder irgendetwas flüsterte in seinem Hinterkopf die Information, die er brauchte, wie ein fast vergessener Song in seinem Unterbewusstsein.

Vorher war sie nicht da gewesen, diese eigentümliche Musik, die er nur halb hören konnte. Erst seit die Engel an der Tür von Izzys Haus gestanden hatten. Etwas hatte sich verändert, und das machte ihm Angst. Aber er wusste, dass er sie finden würde, wenn er der Musik folgte. Musik verband sie, und er wusste, was er zu tun hatte. Izzy finden. Silver finden.

Es befand sich zwischen zwei Laternenpfählen, schimmerte in der Luft, Lichtfetzen brachen sich auf seiner Oberfläche. Es war nicht echt, konnte nicht echt sein, und doch war es da.

»Für alle geöffnet«, sagte eine Stimme. »Jeder kann hinein und hinaus, wenn er weiß, wie.« Dylan drehte sich um und sah einen Landstreicher hinter sich sitzen, dessen zerlumpte Kleider nur ein kleines bisschen schmutziger aussahen als seine Haut. »Dachte mir schon, dass du nach ihr suchen kommst. Ich höre, wie sie dir zuflüstern.«

Sie? Dylan gefiel das nicht. »Wer bist du?«

Fae, daran bestand kein Zweifel. Dylan erkannte es an dem unnatürlichen Glimmen in seinen Augen, dem gebeugten Knochenbau und dem heimtückischen Lächeln. »Der Name is' Mistle. Bin mit deinen Freunden da reingegangen. Bin zurückgekommen, um nach dir Ausschau zu halten.«

»Hat dich Jinx geschickt?« Darauf kam keine Antwort. Dylan musste gegen ein Schaudern kämpfen. »Weißt du, wo Silver ist?«

»Ich weiß es. Hab kein Problem mit Silver. Sie is' ne Nette. Aber sie wird bewacht.« Mistle stand auf und beugte sich zu dicht vor. Sein Gestank brachte Dylan beinahe zum Würgen. »Glaubst du, du kommst damit klar?«

»Ich muss nur hineinkommen.«

Mistle hob die Schultern. »Bist wohl 'n knallharter

Typ. Wie gesagt, jeder kann rein, wenn er weiß, wie.« Er wandte sich ab, schritt durch den Spalt und verschwand.

Jeder. Wie er. Einfach jeder.

Dylan schlich hinein, durch das statisch aufgeladene Feld, das ihn an den Naturkundeunterricht erinnerte und an Science Fiction aus den 1950ern. An ihm war nichts knallhart, egal was Mistle sagte. Sein Magen war in Aufruhr und zog sich bei jedem Schritt zusammen, sein ganzer Körper war gespannt wie verdrillter Draht. Aber Silver war hier irgendwo. Sie musste hier sein. Genauso wie Izzy und Jinx. Sie hatten nicht angerufen und waren auch nicht ans Telefon gegangen. Es war weit und breit nichts von ihnen zu sehen. Das konnte auf keinen Fall etwas Gutes bedeuten. Auf gar keinen Fall.

Die Musik war jetzt lauter, eine raue Jahrmarktsmelodie, gespielt von Pfeifen und Trommeln mit einer Art Akkordeon, das die Melodie mitdudelte. Es erinnerte ihn an Tumulte und Clowns, an das Balancieren an der Kante eines Abgrunds, während der Mob jubelte und nach Blut verlangte. Geschrei und die Rufe der Marktschreier vermischten sich damit. Lärm und Chaos und all die Dinge auf der Welt, die er nicht sehen und in deren Nähe er auch nicht sein wollte.

Jemand oder etwas torkelte – nach Bier und Pisse stinkend – quer durch den schmalen Gang vor ihm. Es lachte hysterisch und fiel kopfüber durch eine Tür. Dylan ging weiter. Wo war Mistle hin?

Die Menge brüllte zustimmend und die Musik wurde noch lauter, dieselbe schlingernde, seekranke Melodie,

die in seinem Kopf hämmerte. Und durch sie drang ein Schrei. Erschrocken und verzweifelt, Schrei um Schrei um Schrei.

Er konnte nicht sehen, woher die Schreie kamen oder wer da so schrie, so verzweifelt, so verängstigt, unter solchen Schmerzen, körperlichen und geistigen. Dylan schob sie von sich und ging am Rand des Markts weiter, zwang sich, weiter in die Dunkelheit der nächstgelegenen Seite zu gehen, wo sich ein Tunnel in den bronzebeschlagenen Wänden öffnete.

»Wohin willst du, Junge?«, nuschelte eine widerliche Stimme. Rote Knopfaugen spähten ihn aus der Öffnung an. »Sie ist da lang. Nein, da lang! Ruhe jetzt!«

Sie umrundeten eine Ecke und Mistle drückte Dylan rückwärts an die Wand. »Hast du eine Waffe, Junge? Was zum Kämpfen? Wirst du brauchen.«

Eine Frau stand neben einem Türdurchgang, eine Frau ganz in schwarzem Leder, deren Gesicht Dylan nie vergessen würde. Nie. Ihr langer Zopf lag über der Schulter. Sie war blass und dunkeläugig, schlangenhaft. Genau wie in seiner Erinnerung.

Die Todesfee. Die Mari umgebracht hatte.

Dylan erstarrte, schob die Hand in die Jackentasche, um das Messer herauszuziehen, das Blythe ihm gegeben hatte. Es fühlte sich schwer an in seiner Hand. Richtig.

Geh auf die Kehle, hatte Jinx gesagt.

»Was du brauchst, ist ne Ablenkung«, sagte Mistle, trat vor und wedelte mit den Händen. »Er ist hier!«

Dylan hatte keine Chance, zu denken oder zu reagieren. Die Todesfee ging auf ihn los, ihr Mund öffnete sich schon, der Schrei, der seine Schwester getötet hatte, begann sich zu bilden. Er schleuderte das Messer nach ihr, aus Instinkt und aus einem Muskelgedächtnis heraus, von denen er gar nicht wusste, dass er sie besaß. Das Messer schlug direkt in ihre Kehle ein.

Sie ging zu Boden, zuckte, rührte sich nicht mehr. Dylan holte tief Luft, sein Magen rebellierte.

Der alte Mann schlurfte an ihm vorbei und stieg über den Leichnam. »Sie ist da drin. Beeil dich. Du hast nicht viel Zeit, und die anderen haben auch keine.«

»Wer?« Argwohn vibrierte durch seinen Körper.

»Tja, was glaubst du, wer da geschrien hat? Ich diene dem Engel und damit Isabel Gregory. Wenn du die Leanán Sídhe willst, die ist da drin. Aber bald kommen noch mehr Wächter und dann wird es Blut geben. Also beeil dich, Musikant.«

Dylan wusste, er konnte dem runzligen alten Fae nicht trauen. Auf einer tiefen, instinktiven Ebene war es absolut offensichtlich. Aber er hatte auch keine Wahl. Er hatte gerade ein Lebewesen getötet. Ein mordlustiges, grausames und schreckliches Ding. Aber er hatte innerhalb von einem Augenblick sein Leben ausgelöscht.

Der Schock ließ ihn von innen heraus erbeben. Er stolperte weiter, suchte nach Silver. Hoffend, betend, dass sie zu finden alles wieder gutmachen würde. Er hatte seine Rache für Maris Leben, aber es war kein gutes Gefühl. Überhaupt kein gutes Gefühl.

Silver lag in einem kleinen dunklen Raum, nicht größer

als die Gästetoilette zu Hause. Sie hatte sich zusammengerollt, die weißen Haare lagen ausgebreitet wie Spinnweben in den Schatten. Dylan erkannte sie sofort. Das bedeutete, dass Izzy und Jinx versagt hatten. Dass sie auch irgendwo hier drin waren. *Was glaubst du, wer geschrien hat?* Dieser Laut. Dieser schreckliche, verzweifelte Laut. Er würgte. Izzy hatte sicher Angst, war ganz allein und verlassen in diesem Albtraum.

Was machte Holly mit ihr?

Und Jinx? Woher sollten sie überhaupt wissen, ob sie Jinx vertrauen konnten?

Dylan zwang sich zur Konzentration. Warum war er überhaupt hier und stand über Silver? Warum fühlte er so ein blindes Bedürfnis, ihr zu helfen? Vielleicht mehr als Izzy. Vielleicht mehr als jedem anderen. Sie hatte ihm das Leben gerettet, aber keinen Gedanken an Mari verschwendet. Sie hatten keinen Deal gemacht. Noch nicht. Sie hatte es ihm angeboten. Er war in Versuchung gewesen, aber keine Worte waren gesprochen worden. Keine Übereinkunft getroffen. Er schuldete ihr nichts.

Sie bewegte sich, nur ein kurzes Luftholen, und ihr ganzer Körper bebte von der Anstrengung. Es zog ihm vor Mitgefühl das Herz zusammen.

»Silver«, flüsterte er.

Sie drehte sich um, oder zumindest so weit, dass sie ihre geschwollenen Augen öffnen und ihn ansehen konnte. Ihre ausgedörrten Lippen öffneten sich zu einem überraschten »Oh«, und sie sagte seinen Namen. Oder versuchte es. Sie hatte kaum genug Luft, um ihn zu formen.

Dylan sank auf die Knie, streckte die Hände aus, hob sie behutsam in seine Arme. Sie wog nicht mehr als ein Kind. Sie war verblasst, weit entfernt von dem herrlichen, lebhaften Wesen, das sie gewesen war.

»Ich bin hier«, sagte er. »Alles wird gut. Ich hole dich raus.«

»Ich kann nirgends hin.« Ihr Atem sägte über ihren Kehlkopf. »Sie hat meinen Baum entwurzelt, ihn zerbrochen, meine Höhle zerstört. Ich kann nirgends hin.« Tränen rannen über ihr Gesicht, auf seine Brust, tränkten den Stoff seines Shirts. »Meine Freunde … Ich dachte, ich hätte Freunde, aber sie … Sie haben die anderen umgebracht. Alle, die geblieben sind. Der arme Sage hat geschrien, als sie ihn aufschnitten. Er schrie und schrie. Und sie stand nur da und lächelte. Hat ihn nicht einmal angeschaut. Sie hat nur mich beobachtet. Was hat sie mit Jinx gemacht?«

»Silver?« Dylan strich ihr mit der Hand über den eiskalten Arm. Sie zitterte, als er sie berührte. »Sag mir, was ich tun kann.«

»Nichts«, beharrte sie. »Nichts. Geh weg.«

Wirst du mir alles geben? Das hatte sie ihn einmal gefragt, mit einem Lachen in den Augen voller Verheißungen. Damals war ihr alles wie ein großer Spaß vorgekommen. *Selbst wenn ich dich um ein Stück deiner Seele bitte? Selbst wenn du weißt, dass ich dein Wesen trinken werde wie süßen Fliederwein?*

Eine andere Silver, stolz und stark, lebendig und übermütig von diesem Leben. Jetzt fühlte sie sich zu leicht an und zitterte – ein Bündel aus Lumpen.

»Wird es dir helfen zu leben?«, fragte er. Sie wusste, was er da fragte. Sie musste es wissen.

Silver schloss die Augen, eine Falte bildete sich zwischen ihren Augenbrauen. »Eine kurze Weile. Dann bräuchte ich mehr. Und dann noch mehr, bis am Ende nichts mehr von dir übrig wäre. Was glaubst du, warum so viele meiner Liebhaber sich das Leben nehmen, Dylan? Weil sie schon tot sind, deshalb.«

»Aber es würde helfen.«

»Nicht auf lange Sicht. Es wäre vergeblich. Ich habe nichts mehr. Keine Stimme, keinen Baum, keine Mutter, keine Familie. Ich war immer treu. Ich habe ihr nie einen Grund gegeben, an mir zu zweifeln. Ich habe ihr nie einen Grund gegeben, mich so zu *hassen.*« Silver war nicht an Hass gewöhnt. Sie war schließlich ein Wesen, das nur durch Liebe gedieh. Hass war ein Gift. »Lass mich gehen. Lass mich in der Luft verklingen und für immer gehen.«

Nein. Das konnte er nicht. Er schüttelte sie sanft. »Und was ist mit Izzy und Jinx?«

Eine Träne tropfte aus ihrem Augenwinkel, rann ihre blasse Wange herab wie ein Edelstein. »Nichts als Ärger, alle beide. Von dem Tag, an dem ich ihn zum ersten Mal sah, bis zu dem Tag, an dem er sie mir vorzog. Genau wie seine Mutter. Als er geboren wurde, während sie sich noch versteckten, hat Belladonna ihn mir in die Arme gelegt und ich habe versprochen ... ich habe versprochen ...«

»Dich um ihn zu kümmern?«

Sie nickte und barg das Gesicht an seiner Brust. »Ihn

zu lieben. Ihn so zu lieben, wie sie es getan hätte. Sie hatte das zweite Gesicht. Sie wusste, was kommen würde, obwohl Jasper versuchte, Jinx vor Holly zu verstecken, sie wusste es. Sie hatte ihren eigenen Tod vorhergesehen und den von Jasper auch. Sie hatte seine Zukunft gesehen, was Holly aus ihm machen würde, obwohl sie mir nicht alles sagen wollte. Sie flehte mich an, meine kleine Schwester, und ich konnte es ihr nicht abschlagen. Ich könnte sie nie verleugnen. Oder ihn.« Ihre Stimme verlor sich einen Moment lang in ihren Schluchzern, doch dann blickte sie auf, mühte sich ab, sie wiederzuerlangen. »Er liebt deine Izzy, das weißt du, oder? Kann nicht anders, der arme Dummkopf.«

Er war nicht der Einzige, sagte sich Dylan verdrießlich. Es gab überall Dummköpfe. Aber er konnte es nicht sagen. Nicht zu Silver.

»Hat er dir das gesagt?«

»Ich habe immer noch Augen«, murmelte sie. »Und ich kenne Herzen, reine und unreine. Er wird sie verraten. Er kann nicht anders. Holly ist zu stark. Sie hat Jahre damit verbracht, ihn mit Zaubern zu binden. Er ist ihre Kreatur, ob er will oder nicht. Jede Tätowierung, die sie in seine Haut stechen lassen hat, jedes Stück Silber, mit dem sie ihn durchbohren ließ, sie alle machen ihn zu ihrem Eigentum. Jinx weiß nicht einmal, wie weit es geht. Sein ganzes Leben, Dylan. Sein ganzes Leben hat sie ihn gequält und gebunden. Sie machte ihn zu … was auch immer sie ihn sein lassen wollte. Sie hat Pläne, Pläne innerhalb von Plänen. Ich habe getan, was ich konnte, um ihn zu trösten, es leichter zu machen. Aber es war ein jämmerlich kleiner Beitrag.«

Dylan wiegte sie, murmelte ihren Namen, aber sie sprach weiter, Tränen und Schmerz pressten die Geschichte aus ihr heraus.

»Und Izzy weiß nicht, was auf dem Spiel steht. Es geht nicht mehr nur um sie. Oder um ihre Abstammung. Die Engel und die Dämonen, das Mächteverhältnis auf der Erde, die Schaffung einer neuen Phantomkönigin, um sie alle zu verbinden ... Macht über Macht ... das Göttliche in einer einzigen Gestalt ... Sie wird wieder gehen, und wo sie geht, ungehindert durch die Beschränkungen des Himmels ... Es gab andere Götter, weißt du? Andere Wesen von solch unvorstellbarer Macht ... Holly weiß das. Sie weiß alles darüber. Sie würde den Funken selbst benutzen, um so eine Kreatur zu schaffen, damit sie ihren Willen tut, oder um selbst eine zu werden. Aber das *Ding* in Izzy wird dasselbe tun ... Wir sind verloren. Wir alle. Der Engel wird sich alles nehmen, sie wird ihren Geliebten befreien und jede Ebene in Stücke brechen. Der Krieg des Himmels wird mit all seinen Albträumen und seinem Erbe hierherkommen. Alles wird brennen. Es brennt immer. Weißt du, was Engel sind, Dylan?«

»Ja«, sagte er, um sie zu beruhigen. »Ja, ich glaube schon.«

»Nein, weißt du nicht. Du glaubst, sie sind weiß gekleidet und haben gefiederte Flügel. Friedensbringer und Lichtgestalten und der ganze New-Age-Scheiß. Du kannst dir sie nicht als Feuerräder vorstellen, die ganze

Städte dem Erdboden gleichmachen, oder als Wesen aus Augen und Zähnen, oder als Schwerter, die weißglühend brennen, bis niemand sie mehr anschauen kann, ohne blind zu werden. Du weißt nicht ... niemand kann ihnen standhalten. Und Sorath war eine der höchsten. Es war wie ins Herz der Sonne zu blicken. Und dann brannte dir die Sonne die Augen aus dem Kopf und verzehrte dich ... weil sie es konnte. Weil sie es wollte. Sie wird wieder wandeln, wie eine Göttin, und alles wird brennen. Gut, böse, das ist ihnen gleich. Wenn sie glauben, dass du unrein bist ... Ich habe es gesehen, Dylan. Ich habe gesehen, was sie in ihrem Krieg getan haben. Deshalb wollte ich nicht helfen. Deshalb wollte ich mich ihnen nicht anschließen. Und sie haben mich dafür verstoßen. Es darf nicht wieder passieren. Es darf nicht hier geschehen.«

Sie wollte nicht leben, wurde ihm klar. Nicht, wenn ihr das bevorstand. Nicht noch einmal.

Er erkannte es an der Art, wie sie es sagte. Er hatte keine Ahnung, wie alt Silver wohl sein mochte. Aber falls sie Hollys älteste Tochter war, musste sie sehr alt sein. Manchmal hatte er es geahnt, wenn er ihr in die Augen schaute, wenn die Geister von Äonen um die Ränder ihres herzzerreißenden Lächelns drifteten. Aber dennoch wollte er nicht ohne dieses Lächeln sein.

»Du hast mir einmal einen Handel vorgeschlagen, Silver. Ich wäre dein Liebhaber, und du würdest mich berühmter machen, als ich es mir vorstellen könnte, weißt du noch? Du wolltest mich zur Legende machen.«

»Es gibt Besseres. Und es wäre auch nur für eine Weile. Eine furchtbar kurze Weile, Dylan. Es wird in einem Wimpernschlag vorbei sein und du wirst es auf ewig bereuen. Ich hätte es nie anbieten sollen. Es endet nie gut.«

»Es ist genug Zeit, um sich eine Hintertür auszudenken, wenn du mir helfen willst. Bitte, Silver! Sie brauchen deine Hilfe und du brauchst meine. Es ist der einzige Weg.«

Sie sog einen Atemzug ein. »Der Kuss einer Leanán Sídhe kann schmerzen. Am Ende wird er töten. Wenn ich bei vollen Kräften wäre, könnte er dich zum Knecht machen. So viel kann schiefgehen. Und da ich jetzt so schwach bin … Ich weiß nicht, was das mit dir machen wird.«

»Dann finden wir es heraus.«

Dylan neigte den Kopf und streifte ihre Lippen mit seinen.

26

DAS TODESHEULEN

Jinx hatte nie solch einen Schmerz gekannt. Nicht so. Natürlich hatte er das Messer gespürt, als es ihn das letzte Mal erwischt und sie ihn geheilt hatte, aber diesmal … oh, ihr Ahnen, diesmal hatte *sie* ihn erwischt. Ihr Gesicht, ihre Tränen, ihre zitternde Hand und das Blut darauf, sein Blut, ihr Blut. Schmerz tanzte vor seinen Augen und durch seinen ganzen Körper, das Gift des Eisens zerfraß ihn innerlich. Das Silber, das er trug, war schlimm genug, aber Eisen … Eisen war wie kochendes Wasser, das man auf Eis goss. Eisen in ihm, in seinem Blut, das durch seinen Körper wanderte und ihn von innen heraus zerstörte.

Und er hatte es getan, um Holly zu retten.

Vor Izzy und ihrem Engel.

Das widerwärtige Entsetzen darüber hieb seine Krallen in sein Gehirn, so dass er abwechselnd lachen und schreien wollte. Alte Instinkte hatten ihn überwältigt und er konnte nicht anders. Er hatte Holly gerettet, obwohl er sie sterben lassen sollen hätte. Er hätte sie schon tausendmal sterben lassen sollen.

Izzy beugte sich über ihn, schüttelte ihn, schrie, aber

durch das hohe, heulende Jaulen in seinem Kopf konnte er sie nicht hören. Es war das Todesheulen, und obwohl er die Cú-Sídhe-Legende kannte, hatte er es bisher erst einmal gehört. Als jemand starb, der ihm nahestand ... sein Vater. Er war damals noch zu klein gewesen, um es zu verstehen. Und die anderen, Blythes Rudel, hatten sich um ihn geschart. Sie hatten es alle gehört – Blythe und die Ihren, das Rudel, zu dem er hätte gehören sollen, wenn Holly ihn nicht für sich beansprucht hätte. Genauso würden sie es jetzt auch alle hören. Sie würden es alle wissen. Sie würden von seinem Versagen hören, von seiner Schande. Sie würden seinen Tod hören. Er hoffte nur, sie würden um ihn trauern. Nur ein bisschen.

Er konnte nur hoffen.

Izzy schüttelte ihn fest und zog seine Aufmerksamkeit wieder auf sich. Er sah, wie sie seinen Namen sagte, wie er sich auf ihren Lippen formte, fast ein Lächeln, aber zum Teil auch Grimasse. Sie trug den Schmerz und die Trauer auf eine Art, die ihrer Abstammung würdig war. Trug ihn, kämpfte aber auch und wütete gegen ihn. Er liebte ihre Wut, ihre Weigerung, das Unvermeidliche zu akzeptieren. Liebte ihr stures, gebendes Herz und dass sie nie bereit schien, ihr Schicksal anzunehmen. Sie kämpfte. Er liebte es, wenn sie kämpfte.

Sie war ein Fehler, ein Makel wie er. Ein Riss in der Ordnung der Welt.

Sterben war gar nicht so schwierig. Er hatte sich immer vorgestellt, er würde kämpfen. Aber jetzt glitt er langsam in Richtung Dunkelheit, dankbar für den Frieden.

»Nein!«, sagte Izzy, und ihre Stimme erreichte ihn am Ende über die Kluft wie ein Lied. »Komm zu mir zurück! Du musst! Du darfst nicht sterben! Das lasse ich nicht zu! Verlass mich nicht!«

Es war so süß, sie das sagen zu hören. Sie klang sogar, als meinte sie es ernst. Er wollte ihr sagen, dass sie ihn nicht mehr herumkommandieren konnte. Jetzt nicht mehr. Sie hatte diese Macht gewonnen, indem sie Eisen aus seinem Körper zog. Indem sie es wieder hineingesteckt hatte, hatte sie den Bann irgendwie gebrochen. Er wusste nicht, wie es funktionierte. Aber es ging. Er war frei. Befreit von Izzy und befreit von Holly.

Endlich frei, zum ersten Mal seit er denken konnte.

Vielleicht war Sterben es am Ende doch wert.

Dann hörte er Geheul, einen Chor aus Geheul.

Etwas sprach aus den Tiefen seines Geistes zu seinem Hunde-Ich. Es heulte.

Blythe.

Er öffnete die Augen und sah Licht. So hell wie das Ende der Welt. Oder das Ende seines Lebens.

Und wieder, nicht sehr weit entfernt, hörte er Geheul. Diesmal nicht in seinem Kopf, sondern um sich herum. So viele heulende Stimmen.

* * *

Izzy zuckte bei dem Geräusch erschrocken zusammen. Von überall ertönte Geheul, auf dem ganzen Markt, und Holly schrie nach ihren Wachen. Izzy war das egal. Es war nicht mehr wichtig. Sorath war vielleicht hier, um

Holly zu töten, vielleicht hatte sie auch nur die Gelegenheit ergriffen, als sie sich bot. Das alles war nicht wichtig. Jetzt nicht mehr.

Panik ergriff den Markt und Holly wich zurück. »Es ist nicht vorbei! Es wird nie vorbei sein, Sorath!«

»Cousine«, hatte sie den Engel genannt. Die Sídhe waren einst Engel gewesen, lautete so nicht die Geschichte? Familienfehden konnten wirklich Ewigkeiten dauern. Und warum musste Izzy darin verwickelt werden? Warum Jinx? Das war nicht fair.

Sie zog ihn enger an sich, aber er war ganz schlaff. Er blutete viel zu sehr, und sie hatte immer noch das Messer in der Hand, mit dem sie ihn gestochen hatte. Sie konnte ihm nicht helfen.

»Sorath!«, schrie sie. »Hilf mir! Bitte, sofort! Du musst mir helfen! Wie kann ich ihn heilen? Wie kann ich …?«

»Lass mich dir helfen. Ich kümmere mich darum. Ich weiß, was zu tun ist. Bitte, du musst mich nur fragen. Bitte mich dazu. Leg die Kontrolle ab, Isabel.«

Hollys Wachen umringten sie mit gezückten Waffen. Es war egal. Jetzt war nur Jinx wichtig. Jinx und Dad. Wenn sie ihnen helfen konnte …

»Also gut. Hilf ihm und versprich, meinem Dad zu helfen. Mehr will ich nicht. Bitte!«

»Erledigt«, sagte der Engel, und es klang wie ein Donnerschlag.

Licht flutete die Umgebung, so hell, dass Izzy die Augen schließen musste. Sie beugte sich über Jinx' Körper, wiegte ihn in ihren Armen und betete.

Mit einem Schlag landete ein Cú Sídhe zwischen ihnen und den näher rückenden Wachen. Sein Schwanz peitschte hin und her, und er knurrte, das Fell den ganzen riesigen Rücken entlang aufgestellt wie Stacheln. Ein weiterer flankierte sie, und dann noch einer auf der anderen Seite, sie umringten sie, schnitten sie von den Wächtern ab.

Sie beschützten sie. Sie beide.

Izzy spürte, wie der Engel in ihr an Macht zunahm, die Kontrolle übernahm, wie ein Sonnenaufgang in ihr, der ihren eigenen Willen wegbrannte wie Morgentau. Sie – oder Sorath, das war jetzt schwer auseinanderzuhalten – hob die Hand und drückte sie auf die Wunde. Macht stieg in ihr auf, und es war anders als damals, als sie das Messer herausgezogen hatte. Dies war wie eine Welle, die über ihr zusammenschlug.

Jinx zuckte in ihren Armen hoch, als hätte er einen Stromschlag bekommen. Er sog einen Atemzug ein und sein Rücken wölbte sich, jeder Muskel wurde zu Stahl. Seine Hand schloss sich um ihren Arm, die Finger gruben sich ein wie Bolzen. Sie schluchzte vor Erleichterung und Schmerz auf, klammerte sich aber an ihn, konnte ihn nicht loslassen. Jetzt nicht und nie wieder.

»Lass los«, sagte der Engel. »Es ist jetzt Zeit. Lass los!« Sie versuchte, ihn weiter festzuhalten. Doch sie konnte nicht. Zu schnell entglitt ihr die Kontrolle. Der Engel war zu stark. *»Wir hatten eine Abmachung, Isabel.«*

Silver betrat das Podium auf lautlosen nackten Füßen, ihre Bewegungen waren elegant und schön. Sie glühte vor Energie, vor Licht und Macht. Die Luft um sie herum zitterte.

»Silver, was tust du?«, knurrte Holly, die auf ihre Tochter zuging, aber wieder zurückwich, als die Cú Sídhe nach ihr schnappten.

»Was ich schon vor langer Zeit hätte tun sollen, Mutter. Du hast Belladonna getötet, genauso sicher, als wenn du ihr selbst das Leben genommen hättest. Das habe ich geschluckt, aber ich habe dir nie verziehen. Du hast sie getötet, als du Jinx' Vater getötet hast, als du Jinx genommen hast. Ich befreie ihn. Für sie.«

»Du hast kein Recht dazu!«

Der Boden bebte. »Kein Recht? Ich bin deine erste Tochter. Das gibt mir jedes Recht. All die Male, als ich mich deinem Willen gebeugt habe statt meinem Gewissen.«

»Das ist nicht möglich. Ich habe dich gebrochen, als ich deinen Baum zerbrochen habe.«

Silver lächelte, ein eisiges Lächeln wie das ihrer Mutter. »Ja. Genau so.«

Sie streckte die Hand nach der Kristallsäule aus, die sich vom Boden bis zur Decke erhob; der Kristall, der all das Licht enthielt, das aus der sterblichen Welt gestohlen und hierherreflektiert worden war. Hollys Kristall, wie Izzy jetzt bewusst wurde. So mächtig, wie Silvers Baum es gewesen war. Vielleicht sogar noch mehr.

Silver berührte die Säule nur mit einer Fingerspitze und Holly schrie.

Einen Moment lang passierte nichts, nur der Schrei,

der nicht enden wollte und den Lärm des sich rasch leerenden Markts übertönte, die panische Flucht des Fae-Volkes den Tunnel hinauf und nach draußen. Und dann erschien ein Sprung, ein Haarriss tief in dem Quarz, der sich mit einem Geräusch wie das Brechen eines Eisbergs von Silvers Finger ausdehnte. Er breitete sich immer schneller durch den Kristall aus, verzweigte sich, bis er aussah wie skelettartige Blätter, raste durch den Stein.

Holly würgte und die Stimme erstarb ihr in der Kehle. Silver öffnete den Mund und ein reiner, hoher Ton erklang. Er hallte in abstrakten Harmonien von den Bronzewänden und der weit entfernten Decke wider und der Kristall zitterte. Als Silver zu singen aufhörte, setzte sich der Klang der Stimme fort, verstärkte sich auf ein gefährliches Maß.

»Ich habe eine andere Quelle gefunden«, sprach Silver weiter, »eine, die mächtiger ist als wir alle uns das hätten vorstellen können. Wärest du bitte so gut?«

Der Kristall zersprang. Scherben regneten auf sie herab wie Hagel. Holly schluchzte auf und fiel nach hinten, in die Arme ihrer Wachen. Umringt, außer Gefahr, aber gebrochen, so sicher, wie ihr Kristall zerbrochen war.

Silver schüttelte ihre Hand, als wollte sie sich von etwas Unangenehmem befreien. »Jetzt gehen wir. Und du wirst uns gehen lassen, oder ich gebe Brís Hunden die Erlaubnis, zu tun, was sie wollen.«

»Brís Hunde? *Du* hast Brís Hunde hergebracht?«

Der Nächststehende schüttelte den Kopf und glitt in seine Sídhe-Form. Jetzt stand Blythe da. »Wir sind selbst gekommen. Wir sind unserem Bruder gefolgt und haben gesehen, was du ihm angetan hast. Jetzt werden wir ihn nach Hause bringen.«

»Izzy?«, flüsterte Jinx mit rauer Stimme; sein Blick suchte ihr Gesicht. »Izzy, geht es dir gut?«

Aber sie konnte ihm nicht antworten. Sie war jetzt nur noch Zuschauerin. Sorath war noch nicht mit ihr fertig. Und sie hatte ihr Wort gegeben, es zuzulassen. Ihr Kampf, sich dem Unvermeidlichen zu widersetzen, diese Verzögerung, hatte den Engel nur wütend gemacht. Aber sie konnte nicht anders. Sie musste wissen, dass es Jinx gut ging. Sie musste wissen, dass er in Sicherheit war. Obwohl die Flammen wieder in ihr kochten, küsste sie ihn. Küsste ihn und spürte, wie er den Kuss erwiderte, gab sich dem Wunder dieses Gefühls hin und fühlte, wie sie zerfloss, in das Licht, verschluckt von dem Wesen in ihr.

Ihr letzter Gedanke war, dass sie wenigstens diesen letzten Kuss gefühlt hatte. Wenigstens wusste sie, dass er lebte. Und dass Silver und Blythe ihn befreien würden.

Das genügte. Mehr konnte sie nicht tun. Der Engel übernahm sie.

* * *

Dylan torkelte gegen die Wand, als er aufzustehen versuchte und nach Luft rang. Der grobe Stein rieb an seiner Jacke und sein Magen war in Aufruhr. Krämpfe schüttelten ihn wie ein Terrier eine Ratte. Schweiß stand ihm auf der Stirn, Nadelstiche aus Eis.

»Vorsicht, Junge!«, sagte Mistle, dessen raue Stimme

in Dylans Ohren kratzte. »Willst dich doch jetzt nicht verletzen, oder?« Gelächter schwang in den Worten mit wie übler Gestank. Unangenehmes, höhnisches Gelächter, die Art, von der man innerlich zusammenzuckte, die Art, die einem den Willen aussaugte, irgendetwas zu tun, außer sich in der Ecke zusammenzurollen und zu sterben.

Was hatte Silver mit ihm angestellt?

Er versuchte es noch einmal, knickte nach vorn ab, damit seine Beine keine andere Wahl hatten, als zu folgen, damit der Rest von ihm nicht fiel. Die Wand der Zellentür ging in glatte Bronze über, und er rutschte jetzt bequemer daran entlang, mit verschwommenem und undeutlichem Blick.

Mistles Hand stützte ihn. »Ruhig. Du willst doch die Verbindung nicht brechen, nicht, wenn sie sich gerade der alten Holly entgegenstellt. Sie braucht deine Ruhe. Denk an die Musik, die Songs, die du dir ausdenken willst. Lass dich von ihr füllen.«

Und da war sie – Musik. Überall um ihn herum, floss durch ihn hindurch, Musik, die wie ein Schauder über seine Haut lief und sich mit jedem Herzschlag verwob. Musik, die ihm schon allein beim Gedanken daran Tränen in die Augen trieb und ein Lächeln auf seine Lippen zauberte. Sie hatte Farben, Schattierungen und Texturen, Schicht um Schicht von Akkorden, zusammengefügt zu einem wundersamen Ganzen. Er konnte jedes Instrument fühlen, wie Winkel und Ebenen ineinandergriffen, die Farben und Schattierungen verschmolzen zu einem grandiosen Ganzen.

Sein Körper sehnte sich nach dieser Musik. Er musste sie einfangen. Er musste sie in seinen zitternden Händen halten und teilen und damit andere ihr Wunder erkennen lassen. Er musste …

Dies war ihr Versprechen, wurde ihm bewusst, während er sich weiter vorwärts zwang. Und wenn er es zuließ, würde sie ihn ganz und gar verschlingen, das wusste er. Nachdem er das gehört hatte – *gefühlt* hatte –, würde er nie mehr derselbe sein. Dies war ihre Verheißung und ihr Fluch, der Grund, warum man nicht zu einer Leanán Sídhe ging, und derselbe Grund, warum man nicht zweimal, sondern dreimal nachdachte, bevor man eine küsste. Bevor man irgendwelchen Geschäften zustimmte.

Silver hatte versucht, ihn aufzuhalten. Er schluchzte, aber in Takt und Harmonie mit der Melodie dieser herrlichen Musik.

Ein Teil von ihm wünschte sich, er hätte auf sie gehört. Denn die Musik war immer zu viel. Die Aussicht zu versuchen sie einzufangen, entmutigte ihn. Und war aufregend.

Dylans Bewusstsein schwankte in seinem Schädel.

Silver erschien wie aus dem Nichts und fing ihn auf, bevor er fallen konnte.

»Ich bin hier«, sagte sie wie zu einem Kind. »Schsch, hab keine Angst. Ich bin hier.«

Sie küsste ihn wieder und sog die Musik aus ihm heraus. Die Welt kam bebend wieder in der Normalität an. Schwächer, entleert, aber wieder er selbst, während die Musik zu einer Erinnerung verblasste, zu einem Traum.

Dylan holte Luft und stellte fest, dass jedes Atom seines Körpers verwandelt war.

»Silver, ich … Ich habe gehört … Ich habe gesehen …« Sie legte die Stirn an seine, hielt ihn an beiden Schultern, und sie schaute tief in seine Augen, studierte ihn, als könnte sie in seine Seele blicken. Vielleicht konnte sie es. Er hätte es ihr zugetraut.

»Ich weiß«, sagte sie mit einem Seufzen, das schwer war vor Reue. Er konnte es immer noch spüren, die Verbindung zwischen ihnen. Noch ein Kuss, und sie würde wieder aufflammen, er würde diese Sinfonie wieder hören und sich darin verlieren, in ihr verlieren. Die Musik war nicht weg und sie auch nicht. Eine Welle der Erleichterung durchspülte ihn, gefolgt von einer Welle der Furcht, fast genauso stark. Er hatte dieser Sache zugestimmt. Sein Leben aufzugeben für das Wunder, bei ihr zu sein, die Musik zu hören, die sie hörte. Es war seine Wahl gewesen. Es war erschreckend, aber herrlich. Genau wie Silver.

»Aber jetzt müssen wir gehen.« Sie nahm besitzergreifend seine Hand, zog ihn mit sich. »Bleib jetzt bei mir. Du kannst es dir nicht leisten, dich zu verirren.«

»Hast du sie gefunden? Sind sie in Sicherheit?«

Sie blieb stehen und schaute über die Schulter zurück, unglaublich schön, aber fremd, teilnahmslos.

Er hörte Jinx' erhobene Stimme, bevor Silver antworten konnte. »Zurück in Brís Reich, bist du verrückt?«

»Das ist der schnellste Weg hier raus«, antwortete eine andere Frau genauso scharf. »Abgesehen davon kann ich sicheres Geleit bieten.«

Es war Blythe, merkte er. Aber wie kam sie hierher? Alles hatte sich verändert, während er … was gewesen war? Weltentrückt? Irres Gelächter blubberte in ihm auf.

»Gegen Bezahlung«, knurrte Jinx. »Beim letzten Mal wäre Silver fast umgekommen.«

Sie standen an der Mündung des breiten Tunnels, der zurück zum Tor nach Smithfield und in die Menschenwelt führte. Dylans Welt, die er so sehnsüchtig wiedersehen wollte. Der Markt war verwaist, Verkaufsstände und Waren lagen überall verstreut, die Händler und Käufer waren geflohen. Von Holly war auch nichts zu sehen. Nichts außer gruslige Stille. Und die Cú Sídhe stritten immer noch.

Izzy stand daneben, die Arme eng über der Brust verschränkt. Mistle kauerte vor ihr, den Kopf gesenkt, schwer atmend. Dylan verstand kein Wort, aber er war sicher, Izzy sprach zu dem Fae. Aber nicht auf Englisch. Die Sprache klang so fremd, poetisch und unwirklich. In Mistles Augen glühte so etwas wie Anbetung. So schwach er sich fühlte, ging Dylan direkt auf sie zu. »Izzy, alles klar?«

Mistle schlurfte rückwärts, wütend vor sich hinmurmelnd. Izzy starrte Dylan an, als könnte sie ihn nicht recht zuordnen. Blut lief ihr über den Arm, die Haut war aufgerissen, der Ärmel zerfetzt. Und sie hielt ein Messer in der Hand. Es war ebenfalls blutbeschmiert. Dann warf sie einen wütenden Blick an ihm vorbei auf Jinx.

Sie packte das Messer auf eine Art fester, die Jinx Eis durch die Adern schickte. Dann schien sie ihn zum ersten

Mal zu sehen und versteckte das Messer hinter dem Rücken. »Du siehst furchtbar aus.«

Er packte ihren Arm und schob den blutgetränkten Ärmel hoch, um die zerfetzte Haut zu untersuchen. Sie zuckte nicht einmal. »Nicht so furchtbar wie du.«

Blythe und Jinx umrundeten einander, und die schwarzen Hunde um sie herum duckten sich und knurrten. Silver trat in ihre Mitte, glühend vor Licht.

»Genug!«, schrie Silver. »Wir haben keine Zeit. Wir haben gerade den Krieg erklärt und Holly einen harten Schlag versetzt. Sie wird nicht lange brauchen, um sich neu zu formieren. Und wir können es uns nicht leisten, noch hier zu sein, wenn es so weit ist. Kommt mit mir!«

Ihre Stimme setzte sie alle in Bewegung. Bevor Dylan eine Warnung rufen konnte, rannte Jinx hinter Mistle her, die anderen Hunde folgten ihm, rannten aus purer Freude am Laufen, bis Blythe sie zurückrief, jedes Wort untermauert mit einem Fluch.

»Du starrst sie an«, stichelte Silver, ohne es böse zu meinen. Vergnügte Lust färbte ihre Stimme.

Ja, er hatte Blythe angestarrt. Die nackte Frau mit den exotischen Mustern auf der Haut wie blasse Narben.

»Da … da ist auch viel zu sehen bei ihr«, antwortete Dylan, so lässig er konnte.

Silver lächelte ihn an, und es war ein Lächeln, das ihm das Blut in den Adern gefrieren ließ. Es wusste viel zu viel. »Schaff Izzy hier raus«, sagte sie. »Sie braucht dich. Sie hat schreckliche Qualen durchgemacht. Geh!«

Er nickte und packte Izzys unverletzten Arm. Sie wehrte sich nicht und widersprach auch nicht.

Wie eine Schlafwandlerin folgte sie ihm, und gemeinsam verließen sie den Markt im Laufschritt, während die Hunde hinter ihnen eine Reihe bildeten, eine Rückzugslinie von militärischer Präzision, mit Blythe in der Mitte.

Das Tor schimmerte vor ihnen wie ein mondbeschienener Teich, fing das Licht von der anderen Seite ein, natürliches und von Menschen gemachtes. Verzerrte Formen bewegten sich unter der Oberfläche, und die Lichter, so viele Lichter schwärmten über die Oberfläche. Zu viele.

Dylan zögerte, aber Izzy blieb nicht stehen. Er versuchte, sie zurückzuziehen, versuchte, anzuhalten, aber im letzten Moment gruben sich ihre Finger in seinen Arm, und sie zog ihn mit übermenschlicher Kraft hinter sich her.

»Sie sind dir gefolgt«, fauchte sie mit einer Stimme, die nicht ihre eigene war. »Du Idiot! Sie haben dir die ganze Zeit zugeflüstert, dich geleitet und jede deiner Bewegungen verfolgt. Die Engel haben ein Leuchtsignal in dein Gehirn gepflanzt und sind dir dann einfach direkt zu uns gefolgt.«

27

ZU WEIT VON JEDER HILFE ENTFERNT

Die Luft rauschte über Jinx hinweg, als er auf Mistles Fersen über die Schwelle des Tors trat. Frisch, kühl und ozongeladen. Er schauderte, schüttelte die Nachwirkungen des Übergangs ab, während die silbernen Wagen einer Luas-Tram am Rand des Platzes vorüberglitten, durchbrochen von den Bäumen, die davorstanden, und dann hinter Gebäuden verschluckt. Es war eine kurze Ablenkung, aber er verfluchte sie, als um ihn Heerscharen von schlanken, schönen Gestalten näher rückten. Engel. Überall. Ihre ganze Aufmerksamkeit war auf das Tor gerichtet, auf das Mädchen, das jetzt mit Dylan an seiner Seite daraus auftauchte. Izzy.

Mit einem kurzen Luftschnappen versuchte Jinx, sich zurückfallen zu lassen, sich halb zwischen sie und die Engel zu schieben.

Mistle überrannte ihn und hielt ihn fest. Der alte Fae hob das Knie auf Jinx' Magen und legte ihm mit überraschender Kraft die Hände um den Hals.

»Du hättest sterben sollen! Du hättest sterben sollen!« Spucke sprenkelte Jinx' Gesicht. »Ich habe mich um ihren Vater gekümmert, wie sie es mir gesagt hat. Und ich werde mich auch um seine Frau kümmern, falls sie im Weg ist. Ich habe ihn nicht getötet, aber ich hätte es können. *Ich hätte es können.* Für meinen Engel. Die Grigori tun nichts für uns, überhaupt nichts. Sie haben uns alle im Stich gelassen. Warum sollten wir sie beschützen und sie unberührt lassen? Soraths Not ist größer. Sie ist größer. Brí genügt nicht, um das Mädchen hier zu behalten. Wenn du nur gestorben wärst, gäbe es hier überhaupt nichts, was sie halten würde.«

Der Griff wurde fester, schnürte ihm die Atemwege ab. Jinx zappelte, sammelte all seine Kraft zusammen und warf Mistle ab. Sie landeten beide hart, und während Jinx noch versuchte, sich aufzurichten, war Mistle schon wieder über ihm.

Drei Schläge, Gesicht, Magen, wieder das Gesicht, und Mistle ging knurrend und spuckend zu Boden und kroch über das Kopfsteinpflaster auf Izzy zu.

»Izzy!«, schrie Jinx, rappelte sich vom Boden hoch und versuchte, sie vor den Engeln zu erreichen. Sie würden sie packen und in Fetzen reißen, um an Sorath heranzukommen. Sie würden sie töten, um den Funken zurückzubekommen. »Geh zurück, geh hinein! Lauf!«

Doch Izzy rührte sich nicht. Nicht einmal, als Dylan versuchte, sich von ihr zu befreien, Dylan, der sie bis zu diesem Augenblick scheinbar gestützt hatte. Ihre Hand umklammerte seinen Arm, und sie zog ihn an sich, legte die andere Hand um seinen Hals. Silver schrie empört auf.

Licht barst aus der Luft um Izzy und Dylan, Flammen regneten auf sie und um sie herum. Izzy lächelte, in ihren

Augen loderte ein weiß glühender Schein, und sie hob die Hand, die Finger wie einen Schild ausgebreitet.

Engelsstimmen schwollen zu einem Gesang an, einem Kriegsgesang, der Jinx in den Ohren schmerzte und ihn zu Boden warf, doch Sorath – es musste Sorath sein … Izzy konnte auf keinen Fall diesen Gesang einer Heerschar aushalten, wie Jinx ihn weder auf dieser oder irgendeiner anderen Ebene je gehört hatte, und dabei noch Dylan festhalten.

So etwas hatte er seit dem Krieg im Himmel nicht mehr gehört. Nicht seit den Geschichten, die nur die ältesten Fae erzählten.

»Zurückgehen?«

Die Engelsstimme ließ die Erde erzittern. Das Kopfsteinpflaster splitterte, Risse breiteten sich von ihrem Standpunkt aus wie die Finger ihrer Hand.

»Nein. Ich werde weitergehen. Und sie können mich nicht aufhalten. Niemand kann mich aufhalten. Er wird frei sein. Er wird frei sein und wir werden wieder zusammen sein. Eine Seele und ein Körper ist alles, was ich brauche.« Sie schüttelte Dylan wie eine Puppe. »Und hier sind sie. Du hast keine Macht mehr über mich.«

Die Engel machten einen Schritt nach vorn, Zadkiel und Haniel an der Spitze. Sie öffneten die Münder, und ihr Lied stieg auf, schlimmer als der Schrei einer Todesfee, sehr viel schöner und schrecklicher.

Mistle warf sich vor Izzy zu Boden, er rutschte auf dem Bauch und rief Soraths Namen. »Ich habe alles für dich getan, mein Engel! Alles! Bitte, lass mich nicht hier!«

Das Lied überspülte sie. Dylan schrie, welkte in Soraths Griff, ihre Geisel, ihr versagender Schild. Silver schrie auf, stolperte vor, um ihn zu retten, doch das Lied raubte ihr die neu gewonnene Kraft. Die Cú Sídhe heulten, jaulten und fielen zu Boden. All die Sídhe, egal wie groß ihre Macht oder welch edler Geburt, wurden mit einem Schlag gefällt.

Doch Sorath in Izzys Körper blieb stehen.

»Würdest du sie alle für dich sterben lassen?«, fragte Zadkiel, sein Lied unterbrechend. »Geht dein Stolz so weit?«

Sie ließ den Blick über den Platz schweifen, wo Fae und Menschen gleichermaßen umfielen, ob sie die Engel sehen konnten oder nicht. »Was sind sie anderes als Tiere, die aufrecht gehen? Kreaturen von der niederen Ebene. Sie sind nichts. Du kennst die Wahrheit, Zadkiel. Du weißt, was wir sind. Spüre diese Macht. Schwelge darin. Komm mit mir, teile es mit mir.« Sie streckte die Hand aus, die sie vorher benutzt hatte, um Dylan zu bedrohen, und winkte dem Engel.

Zu Jinx' Verwunderung zögerte Zadkiel. Er spürte es auch, die schiere Sehnsucht, sich ihr zu Füßen zu werfen, sie anzubeten und zu lieben. Sie übte einen Zwang auf alle hier aus und er sah sie wanken. Die Morgenröte selbst, die innigst geliebte, der Engel, der den neuen Tag und die Freude des Morgens verkündete, Königin des Morgensterns ... wer könnte sie nicht lieben, ihr nicht gefallen wollen?

Zadkiel schüttelte sie ab. Er war ein Erzengel, geschaffen für den Krieg und unempfindlich gegen solche Zauber, deshalb stand er aufrechter als diejenigen um ihn herum, die versagten.

»Gib den Funken zurück und akzeptiere dein Schicksal!«, befahl er, und seine Stimme schallte durch die Nacht. Am anderen Ende des Platzes flackerten die Straßenlaternen und barsten. »Sorath, du bist gefallen. Du wirst brennen. Akzeptiere es!«

Der Zauber, den sie wob, zerbrach. Jinx fühlte, wie sich seine Tentakel von ihm lösten, ihn freiließen. Er hatte sich zu lange in den Fesseln des Wunsches zu gefallen befunden und schüttelte sich jetzt mit Erleichterung und Freude frei, doch um ihn herum weinten andere vor Kummer – Menschen, Fae und sogar ein Engel. Haniel fiel auf die Knie, barg das Gesicht in den Händen, sein ganzer Stolz war weggewischt, als er ihren Namen schluchzte.

»Ich akzeptiere gar nichts!«, knurrte Sorath, und ihr Hass verwandelte Izzys hübsches Gesicht in etwas Höhnisches und Widerwärtiges. »Ich *werde* brennen. Das tue ich immer, du Dummkopf. Das ist meine Stärke. Ihr könnt mich nicht mitnehmen. Nicht in dieser Gestalt. Sie gehört mir. Sie hat zugestimmt.«

Nein! Jinx drückte sich auf die Arme hoch, sein Körper zitterte, während er versuchte, gegen die geballten Mächte der Himmel anzukämpfen, die sich bemühten, ihn niederzudrücken. Wie konnte Izzy zugestimmt haben, von Sorath besessen zu sein? Warum?

Und er erinnerte sich an das Eisen in seinem Bauch, das Gefühl, in den Frieden wegzudriften, in die Dunkelheit, auf eine andere Seite der Existenz, bevor er zurückgezogen wurde, vor dem Licht. Licht wie die Morgenröte.

»Izzy«, keuchte er. »Das hast du nicht getan!«

Sorath warf ihm einen Blick zu und lächelte. Es war nicht Izzys Lächeln. In diesem Lächeln lag keine Freude, keine Unschuld, keine Liebe. Sein Herz setzte bei diesem Anblick einen Schlag aus, und er scheute zurück. Es konnte nicht sein, dass sie das für ihn getan hatte. Das hätte sie nicht. So dumm war sie sicherlich nicht. Niemand war das. Nicht einmal Izzy hätte so viel für jemand anderen gegeben, für jemanden, der sie verletzt, verraten und ihrer Feindin übergeben hatte. So ein naives Kind konnte sie nicht sein.

Aber sie konnte. Er wusste, sie konnte. Und es war keine Naivität. Es war Teil des Grunds, warum er sie liebte.

Sorath hob die Hand ein drittes Mal und Feuer blähte sich aus dem Tor. Ohne zu zögern, trat sie wieder hindurch und zog Dylan mit.

Und der gefallene Engel, der junge Mann und das Mädchen, das sich selbst gegeben hatte, um ihn zu retten, waren fort.

Ohne zu zögern, stürzte Jinx ihnen nach.

Sie hatte den Sídhe-Weg hinter dem Tor verändert. Er fühlte es in dem Augenblick, als er seine brennende Umarmung durchquerte. Ihr Feuer hatte den Sídhe-Weg versengt, jetzt zuckte er unter ihrem Zauber und bog sich in eine neue Richtung. Die Natur schrie unter solch einem Angriff, und als er auf diesem neuen, unnatürlichen Weg ging, rebellierte auch Jinx' Körper. Sein Kopf fühlte sich an, als würde er von einem Schraubstock zusammengedrückt, die Zähne schmerzten von dem Druck, die Lungen hatten Mühe, Luft einzusaugen, die überhaupt nicht da sein sollte.

Doch er zwang sich, weiterzugehen, folgte Sorath und ihrem Weg durch die gespaltene Wirklichkeit, die sie mithilfe ihrer Macht zusammen mit Izzys Fae- und Grigori-Blut geschaffen hatte. Er hätte es wissen oder zumindest ahnen müssen, dass Izzy selbst das Ziel war. Alle Ebenen trafen sich in dem Mädchen; Grigori-Blut war dämonisch und menschlich. Dann noch mit Brí als Mutter wurde sie zu der mächtigsten Mischung, die man finden konnte. Sorath – und Holly übrigens auch – hatte sie ein Gefäß genannt, und das war sie: ein Gefäß, gemacht, um einen Engel zu beherbergen. Gemacht, um als Mensch zu überleben. Eine magische Kreatur mit einer Seele, besessen von dem göttlichen Funken. Sorath mochte gefallen sein, aber sie selbst gab zu, dass sie Zeit und Ort so gewählt hatte, dass Izzy dort sein würde.

Sie hatte sogar Mistle dort platziert, um sicherzugehen, dass das Mädchen das Nachbild berührte, damit die Übertragung stattfinden konnte. Sie war durchtrieben, und sie hatte Jahrtausende Zeit gehabt, um es zu planen. Der Gedanke jagte ihm einen Schauder über den Rücken.

Was ging noch auf ihr Konto? Der Unfall von Izzys Vater – den hatte Mistle praktisch zugegeben. Er war zu praktisch, um ein Unfall gewesen zu sein. Jinx glaubte nicht an Zufälle.

Und alle anderen? Zerstörte Leben, für immer veränderte Leben, verlorene Leben und Leben, die so bereitwillig entbehrlich waren. Welche Bedeutung hatte es, wenn man älter war als die Steine, älter als die Sterne? Welche Bedeutung hatte es, wenn man an nichts anderes dachte als an Himmel und Hölle, während Menschen und Fae nur ein ärgerlicher Schädlingsbefall der horizontalen Ebene waren?

Engel und Dämonen sahen nie das große Ganze. Manchmal dachte er, der Schöpfer habe sie absichtlich blind dafür gemacht.

Es hatte funktioniert. Bis jetzt.

Warum lebte er also noch? Warum ihn retten? Es sei denn, es war der einzige Weg, um Izzys Kooperation zu sichern. Sie hatte ihn einmal gerettet, indem sie ihn mithilfe des Funkens geheilt hatte. Jetzt, wo Holly sie aneinander gebunden hatte, brauchte Sorath Izzys Mitarbeit. War das schon die ganze Zeit der Plan des Engels gewesen? Oder hatte sie Holly nur einfach manipuliert, als sich die Gelegenheit ergab? Ein gefährliches Spiel. Holly liebte nichts auf der Welt so sehr wie zu töten, und sie tötete nichts so gern wie Engel. Sie hatte Izzy und Sorath aneinander gebunden, damit Sorath starb, wenn Izzy starb. Doch falls das Soraths Plan war, damit sie nicht getrennt werden konnten … dann würde Izzy ganz ihr gehören – Herz, Körper und Seele.

Aber warum?

Er spürte den Bruch in dem Sídhe-Weg und streckte sich danach aus. Es war ein gezackter Riss, ohne Anmut oder Eleganz. Der Engel hatte sich einfach eine Lücke gerissen, missgebildet und – wie sich herausstellte – höher als der Boden auf der anderen Seite.

Er fiel.

Hart fiel er auf die Erde, die grasbedeckt und feucht vom Regen in der Nacht war. Er rollte sich auf den Rücken, nicht in der Lage, das Stöhnen zu unterdrücken, das der Aufprall aus ihm herauspresste. Er hatte keine Ahnung, wie viel Zeit vergangen war, wie sehr das Umleiten des Sídhe-Wegs die Welt darum herum zerstört hatte. Es war dunkel und kalt und er würde damit leben müssen. Die Zeit war nicht wichtig. Nur das Jetzt zählte.

Ein zweiter Körper lag ein Stück entfernt, am Fuß des Abhangs, wo der Boden eben wurde, bevor er zu Stechginster und felsigen Klippen hin abfiel. Die dunkle Weite des Meeres dahinter reflektierte den tief hängenden Mond. Jinx kannte diesen Ort.

Der Körper bewegte sich und stieß ein ähnliches schmerzliches Stöhnen aus. Es war Dylan, wurde Jinx bewusst, jetzt, da die Musik verstummt war. Er lag sehr still und blass da, seine Brust bewegte sich nur den Bruchteil eines Zentimeters und verriet so, dass er noch lebte. Was für eine Verschwendung. Was für eine sinnlose Verschwendung eines Lebens voller Talent und Verheißungen. Er hatte Silvers Musik gehört, war ihrem Ruf gefolgt. Und wohin hatte ihn das gebracht?

Hinter Dylan erhob sich ein Steingebilde aus dem Boden, von Menschen gemacht, modern, vor allem nach Sídhe-Maßstäben, aber geformt wie etwas Älteres, das nicht an diese Küste gehörte. Eine Stufenpyramide mit einem einzelnen quadratischen Block an der Spitze. Es war verrückt, passte weder an den Ort noch in die Zeit, wurde aber allgemein geliebt. Man nannte es *Wishing Stone*, den Wunschstein.

Er stand auf und streckte seinen schmerzenden Körper. Dies war Killiney Hill, im Schatten des weißen Obelisken, direkt über Brís Höhle. In der Nähe von dort, wo Izzy und Dylan wohnten.

Und eine ganze Welt von jeder Hilfe entfernt.

Licht blühte in der Dunkelheit auf, der Morgen brach an, zumindest dachte er das zunächst. Aber dieses Licht kam nicht vom Horizont, sondern von dem Wunschstein. Sorath ging um seinen Fuß herum und machte den ersten Schritt hinauf.

»Ich weiß, was du vorhast!«, rief Jinx.

Sie reagierte nicht, ging einfach weiter, umrundete die erste Ebene gegen den Uhrzeigersinn, bis sie komplett herum war, und betrat dann die nächste.

»Ich werde nicht zulassen, dass du sie mitnimmst.« Er marschierte auf die Stufen zu und fühlte die Macht, mit denen die Steine durchtränkt waren. Nicht Magie, nicht von Engeln oder Dämonen, sondern etwas anderes. So etwas hatte er noch nie vorher gespürt.

Menschlich?

Als er hinaufzusteigen versuchte, stieg die Macht in den Steinen an, schlug nach ihm aus und schleuderte ihn zurück. Er streifte die Felsen, den Ginster und die Brombeersträucher hinter der Pyramide und landete hart.

Soraths Gelächter, das Izzys so ähnlich war und gleichzeitig so anders, schallte über den Hügel.

»Jinx«, flüsterte Dylan, der sich mühsam aufrappelte. »Jinx, es ist der Stein.«

Jinx schüttelte den Kopf im Versuch, ihn von dem hohen Heulen zu klären, das sich in sein Hirn bohrte, und versuchte weiter, hinaufzugelangen. »Es ist Magie.«

»Es ist der Wunschstein. Wünsche. Menschenglaube. Menschenträume. Das wird sie benutzen. Alles andere hat sie schon. Du musst sie aufhalten.«

Er packte Dylan an den Schultern und schüttelte ihn. »Wie, wenn mich der Stein keinen Fuß daraufsetzen lässt, um ihr zu folgen?«

Dylan schnappte nach Luft: Luft, die er nicht richtig einsaugen konnte.

Jinx ließ ihn entsetzt los. Seine Rippen waren gebrochen, eine Lunge punktiert. Ohne Hilfe würde er sterben.

»Sie hat am Anfang denselben Fehler gemacht.« Die Worte kamen pfeifend heraus, jedes davon eine Qual. »Hat mich gezwungen, es ihr zu sagen. Du musst die Regeln befolgen, jede Ebene des Steins umrunden, bevor du auf die nächste kletterst. Dann musst du dich mit dem Gesicht zum Meer, zur Insel stellen, um dir etwas zu wünschen. Wir haben das als Kinder tausendmal gemacht, Izzy und ich ...«

»Lieg still! Du machst es nur schlimmer. Bald komm Hilfe.«

Was für Hilfe? Hilfe war zu weit weg.

Dylan sank wieder zu Boden. Er wusste es. Er verstand. »Sag Silver ...«

»Ich weiß. Das werde ich.«

Jinx wandte sich zu dem Stein um. Sorath war bereits auf der dritten Ebene, schon beinahe herum. Es war tatsächlich Magie. Menschliche Magie, und wie bei jeder Magie waren die Regeln alles. Er sprintete auf den Stein zu, und diesmal konnte er auf die erste Ebene steigen, nachdem er ihn umrundet hatte.

Wünsche, menschliche Magie, wie Gebete, wie Glaube, all die nicht greifbaren Dinge, die seinesgleichen nie ganz verstehen konnte und deshalb anders nannte.

»Sorath«, schrie er, »tu das nicht!«

»Es muss getan werden, Faeling. Ich habe es vor langer Zeit geschworen, als ich deine Vorfahren verbannt habe, als der Morgenstern fiel und ich von ihm getrennt wurde. Ich habe es geschworen. Ich plane es schon so lange. Warum sollte ich jetzt aufhören, wo ich alles gegeben habe, um in diesem Moment an diesem Ort mit diesem Körper zu sein?«

»Lass sie gehen!«

»Warum? Sie gehört mir! Ohne mich würde sie gar nicht existieren. Das Blut der Grigori, ihr Familienstammbaum, Brís Besessenheit von ihrem Vater, selbst Brís eigene Vertreibung aus dem Himmel für die Sünde der Weigerung, sich einer Seite anzuschließen … Wer sonst sollte all das getan haben? Ich habe sie als mein Gefäß geschaffen.« Sie blieb stehen, ragte hoch über ihm auf, der Wind peitschte Izzy die hellen Haare aus dem Gesicht, in ihren Augen glühte das ganze Feuer der Sonne. »Ist sie nicht perfekt? Das Feuer ist ein Teil von ihr, musst du wissen. Brís Blut heißt mich willkommen, erkennt mich, wie Gleiches zu Gleichem findet. Feuer ist ein integraler Bestandteil von uns beiden. Du hast dich vom ersten Moment, als du dich eingemischt hast, zu ihr hingezogen gefühlt. Also komm, folge uns jetzt bis zum Schluss. Komm, Jinx, und versuche, sie zurückzuholen.«

Er beschleunigte. Sorath erreichte die Spitze vor ihm und stand da mit ausgestreckten Armen dem Wasser zugewandt. Licht bildete sich um sie, ein Kreis aus Licht, ein Nimbusglühen, und der Hügel bebte unter ihnen, warf Jinx beinahe von den Stufen. Er packte sie, legte die Arme um ihre Taille und versuchte, sie zu kippen, aber es war wie zu versuchen, einen Berg zu entwurzeln.

Sorath lachte. »Ich hätte Dylan als Wirt für meinen Geliebten benutzt. Aber du bist viel besser. Viel stabiler – Aes und Cú Sídhe kombiniert. Holly hat dich so gut als Gefäß vorbereitet, mit all ihren Zaubern und Bannen.«

»Izzy!«, schrie Jinx. »Izzy, hör mir zu! Was auch immer sie versprochen hat, sie wird es nicht tun! Was auch immer sie dir gesagt hat, es sind alles Lügen. Sie wird mich nicht retten, und deinen Dad auch nicht. Sie wird niemandem helfen. Sie wird uns alle umbringen. Sie wird die Welt zerschlagen!«

»Natürlich werde ich das. Ich würde das Universum und all seine Wirklichkeiten zerreißen, um wieder bei ihm sein zu können. Und du wirst mir helfen, Faeling.«

Mit einer Hand packte sie seinen Hinterkopf, ihr Griff war unglaublich stark, unentrinnbar, und zog seinen Mund auf ihren zu. Jinx versuchte zu schreien, aber seine Stimme versagte, als ihn Feuer verschlang, Feuer, wie er es noch nie gesehen oder gespürt hatte, heller als Magnesium, fraß es schneller als Säure, beißend wie Schwefel.

»Izzy«, schaffte er es zu flüstern. »Verzeih mir.« Er hatte es so oft in seinem Herzen gedacht, hatte es sagen wollen, ihr sagen. Es war Zeit, dass sie endlich die Worte hörte, die Sídhe nicht sagen konnten. Er würgte sie heraus, sie purzelten von seinen Lippen. »Es tut mir leid. Es tut mir so leid.«

28
GEGEN DEN STROM SCHWIMMEN

Tief in dem Feuer öffnete Izzy beim Klang seiner Stimme die Augen. Jinx, so verloren, so weit weg, reumütig. Verzweifelt.

Es konnte nicht anders sein, wenn er sie um Vergebung bat.

Das Feuer, das sie umgab, verbrannte sie nicht. Es tat nicht einmal weh. Sie kannte es jetzt genau, war so sehr Teil davon, wie es zu ihr gehörte. Es war so leicht, in seine Strudel und Ströme zurückzufallen, zu vergessen und Frieden zu haben. Es kam ihr so lange vor, seit sie sich wirklich friedlich gefühlt hatte. Und doch brannte sie.

Doch warum brauchte Jinx ihre Vergebung? Nach allem, was passiert war, nach allem, was er getan hatte, hätte sie gemeint, er wäre dankbar, sie los zu sein.

Doch stattdessen rief er ihren Namen, hielt sie im Arm, küsste sie. Weigerte sich, sie loszulassen.

Sie konnte es spüren. Die ersten Gefühle, die sie seit einer gefühlten Ewigkeit berührten. Sorath kannte keine Lust, keine Liebe, oder jedenfalls nicht auf einer Ebene, die Izzy verstehen konnte. Alles brannte so hell in ihr.

Liebe war Obsession, Lust war pures Verlangen. Aber bei Jinx fühlte sie sich …

Wie ein Lachs, der stromaufwärts schwimmt, kämpfte sich Izzy zu sich selbst zurück, während er von Lügen sprach, von ihrem Vater, von Verrat.

Wo war sie?

Eine kühle Brise strich ihr übers Gesicht, hob ihre Haare an. Wonnig kühl. Sie sah das Meer und den Lichtstrahl des Leuchtturms von Kish. Endlose Punkte kalter, menschengemachter Helligkeit. Nur einen Augenblick, als sähe sie sie, wenn sie mit den Augen blinzelte, statt der Dunkelheit, die sie erwartete.

Soraths Feuer bäumte sich wieder auf, jetzt war es kein Trost mehr, sondern eine Wand aus Wut, die sie zurückdrängen wollte, sie unterdrücken.

Der Lachs schwimmt gegen den Strom, Izzy. Sie konnte die Stimme ihres Vaters beinahe hören. *Er muss das tun. Egal was passiert. Das gehört zu seinem Schicksal, zu kämpfen, zu überwinden. Das ist Wissen. Aufgeben ist leicht, irdisch zu sein und niemals zu versuchen, aus dem Strom aufzutauchen. Aber das ist nicht unser Weg. Wir studieren, lernen und verstehen. Wir müssen wissen. Wir sind wie der Lachs. Wir sind stur.*

»Ich habe ihn weggeworfen, Dad«, murmelte sie. »Ich musste. Um uns beide zu retten.«

Der Zauber, den Sorath wob, wankte, und ihr Wunsch … Izzy konnte ihn in sich brodeln spüren, in dem Stein, auf dem sie stand, mächtig, aber noch nicht stark genug. Er benutzte die Macht in diesem Stein seit mehr als hundertfünfzig Jahren der Hoffnungen und Träume, zapfte Wünsche und Gebete an. Er nährte sich von diesen Wünschen, um Soraths Willen zu dienen.

Mit einem Blick sah Izzy, was der Engel befreien wollte. Es war nicht echt. Sie wusste, es war nicht echt – es sah eher aus wie eine Szene, die in die Landschaft um sie herum projiziert worden war, als schaute sie gleichzeitig auf die Gegenwart und die Zukunft.

Eine männliche Gestalt schritt mit Sorath an der Seite von dem Hügel. Flügel aus Rauch und Feuer spreizten sich hinter ihm, und der Boden welkte, wo er ging. Sie sah die verbrannte Erde, die folgen würde, den Tod und die Zerstörung, wenn die Engel gegen dieses Wesen in den Krieg ziehen würden, das vor so langer Zeit aus ihren Rängen gefallen und in Stein, in Albträumen gefangen war. In der Hölle. Sie sah den Tod von zahllosen Menschen, Dämonen und Fae, die als Kanonenfutter in einem unmöglichen Krieg benutzt wurden. Er sah aus wie Jinx. Aber er war es nicht.

Und es war nicht real.

Stärker jetzt, versuchte sie sich zu erinnern, was passiert war, seit sie den Markt verlassen hatten.

Nichts.

Wo ist mein Vater?, fragte sie. *Du hast versprochen, ihn zu heilen. Wo ist er?*

»Zu seiner Zeit«, erwiderte Sorath; ihre Stimme war nur ein Hauch, zu sanft und schmeichelnd, um glaubhaft zu sein. Wie konnte etwas seinen Gefährten mit solcher Leidenschaft wollen und bereit sein, vorher über etwas anderes nachzudenken? Nicht einmal für ein Versprechen. Nicht mit der alles kontrollierenden Besessenheit von dem Morgenstern, den Izzy in dem Engel gesehen hatte.

Der Morgenstern. Sie kannte diesen Namen. Erinnerte sich aus dem Religionsunterricht. Aus kurzen Bruchstücken von Milton und *Das verlorene Paradies*. Luzifer. Das war es, was sie in Jinx' Gestalt gesehen hatte, nicht wahr?

Und alles, was nötig war, um ihn herzubringen, war ein Riss in der Wirklichkeit, ein Schlupfloch in der Welt. Wie sie eines war. Etwas, das nicht sein sollte, aber dennoch da war.

»Vergib mir«, hatte Jinx gesagt. Ein Flehen. Eine andere Art von Liebe in seiner Stimme, durchzogen von Reue. Sie versuchte, ihn zu finden, doch zuerst begegnete sie seinem Schmerz. Er durchbohrte ihre Gedanken und ließ sie vor Schreck nach Luft schnappen.

Anderswo kämpfte Dylan darum, sich vorwärtszuschleppen und weiterzuatmen. Aber er gab nicht auf. Konnte nicht aufgeben, und wenn es ihn umbrachte. Sie konnte seine Gedanken lesen, konnte seine Entschlossenheit erkennen, das aufzuhalten, was da vor ihm geschah. Und weiter hinten, zwischen den Bäumen, bewegten sich Schatten, verängstigt wie Kinder, wenn sie doch wild wie Monster hätten sein sollen. Jenseits ihres Hügels, von Soraths Zauber in der Höhle eingesperrt, wütete Brí machtlos.

Es musste einen Weg geben, es aufzuhalten.

Es gibt keinen Weg. Hör auf, dich zu wehren, Isabel. Es ist sinnlos. Du bist nur ein Kind, zu schwach, zu hilflos. Und schau ihn an. Schau, wie prächtig wir sein werden.

Jinx hob den Kopf, trunken vor Schmerz, und seine Augen brannten noch heller. Sein Mund verzerrte sich zu einer grausamen, herzlosen Linie. Er schloss die Hand um Soraths Hals und drückte zu. Doch der Engel lehnte sich nur hinein und keuchte, als ein Aufwallen von Ekstase das Feuer nur noch wilder machte.

Nein! Es ist mein Hals!, dachte Izzy. *Meine Kehle, mein Körper, mein Leben, das sie da stiehlt, und das von Jinx, das sie Luzifer opfern würde.* Ihre Haut brannte unter seiner Berührung, und ihr Herz setzte einen Schlag aus, als es versuchte, zu schnell zu schlagen. Dunkelheit brach von dem Ort hinter dem Feuer durch. Eine schreckliche und ewige Dunkelheit. Sie suchte sich den Weg nach draußen, durch sie, in Jinx und in die Welt.

Mein Körper, sagte sich Izzy. *Mein Leben. Mein Blut. Keine Lügen mehr. Keine Tränen mehr. Keine anderen Leute, die zu Hilfe kommen. Hier endet es. Hier muss es enden.*

Ihre Hand bog sich, die Finger beugten sich endlich ihrem eigenen Willen. Sie bewegten sich spastisch, verkrampften und lösten sich wieder, schlossen sich um das eiserne Messer.

»Na los!«, höhnte Sorath. »Töte ihn noch einmal! Das ist jetzt nicht mehr wichtig. Wir brauchen nur seinen Körper. Er muss nicht lebendig sein.«

Nein. Nicht er! Sie würde ihn auf keinen Fall noch einmal verletzen. Er hatte sie gerettet, sogar vor sich selbst. Aber sie hatte auch Sídhe-Blut, oder? Brís Blut. Mit Sídhe-Blut war alles möglich.

Und von ferne stellte sie sich vor, sie könnte Brí hören. *Ja, meine Tochter, mein Kind, mein Blut.*

Sie dachte an ihren Vater, wie er hilflos in dem Krankenhausbett lag und ihre Mutter an seiner Seite, zusammengerollt an ihn geschmiegt wie ein Kind, unruhig schlafend. Was würde mit ihnen passieren, wenn dieser Albtraum losbrach? Was würde Sorath tun, um Izzys letzte Verbindung mit der Welt loszuwerden?

Kann ich nicht zulassen. Kann ich einfach nicht zulassen.

Ihre Finger schlossen sich um den Griff und sie zog es heraus.

»Nein, Izzy!«, erschallte Jinx' Stimme. Seine eigene Stimme, das Grauen auf seinem Gesicht war echt. Er wusste es. Irgendwie wusste er es.

Aber sie zögerte nicht – konnte es nicht.

Und sie zielte nicht auf ihn.

Sie trieb das Messer bis zum Heft in ihren eigenen Körper.

Sorath schrie, und ein Antwortschrei raste durch die Erde, den Wunschstein und sie selbst, ein wütendes Aufheulen über vereitelte Gelegenheiten.

Es gab einen sanften Knall, wie ein Ablassen von Dampf. Wind peitschte die Hügelspitze, als Gestalten aus dem Nichts erschienen, Engel. Überall Engel.

Und die plötzliche Kälte, die das Gras mit Frost überzog, den Abend mit winterlicher Kühle ansteckte. Die Schatten wurden tiefer, wanden sich unter einer plötzlichen Vorahnung. Die Schattenwesen und ihre Meister waren auch da. So viele von ihnen schwärmten mit glühenden Augen und schimmernden Zähnen aus den Schatten aus.

Engel und Dämonen, überall auf dem Hügel.

Izzys Beine gaben nach, aber Jinx fing sie mit zitternden Armen auf. Sein Körper fühlte sich fiebrig heiß an, seine Haut glitschig vom Schweiß. Er bebte, während er versuchte, sie zu halten. Aber er ließ sie nicht fallen.

»Was hast du getan?«, rief er. »Ihr Ahnen, was hast du getan?«

Jinx senkte sie auf die Spitze der Pyramide ab, legte sie neben den obersten Würfel. Das Messer ragte aus ihrem Bauch. Aber es tat nicht weh.

Izzy schaute zu den Sternen hinauf. Sie wirkten plötzlich furchtbar nah. Während sie hinschaute, drehten sie sich über ihr, offenbarten Welle um Welle unmöglich zu definierender Farben, wie eines dieser Weltraumteleskopbilder, mit bloßem Auge betrachtet. So schön. So kalt. Feuer in den Himmeln.

Da war Musik, Stimmen, Harmonien, süß und ergreifend. Sie hallten durch sie, durch die Nacht und durch die Erde. Sie stiegen in ihr auf, regneten auf sie herab, und die Stimmen der Engel und Dämonen schienen einzustimmen.

»Izzy, sprich mit mir! Bitte sprich mit mir!« Jinx' Stimme zitterte, und der Drang, in den Himmel da oben zu springen und gegen diesen Strom von Licht und Klang zu schwimmen, verblasste ein bisschen. Stattdessen konzentrierte sie sich auf sein Gesicht. So blass, wie er aussah, hätte er auch aus Marmor gehauen sein können. Die Tätowierungen hoben sich in scharfem Kontrast von seiner Haut ab. So schön. Er wusste nicht mal, wie wundervoll er war. Niemand hatte ihm je gezeigt, dass er zu schön war, ein Wunder. Ein herrliches Wesen, das niemals hätte sein sollen, so wie sie. »Sie sind hier. Sie schauen nur zu. Worauf warten sie?«

»Auf das Ende.« Ihre Stimme kratzte in ihrer Kehle. »Sie müssen es wissen, müssen sicher sein. Und wenn wir es nicht geschafft haben …«

»Warum hast du es getan?«

»Ich musste«, seufzte sie, und die Dummheit der ganzen Situation durchflutete sie.

Plötzlich war etwas in ihrem Hals, und sie hustete, eine wilde, quälende Bewegung. Dann war da Schmerz, wie sie ihn sich nie vorgestellt hatte, und Blut füllte ihren Mund. Sie würgte und spuckte es aus.

Mist. Das konnte nicht gut sein.

Sorath rührte sich, wütend wie eine Wespe in Izzys Hinterkopf.

Aneinander gebunden, dachte Izzy triumphierend.

»Du dummes Kind!«, sagte Sorath. *»Du hast uns beide umgebracht! Ich bin ein Engel. Ich sterbe nicht.«*

»Doch«, flüsterte Izzy, resigniert, entschlossen. »Doch, tust du.« Sie schloss die Augen. »Und wenn nicht, werden sie dich aus mir herausreißen, und wir werden trotzdem sterben. Was soll's also?«

»Izzy!« Das war wieder Jinx. »Izzy, wage ja nicht zu sterben! Sprich mit mir! Wir können Hilfe holen!«

»Nein. Zu spät. Tut nicht weh.« Eine Lüge, aber als sie es sagte, wurde die Lüge wahr. Es tat nicht weh.

»Aber du bist ein Gral. Kannst du nicht ... kannst du dich nicht selbst heilen?«

Blinzelnd öffnete sie die müden Augen, blickte finster drein über die Sorge in seinem Gesichtsausdruck. Sie wollte bitter auflachen, hatte jedoch nicht genug Luft.

»Natürlich nicht. Du bist ein Schwachkopf, weißt du das?«

Und Gott, dafür liebte sie ihn.

»Ich hätte dich küssen sollen, als du mich zum ersten Mal geküsst hast, Izzy. Ich hätte jede Möglichkeit ergreifen sollen. Izzy ... Isabel.«

»Nicht. Sag nicht Isabel. Ich hasse Isabel.«

»Sag mir, was ich tun soll.«

Ja, eindeutig ein Idiot. »Küss mich jetzt. Und zieh das Messer heraus.«

»Es wird dich umbringen.«

Sie lächelte. Das tat weh, auch wenn es das nicht hätte tun sollen. »Ja. Deine Küsse sind furchtbar. Du musst üben.« Welche Bedeutung hatte es jetzt noch? Sie konnte auch einfach sagen, was sie wollte. Was sie fühlte. Sie konnte es ihm auch einfach sagen, bevor es zu spät für Worte war, bevor ...

Tränen trafen ihr Gesicht. Nicht ihre, sondern seine.

Jinx weinte? Nicht möglich. Das musste der Regen sein. Jinx der Grausame, Jinx der Ätzende … Wie konnte Jinx um sie weinen?

Die Engel regten sich erwartungsvoll, die Schattenwesen murmelten kaum hörbar. Sie rückten vor, aber nur bis zum Fuß der Pyramide. Nicht weiter. Izzy runzelte die Stirn, spürte den Druck, der sich um sie herum in der Luft aufbaute. Um ihre Haut herum wurde es eng, quetschte sie, bis sie zu platzen meinte. Aber mehr als dort zu liegen und zu warten, konnte sie nicht tun.

»Isabel Gregory«, sagte eine neue Stimme, eine, auf die sie halb gewartet hatte. Auf die sie gehofft hatte. Beim letzten Mal, als sie sich trafen, hätte er sie getötet, aber nur der Engel interessierte ihn. Jetzt hatte sie die Arbeit für ihn gemacht. Sie lag im Sterben und jetzt war er da. Kam, um zu ernten.

Mit dem Geräusch eines sich bauschenden schwarzen Umhangs oder dem Spreizen riesiger Schwingen erschien Azazel aus einer Windung in den Schatten, stand auf der nächsten Stufe der Treppe. Die Magie um die Pyramide herum hielt ihn nicht zurück, merkte sie. Denn sie war hier. Und Sorath. Er hielt eine Kristallflasche mit goldenem Rand in den Händen. »Bist du bereit?«

Informationen sanken direkt in ihren Geist, und sie wusste, was getan werden musste. Der Funke konnte hier nicht bleiben. Es war der einzige Weg, ihn loszuwerden und damit auch Sorath. Sie hatte keine Angst vor Azazel, diesmal nicht. Er hatte, was sie wollte, oder würde es bald haben. Sie gab den Kampf auf.

»Zieh das Messer heraus, Jinx!«

Die Engel und die Schattenwesen fauchten, ein tiefer, leiser Laut, der wie Sandpapier über ihre Sinne schmirgelte. Er musste es tun. Als sich Jinx nicht rührte, schloss sie ihre eigene Hand um den Griff. Aber sie war nicht stark genug. Es tat weh, es zu versuchen, jede Anstrengung entrang ihr einen reißenden und qualvollen Schrei. Sie wand sich in Jinx' Armen.

Er hielt sie ruhig und schloss dann die Hand über ihrer.

»Vergiss nicht, dass ich dich liebe«, sagte er. Perfekte Worte, nach denen sie sich gesehnt hatte. Plötzlich schien nichts mehr zu schmerzen.

Das Messer glitt aus ihrem Fleisch, und mit ihm kam ein goldener Nebel heraus. Er schwebte in die Nachtluft hinauf, und Azazel fing ihn rasch mit der Flasche ein und versiegelte den Deckel. Dort schwebte er, wie Pollen in der Brise, wie Plankton im tiefsten Ozean. Ein perfektes Element der Schöpfung, ein ursprüngliches Wesen.

Soraths Stimme war weg.

»Wo ist sie?«, fragte Izzy.

Erleichtertes Flüstern erklang unter den Kreaturen, die sie beobachteten, von höllischen und göttlichen gleichermaßen.

Azazel tippte auf den Deckel der Flasche. »Sie ist hier drin, wo sie hingehört.« Er blickte auf, ließ den Blick über die Anwesenden schweifen. »Engel sind gefährlich genug, auch ohne, dass wir es den gefallenen erlauben, Amok zu laufen. Das hast du gut gemacht, kleine Grigori. Sehr gut.«

»So gut, dass sie dafür stirbt?«, knurrte Jinx.

Azazel schüttelte den Kopf und lächelte, während er die Flasche in seinen Umhang steckte, wo sie nicht mehr zu sehen war. »Ihr seid immer so wütend, ihr Cú Sídhe. Manchmal frage ich mich, ob eure Urväter mit einem Pitbull gekreuzt wurden. Die Himmel wissen – hässlich genug seid ihr ja.« Er schnippte mit den Fingern. »Du hast Arbeit vor dir, Mädchen. Steh auf!«

Izzy schüttelte den Kopf. »Ich liege im Sterben, schon vergessen? Hab mich selbst erstochen.«

Azazel schob die Unterlippe vor. »Ach, in *dem* Fall hör einfach nicht auf deinen Großonkel. Ich bin nur ein dummer alter Mann, der da war, als deine Ahnenreihe entstand. Der deine Familie die langen Jahre bei jedem Schritt ihres Weges bewacht und geleitet hat. Wir haben euch allen das Mal aus einem guten Grund gegeben, weißt du? Von mir aus bleib da liegen. Aber andere haben vielleicht etwas zu sagen. Ich glaube, wir finden es gerade heraus.«

Eine schneidende Stimme scholl über den Hügel, wurde lauter, während sie sich näherte. Eine weibliche Stimme, die klang, als hätte sie eben entdeckt, dass ihre schönsten Blumenbeete zertrampelt oder beim Dinner das falsche Besteck benutzt worden war. Eine schöne Stimme, eine gestohlene Stimme und eine, die Izzy nie wieder zu hören gehofft hatte.

»Was habt ihr hier zu suchen? Geht weg, alle miteinander! Ihr seid hier nicht erwünscht. Allein den Fuß hierher zu setzen, stellt einen kriegerischen Akt dar! Bevor ich die

Beherrschung verliere, solltet ihr besser …« Die Schattenwesen waren augenblicklich verschwunden, doch die Engel blieben noch. Izzy versuchte zu lächeln. Selbst Engel hielten es nicht lange aus, sich gegen Brí zu stellen. »*Verschwindet* von meinem Hügel!«

Dieselbe sanfte Luftverschiebung. Und sie waren endlich fort.

»Und was hast du dir dabei gedacht, junge Dame? Jinx von Jasper, lass sofort meine Tochter herunter! Wer hat mich unter der Erde eingesperrt? *Sie* nicht. Das würden sie nie wagen. Ich bin schon vorher ausgebrochen und werde es wieder und wieder tun. Niemand kettet mich in meiner eigenen Höhle an. Wo ist Blythe? Was bedeutet …?«

Sie hatte wohl das Blut gesehen. Oder Izzys Blässe. Oder die Trauer, die Jinx' Gesicht in eine Totenmaske verwandelte.

»Geh mir aus dem Weg, Dämon!«, fauchte Brí und legte innerhalb von einem Augenblick die Strecke zwischen ihnen zurück.

Azazel gehorchte und trat mit einer anmutigen Verbeugung zurück.

Brí ignorierte ihn vollkommen. »Wer hat das getan, Isabel? Ich werde denjenigen ausweiden! War es Holly? War *er* es?«

Sie drehte sich zu Jinx um, doch Izzy hielt ihre Hand fest.

»Ich war es.«

Brí atmete lange aus und betrachtete eindringlich Izzys Gesicht. Die Ähnlichkeit war da, wenn Izzy richtig hinschaute. Ob es ihr gefiel oder nicht, sie konnte sich selbst in dieser Feenfrau sehen, dieser Matriarchin der Sídhe.

»Du dummes Kind, was hast du dir dabei gedacht?«

Izzy hätte beinahe gelacht, aber dadurch füllte sich ihr Mund wieder mit Blut, und sie würgte stattdessen. Jetzt klang Brí tatsächlich wie eine Mutter. Izzy fragte sich, ob ihr das klar war.

Aber Brí war nicht in der Stimmung, um zuzuhören. Sie beugte sich über Izzy, auf ihre Verletzung konzentriert. »Halte still! Hör auf, so herumzuzappeln!«

Klar, als wäre ihr im Moment nach Herumzappeln. Jede Art von Bewegung war die reine Qual.

Brí drückte ihre Hand an Izzys Seite, genau wie Izzy es vor so langer Zeit bei Jinx getan hatte. Es fühlte sich so natürlich an wie atmen – Izzy merkte plötzlich, dass sie es wieder tun konnte. Der Schmerz ebbte ab und sie setzte sich in Jinx' dankbare Umarmung auf. Er vergrub das Gesicht in ihren Haaren und atmete tief ein.

»Dylan«, sagte Izzy. »Wir müssen Dylan helfen.«

»Was glaubst du, was ich bin? Einer von deinen immer einsatzbereiten neumodischen Apparaten?«, schalt Brí.

»Bitte«, sagte Izzy. Brís Blick wurde hart. »Mutter.«

Einen Moment lang erstarrte Brí, dann wurden ihre Gesichtszüge weich, nur ganz kurz, bevor die Ruppigkeit zurückkehrte.

»Na schön, aber nur dieses eine Mal. Das mit deinem Vater wirst du selbst in Ordnung bringen müssen. Ich bin dort nicht erwünscht, und du bist sehr gut in der Lage, es selbst zu tun. Ich habe es dir schon gezeigt. Diese Ärzte – diese *sogenannten* Ärzte – haben nichts für ihn getan und *diese Frau* …«

»Rachel«, korrigierte Izzy sie mit einer sanften Warnung in der Stimme. »Seine Frau. Meine Mum. Bitte, Brí, hilf Dylan!«

Am besten erinnerte sie sie nicht daran, dass sie ihn schon kannte und mit wem er da gewesen war. Am besten erwähnte sie Silver überhaupt nicht.

Brí eilte geschäftig zu ihm hinüber und sie folgten. Jinx ließ sie keinen Moment los, seine Arme bildeten einen Schutzschild um sie, wann immer er konnte.

Er hatte gesagt, er liebe sie. Der Gedanke daran ließ sie innerlich glühen. Nicht mit dem Feuer von Soraths Besessenheit. Dies war warm und natürlich, ein Trost. Und so viel stärker.

Dylan hatte es bis zum Fuß der Pyramide geschafft. Er lehnte jetzt daran und atmete schwer, ohne genug Luft zu bekommen. Seine Rippen waren gebrochen, merkte Izzy, und mindestens eine hatte seine Lunge durchbohrt.

»Sogar so verletzt hast du versucht, sie zu retten?«, fragte Brí mit leiser Stimme.

Er nickte und starrte sie mit Ehrfurcht und mehr als nur ein bisschen Angst an. Er wusste, was sie war und was sie tun konnte.

Brí runzelte die Stirn und Wiedererkennen leuchtete in ihrem Gesicht auf.

»Du bist derjenige, der bei Silver war. Aber du bist nicht mehr, wie du warst. Du bist voller Macht … Was hat sie mit dir angestellt, Junge?«

»Sie … sie hat mich geküsst.«

»Oh, sie hat viel mehr getan. Du bist ein Machtstein, ein lebender Machtstein. So etwas habe ich noch nie gesehen.«

»Das ist nicht möglich«, sagte Jinx schwach. »Nichts Sterbliches kann ein Machtstein sein. Darum geht es ja. Auszuhalten.«

»Nennst du mich jetzt eine Lügnerin? Was war ihr Baum ursprünglich?« Sie warf einen finsteren Blick zu ihm hinauf, bevor sie ihre Aufmerksamkeit wieder Dylan zuwandte. Einen Moment lang starrte sie ihn nur mit einem leichten Kopfschütteln an. »So wirst du nicht lange durchhalten. Sie werden dich jagen wie die Junkies. Du wirst nur bei ihr sicher sein. Und nur für eine Weile. Hier, mal sehen, was ich tun kann.«

Sie beugte sich über ihn und flüsterte ihm etwas ins Ohr, während sie ihm die Hand auf die Brust drückte.

Dylan lehnte sich verblüfft zurück, doch dann nickte er. Brí trat mit einem geringschätzigen Schnauben zurück und er rappelte sich auf – geheilt. Oder zumindest größtenteils geheilt. Er war immer noch blutig und zerschrammt, seine Wunden waren immer noch deutlich zu sehen, aber er atmete wieder und stand beinahe allein.

Und er war verändert. Komplett verändert, irgendwo tief innen.

Brí wandte sich ab und murmelte dabei etwas über die Dummheit der Leute, besonders Silvers, und über die Entweihung ihres Heims vor sich hin, dann verschwand sie im Wald, ohne sich auch nur zu verabschieden.

Nicht dass Izzy Wert darauf gelegt hätte. Es wäre nur nett gewesen, eine Anerkennung oder so etwas zu bekommen. Aber das war Brí, nahm sie an. Sie würde sich wohl daran gewöhnen müssen.

Azazel war auch verschwunden, jede Spur von ihm und seinen Schattenwesen war weggewischt. Er hatte Soraths Funken mitgenommen.

Sie waren allein, zu dritt, auf dem Hügel.

»Wir müssen ins Krankenhaus«, sagte Izzy. »Du musst dich untersuchen lassen, Dylan. Und ich muss Dad sehen.«

»Was ist mit dir?«, fragte Jinx.

Sie strich mit der Hand über den blutigen Riss in ihrem Shirt, über die glatte Haut darunter. Es war nichts von einer Wunde zu sehen. Nicht einmal eine Narbe.

Sie nahm Dylans Hand und verschränkte die Finger der anderen mit denen von Jinx und führte sie beide den Hügel hinab.

»Ich glaube, ich werde wieder.«

»Gibt sie immer so viele Befehle?«, fragte Jinx Dylan.

»Du hast ja keine Ahnung, Mann.«

»Tja, ich würde mir nichts einbilden. Wenn du jetzt wirklich Silvers Machtstein bist, wird sie dich umbringen, weil du fast gestorben bist.«

Der belustigte Ausdruck in Jinx' Gesicht verblasste.

Wenn es stimmte, was Brí sagte, dachte Izzy, hatte er noch viel mehr Probleme.

* * *

Sie suchten sich den Weg durch den dunklen Wald, an Mauern ohne Gebäude vorbei und auf Wegen, die ins Nichts führten, bis Jinx fast am Grund des bewaldeten Bereichs einen Halt einforderte. Schatten bewegten sich zwischen den Bäumen. Keine Schattenwesen oder Dämonen. Cú Sídhe. Ein Bellen erklang und ein junger Mann tauchte aus dem Gebüsch auf. Izzy grinste, als Jinx sie hinter sich schob. Sie wurde langsam unverbesserlich mit all dieser neu gewonnenen Selbstsicherheit.

»Blight?«

»Jinx von Jasper. Wir haben dich endlich gefunden«, sagte Blythes Bruder und neigte respektvoll den Kopf. »Wir haben dich überall gesucht.« Er sprach kurz mit einem der anderen Hunde, wahrscheinlich ließ er Blythe eine Nachricht überbringen.

»Brí ist nicht glücklich. Sie will wissen, wo ihr wart. Sorath hat sie im Hügel eingesperrt, damit sie sich nicht mehr einmischen kann.«

»Hat es funktioniert?«, fragte Blight überrascht.

»Nur kurz.«

»Sie haben das schon vor hundertfünfzig Jahren versucht und damals hat es auch nicht funktioniert. Aber ja …« Er fuhr sich mit der Hand durch die Haare und atmete lang und seufzend aus. »Ja, sie wird ziemlich wütend sein.«

Die größte der schwarzen Hündinnen schritt auf den Weg und wuchs, während sie Jinx umrundete. Blythe scharrte im trockenen Laub und nahm dann ihre Sídhe-Gestalt an, die Hände in die Hüften gestemmt.

»Wo zum Geier warst du? Wir dachten, sie hätte dich umgebracht … oder dass dich die Engel erwischt hätten. Sie sind alle verschwunden. Einfach so. Eine Minute haben Silver und ich uns ihnen gestellt, und in der nächsten waren sie weg. Was ist passiert?«

»Es ist vorbei«, sagte Izzy. »Sie waren hier, aber ich glaube, auf beiden Seiten in gleicher Anzahl. Und um Sorath haben wir uns schon gekümmert. Also hatten sie wohl keinen Grund mehr zu bleiben. Sorath ist fort.«

In die Hölle gebracht, wo sie hingehört, wollte Jinx hinzufügen, doch er tat es nicht.

»Blythe«, schaltete sich Dylan ein. »Wo ist Silver?«

»Ah, sie sucht dich, nehme ich an. Aber wenn du gern verschwunden bleiben willst …«

»Das ist vielleicht keine schlechte Idee, Dylan«, sagte Jinx. »Ehrlich. Du solltest nach Hause gehen.«

Dylan wandte den Blick ab, sein entsetzter Gesichtsausdruck wich Erschöpfung und Resignation. Sein Instinkt sagte ihm wohl dasselbe, aber etwas anderes ließ ihn zögern. Vermutlich Brís Worte. Jinx konnte ihm allerdings keinen Trost bieten. Er hätte nicht gewusst, wo er anfangen sollte. Es hatte vorher nie einen menschlichen Machtstein gegeben. Hauptsächlich Felsen, magisch veränderte Pflanzen, solche Sachen. Keine Leute. Definitiv keine Menschen.

»Ich sollte …«, begann er, dann nickte er. »Ich sollte gehen.«

»Wir bringen ihn sicher nach Hause«, sagte Blight.

Dylan erstarrte und warf einen Blick auf Izzy. Einen Moment lang trafen sich ihre Blicke und etwas wechselte zwischen ihnen hin und her. Jinx runzelte die Stirn, dann fiel ihm wieder ein, was Brí gesagt hatte. Dass sie alle hinter ihm als Silvers Machtstein her sein würden, der Quelle ihrer Macht. Es gab nur eine Person, bei der er sicher war, und das würde auch nicht sehr lange so sein. Silver brauchte ihre Magie.

Sollte Jinx ihn also zu ihr bringen? Oder ihm helfen, so weit wie möglich von ihr wegzukommen? Er wusste es nicht mehr.

»Nein«, sagte Dylan. »Nicht nach Hause. Noch nicht. Ich muss zuerst mit ihr reden.«

Blythe warf Jinx einen finsteren Blick zu. »Und du … warte nächstes Mal nicht so lang, bis du mal wieder vorbeikommst!«

»Bin mir nicht so sicher, ob Brí das gefallen würde«, sagte Jinx, der erkannte, dass die Drohung in ihrer Stimme nur oberflächlich war. Es war eher liebevoll gemeint, der Ton, in dem man mit einem Unruhe stiftenden Welpen sprach.

»Sie wird sich uns zuliebe damit abfinden. Du gehörst schließlich zur Familie. Du hast es bewiesen, als du gestorben bist. Wir haben dich alle gehört. Das hat uns zu Hilfe gerufen. Nicht einmal Brí konnte das verweigern.«

»Sie hat nicht versucht, euch aufzuhalten?«

Blythe schaute ihn unverwandt an. »Sie ist unsere Matriarchin, Jinx. Sie würde uns niemals verwehren, was wir wollen. Da drüben ist ein Tor. Das bringt euch ins Krankenhaus. Dorthin will Izzy. Verwandt ist verwandt. Vergiss nur nicht, Jinx, du hast ihr gegenüber jetzt eine Verpflichtung. Mehr als freundschaftlich oder verwandtschaftlich.«

Er neigte den Kopf vor seinem Cú-Sídhe-Bruder. »Ich verstehe das.«

Izzy umarmte ihn und er schaffte es mit Mühe und Not, ein Lächeln zu unterdrücken.

* * *

Das Krankenhausgelände war leer, sogar die zweispurige Fahrbahn davor war verwaist. Die Straßenlaternen summten und zischten, als sie auf den Eingang zugingen. Mit jedem Geräusch fröstelte Izzys Herz.

Silver lehnte am Tresen der Krankenhaussicherheit. Am anderen Ende schnarchte ein Wächter laut. Die Aes Sídhe lächelte, als sie sie sah, und es war, als würde die glimmende Beleuchtung über ihnen kurz aufflackern.

»Ich habe mich schon gefragt, wann ihr kommt.«

Dylan zögerte, ließ sich zwischen Izzy und Jinx zurückfallen. »Silver …«, sagte er vorsichtig.

Ihr Gesichtsausdruck wechselte, als sie sein zerschundenes Gesicht sah, das getrocknete Blut auf seinen Kleidern, das, was der Engel aus ihm gemacht hatte. »Was ist passiert? Was hat sie dir angetan?«

Sie kam auf ihn zu, ihr Blick loderte, während sie ihn

untersuchte, sein Gesicht zur Seite drehte, als wäre er ein Besitztum, das durch unachtsame Behandlung beschädigt worden war. Er wich abrupt zurück; die Verärgerung stand ihm ins Gesicht geschrieben.

»Mir geht's gut. Wirklich. Brí hat das geklärt.«

»Brí«, schnaubte sie. »Du hast Glück, dass sie dich nicht leer gesaugt hat.«

»Wie du es tun wirst. Sie hat es mir gesagt, Silver.«

»Ich habe dich gewarnt. Von Anfang an. So läuft es, bis du am Ende weg bist. Deine Lebenskraft fließt in meinen Machtstein.«

»Der Baum. Aber es gibt keinen Baum mehr. Was bleibt dann also, Silver? Was ist übrig? Abgesehen von mir.«

Sie knurrte mit gefletschten Zähnen, aber es war kein gänzlich aggressiver Ausdruck. Es lag auch Verzweiflung darin. »Was meinst du? Du bist nur ein Mensch, zweifellos ein talentierter, aber du bist nur …«

»Ich bin der einzige Machtstein, den du hast.«

»Nein!« Silver wandte sich ab, sämtliche Muskeln vor Schreck angespannt, fluchtbereit. Aber sie ging nicht. Sie schaute zu ihm zurück, von Kopf bis Fuß zitternd. »Dylan … das war nicht meine Absicht. Ich schwöre es! Ich hätte dir das nie angetan, wenn ich … Ich weiß nicht einmal, wie das passiert ist!« Sie sah aus, als wollte sie um Vergebung bitten, aber ihrer Natur entsprechend blieben ihr die Worte im Hals stecken. Izzy sah Tränen in ihre blassen Augen aufsteigen. Furchterregend oder nicht, Silver hatte das nie vorgehabt.

Dylan nahm ihre Arme, zog sie zu sich zurück, eine

überraschend sanfte Geste. »Es gibt einen Weg, es zu kontrollieren. Die Sache zu lösen, sodass wir beide leben können. Es wird nicht leicht werden, aber es gibt einen Weg.«

Silver befreite sich aus seinen Armen und schaute ihn verwirrt an. Allerdings wich sie nicht vor ihm zurück. »Man kann den Zauber eines Leanán Sídhe nicht brechen, Dylan. Davor habe ich dich auch gewarnt.«

»Und du kannst ohne einen Machtstein auf keinen Fall überleben. Das sagt man so. Dann hättest du schon in der Zelle sterben müssen. Aber Brí sagt etwas anderes.«

Silvers Ausdruck gefror. »Und warum sollte Brí ihre Geheimnisse verraten?«

»Weil Dylan versucht hat, mich zu retten«, sagte Izzy.

»Ich habe es nicht *geschafft*, dich zu retten.« Er sagte es mit einem halben Lachen. »Jinx hat dich gerettet.«

»Nein«, gab Jinx zu. »Das war alles Izzy. Sie hat sich selbst gerettet und uns. Uns alle.«

»Silver«, murmelte Dylan und streckte die Hand aus. »Es gibt einen Weg und ich werde ihn finden. Es wird nicht leicht werden, es wird nicht schmerzfrei vonstattengehen, aber wir können es schaffen. Wenn du mir hilfst.«

Sie zögerte – wer konnte es ihr verdenken? Was er gesagt hatte, war vermutlich eine Untertreibung von epischen Ausmaßen. Aber hier stand ein Mensch, der eigentlich ihr Leibeigener sein sollte, und bat sie um Hilfe. Besaß solche Macht über sie und benutzte sie nicht wie eine Peitsche. Izzy konnte den Widerstreit in Silvers schönen Augen sehen, aber dann nahm sie seine Hand in ihre. »Sag mir, was Brí gesagt hat. Wir machen das gemeinsam. Dann werden wir sehen, was möglich ist.«

Izzy schaute ihnen nach, wie sie Hand in Hand davongingen, die Köpfe einander zugeneigt, während sie sich Geheimnisse zuflüsterten.

* * *

Mum schlief in dem Sessel neben Dads Bett. Sie sah kindlich aus, ganz zart gebaut, mit Haaren wie Gold. Die Unterschiede zwischen ihr und Izzy stachen für Izzys Augen jetzt krass heraus. Es war so klar, dass sie nicht verwandt waren, jetzt, wo sie hinschaute. Richtig hinschaute. Aber es war nicht wichtig. Mum war und würde immer Mum bleiben. Izzy zögerte an der Tür und legte den Finger an die Lippen, damit Jinx kein Geräusch machte. Eigentlich dumm von ihr. Wenn er wollte, konnte er sich leiser bewegen als eine Katze. Aber dennoch lächelte und nickte er. Er lehnte sich an den Türrahmen und wartete auf sie.

Auf dem Nachttisch wartete ein Becher Wasser. Izzy setzte sich auf die Bettkante und nahm ihn. Mit der anderen Hand hielt sie den Kopf ihres Vaters und neigte den Plastikbecher, bis das Wasser seine Lippen benetzte. Mehr nicht.

Wenn sie einen Gral brauchte, musste sie gar nicht weiter weg suchen. Sie war selbst einer.

Die Wirkung trat sofort ein. Er murmelte etwas, auf seine bestimmte, Schlafender-Dad-Art, wie wenn sie ihn einnickend vor den Nachrichten fand oder nach der Hälfte der Sonntagnachmittags-DVD, die er ihr versprochen hatte. Izzy senkte ihn wieder auf das Kissen ab und er öffnete flatternd die Augenlider.

Dad lächelte sie schwach an. »Na so was.« Seine Stimme klang rau und angestrengt. Aber es war seine Stimme, und es war wundervoll, sie zu hören. »Du siehst aus, als wärst du in einen Krieg geraten, Schatz.«

»Nur in einen kleinen«, räumte sie ein.

Seine Augen wurden schmal, verhärteten sich auf eine Art, die sie nicht kannte. Der Ausdruck sah auf seinem Gesicht ungewohnt aus, aber gleichzeitig gehörte er eindeutig dorthin. »Was für ein Krieg?«

Sie überraschte sich selbst, als sie lächelte. »Einen, von dem du mir nichts erzählen wolltest.«

Dad seufzte und schloss die Augen. »Ich habe einfach nie den richtigen Moment gefunden. Wie hast du es herausgefunden?«

Sie nahm seine Hand. Seine Finger schlossen sich um ihre, beruhigend, sicher. »Er hat mich gefunden. Aber ich habe es geschafft.«

»Das sehe ich. Es hört nicht auf, Izzy. Es hört nie auf. Ich glaube, wir wollten dich so lang wie möglich davor bewahren. Dir eine normale, glückliche Kindheit bieten.«

»Und das habt ihr auch.« Tränen brannten in ihren Augen und sie drückte seine Hand. Sie fühlte sich nicht mehr wie ein Kind, aber bei Dad hatte das keine Bedeutung. Sie würde immer seine Tochter sein. »Brí ist nicht gerade erfreut.«

Er stieß so etwas wie ein Seufzen aus, doch es war mehr als nur halb ein Stöhnen. »Brí ist *nie* erfreut.«

»Ja, das ist mir auch aufgefallen. Und sie ist meine Mutter? Wirklich?«

Einen Moment lang wünschte sie, er würde »Nein« sagen, und gleichzeitig wusste sie, er würde es nicht tun. Aber nur diese Sekunde lang fragte sie sich, ob er das alles mit einem Wort ungeschehen machen würde.

Er wurde weiß und dann war die Scham in seinem Gesicht Antwort genug. »Ja. Es war ... Es tut mir leid, Izzy, ich ...«

Izzy geriet in Panik, sie war nicht darauf vorbereitet, das zu hören, nicht bereit für irgendetwas davon. Er war immer noch ihr Dad. Er war ein Grigori. Ein Teil von ihr konnte es nicht ertragen, dass er auch ein Mensch war, dass er Fehler und Schwächen zugab, Versagen und Reue.

»Das ist nichts Neues«, unterbrach sie ihn. »Und es macht nichts. Eigentlich ist es nicht von Bedeutung. Ich habe meinen Frieden damit gemacht, mit ihr auch, glaube ich. Ihr seid meine Familie. Du und Mum.« Sie schaute über die Schulter dorthin, wo Mum schlief. Sie hatte es auch gewusst und nichts gesagt. Aber das war Vergangenheit.

»Und er?« Er nickte zu Jinx hinüber, der im Türrahmen stand. Dad entging nichts. Und Izzy hätte auch nichts weniger von ihm erwartet.

»Er ist ein Guter. Versprochen.«

»Wenn du das sagst.«

»Das tue ich.« Während sie das sagte, murmelte Mum

etwas, wachte beinahe auf, und Dads Aufmerksamkeit verschob sich leicht. Er war hin- und hergerissen. Die erwachsene Reaktion war, Mitgefühl mit ihnen zu haben und ihnen den Raum zu geben, den sie brauchten. Und obwohl der kindliche Teil von ihr es nicht wollte, lächelte Izzy. »Du kannst mir später alles erzählen. Ich erinnere dich daran. Und jetzt bin ich draußen, falls du etwas brauchst.«

Sie küsste ihn auf die Stirn und Dad legte den Arm um sie, seine Umarmung war so kraftvoll, dass sie wusste, sie hatte nie wieder etwas zu befürchten, wenn er auf sie aufpasste. Aber nur ab und zu, wenn es nötig wurde, konnte sie auch auf ihn aufpassen.

Jinx trat zurück, um sie herauszulassen, ihr Schatten, ihr Bewacher und mehr. Izzy schob den Arm unter seinen und führte ihn weg, während ihr Vater leise ihre Mutter beim Namen rief.

»Rachel?«

Izzy ging weiter. Weg von den Ausrufen und den Zärtlichkeiten, weg von den beiden, die im Moment nur einander brauchten.

Sie würde später wiederkommen, versprach sie sich selbst. Aber für den Moment verdienten sie es, zusammen zu sein. Jinx blieb am Ende des Korridors stehen, zog sie in seine Arme und küsste ihren Scheitel. Sie schmiegte sich an ihn, die Wange an seine Brust gedrückt, während sein Herz hämmerte wie eine wildgewordene Rinderherde.

Sie kannte das Geräusch. Ihr Herz tat dasselbe.

Weit entfernt von einer Gasse mit einem an die Wand

gemalten Engel. Weit entfernt von dem Mädchen, das ihn dort zum ersten Mal getroffen hatte.

Das Mal in ihrem Nacken wurde wieder warm, und diesmal war es nicht beängstigend. Es war das Gefühl von nach Hause kommen.

NAMEN UND BEGRIFFE

Aes Sídhe: (Ai Schi) Die höchste Kaste der Sídhe, im Aussehen am engelhaftesten, die herrschende Kaste.
Amadán: (Amadan) bedeutet Narr, auch bekannt als der Alte Mann oder der Schwindler. Mitglied des Rats.
Brí: (Bri) bedeutet Stärke. Mitglied des Rats.
Cú Sídhe: (Ku Schi) Gestaltwandelnde Sídhe, die manchmal die Gestalt eines großen Hunds annehmen. Eine niedere Kaste der Sídhe.
Dubh Linn (Dav Linn) Das schwarze Becken, ursprünglicher Name von Dublin.
Einechlan: (Einiklan) Ehrenpreis.
Geis: (Geisch) Ein Tabu oder eine Prophezeiung, wie ein Schwur oder Zauber, der das Schicksal eines Mitglieds der Aes Sídhe bestimmt.
Íde: (Ide) bedeutet Durst. Mitglied des Rats.
Leanán Sídhe: (Lianan Schi) Feengeliebte(r), Muse; Sídhe, die sich von der magischen Lebenskraft anderer nähren, im Gegenzug aber grenzenlose Kreativität einhauchen können.
Sídhe: (Schi) Irische übernatürliche Rasse.

Seanchaí: (Schanekai) Geschichtenerzähler. Mitglied des Rats.
Tuatha dé Dannan: (Tuatha dei Dennen) Das Volk der Göttin Danu oder das Volk Gottes, die irischen Feen.